BUZZ

© Luisa Landre, 2025
© Buzz Editora, 2025

PUBLISHER Anderson Cavalcante
COORDENADORA EDITORIAL Diana Szylit
EDITOR-ASSISTENTE Nestor Turano Jr.
ANALISTA EDITORIAL Érika Tamashiro
ESTAGIÁRIA EDITORIAL Beatriz Furtado
PREPARAÇÃO Mariana Gomes
REVISÃO Natália Mori e Victória Gerace
PROJETO GRÁFICO Estúdio Grifo
ASSISTENTE DE DESIGN Letícia de Cássia
ILUSTRAÇÃO DE CAPA Lara Jenn
LETTERING Bruno Romão
IMAGENS DE MIOLO *Aberto em branco jornal* (© spxChrome/ iStock/ Getty Images), *Soccer Ball* (© Agan24/ Noun Project) e *Textura de papel branco com espaço de cópia* (© Dmitr1ch/ iStock/ Getty Images)

Nesta edição, respeitou-se o novo Acordo Ortográfico da Língua Portuguesa.

Dados Internacionais de Catalogação na Publicação (CIP)
(Câmara Brasileira do Livro, SP, Brasil)

Landre, Luisa
Feras em campo / Luisa Landre
1ª ed. São Paulo: Buzz Editora, 2025
344 pp.

ISBN 978-65-5393-433-7

1. Ficção de fantasia I. Título

25-258939   CDD-B869.93

Índice para catálogo sistemático:
1. Ficção de fantasia: Literatura brasileira B869.93
Eliete Marques da Silva, Bibliotecária, CRB 8/9380

Todos os direitos reservados à:
Buzz Editora Ltda.
Av. Paulista, 726, Mezanino
CEP 01310-100, São Paulo, SP
[55 11] 4171 2317
www.buzzeditora.com

FERAS em CAMPO

LUISA LANDRE

*Para a menina que eu fui,
construindo castelos na areia em vez de jogar futebol
com as outras crianças.*

*Para minhas colegas do Ensino Médio
por criarem o primeiro time de futsal feminino da escola.*

*E para as atletas do futebol feminino brasileiro.
Os esportes faziam com que eu me sentisse pequena,
mas agora grito alto porque tenho por quem torcer.*

NOTA DA AUTORA

O primeiro capítulo está logo ali, mas venho pedir uma licencinha antes de você iniciar a leitura.

Achei importante mencionar que no mundo de *Feras em campo* não houve a pandemia do covid-19. A primeira versão deste livro foi escrita durante o isolamento social, e, naquele momento, eu queria escapar um pouco do que estava acontecendo e vivenciar na ficção o que eu não podia na vida real. Como é uma fantasia, me dei essa liberdade.

Adoro brincar com a excentricidade do jornalismo brasileiro e com o fantástico em nosso imaginário, então prepare-se para coisas meio bizarras com um pezinho na realidade, mas lembre-se de que tudo aqui é ficção. Os lugares mencionados são versões fantasiosas de estabelecimentos, comunidades e cidades inteiras reais, isso quando não são tirados completamente da minha imaginação. Afinal, estamos falando de um mundo onde lobisomens, bruxas, vampiros e outras criaturas realmente existem (menos alienígenas, infelizmente o ET Bilu não é real, nem mesmo neste livro).

Esta também é uma história que envolve futebol, mas a modalidade é descrita em um contexto de fantasia. Não se trata de uma representação fidedigna da realidade do futebol feminino ou de qualquer esporte no Brasil. Na verdade, como torcedora, meu primeiro objetivo foi criar um mundo em que atletas mulheres são mais valorizadas.

Por fim, quero deixar aqui alguns avisos de conteúdo. Neste livro, você encontrará:

– Cenas de sexo explícitas;
– Discussões sobre o uso de medicamentos controlados e de procedência duvidosa (que não têm qualquer relação com remédios reais; em nenhum momento este livro critica o uso de medicações realmente benéficas e seguras à saúde, seja para a saúde física ou mental);
– Uma dinâmica familiar de não aceitação.

Mesmo tocando em assuntos mais complexos, espero que esta seja uma leitura leve.
Sombrio espera por você.

Um abraço,
Luisa

01

REALEZA

Lia Izidoro estava acostumada a colocar a matilha em primeiro lugar, mas aquele era um time, não uma matilha. O apito soava, e a única coisa que importava era vencer o jogo.

Ela *precisava* vencer aquele jogo.

Quando Lia falava em vitória, não havia meio-termo. Não era da boca para fora, era uma necessidade que martelava na cabeça dela desde quando pisava no gramado até o momento em que dava o último chute na bola. Isso era conveniente, porque a permanência dela na UniLobos dependia de sua performance no campo de futebol.

Ao contrário do que diziam as más-línguas — metamorfos que se transformavam em cobras, aves de rapina e felinos, esse tipo bem específico de más-línguas —, para estudar na UniLobos, não bastava ser lobisomem. Lia se transformava em uma loba de mais de dois metros, mas não tinha dinheiro para arcar com a mensalidade, e, na condição de bolsista-atleta, era obrigada a se provar insubstituível no time da universidade, o Realeza. Talvez assim o coordenador do curso de Educação Física fizesse vista grossa, deixando de ameaçá-la com o corte da bolsa por conta das notas baixas que ela certamente tiraria.

Suas colegas de time, um bando de nerds e filhinhas de papai, podiam até se dar ao luxo de perder. Ela, não.

— Passa a merda da bola! — gritou Lia, agitando os braços. — Se está com fome, sai do campo e devora um bife, não fica fazendo graça aí sozinha.

A jogadora arregalou os olhos para ela e quase tropeçou na bola que estava monopolizando. A surpresa da mulher fazia sentido, na maior parte do tempo Lia era apenas a novata de cara fechada, travada demais para sequer iniciar uma conversa com as outras, e vê-la gritando palavrões era inesperado.

Lia precisava da bola, então gritou de novo:

— Faz o passe, porra!

O palavrão surtiu efeito, e, dessa vez, a outra jogadora reagiu. Ela chutou a bola, que cruzou o campo até parar nos pés de Lia. As duas entraram em um ritmo frenético, correndo em direção ao gol, e marcaram o primeiro ponto do dia.

Então palavrões funcionavam com aquele time? Se fosse assim, Lia não via escolha a não ser insistir na tática. Começou a gritar ordens ao longo dos minutos seguintes, cuspindo "merda" e "caralho" de maneira intercalada, para dar ênfase. Guiar a partida era o trabalho do técnico do Realeza, mas não havia nem sinal do cara. Ele provavelmente tinha saído para fumar o terceiro cigarro do dia, e ninguém se surpreenderia se voltasse só depois do fim do jogo.

Na ausência do técnico, no entanto, não demorou para que a capitã do time, Renata, parasse ao lado de Lia. Uma jogadora rival estava se preparando para lançar a bola da lateral, então elas tinham alguns segundos de pausa.

— Relaxa, Lia. — Renata respirava com dificuldade enquanto ajeitava o elástico que prendia o cabelo crespo. — Não vamos perder.

Lia não conhecia muito bem as colegas, mas até ela já tinha se dado conta de que Renata tinha o hábito de sair dizendo coisas desse tipo.

"Vai ficar tudo bem."

"Relaxa."

"Não vamos perder."

Era um saco.

Ou Renata era uma ótima atriz, já que nem piscava entre uma mentira e outra, ou talvez fosse *gratiluz* a ponto de achar que anunciar algo em voz alta para o universo aumentava as chances de um resultado positivo. No dia em que incentivos vazios ganhassem um jogo, Lia daria ouvidos a esse papinho. Mas, naquele momento, o que contava ainda era a bola na rede.

— Vamos perder, sim, se elas continuarem jogando desse jeito. — Secou o suor da testa com o dorso da mão e manteve o olhar na jogadora do outro time, que segurava a bola sobre a cabeça, prestes a arremessá-la. — Sinto muito, mas... assim não vamos nem chegar ao Estadual.

— A gente sempre chega ao Estadual — garantiu Renata. — Só se concentra no jogo, tá bom? No seu jogo, não no das outras.

Como se futebol não fosse a porra de um esporte de equipe.

A jogadora adversária lançou a bola, e Lia avançou, sem dar tempo para o corpo esfriar ou para as palavras de Renata fazerem algum estrago.

No fim, o Realeza venceu o jogo, mas foi por pouco. A única coisa que aliviava o mau humor de Lia era saber que o gol da virada tinha sido dela, então teria um argumento para usar quando, inevitavelmente, alguém aparecesse para reclamar de sua atuação, ou, mais provável, de sua agressividade inesperada em relação às outras.

No vestiário, ignorou os cumprimentos e as tentativas de conversa que recebeu. Não estava no clima para comemorações.

Era nessas horas que sentia mais falta das garotas do antigo time, o Harpias, porque elas conseguiam ler seu humor e respeitavam os momentos de silêncio. Sabiam exatamente quando ela estava precisando rir e quando precisava ser deixada sozinha. Quatro meses tinham se passado desde que abrira mão do Harpias e aceitara a bolsa de estudos que a levara de volta a Sombrio, cidade em que nasceu e cresceu, direto para o Realeza e para a universidade que tinha sido um sonho de adolescente.

O problema dos sonhos é que eles só são perfeitos antes de se realizarem.

— Ei, ei, por que a cara amarrada? — Uma das colegas de Lia se adiantou para colocar uma mão em cada ombro dela, sem qualquer noção de espaço pessoal.

Ela tinha a pele branca, e o bronzeado de muitos dias sob o sol destacava as sardas no rosto. O cabelo era ruivo, e os olhos, muito claros, de um tom mais âmbar do que castanho. Qual era mesmo o nome dela? Elisa? Eloísa? Lia sabia apenas que ela era a camisa vinte e que até tinha jogado bem, diferente das outras.

— Nós vencemos de novo! — exclamou a número vinte, ainda invadindo o espaço dela. — Isso merece uma bebida, não acha? Você vai ao bar com a gente mais tarde?

— Fica pra próxima — respondeu Lia sem emoção, já se virando de costas.

Puxou a camisa do uniforme sobre a cabeça, fazendo uma careta, enquanto andava na direção dos chuveiros.

O tecido estava encharcado de suor e grudava na pele conforme ela se despia, expondo a pele branca coberta de tatuagens nos braços e no abdômen. Por último, tirou o calção e as meias pretas. Sem nem se dar conta, tinha se livrado das chuteiras em algum momento entre a saída do campo e a entrada no vestiário.

Merda, tudo doía. Com a adrenalina da partida abandonando-a, o que ficava para trás era uma coleção de hematomas e pontos sensíveis.

Lia foi até a área dos chuveiros e parou diante de um espelho levemente embaçado, flexionando os braços e observando a forma como os bíceps se tensionavam. Pelo menos ainda estava em forma.

— Caramba, você gosta de se olhar, né?

Ao ouvir a voz de Renata, Lia se virou para observá-la saindo de um box à direita. Bufou por conta do comentário, mas não sentiu o impulso de se afastar que geralmente seguia qualquer interação com as garotas do time. Isso era mérito de Renata. Fazia algumas semanas que ela vinha se esforçando mais do que o normal para conversar com Lia, e era impressionante que ainda não tivesse desistido.

Se estivesse com um humor melhor, Lia expressaria um pouco de gratidão por Renata se dedicar tanto a fazer com que se sentisse bem-vinda. A capitã era uma companhia aceitável quando não estava cuspindo frases motivacionais em campo e dizendo para Lia se concentrar apenas no próprio jogo.

— Só garantindo que tudo continua no lugar.

Lia voltou a observar seu reflexo. Ainda vestia o top e a calcinha. Passou as mãos pelas laterais raspadas do cabelo castanho escuro, mas sua atenção permanecia nos músculos dos braços. Será que estava *mesmo* em forma? Não faria mal acrescentar trinta minutos de musculação na rotina para garantir o desempenho em jogo.

— Não quero seguir o exemplo do resto do time e me acomodar justo nas vésperas do Estadual — continuou a dizer.

A provocação saiu antes que ela pudesse se conter. Com o corpo ainda quente pela partida, ficava difícil abrir mão da raiva por quase terem perdido.

— Sabe, você não precisa ser a melhor o tempo todo — disse Renata, em um tom conciliatório. — Se continuar exigindo tanto de si mesma, uma hora vai quebrar.

— Tá de brincadeira? — Lia virou o rosto para ela tão rápido que sentiu uma pontada, seguida por um ardor se espalhando pelo pescoço. — Tudo neste lugar é sobre excelência.

A expressão de Renata era plácida, como sempre.

— Não no meu time.

Uau. Lia cruzou os braços e se apoiou na parede de azulejos fria.

Ela tinha abandonado o Harpias e voltado para Sombrio justamente para jogar em um time de excelência. De repente, só porque estava ali, não era mais sobre isso?

— O que você quer que eu faça? — perguntou, o lábio superior começando a se erguer no início de um rosnado. — Quer que eu jogue com metade da minha capacidade, como as outras jogaram hoje?

— Você precisa dar tudo o que tem, é claro. Eu só fico com medo de que esteja dando até o que não tem.

— Pode deixar que eu cuido do meu rendimento. — Lia se afastou da parede e foi em direção ao box de onde Renata tinha acabado de sair. — Pelo visto, isso é tudo o que eu posso fazer por aqui.

— Esse é o tipo de comportamento arredio que faz as meninas te odiarem, sabia? — disse Renata atrás dela.

Lia não respondeu. Em vez disso, ligou o chuveiro e colocou a cabeça embaixo da água gelada.

As meninas a *odiavam*? Sério? Tudo bem se não fossem muito com a cara dela, mas ódio era demais.

Lia demorou alguns segundos para perceber que tinha esquecido de tirar o resto da roupa antes de ligar a ducha. A calcinha e o top estavam molhados e colados ao corpo. Ela não se sentia nem um pouco vitoriosa.

02

ATLÉTICO DE GARRAS

Na manhã seguinte, Lia acordou às cinco horas.

O que tinha começado semanas antes, em uma manhã nublada depois de uma noite maldormida, já estava virando um hábito. Ela passava madrugadas seguidas se sentindo como uma loba presa em uma quitinete minúscula — e era mesmo —, depois se rendia a uma corrida na pista de atletismo da UniLobos enquanto o sol acabava de nascer.

Tomou banho ainda meio dormindo, depois saiu com a toalha enrolada no corpo para preparar o café, com o cabelo pingando no piso enquanto ela desviava de caixas de papelão abertas. Ainda não terminara de fazer a mudança, em parte porque trouxera da casa dos pais em São Paulo mais coisas do que deveria — considerando que as opções de armazenamento se resumiam a um armário de cozinha, uma estante e um guarda-roupas de duas portas —, mas principalmente porque não tinha tempo para desperdiçar tirando as coisas das caixas quando elas podiam muito bem continuar como estavam.

Tanto luxo nessa vida de jogadora de futebol.

Dividiu o café quente em duas garrafas térmicas e voltou para o quarto, onde vestiu um calção do time e a camisa do uniforme. Metade do guarda-roupas era composto por trajes do Realeza, calças e casacos de moletom com o logotipo do clube e camisas verde-musgo com o brasão da UniLobos. Tivera um lapso de fanatismo quando recebera a notícia de que fora aceita.

Agora, isso parecia ter acontecido anos antes, mas fazia apenas quatro meses.

Ela estava exausta, mesmo tendo acabado de acordar.

E sentia falta das panquecas de aveia e ovo de sua mãe — absolutamente horríveis, tanto que comia sem respirar.

Mas essa era a vida agora.

Saiu do apartamento já mostrando para o mundo a primeira cara feia do dia. Àquela hora, porém, ninguém mais estava acordado para ver, só o guardinha responsável pela entrada do bloco esportivo da UniLobos.

O guardinha retribuiu com *outra* cara feia assim que avistou Lia.

— Foco, força e fé — disse ele, ironicamente, enquanto abria o portão. — Como dizem os jovens.

— Foco, força e café.

Ela entregou uma das garrafas térmicas para ele, que agradeceu com um grunhido. Em teoria, a pista de atletismo ficava fechada até as sete, mas Lia e o guardinha tinham feito um acordo no primeiro mês dela na UniLobos.

— Só que nenhum jovem diz isso, José.

Ele grunhiu algo incompreensível e abriu a tampa da garrafa. Lia se afastou, satisfeita. Pronto, uma interação social de sucesso. Se dependesse dela, seria a única interação do dia. Ela tinha que se ater às coisas em que era boa: futebol e... Não, era só isso. Futebol.

Tomou um gole do café amargo, o líquido quente queimando a boca e a garganta, e já emendou a segunda careta daquela manhã. Em seguida, deixou a garrafa na grama, colocou os fones de ouvido e começou a correr, o calor rapidamente se espalhando pelo corpo.

Uma hora depois, quando outros atletas decidiram começar o dia com uma corrida, Lia se despediu de José e foi caminhando até o refeitório do Centro de Treinamento do Realeza.

Passou por grupos de duas ou três pessoas e tentou não procurar, como às vezes fazia, por alguém familiar. Não uma colega de time, dessas ela queria distância, mas uma pessoa que ela tinha esperado encontrar na UniLobos. Deixou o olhar vagar pelo rosto daqueles estranhos antes de desviá-lo para a frente de novo. Não adiantava. Ela estava sempre procurando, na expectativa de um vislumbre ou, melhor ainda, de um esbarrão com Martina, sua amiga de infância, o que nunca vinha.

O estômago dela roncou. Não via a hora de se esbaldar no bufê de café da manhã do refeitório.

Era sua próxima parada, em teoria, até passar diante das portas de vidro da academia. Dava para ouvir a música eletrônica abafada vindo lá de dentro, junto do barulho de aparelhos de musculação sendo usados, e ela não conseguiu resistir a dar uma espiada.

A energia malgasta voltou à tona. Era como se as pernas dela nem estivessem exaustas de tanto correr, cada músculo quase doía com a necessidade de ser usado.

Tá, o café da manhã podia esperar.

Checou a hora no celular, só para se certificar de que tinha tempo de sobra. E na tela, inexplicavelmente, estava uma notificação de mensagem. *Que merda...?*

> **NÚMERO DESCONHECIDO (07:10)** me encontra na sala de informática o mais rápido possível

Lia guardou o celular de volta na mochila, franzindo a testa.

— Era só o que me faltava...

Ela não tinha compartilhado o número do telefone com ninguém, só com a moça que fazia o cadastro dos novos alunos da UniLobos, com o técnico ausente do Realeza e com... Renata.

Droga, Renata.

Lia praguejou e entrou na academia. Podia não estar indo para o refeitório, no fim das contas, mas definitivamente não terminaria na sala de informática.

Uma hora depois, suada e com uma toalha sobre o ombro, Lia estava na sala de informática.

Ela tinha malhado por uns quarenta minutos, mas as mensagens não paravam de chegar, até que precisou escolher entre bloquear o número da capitã ou, pelo menos daquela vez, ceder.

Nunca poderiam dizer que ela não fazia sacrifícios pelo time.

Passou os primeiros minutos ali ignorando os olhares de esguelha que vinha recebendo desde que entrara, provavelmente por causa de sua aparência. As outras pessoas é que deveriam se envergonhar por não estarem, elas mesmas, cobertas de suor. Estavam no bloco esportivo da universidade, caralho. Que tipo de atleta começava o dia na frente dos computadores?

Renata, pelo visto.

Lia logo descobriu que tinha sido chamada porque a lista de times convocados para o Campeonato Estadual fora disponibilizada, e, por alguma razão, ela era a pessoa com quem Renata queria falar sobre isso.

— Que time é esse? — Lia aproximou o rosto da tela do computador. — Atlético de Garras? Me diz que é uma piada.

Renata, sentada ao lado dela e bebendo de uma garrafa de um litro de suco verde, fez uma pausa para comentar:

— O time é uma piada. O nome, infelizmente, não.

— Nunca ouvi falar dele. — Lia esfregou a toalha no cabelo curto. Seu corpo ainda não tinha parado de transpirar. — São de que cidade?

— Daqui. — Renata torceu o nariz. — De Sombrio.

— Daqui? — Lia não sabia se estava mais surpresa com esse fato ou com a atitude esnobe de Renata, que, no geral, era respeitosa em relação aos times rivais. — Eu não estou lembrada.

— E por que se lembraria? Notícias de um time como o Garras não chegam a São Paulo.

— Eu nasci e cresci em Sombrio — explicou Lia, erguendo um ombro. Não a surpreendia que, para a capitã, ela fosse meramente uma forasteira, atraída de São Paulo pela fama do Realeza. Nunca explicara que o time fazia parte de seus objetivos havia muitos anos. — Minha família se mudou para São Paulo quando eu estava no Ensino Médio.

Renata pousou a garrafa de suco no chão, mantendo-a bem longe do computador, e se virou na cadeira para olhar de frente para Lia.

— Mas faz quantos anos desde que a sua família se mudou?

Lia fez uma pausa para calcular. Tinha morado em Sombrio até os dezesseis, quando o pai conseguiu um emprego para trabalhar na prefeitura de São Paulo e fez a família inteira se mudar para lá. Na época, pareceu o fim do mundo. Não porque Lia era particularmente apegada à cidade, mas porque tinha planos que incluíam o Realeza e a UniLobos. E que também incluíam Martina, sua melhor amiga na época.

Droga, não queria pensar em Martina de novo.

— Fez quatro anos em janeiro — disse ela, balançando a cabeça para limpar os pensamentos. — Está querendo me dizer que esse Atlético de Garras tem menos de quatro anos? Um time novo assim já foi classificado para o Estadual?

Talvez ela não devesse ficar tão abismada, já que não esteve realmente a par do futebol sul-mato-grossense nos últimos anos. Tinha deixado de acompanhar até o Realeza. Era difícil ficar o tempo todo olhando para trás, pensando "e se"... Mas isso foi antes da bolsa de estudos. Antes de ela tomar a decisão — e que merda de decisão — de voltar e descobrir por si mesma se havia um futuro para ela em Sombrio.

— Pois é. — Renata franziu a testa e voltou a encarar a tela do computador, que lançava um brilho azulado em sua pele negra. — Ele é o time da AMCO, começou a pipocar nos amistosos três anos atrás. Ninguém esperava que durasse muito. O nível deve estar muito baixo no Estadual este ano se até o Garras conseguiu se classificar.

Ah, Lia podia dizer uma coisinha ou outra sobre esse nível muito baixo. De onde observava as coisas, até o fundo do poço tinha ficado lá em cima.

— Melhor para a gente então — murmurou.

A AMCO, Associação de Metamorfos do Centro-Oeste, vinha sobrevivendo aos trancos e barrancos desde que ela se conhecia por gente. Se o tal Atlético de Garras vinha de lá, não seria nenhum desafio.

— Pena que esse Garras não vai ser o primeiro time que a gente vai enfrentar — acrescentou —, seria bom ter uma partida fácil.

O som de metal raspando no chão fez com que ela e Renata olhassem para o lado. A garota ruiva do time, Elisa ou Eloísa, estava arrastando uma cadeira para se sentar perto delas. Usava um boné verde com a aba virada para trás, e a cor realçava o acobreado do cabelo e as sardas no rosto. Renata devia tê-la chamado para aquela reuniãozinha também.

— Não seria um jogo tão fácil assim — comentou a garota, como se fizesse parte da conversa desde o princípio. — O Garras tem algumas jogadoras muito boas.

— Algumas jogadoras não fazem um time — disse Renata.

— Algo que poderia ser dito sobre a gente também. O Realeza está mais para Tristeza ultimamente. Ou Fraqueza. Ou Incerteza.

— *Et tu, Brute*? — Renata ergueu as sobrancelhas, encarando-a. — Você não acha que a Lia já traz negatividade suficiente para o time?

— Você sabe muito bem do que eu estou falando, tanto que só ligou para mim e para a novata aqui. Só nós três jogamos a partida de ontem, Nati.

— Jesus, odeio quando você me chama de *Nati*.

— E eu amo quando você me chama de Jesus.

Lia cruzou os braços e se permitiu um sorrisinho de satisfação. Pelo menos ela não era a única capaz de ver que aquele time estava uma grande bosta. O comentário de Renata sobre ela ser uma pessoa negativa doeu, mas ela sabia que não era verdade. Estava apenas sendo realista.

Mesmo assim, provocou a outra garota:

— Não era você que estava toda animada ontem para sair para beber e comemorar a vitória? Do jeito como falou, parecia que tudo estava uma maravilha.

— Nada fica entre a grande Aura Maria e uma comemoração. — Foi Renata quem respondeu. Ela endireitou a postura e baixou a voz, falando com mais intensidade: — Mas quero deixar claro que o nosso time ainda é, e vai continuar sendo, o Realeza do futebol. Só precisamos treinar melhor as novas jogadoras, já que metade do time foi embora ano passado e nem todo mundo que entrou agora tem muito tempo de prática.

Lia ignorou quase tudo o que Renata disse e olhou para a ruiva com a atenção redobrada.

— Aura Maria?

Como assim o nome dela era Aura Maria? Se ela era Aura, quem era Elisa? Ou Eloísa?

— Você não sabia nem o meu nome? — A garota olhou-a boquiaberta, depois soltou uma risadinha incrédula. — Meu Deus...

Lia sentiu o rosto esquentar. Não tinha cogitado que sua dificuldade em decorar os nomes das jogadoras seria tão mal recebida. Será que era mais um motivo para não gostarem dela? Ou a *odiarem*? O comentário que Renata tinha feito no dia anterior ainda a cutucava, afiado.

— Você mesma me chamou de novata. — Lia cruzou os braços, defensiva. — Ainda não deu tempo de aprender o nome de todo mundo.

— Ok, então, *Lia*. — Aura colocou bastante ênfase no nome dela. — De quem você já aprendeu o nome?

— Da Renata, é claro. O seu eu aprendi agora. E tem alguma Elisa, não?

— Eloísa?

— Foi o que eu disse.

— Tá, e qual das meninas é a Eloísa?

Lia bufou, desviando o olhar para a tela do computador.

— Não sou obrigada a conhecer todo mundo.

— Meio que é, sim — disse Renata.

— Que piada. — Aura suspirou. — O pior é que você nem é a única novata que não dá a mínima para o time. — O tom dela era leve, apesar das palavras severas. — Desse jeito, vou perder meu primeiro Estadual este ano. E aí, sim, eu vou ter mais razão para beber do que nunca.

— Não vamos perder — garantiu Renata, apegada ao mantra de sempre. — Vê se para de ficar pensando em razões para beber. E, Lia, você vai ter uma chance de ver como as meninas do Atlético de Garras jogam. Elas têm uma partida hoje em Corguinho, e nós vamos assistir.

Lia parou de fingir que estava interessada no computador e encarou a capitã, abrindo a boca para perguntar se aquilo era mesmo necessário.

— Em Corguinho? — Aura se adiantou. — Mas por quê?

Lia comprimiu os lábios, arqueando levemente as sobrancelhas para Renata enquanto também esperava por uma justificativa. Se o tal Atlético de Garras estava disputando uma partida em Corguinho, uma cidadezinha que era composta por dois postos de gasolina e meia dúzia de casas, então só podia ser parte de algum campeonato menos importante, ou se tratava de um amistoso com um time menor. Fosse o que fosse, todas elas tinham coisa melhor para fazer do que assistir a esse tipo de jogo.

— Eu andei estudando o Garras nos últimos tempos. — Renata se voltou para o computador e começou a abrir alguns arquivos na tela enquanto falava. — Não porque eu ache o time bom, muito pelo contrário, mas a gente precisa tomar cuidado com o que está próximo. É aquele ditado, mantenha seus amigos perto e seus rivais medíocres mais perto ainda.

Muito casualmente, ela abriu uma apresentação no PowerPoint.

Ah, não. Lia tinha horror a apresentações desse tipo.

Ela começou a se levantar, e a mão de Renata foi direto para seu pulso. A capitã nem desviou o olhar do computador. Lia sentiu, de repente, um pouco de medo dela. Sentou-se de novo.

— *Eita pega* — sussurrou Aura, de olho no primeiro slide, que era todo decorado em laranja e branco. As cores do Garras, pelo visto. — Nati, tem mais de cem slides nesse negócio! Algumas de nós ainda precisam de um diploma, minha aula de Finanças Pessoais começa daqui a pouco.

— Relaxa, o que não der para explicar hoje eu encaminho para o seu e-mail depois. Agora escutem, vocês duas.

Renata engatou em uma exposição de toda a história do Garras. Falou sobre a fundação do time, com a proposta de acolher metamorfos mais variados no futebol de Sombrio, uma cidade que havia décadas priorizava apenas os licantropes. E entrou em detalhes sobre os esforços que o Garras andava fazendo para vencer campeonatos pequenos, conquistando prêmios em dinheiro e tentando chamar a atenção de patrocinadores. Pelo visto, esse dinheiro estava sendo empregado na construção de um campo de futebol na AMCO. Sabe-se lá onde essas garotas vinham treinando enquanto a obra acontecia.

Esse era um bom lembrete de que, apesar da incompetência de muitas das colegas de time, Lia estava em um lugar estável da carreira. Aquele não era o Realeza dos sonhos dela, mas ainda era um time profissional, com direito a um salário e a um Centro de Treinamento.

"Esse é o nosso caminho do sucesso", Martina costumava dizer sempre que falavam do Realeza. Na época, ele era o único time para não humanos de Sombrio, então não havia outra alternativa: precisavam ser as melhores.

A lembrança fez Lia se questionar, mais uma vez, sobre o paradeiro da velha amiga. Se aquele era o caminho do sucesso das duas, por que Martina não estava nele?

Então, de repente, ali estava ela. Na tela do computador.

— Martina — murmurou Lia, mais para si do que para as outras.

Ao mesmo tempo, Renata dizia:

— Martina Caires Cordeiro. Espera. — Ela olhou para Lia — Você conhece ela? Como que você já ouviu falar da Martina?

Aura também olhou para Lia com uma expressão beirando o desespero.

— Caramba, você nunca ouviu falar de mim, mas conhece uma jogadora do Garras? Que mundo é esse?

Lia começou a balançar a cabeça, mal se deixando afetar pela surpresa delas, e relaxou na cadeira. Não conseguia dizer se o corpo dela pesava, prestes a afundar, ou se estava tão leve que poderia flutuar a qualquer segundo. Martina era seu paradoxo favorito. Sua melhor amiga, sua primeira matilha, seu maior arrependimento e a primeira pessoa que ela deixou para trás. Uma das razões para ter voltado. Alguém que a fazia querer fugir. E a pessoa que a ensinou o que "paradoxo" significava, porque Martina, ao contrário de Lia, sempre foi boa no esporte *e* inteligente.

Por um lado, era bom saber que ela não tinha desistido, não tinha parado de jogar. Mas por outro...

— Ela joga melhor do que eu — disse, porque era a verdade. Algo começou a borbulhar dentro dela, euforia e receio se misturando. — Puta merda, eu vou perder. — Olhou para as colegas, que exibiam uma expressão de confusão muito parecida. — Eu vou perder, vocês vão perder, nós todas vamos perder, se Martina está jogando para o outro time. — Ergueu as mãos. — Só avisando.

Olhou de novo para a foto de Martina no computador. Ela tinha mudado bastante, cortado o cabelo e descolorido os fios até eles ficarem loiro-platinados, mais claros do que a pele branca e pálida dela. E tinha colocado piercings nas orelhas e na sobrancelha, como prometeu que faria assim que completasse dezoito anos. Mas aquele indício de sorriso no canto dos lábios e os olhos castanhos semicerrados para a câmera eram familiares. Quatro anos longe de Martina não pareciam ter sido o bastante para mudar a resposta de Lia diante do desafio naqueles olhos.

— Mesmo assim, estou dentro — disse ela. — Vamos para Corguinho ver esse tal de Atlético de Garras jogar.

03
AMISTOSOS E VELHAS AMIGAS

Martina Cordeiro não encontraria a paz interior tão cedo. Para começar, ela morava em uma cidade em que um calor de 37°C era normal, praticava um esporte que alimentava sua agressividade e tinha sérias dificuldades em perdoar até a menor das ofensas.

No momento, não conseguia perdoar Valéria, a técnica do Atlético de Garras, por ter marcado um amistoso em Corguinho às três da tarde.

Por mais que já estivessem em junho, o frio não queria chegar, e o sol fazia o couro cabeludo de Martina arder, ainda sensível por causa do produto descolorante que ela aplicara mais cedo. Já era o segundo tempo e nada de o calor dar uma trégua.

Débora passou por ela correndo e gritou:

— Respira fundo e conta até dez! — Como capitã do time, era seu dever dizer coisas desse tipo. Sem desacelerar, virou a cabeça para acrescentar: — Mas faz isso em movimento. Corre, Martina!

"Corre, Martina" só podia ser o lema da vida dela.

Desde que começara a jogar pelo Garras, dois anos antes, era uma frase que ouvia todo santo dia — fosse nos treinos no campo que a AMCO alugava para elas, visto que não tinham um próprio, ou nos jogos contra outros clubes. Ela ocupava a posição de lateral, e o time dependia de suas explosões de velocidade, da força de suas pernas e de sua determinação de *não parar, nunca parar*.

E, caramba, como ela amava aquilo.

Parecia que Débora tinha lido seus pensamentos e sabia, melhor do que qualquer um, o que ela precisava ouvir. "Corre, Martina", repetia para si mesma, testando os próprios limites e chegando a tempo de tomar posse da bola antes de ela passar da linha. O corpo dela vibrava com a certeza de que o campo era seu lugar no mundo. E aquele canto em específico, aquele ângulo, era o melhor de todos. Uma abertura, uma fraqueza na defesa do Bom Jesus, o time adversário, e ela já estava rolando a bola no pé. Não contou de um a dez, como Débora tinha sugerido, porque não tinha tempo para isso, apenas respirou fundo e pensou "dez". Gol.

Martina só parava quando era gol.

Teve alguns segundos para se banhar na sensação de vitória, trocar sorrisos e cumprimentos com as colegas de time, depois engatou em uma corrida de novo.

Às vezes, ela se perguntava o que aconteceria se parasse mais. E se parasse para processar o sentimento de fracasso por não ter sido aceita na UniLobos? E se parasse para pensar sobre o futuro e sobre como as chances de entrar para a Seleção ou de ser reconhecida nacionalmente eram, na verdade, mínimas? E se parasse para ligar para o irmão e perguntasse como ele estava, se ele a perdoava? E se parasse para respirar e chorar um pouco? Ela não parava para descobrir.

O apito soou, sinalizando uma pausa para beber água, e Martina correu na direção dos banquinhos de tijolos e tábuas de madeira.

Valéria estendeu a garrafa d'água na direção dela antes de falar qualquer coisa.

A técnica do Garras, Val, tinha a pele branca, manchada em alguns pontos por conta do sol. O cabelo loiro-escuro estava preso em um coque no alto da cabeça, de onde só alguns fios escapavam, e ela conservava o corpo atlético de uma jogadora profissional e uma expressão de quem não levava desaforo para casa. Só quando Martina começou a beber a água, engolindo gole após gole sem nem parar para respirar, é que Val deu início ao monólogo de sempre, passando direcionamentos para cada uma delas.

— Juçara, continua avançando na bola quando surgir a oportunidade — disse para a goleira do time, a jogadora mais alta entre elas, de pele negra retinta e com o cabelo curto pintado de rosa. Todas, menos Val, chamavam-na só de "Ju". — Agora não importa mais se a gente tomar um gol ou não, estamos em três a zero e quero vocês no ataque.

— A gente não pode só manter a vantagem e desacelerar um pouco o ritmo? — perguntou Nicolly em um tom monótono. Ela olhou na direção onde o outro time estava reunido e começou a mexer no cabelo castanho, espalhando uma fragrância amadeirada pelo ar. — Está tão quente hoje, não precisamos exagerar.

O nariz de Martina formigou, e ela ignorou o incômodo. Gostava de perfume, mas a amiga exagerava na dose. Às vezes chegava para os treinos e jogos parecendo ter engolido o frasco do produto. Mas aturar esse tipo de coisa era o que Martina ganhava por jogar em um time com metamorfas de todo o tipo, nem todas se transformavam em animais com o olfato aguçado dos lobos. E ela gostava o suficiente do Garras, e até de Nicolly, para não reclamar.

Como ninguém respondeu, Nicolly, sempre disposta a *falar demais*, continuou:

— Além disso, parece meio de mau gosto fazer uma goleada contra um time tão iniciante.

— De mau gosto? — perguntou Martina, parando de beber água por um momento. Aí já era demais para ela ouvir em silêncio. — Por mim, podia ser goleada sempre. Melhor dar do que levar, né?

Nicolly revirou os olhos, incapaz de reunir o mínimo de força de vontade até quando estavam no meio de uma partida. Val farejou uma oportunidade para pressioná-las e deu o bote:

— Pena do outro time a gente só sente depois que o jogo acaba, entenderam? E olhe lá! No esporte ninguém tem tempo para isso, gente. Ano retrasado vocês perderam de doze a um, estão lembradas? E olha pra vocês hoje, estão ótimas!

Todas as meninas se encolheram à menção da derrota humilhante que sofreram nas mãos do Realeza. Ah, claro, estavam ótimas. Com sangue nos olhos e levemente obcecadas, mas ótimas. Martina ainda passava muitas noites acordada, olhando para o teto e revivendo aquele jogo.

— Eu não estou com pena — disse Nicolly com a voz arrastada. Ela nunca tinha pressa de chegar ao fim de uma frase. — Só fico me perguntando se é mesmo necessário.

— Quer descansar, Fujita? — indagou Val, que passava a chamá-las pelo sobrenome quando estava irritada, um reflexo dos anos como jogadora nos Estados Unidos. — Posso te deixar no banco.

Nicolly fez uma careta e murmurou:

— Esquece.

Val retomou as orientações, e Martina só conseguiu pensar direito quando esvaziou a garrafa d'água. Em minutos, todo aquele líquido se transformaria em suor. Depois de ser lembrada da forma como o Realeza tinha esmagado o Garras nas classificatórias para o último Estadual, dois anos antes, ela estava ansiosa para voltar ao campo e descontar a frustração na bola e no time adversário. Val teria que perdoá-la se disso resultassem uma falta ou duas — era o que ganhava por ter mencionado o doze a um.

Voltaram para o campo impulsionadas — mas não exatamente motivadas — pelas palavras de Val e assumiram uma tática mais agressiva.

Débora marcou outro gol em menos de dois minutos, e Martina sorriu, expurgando toda a frustração e tentando se livrar do sentimento de derrota que tomava conta dela sempre que pensava naquela partida contra o Realeza. Talvez se sentisse melhor se elas fizessem com aquele time o que tinha sido feito com elas. Talvez isso fosse o suficiente para controlar os batimentos cardíacos e a sensação de que o mundo começava a girar mais rápido.

Tudo ia mais rápido. Até ela.

E, então, como se aparecessem no centro de um redemoinho, havia três pessoas nas arquibancadas que não estavam lá antes. Três rostos muito familiares dentre as poucas pessoas que tinham saído de casa para ver aquela partida meia-boca. Martina parou no meio do campo e perdeu de vista a bola e as garotas de uniforme laranja ao redor. Só tinha olhos para as fileiras meio destruídas, um misto de metal enferrujado e madeira, e para aquelas três mulheres.

Renata, capitã do Realeza, Aura Maria, a estrela do time, e... Lia.

Lia Izidoro, como se brotasse de um sonho. Ou de um pesadelo. O que elas estavam fazendo ali? O que *ela* estava fazendo ali?

Lia parecia mais alta, mesmo sentada, e a regata cinza que usava ajudava a exibir os braços com músculos definidos e várias tatuagens escuras que constrastavam com a pele branca levemente bronzeada.

Fazia quatro anos desde que elas tinham se visto pessoalmente, mas Martina nunca conseguiu passar mais do que alguns meses sem checar as redes sociais da garota. Foi como descobriu que ela estava voltando a Sombrio para jogar no Realeza. Sinceramente, um chute no estômago doeria menos.

Mas elas não estavam em Sombrio naquele momento, estavam em Corguinho, uma cidade minúscula que só atraía o interesse do público quando surgia um novo rumor de aparições de óvnis entre as plantações de soja ou quando algum doido decidia reviver a memória coletiva do ET Bilu. Aquela era a terra dos lunáticos, afinal.

Martina ainda se lembrava da vergonha que sentiu quando o estado do Mato Grosso do Sul ganhou notoriedade só porque, em 2010, foi exibida em rede nacional uma reportagem feita na cidade de Corguinho sobre um suposto contato com um extraterrestre chamado Bilu. Ao ser perguntado pela reportagem qual seria sua mensagem para a Terra, ele disse, numa voz fina: "Apenas busquem conhecimento". Desde então, o ET Bilu e sua mensagem ficaram famosos.

Talvez as três jogadoras do Realeza estivessem fazendo justamente isso: buscando conhecimento. Não era novidade que o Realeza vinha sondando a ameaça que o Garras poderia representar para o até então queridinho da nação.

Martina respirou fundo. Não ajudou. O ar seco queimava o nariz, a garganta e o peito. Se dragões existissem, ela com certeza seria um e começaria a cuspir fogo.

Infelizmente, dragões não eram uma opção. Aquela era a vida real, e Martina não passava de uma lobisomem patética com problemas de temperamento e muito rancor acumulado. Não podia incinerar suas inimigas. Não podia nem se transformar em loba, em respeito aos bons costumes.

Ao redor dela, tudo era um borrão. Lia, o único ponto de nitidez em meio ao caos, continuava a encará-la.

Ela estava imaginando aquilo, não estava?

Muita adrenalina. Talvez tivesse bebido a água rápido demais também.

— Martina! — gritou uma das colegas, despertando-a do transe. O que ela estava fazendo? Precisava focar o jogo. — Martina, a bola!

Ela correu, mas não foi rápida o bastante para impedir que a bola saísse pela linha lateral.

— Acorda, garota — esbravejou Catarina, uma das atacantes.

Martina não conseguiu evitar mostrar o dedo do meio para a colega. Mesmo quando jogava mal, ela se recusava a abaixar a cabeça. Deu espaço para uma jogadora do Bom Jesus passar para fazer o lançamento da lateral e correu para marcar outra garota, uma menina magricela que tinha cara de ainda estar no Ensino Médio. Incapaz de se conter, olhou de canto para as arquibancadas.

Elas ainda estavam lá. Será que o lembrete de Val sobre o doze a um não tinha sido por acaso? Era bem provável que ela também tivesse notado a presença de observadoras do Realeza.

Martina fechou as mãos em punhos, bufando.

Ela odiava aquelas desgraçadas, odiava aquele time, e se Lia fazia parte dele agora, então odiava Lia também. Mas isso não era novidade.

O ódio era bem-vindo, era algo que ela poderia usar. Seu corpo transformava tudo em combustível, tanto as coisas boas quanto as ruins. Às vezes, era o suficiente apenas para fazê-la correr mais rápido. Em outros momentos, porém, ela explodia.

Lia estava ali, olhando para ela. Lia na lista de alunos aprovados para uma bolsa de estudos na UniLobos. Lia entre as jogadoras do Realeza, o time dos sonhos das duas. Lia, que tinha voltado para Sombrio e nem a tinha avisado, nem mesmo tentado retomar o contato. Mas por que ela faria isso, não é mesmo? Lia estava muito além dela. Lia tinha seguido em frente, do jeito que Martina parecia não ser capaz de fazer quando o assunto era ela.

Isso não podia continuar assim, ela tinha que superar o passado. E, se não conseguisse, podia pelo menos continuar correndo dele.

04
UMA FERA ENCURRALADA

Quase uma hora depois do final da partida, o time se reuniu em frente a um estabelecimento que se autodenominava *Hotel Restaurante e Padaria TURMALINA*. Com uma variedade tão limitada de postos comerciais em Corguinho, pelo visto decidiram aproveitar aquele para oferecer três serviços ao mesmo tempo.

Enquanto Valéria conversava com o dono do local, todas esperavam.

Martina tentava ignorar os olhares que as amigas lançavam a ela. Pelo jeito como estavam agindo, nem parecia que tinham vencido o jogo.

Tudo bem, Martina tinha sido expulsa, mas isso não mudava o placar.

Com um suspiro, Débora largou a mochila no chão. Com seus um metro e setenta de altura, a capitã era um pouco mais baixa do que Martina. Ela tinha o cabelo castanho bem curto, encaracolado nas pontas, e a pele negra de um tom claro. Ser mais baixa não a deteve: ela ergueu o queixo e arqueou as sobrancelhas para Martina, que finalmente cedeu.

— Foi mal, ok? — Ela abriu os braços, olhando não apenas para a capitã, mas para as outras também. — Eu sei que fiz merda, mas... mas às vezes não consigo me segurar.

Nicolly era a única que parecia indiferente, mexendo no celular. As outras a observavam com aquele misto de surpresa e medo que sempre se seguia a uma de suas explosões. Fazia um tempo desde a última vez que a intensidade de Martina ultrapassara a linha tênue entre eficiência e imprudência, talvez elas acreditassem que não aconteceria de novo.

Era aceitável ser um pouco agressiva quando isso motivava as outras a se esforçarem mais, no entanto ser expulsa de um amistoso contra um time como o Bom Jesus extrapolava os limites do bom senso. Martina sabia disso, e seu rosto esquentava de vergonha diante do escrutínio das demais.

— Dois cartões amarelos — disse Ju, de olhos arregalados e passando a mão no cabelo crespo, praticamente raspado e cor-de-rosa. Ela tinha entrado para o time naquele ano e, até então, demonstrara uma calma inabalável, mas parecia um tanto abalada naquele momento. — Como você conseguiu fazer isso em quinze minutos?

Era uma pergunta válida, para a qual Martina não tinha resposta. *Como* tinha feito aquilo? Ela só sabia o *porquê*. E não estava ansiosa para explicar que jurava ter visto três jogadoras do Realeza assistindo à partida, nem para revelar que uma dessas jogadoras costumava ser sua melhor amiga. Quem acreditaria nela quando, ao fim do jogo, ela buscara pelas três nas arquibancadas e não encontrara ninguém?

Até ela estava se achando meio louca naquele momento.

Abriu e fechou a boca, sem saber o que dizer. Débora colocou a mão no ombro dela e falou em um tom brincalhão:

— Nossa garota aqui é uma fera. — Ela piscou para Ju. — E você acabou de presenciar a sua primeira explosão de Martina Caires Cordeiro. Se prepara, porque virão mais por aí.

Espera, ela não estava brava? Não estava decepcionada?

— Não que eu esteja ansiosa para isso — acrescentou Débora, olhando-a de lado, e havia aquele brilho de sempre nos olhos castanhos dela, uma expressão de confiança e um pouquinho de malícia. — Você precisa tentar meditar e ouvir um metalzinho antes do jogo, Tina, algo para equilibrar essa energia toda. Mas poderia ter sido pior.

Martina assentiu, mais apaziguada pelo "poderia ter sido pior" do que qualquer outra coisa. Era bom saber que sua capitã tinha noção de quão ruins as coisas ficavam quando ela perdia mesmo o controle. E se mesmo assim Débora a queria no Garras, Martina ficava feliz por permanecer ali.

Débora Nogueira estava no Atlético de Garras desde o início, quando "tudo era mato", como ela dizia. Foi ela quem reuniu um grupo de amadoras e fez delas um time.

Quando Martina se juntara ao Garras, foi uma surpresa encontrar um grupo de garotas que sonhavam com mais. Garotas que, como ela, estavam dispostas a fazer de tudo para crescer e jogar com as grandes.

Um mês antes disso, Martina tinha sido recusada pela UniLobos, a única universidade estritamente lupina do país. No Garras, era diferente. Débora era uma metamorfa que se transformava em jaguatirica, enquanto algumas das colegas viravam outros mamíferos e até aves. Todo mundo era aceito, e Débora foi quem acolheu os sonhos de todas elas ao longo do caminho.

Martina às vezes se esquecia do quão compreensiva a amiga realmente era, se deixando levar pelo lado dela feito somente de piadinhas sugestivas, ordens gritadas durante as partidas e pelo sorrisinho irônico que muitas vezes usava para mascarar o que realmente sentia. Elas se equilibravam bem em campo: Débora jogando com segurança e foco, e Martina... *sem* segurança e foco.

Depois de todas aceitarem que Martina se sentia mal pela expulsão do jogo e com a bênção de Débora para mudarem de assunto, o time se dividiu em grupos menores. Metade das meninas se distraiu com um orelhão em formato de peixe que havia ali perto, bem típico de cidade do interior, e as outras se sentaram no meio-fio, conversando ou rolando a tela do celular.

— Sabe do que você precisa? — perguntou Débora de repente, virando-se para Martina.

— Sim, de dinheiro.

— Isso seria bom, mas eu ia dizer açúcar. — Ela gesticulou para uma lanchonete no outro lado da rua, com três mesas de plástico postas na calçada. — Vamos tomar um refri, eu pago.

Martina se empertigou, interessada. As duas estavam na mesma situação financeira precária, jogando para um time que não tinha um centavo com que pagá-las, mas ela não negaria a chance de poupar uns cinco reais.

— A Val vai ficar puta se não estivermos esperando onde ela mandou — alertou, sem muita intensidade. Em um fim de tarde quente e abafado como aquele, era difícil resistir a uma Coca-Cola bem gelada.

— Vai nada. Não é como se fôssemos escapar para curtir uma noite agitada em *Corguinho*.

— Mas a gente bem que merecia.

Martina colocou as mãos na cintura e observou a linha do horizonte, visível para além da única avenida da cidade. Ela pensou no jogo daquele dia e se permitiu aproveitar o sentimento de vitória, colocando de lado as preocupações com as intrusas do Realeza, pelo menos por alguns segundos.

— O jogo de hoje foi um banho de sangue — falou.

Só se deu conta de que estava sorrindo quando Débora disse:

— Para de sorrir desse jeito, é assustador. — Ela fez uma pausa, e um sorrisinho foi se insinuando em seus lábios também. — Mas é, foi foda. A gente precisava desse afago no ego.

Martina riu e as duas atravessaram a rua sem nem olhar para os lados, caminhando em direção à lanchonete. Naquele horário, a cidadezinha estava uma calmaria. Talvez Val ficasse mesmo brava com as duas por terem saído do lugar enquanto ela reservava os quartos no hotel, mas não seria difícil encontrá-las. Além da lanchonete na esquina e do estabelecimento multifuncional em que passariam a noite, não parecia haver para onde ir.

— Mesmo assim... — continuou Débora, o sorriso sumindo. — E perdão, mas vou ter que concordar com a Nicolly...

— Ah, não...

— Talvez a gente tenha exagerado um pouco.

— Nem vem, aquele time mereceu.

Débora meneou a cabeça em negativa.

— Um afago no nosso ego não precisa ser um chute no dos outros. Oito gols foi brutal pra caralho, e o Garras não está nem melhor nem pior depois de hoje.

Martina chutou uma tampinha de metal na calçada.

— Sinceramente, ainda não entendi o que a gente veio fazer aqui — disse, olhando para baixo. — Mas pelo menos ganhamos.

Elas entraram na lanchonete, onde uma mulher idosa varria o chão que era do mesmo azulejo branco e encardido que decorava as paredes. Um senhorzinho com um bigode grosso e grisalho as atendeu no balcão. Em seguida, elas se sentaram em uma mesa de plástico no lado de fora, Martina com sua Coca-Cola e Débora com um refrigerante laranja-neon diante de si.

Ali perto, um grupo de jovens estava reunido em cadeiras na calçada, tomando tereré e conversando com a voz elevada. Do outro lado da rua, as meninas do time ainda se entretinham tirando fotos com o orelhão em formato de peixe como se não houvesse vários iguais àquele espalhados pelo estado. O Mato Grosso do Sul amava a própria fauna, talvez até mais do que amava os metamorfos que faziam parte da população.

Débora tomou um gole do refrigerante e se recostou na cadeira, dobrando uma perna sobre a outra. E então, como estavam sozinhas, fez a pergunta que vinha guardando:

— O que aconteceu lá?

Martina pôs os cotovelos sobre a mesa, apoiando o queixo nas mãos. Ainda não tinha uma resposta aceitável. Sabia que merecia ouvir tudo o que Débora tinha a dizer, não costumava ser tão irresponsável, mas havia momentos em que só precisava que as coisas se movessem mais rápido. E às vezes acabava chutando a canela de alguém no processo. Com bastante força.

— Você se esqueceu do nosso combinado de transformar essa raiva não em faltas, mas em gols e passes? — perguntou Débora depois de alguns segundos, quando ficou nítido que o silêncio se arrastaria ainda mais se não dissesse nada. — Esse tipo de coisa não pode voltar a acontecer agora, Tina, não quando o time acabou de ser classificado para o Estadual. Vai, levanta o rosto e olha pra mim. — Martina fez o que ela pediu. O olhar de Débora era firme, mas ainda assim gentil. — Foi porque a Val mencionou aquele jogo do ano retrasado?

— Foi um pouco por causa disso — confessou Martina, baixinho. — Mas também fiquei pensando em como agora vai ser ainda pior se a gente perder para o Realeza. Por causa...

Ela não conseguiu acabar de falar, mas Débora completou:

— Por causa da Lia.

— É. — Martina tomou um gole da Coca-Cola, torcendo para o açúcar clarear a mente.

Valia a pena mencionar que tinha visto Lia nas arquibancadas? Que *achava que tinha visto*, na verdade.

— Eu só não consigo acreditar que ela está na UniLobos e eu não. Sei que é horrível dizer isso, eu amo o nosso time e aprendi a amar a Associação também, mas passar na UniLobos é algo grande para... para pessoas como eu.

— Para lobisomens elitistas que se acham melhores do que todo mundo, você quer dizer?

— Exatamente. E ela nem me contou, sabe? Nem mandou uma mensagem pra dizer que estava voltando para cá, nem me chamou pra tomar um litrão ou sei lá o quê.

— Porque tomar um litrão com a ex é o sonho de qualquer uma, né?

— Não sou ex dela. Sou uma amiga.

Débora revirou os olhos.

— Você é uma ex-amiga, Tina, precisa entender isso e seguir em frente com a sua vida.

— Eu ainda gosto dela. Como amiga, claro. — Ela ergueu o queixo, sem saber muito bem se estava desafiando Débora ou a própria consciência. — Aposto que a gente ainda se daria super bem se ela fizesse algum esforço para me ver.

Débora apertou os olhos em uma expressão de julgamento que apenas felinos — ou metamorfos que se transformavam em felinos — eram capazes de fazer.

— Por que você não faz um esforço, então?

— Porque eu odeio ela!

— Você *acabou de dizer* que gosta dela!

— Eu gosto dela e odeio ela! — Martina soltou o ar e passou a mão no rosto, tentando se acalmar. Se nem ela entendia como se sentia em relação a Lia, como outra pessoa entenderia? — Ai, que droga. Olha, preciso te contar uma coisa, mas não me ache louca.

— Eu já te acho meio louca.

Martina respirou fundo e olhou para a lata de Coca-Cola na mesa, evitando o rosto de Débora.

— Acho que vi a Lia nas arquibancadas.

— Eita, amiga. — Débora soltou uma risada fraca. — Tá, tudo bem, desculpa. Mas acho que a garota tem mais aonde ir, o que ela estaria fazendo em Corguinho?

— Eu sei que parece ridículo. — Martina reuniu um pouco de vergonha na cara e olhou para ela. — Tenho quase certeza de que foi coisa da minha cabeça, mas eu precisava falar com alguém sobre isso. E... bom, ela estava com mais duas pessoas, e uma delas parecia ser a Aura Maria. Não quero criar teorias mirabolantes, mas vou aproveitar que estamos na cidade do ET Bilu e jogar aqui a suposição de que talvez, só talvez, o Realeza esteja espionando a gente.

Débora congelou e todo o humor desapareceu de seu rosto. O nome Aura Maria tinha esse efeito nela.

— Está tirando uma com a minha cara?

— Não, eu juro que foi o que pareceu. Mas, quando o jogo acabou, elas não estavam mais lá.

— Olha, acho que você só precisa de uma boa noite de sono. Bebe logo esse refri e vamos voltar para o hotel, a Val já deve ter arrumado quartos para todo mundo.

Martina tinha decidido havia tempos que as únicas ordens que seguiria na vida seriam as de Débora, que se provara digna de confiança muitas vezes, e as de Val, porque não tinha muita escolha, mas às vezes era bem difícil. Mesmo assim, tomou o resto do refrigerante e se levantou para ir ao banheiro antes de voltarem para o hotel, restaurante e padaria.

Depois de ter falado as palavras em voz alta, não conseguia se livrar da sensação de que podia estar certa a respeito do Realeza e de uma tentativa de espionar o desempenho do Garras. Também não conseguia se livrar da sensação de que estava errada.

Estava lavando as mãos no banheiro e, de verdade, foi quase um alívio quando levantou o rosto e se deparou com o reflexo de Lia no espelho, bem ao lado da própria imagem. O que não a impediu de se sobressaltar e esbarrar a mão no frasco de sabonete líquido na pia, derramando metade do conteúdo dele.

— Merda — falou para o espelho. Depois, baixou os olhos para a pia. — Merda, merda, merda.

Pegou o frasco, impedindo o restante do sabonete de vazar, e ligou a torneira, tentando dar um jeito na bagunça. Franziu a testa, pensando *não vou olhar para cima*, mas não conseguiu evitar. Precisava saber, de uma vez por todas, se tinha imaginado tudo.

Não tinha. Lia Izidoro continuava de pé atrás dela, mas deu um passo para o lado e estendeu a mão.

— Deixa que eu seguro isso. — A voz dela era macia como algodão deslizando na pele, familiar, mesmo depois de tanto tempo.

Com centímetros as separando, era ainda mais nítido o quanto ela tinha mudado. Apesar de tê-la acompanhado nas redes sociais e de vê-la de longe durante o jogo, Martina guardava a lembrança de Lia como a garota alta e magricela com quem crescera, com algumas espinhas na cara, cabelo comprido e a tendência a ruborizar diante de estranhos.

Ela ainda tinha uma postura rígida, com os ombros tensos, então sua timidez não desaparecera. Contudo, as tatuagens e o cabelo curto, raspado nas laterais, mascaravam muito bem sua personalidade reservada. Uma mulher com essa aparência tinha que ser pelo menos um pouco cheia de si. E os músculos dos braços...

Bom, e daí que Lia tinha ficado gostosa? Podia acontecer com qualquer pessoa.

— Quê? — Martina se ouviu perguntar.

— Me dá o pote com o sabonete — explicou Lia, contida e séria. — Para você conseguir limpar melhor a pia.

Piscando para sair do transe, Martina entregou o frasco de sabonete para ela, depois terminou de lavar a pia, limpando o líquido verde com cheiro de desinfetante.

Afastou-se quando a porcelana brilhava, impecável. Só então se virou para Lia de novo.

O que diria? Só "oi"? Será que Lia a reconhecia?

— Você viu o jogo? — perguntou, arrependendo-se na hora. Não queria dar a entender que se importava com isso, então tentou consertar: — Acho que... acho que te vi nas arquibancadas.

— Sim, eu estava lá.

Lia se adiantou para ensaboar as mãos na pia, e Martina se deu conta de que, ao dar espaço para ela, acabara espremida na parede. O corpo da outra mulher bloqueava a saída dela, não havia como escapar.

— Que bom — disse, tentando soar desinteressada, mas só parecia estar com falta de ar.

— Eu não diria que foi tão bom assim. — Lia desligou a torneira e se virou para encará-la, com olhos castanhos que eram impossíveis de ler. — Dois cartões amarelos em quinze minutos, chega a ser impressionante. — De repente, ela sorriu. Se tivesse puxado uma faca e enfiado em Martina, a sensação seria a mesma. — Você não mudou nada.

Havia muitas respostas possíveis. De novo, apenas "oi?" bastaria. Só que uma pequena parte da mente de Martina, controlada por uma predadora que não lidava bem com o fato de estar encurralada, começou a entrar em pânico. E lobos em pânico mordem.

— *Você* mudou — retrucou, sem corresponder ao sorriso. Depois fechou a boca e mordeu o interior da bochecha. Precisava manter o controle.

— É, faz muito tempo desde que a gente se falou pela última vez. — Lia puxou algumas toalhas de papel do *dispenser* na parede e estendeu um punhado para Martina, que aceitou, só então se dando conta de que estava com as mãos tão molhadas que um pouco de água pingava no chão e no calção do uniforme. — Como estão as coisas?

— Bem. — Martina aproveitou a oportunidade de manter a atenção nas próprias mãos enquanto as secava. — Como vai a sua mãe?

Ah, não, censurou-se imediatamente. *Como vai a sua mãe?* Por que ela tinha dito aquilo? Não dava a mínima para a mãe da Lia.

Ah, ok, isso era mentira. Ela adorava a Geiza Izidoro e sentia falta do empadão dela, do suco de laranja que ela fazia toda vez que

Martina ia visitar e do sorrisinho meio sábio que sempre esboçava ao vê-las juntas. O sorriso, inclusive, costumava deixar Martina nervosa, mas agora ela entendia. Foi uma das últimas pessoas a se dar conta da própria bissexualidade e de como se sentia em relação à amiga de infância.

— Ela vai bem. — Lia se afastou um passo. — Como vai você?

— Estava melhor antes de te ver espiando o meu time.

Lia ergueu um ombro, sem dar a mínima para a acusação.

— Acho que a gente ainda vai se ver por aí, né? — perguntou, como se Martina não tivesse dito nada.

— Meu Deus. — Martina quase riu, um sentimento horroroso de desamparo crescendo no peito. — Espero que não.

Passou por Lia, o ombro roçando no dela, e se apressou para sair daquele banheiro, estimulada demais pelo cheiro de sabonete líquido e da mulher que tentara a todo custo esquecer. O aroma dela ainda era o mesmo que ficava nos lençóis de Martina depois das festas de pijama.

Os pelos de seus braços estavam arrepiados, e seu lábio superior tremia enquanto tentava conter um rosnado. Precisava dizer a Débora que não tinha alucinado coisa nenhuma e pedir para irem embora antes que fizesse algo imprudente. Como sair correndo. Ou começar a chorar. Ou se transformar.

Atravessou o salão da lanchonete prendendo a respiração. Mas o perfume de Lia estava grudado em suas narinas, incorporado à sua alma.

Emergiu no lado de fora, vasculhando a calçada com o olhar até parar na mesa que dividia com Débora. E teve que trincar os dentes para não gritar.

Débora não poderia ajudá-la. Diante da mesa que ela ocupava, Aura Maria e Renata a olhavam de cima. A capitã do Garras estava tão encurralada quanto Martina.

QUATRO ANOS ANTES

Era só a metade de janeiro, alguns dias depois de seu aniversário de dezessete anos, e Martina já sentia como se aquele ano fosse impossível de atravessar. Dezembro não podia estar mais distante, de modo que o final do Ensino Médio era uma luz no fim de um longo, longo túnel. Ou talvez fosse o túnel no fim de um longo, longo período de luz e calor intensos. Martina mataria por uma sombra.

Naquele dia quente e sem uma brisa que o tornasse mais suportável, o ar estava tão denso que cada passo exigia mais do que força física. Era preciso ter muita saúde mental para empurrar o corpo adiante naquela piscina de melado que era uma tarde em Sombrio no auge do verão.

Claro que *havia* sombra ali. O nome da cidade era Sombrio por um motivo, e o motivo era a quantidade de árvores em todo o canto, não a quantidade de metamorfos, vampiros e outros seres esquisitos que fizeram da cidade um lar. Mas os bancos posicionados sob a cobertura das árvores do parque estavam todos ocupados. Além disso, Martina e Lia tinham um apego emocional ao banco que ficava em frente ao campinho de areia. Era o lugar de onde conseguiam observar melhor os meninos jogando futebol e falar mal deles a uma distância da qual poderiam ser ouvidas. Era importante para elas prestar esse serviço à sociedade sombriense.

Martina continuou caminhando em direção ao banco, o que dizia muito sobre sua resiliência e força de espírito, mas tinha que parar de tempos em tempos para ajeitar a caixa de papelão que carregava. Os braços estavam com marcas longas e avermelhadas por causa das laterais da caixa, que afundavam na pele. Toda vez que parava, precisava secar a camada de suor que se acumulava na parte interna dos cotovelos e na testa.

Era óbvio que ela não estava tendo um dia bom. Na verdade, as únicas coisas boas naquele dia eram: a) o fato de que ele estava acabando e b) ela poderia ver Lia, que tinha passado o final de semana inteiro em um silêncio suspeito.

Martina desconfiava de que a causa do silêncio era o término de Lia com a namorada. Bom, ex-namorada. Ela só não podia ter certeza porque, veja bem, Lia nunca dissera que tinha uma namorada. O conhecimento desse fato vinha de um intenso período investigativo.

E, se esse fosse mesmo o caso, e Lia tivesse terminado um namoro recentemente — como Clara, uma colega de turma delas, jurou de pé junto que aconteceu —, então precisaria de alguém que levantasse seu astral. Martina teria que engolir o próprio mau humor e fazer o papel de melhor amiga, fingindo o tempo todo que não fazia ideia do namoro. Porque era isso o que melhores amigas deveriam fazer, não era? Elas só podiam dar conselhos quando fossem solicitados e, na ausência de uma solicitação explícita, omitir qualquer opinião, usando, em vez disso, estratégias obscuras para descobrir fatos que o simples diálogo não elucidava. Pelo menos era o que Martina achava.

Ela parou mais uma vez para ajeitar o peso da caixa de papelão nos braços. Os músculos doíam, mas ela interpretaria toda aquela situação como uma chance de entrar em forma. Só... mais... alguns... passos...

E, está bem, ela tinha que admitir que estava sendo *particularmente* desafiador ser uma melhor amiga nos últimos tempos, mas não era como se pudesse pedir demissão e arrumar outra coisa para fazer.

Duas horas antes, tinha mandado uma mensagem para Lia pedindo para se encontrarem ali e, graças a todos os santos, Lia tinha aceitado. Martina empacotara todos os mangás para levar até o sebo depois de se encontrarem — era a desculpa que ela usaria para ter saído de casa e para a necessidade de companhia — e, pronto, estava preparadíssima para ser a melhor amiga do mundo. Não importava que ela tivesse vontade de vomitar toda vez que Lia não lhe dizia o que estava acontecendo.

Ela alcançou o banco e largou a caixa no chão, ignorando o som alto que isso produziu. No campinho de areia, um bando de garotos pré-adolescentes se emaranhava em torno de um local onde Martina supunha que a bola estivesse. Um dos garotos olhou na direção dela e fez uma careta, dizendo "ah, não" em alto e bom som. Ela sorriu e mostrou os dedos do meio para ele. Precisava aproveitar o último ano como adolescente, enquanto ainda tinha o respaldo ético e moral da menoridade para encher o saco daqueles pivetes. Quando completasse dezoito, esse tipo de atitude seria muito escroto da parte dela.

Ela mal se sentou de pernas cruzadas no banco e já ouviu a voz aveludada de Lia:

— Oi, sumida.

Martina olhou para o lado, semicerrando os olhos para a amiga. Lia estava com o cabelo preso em um rabo de cavalo frouxo, como sempre, e usava uma regata branca, bermudas e chinelo, um visual que adotara no ano anterior e que Martina prontamente se sentira no direito de copiar. Era bem mais confortável do que jeans *skinny* e camiseta.

— Oi? A sumida aqui não sou eu, não.

— Estou brincando. — Lia se aproximou com as mãos nos bolsos da bermuda. — E a gente se viu na sexta, ninguém sumiu.

Martina negou com a cabeça enquanto Lia se sentava.

— A gente se viu no treino, isso não conta. É tipo a escola. Uma amizade tem que ser capaz de sobreviver fora desses espaços.

— "Sobreviver fora desses espaços" — repetiu Lia, rindo. — Está aí uma frase bonita para escrever na redação do vestibular. Você já está estudando, né? — Ela lançou aquele olhar desconcertante de quem sabia que estava certa. Martina odiava ser tão previsível. — Fala sério, Martina, falta um ano inteiro para esse negócio. E nós estamos de férias.

— Bom, o que mais uma garota pode fazer quando é abandonada pela melhor amiga? — Martina deu de ombros, forçando um tom leve e despreocupado.

Quando as palavras saíram de sua boca, porém, ela sentiu a garganta arranhar e percebeu que elas eram mais verdadeiras do que antecipara. Ela vinha mesmo se sentindo um pouquinho deixada de lado, por mais ridículo que isso parecesse, desde que Lia começara a trocá-la por encontros secretos com a namorada misteriosa — era Ingrid Yoshida, aliás. Martina tinha desvendado o mistério na primeira semana do namoro "secreto" delas.

— Literalmente qualquer coisa, menos estudar.

— Ai, tanto faz, você está aqui agora para me resgatar das profundezas do meu tédio.

— É, estou. — Lia desviou o olhar e apontou o queixo para a caixa de papelão. — O que você trouxe aí?

— Mangás.

Lia bufou e arqueou as sobrancelhas.

— Sem querer ofender, mas eu não tenho interesse nos seus mangás.

— Relaxa, eu já desisti de tentar te convencer a ler. — Martina cruzou os braços e também olhou para a caixa. Sentiu uma leve pressão no peito ao se lembrar do propósito dela. — Na verdade, eu mesma não vou mais ler. Não tenho tempo, preciso focar os treinos e o vestibular.

— Falta um ano, Martina. Um ano.

— Um ano é muito pouco em relação à vasta extensão de uma vida.

— Qual é a sua com essas frases de novela hoje, hein?

— Eu sempre fui uma pessoa articulada.

— Ah, Deus, *articulada*? O que aconteceu com a minha amiga?

Martina revirou os olhos, mas não foi capaz de reprimir um sorriso. Ela estava ali para ajudar Lia a superar o fim do namoro secreto, mas, como sempre, era Lia quem estava melhorando o dia dela.

— Ok, talvez eu esteja passando tempo demais escrevendo redações. O que é outro motivo para eu me livrar dos mangás. O sebo fica aqui perto, e eu queria companhia. Tudo bem por você?

— Claro. — Lia se inclinou para abrir a caixa e tirou de lá um dos mangás. Um que Martina colocara estrategicamente no topo, pois havia duas garotas se beijando na capa. *Vamos lá, Lia, conversa comigo, você pode confiar em mim.* — Mas você tem certeza disso? — foi a única coisa que Lia disse, ignorando totalmente o tópico *duas garotas se beijando, caramba.* — Você ama esse lixo.

— Não é lixo!

— Viu só? Você claramente ainda ama isso.

— Não importa. Eu compro tudo de volta depois que passar na UniLobos. Você deveria começar a pensar nisso também. Planos de estudo, cursinhos de redação. Eu preciso de você lá comigo, Lia.

— É, sobre isso... — Lia colocou o mangá de volta na caixa e começou a fechá-la. Ela não concluiu a frase, o que fez Martina se sentar mais ereta no banco.

— O que foi?

— Nada não. — Lia se levantou e, com um único movimento, ergueu a caixa nos braços. — Vamos logo, o sebo fecha mais cedo no domingo.

— Tem certeza de que você não precisa me dizer nada?

Lia olhou fixamente para ela por alguns segundos. Martina prendeu a respiração.

— Certeza. Está tudo tranquilo.

Martina soltou o ar pela boca.

— Se você diz...

Elas seguiram lado a lado por um caminho diferente daquele que Martina fizera até ali, indo até outra saída do parque e passando por uma cobertura de árvores. O som dos meninos jogando futebol ficou para trás, e elas preencheram o silêncio com conversas bobas sobre o treino da sexta-feira e o último episódio lançado do anime a que estavam assistindo juntas.

Martina decidiu ignorar o fato de que tinha falhado desastrosamente como amiga e não tinha conseguido extrair qualquer informação sobre o namoro secreto de Lia. Mas parte dela estava um pouco aliviada com isso. Se Lia não queria falar sobre Ingrid Yoshida, então a garota não era tão importante assim.

Pelo menos estava fazendo Lia se sentir melhor, se as risadas e provocações idiotas eram algum indício. Achou que isso era tudo. Não soube ler as entrelinhas, não importava o quanto estivesse praticando interpretação de texto. Nada preparou Martina para o que aconteceu depois.

No dia seguinte, Lia foi embora.

Ela enviou uma mensagem gigantesca naquela noite, explicando tudo sobre o novo emprego do pai e sobre ela não ter sido capaz de estragar a tarde delas com uma notícia daquelas. Ela prometeu que nada mudaria.

E depois, é claro, como uma grande filha da puta, Lia teve a audácia de ser a primeira a mudar.

05

BAUNILHA. QUEM DIRIA?!

A culpa era da Renata.

Lia deveria saber que confiar na capitã do time era burrice. O que era uma capitã senão uma jogadora superestimada com um posto meia-boca de liderança?

E a culpa era da Aura Maria também. Era ela quem tinha sugerido que elas parassem naquela lanchonete para comer um salgado e conversar sobre as opções. Isso depois de o pneu do jipe da Renata furar na estrada e de as três terem rodado a cidade atrás de um posto de gasolina que tivesse um pneu do tamanho certo. Não encontraram, obviamente. Era o que Lia ganhava por andar com gente rica. E andar com essa gente em *Corguinho*, de todos os lugares possíveis.

A culpa com certeza não era dela. Ela estava apenas sofrendo as consequências, tendo que sobreviver a uma conversinha esquisita pra caramba no banheiro, fingindo que não estava nem um pouco abalada por dar de cara com Martina em um espaço fechado. Enquanto isso, Renata e Aura tinham trocado farpas com outra jogadora do Garras, uma tal de Débora. Lia escapara para o banheiro justamente para se livrar de ter que socializar, mas aquele não era o ano dela.

Já esperava pelo cabelo platinado e pelos piercings nas orelhas e na sobrancelha, tendo visto a foto de Martina na apresentação de slides de Renata e depois assistido ao jogo. O que a pegou desprevenida foi o shampoo. Nunca imaginaria que Martina seria capaz de usar alguma coisa com aroma de baunilha.

Por alguma razão, não conseguia parar de pensar nisso. Sempre a associara a cheiros mais fortes, como o do desodorante que ela costumava usar. Ou o aroma cítrico de limão, o sabor de picolé favorito dela. Mas baunilha? Não, era doce demais.

Baunilha? Não, não.

Baunilha? Sim, puta merda, mas ao mesmo tempo não, não, não.

Conforme iam em direção à calçada da lanchonete, Lia olhava para os fios de cabelo que ainda estavam úmidos de suor e colados à nuca de Martina. Ela, por sua vez, andava apressada à frente, tão ansiosa para escapar daquela situação quanto Lia. Não seria tão fácil assim.

Lia parou ao lado de Martina sem dizer nada, a uma distância de alguns passos da mesa amarela em que Renata, Aura, e Débora esperavam por elas.

— Aí estão elas — disse Débora. Ela tinha o cabelo muito curto, alargadores nas orelhas e um sorriso de quem estava doida para morder alguma coisa. Ou alguém. — Você estava certa, Tina. Elas estavam mesmo vendo a gente jogar.

Tina? Desde quando Martina tolerava apelidos?

— A gente estava tentando não chamar a atenção — comentou Aura, também sorrindo, mas com condescendência. — Mas você nunca foi muito perceptiva mesmo, não é, Debs?

O sorriso predatório da outra garota se alargou. Talvez o que Débora quisesse tanto morder fosse ninguém menos do que Aura Maria. E parecia ter motivos.

— Não me chama de Debs.

Elas estavam mostrando os dentes, com os olhos fixos uma na outra, e Lia cruzou os braços e prestou mais atenção. Aquelas duas tinham história.

— Não vamos brigar — disse Renata, se adiantando para colocar uma mão no ombro de Aura.

— Claro que não vamos. — Aura jogou o cabelo ruivo para trás. — Hoje é um dia especial. O Garras ganhou um jogo, a gente tem que comemorar.

Lia bufou, não conseguiu se conter.

Martina olhou para ela com o rosto rígido e os olhos queimando de raiva. Por um momento, pareceu que ela atacaria. Lia estalou o pescoço, movendo-o de um lado para o outro. E congelou. Não queria brigar com Martina, elas tinham acabado de se reencontrar. Queria saber o que ela andara fazendo nos últimos anos, se ainda jogava como lateral e por que o seu "caminho do sucesso" tinha mudado tão drasticamente. E queria saber como ela estava. Queria saber de tudo.

Travou o maxilar e respirou fundo pelo nariz.

Péssima ideia.

Baunilha. Quem diria?!

Elas se encararam em silêncio, até que Martina desviou o olhar, voltando-se para Aura.

— Sabe, você precisa parar de achar qualquer desculpa para *comemorar* — ela pronunciou a palavra com malícia. — Já estão correndo alguns boatos sobre você, festas e álcool.

— Preocupada com a minha reputação? — retorquiu Aura. — Que fofa.

— Vai com calma, Aura — intrometeu-se Lia. Porque era uma idiota. — Foi você que começou.

Aura mordeu o lábio, olhando para Lia de um jeito estranho. Ela estava surpresa? Magoada? Achava mesmo que Lia ficaria ao lado dela quando mal a conhecia?

Fosse qual fosse o sentimento que a fizera parecer séria de repente, passou logo. Aura piscou e era, de novo, a imagem perfeita de uma garota rica que só precisava se preocupar com festas e futebol.

— Ah, claro — falou com uma voz adocicada. — Eu tinha esquecido que vocês se conhecem. Foi mal, não vou implicar com a sua amiga.

Isso fez Martina se virar de novo para Lia, mais uma vez com os olhos repletos de irritação.

— Você falou para suas colegas de time sobre mim? Por que isso?

— Hum, por que eu não falaria? Eu sou algum segredo seu?

— Quê? Não! A gente só não é mais relevante uma para a outra, não é óbvio?

— Ei, ei. — A outra jogadora do Garras se levantou da mesa e foi até elas. Parou ao lado de Martina e olhou Lia de cima a baixo. — Então você é a Lia, não é? — Ela se virou para Martina. — Eu esperava mais.

Lia engoliu em seco, sentindo um bolo se formar na garganta ao mesmo tempo que um calor subia para as bochechas. Queria retrucar com qualquer coisa cortante, mas as palavras lhe fugiram.

Sem nem olhar para ela, Martina empurrou o ombro da nova amiguinha, murmurando:

— Vamos embora daqui.

Um pouco atrasada, Lia pensou no que dizer.

— Então você também contou para as suas colegas sobre mim. — Ergueu um pouco o queixo para disfarçar o leve tremor na voz. — Parece que eu ainda sou relevante.

— Não se iluda. — Martina continuou sem encará-la. — Tchau, Lia.

Era a segunda vez no dia que ela a dispensava, e esse "tchau" poderia ser um xingamento pela maneira como foi dito. Tudo bem que elas não se viam havia um tempo, mas o que Lia tinha feito para merecer esse tratamento?

Deixando para trás duas latinhas de refrigerante sobre a mesa, Martina e Débora atravessaram a rua e se juntaram às outras jogadoras do Garras, reunidas diante de outro estabelecimento. Mesmo assim, ainda estavam a poucos metros de distância, e Lia continuou observando a antiga amiga.

Algo lhe dizia que tinham dado sorte de não se cruzarem antes e que seus círculos sociais se misturariam, Martina gostasse disso ou não.

— Não fica muito preocupada, Lia. — Renata tentou tranquilizá-la quando as outras duas já estavam longe o suficiente. — Nós já jogamos contra a Martina. Ela pode até ter sido tão boa quanto você diz quando vocês eram adolescentes, mas o estilo de jogo dela não tem vida longa. Ela é muito agressiva, muito emotiva.

— O Garras todo é mais emoção do que técnica — disse Aura, também observando o grupinho do outro lado da rua. — Acho que isso não é necessariamente algo ruim.

Elas ficaram paradas, só observando. Martina e Débora desapareceram dentro do que parecia ser uma pousada, uma construção pintada de vermelho e não muito diferente da lanchonete em que estavam. Algumas meninas de uniforme laranja estavam sentadas na calçada conversando, outras estavam de pé perto de um orelhão em formato de peixe.

— Nati? — chamou Aura, depois de alguns segundos de silêncio. — Onde é que a gente vai dormir?

O único lugar adequado para pernoitar se chamava *Hotel Restaurante e Padaria* TURMALINA, com o TURMALINA impresso em letras garrafais na fachada. Renata e Aura tinham passado alguns minutos rindo disso, e Lia as observara em silêncio, sem entender se tinha sido deixada de fora de alguma piada interna ou se o senso de humor delas só era besta mesmo.

Pelo menos o dono do lugar, um senhor calvo, baixinho e com olhos vermelhos brilhantes, parecia ser uma pessoa decente. Ele só tinha um quarto vago, os outros foram ocupados por todo o time do Atlético de Garras e pelas jogadoras do Bom Jesus que não moravam na cidade, e mesmo assim insistia que nenhuma delas deveria dormir sozinha no carro.

— Não tem problema — repetiu Renata pela terceira vez. — Eu já dormi mais naquele carro do que na minha própria cama.

— Por que você faria isso? — Lia apoiou o cotovelo na bancada e virou o corpo para ela. — Por acaso é um hábito seu viajar até cidadezinhas do interior para assistir a jogos medíocres na surdina?

Era uma dúvida genuína, ela esperava uma resposta, mas Renata apertou os lábios em uma linha fina e arqueou as sobrancelhas como se Lia tivesse dito algo grosseiro.

Por que as pessoas faziam isso? Por que supor que ela estava sendo ríspida sem motivo?

— É um hábito ou não? — insistiu, falando um pouco mais baixo, na tentativa de soar mais amigável.

— Talvez. — Renata deu de ombros, o gesto meio rígido.

Lia franziu a testa, a careta se formando antes que conseguisse se conter.

— Esquisita — murmurou, mais para si do que para a capitã. E talvez *isso* tivesse sido um pouco rude, mas Aura, do lado dela, soltou uma risadinha.

— Ah, ela é mesmo. — Ela se virou para a capitã, o semblante tornando-se incomumente sério. — Não vamos permitir que você continue destruindo sua coluna no banco de trás daquele jipe, Nati. Ou nós três dormimos no carro ou nenhuma de nós dorme lá.

— Nenhuma de vocês vai dormir no carro, onde já se viu — disse o dono do hotel, o que fez as três olharem de volta para ele. — Se eu tivesse um colchão sobrando, colocaria vocês três num quarto só, mas não tenho. Tantas jogadoras de futebol num dia só, já estou ficando louco, mas não vou abandonar adolescentes na rua. É perigoso lá fora.

Nenhuma delas era adolescente, mas, para um idoso como ele, deviam parecer um bando de crianças mesmo.

— Por causa do maluco da praça? — perguntou Aura, no tom conspiratório de uma senhora puxando assunto na fila do banco. — Toda cidade tem um, né?

— Não, imagina! — O senhorzinho agitou a mão, soltando uma risada tranquila. Então ficou sério de repente. — Os extraterrestres é que são o perigo. Mas não se preocupem, aguardem aqui que eu vou resolver isso.

Ele deu a volta no balcão e saiu pela porta que separava o lobby do hotel da parte que servia como restaurante e padaria. Assim que deu as costas, Lia trocou um olhar meio alarmado com as outras.

— Talvez *ele* seja o maluco da praça — comentou Aura.

Mas Renata tinha outra preocupação.

— Não me sinto bem deixando o meu carro sozinho — choramingou. Tinha insistido que empurrassem o jipe até a frente do hotel só para não o deixar na estrada, e isso *ainda* não era o suficiente? Lia se arrependia de cada segundo que a levara até aquele lugar. — Mas Lia tem razão, não é justo vocês terem que se espremer para dormir lá comigo. Dividam um quarto aqui, eu me viro. Já me sinto culpada o suficiente por ter arrastado vocês para esta situação.

— Hã, eu nunca disse nada disso — retrucou Lia.

— Não, mas a sua cara diz tudo.

— Quê? — Ela balançou a cabeça, seu olhar vacilando entre as duas. — O que tem de errado com a minha cara? Por que vocês presumem que eu sou uma pessoa escrota?

— Ei, eu não tenho nada a ver com isso, não presumi nada. — Aura ergueu as mãos, piscando os olhos âmbar. Depois suspirou, baixando os braços. — Mas você é meio fechadona, Lia. Soturna, se é que me entende.

Lia não entendia, na verdade, não fazia ideia do que "soturna" significava.

Mas ia divulgar a própria ignorância? Não. Então ficou quieta.

— Você julga com os olhos, Lia. — Renata foi mais direta. — Aposto que está me culpando por estarmos nesta situação.

— Sim, mas só porque a culpa é sua.

— Ela tem razão nisso aí, Nati.

— Olha, eu já aceitei dormir numa cidade no cu do estado só porque você não queria abandonar o seu carro precioso por uma noite — falou Lia, pronunciando as palavras com calma e, ela esperava, até gentileza. — Se fosse para a gente deixar você para trás e se preocupar com o próprio umbigo, teríamos nos transformado e corrido como lobas de volta para Sombrio. Mas não, estamos aqui. Eu estou aqui. Posso ser... soturna. — Olhou de lado para Aura, que assentiu como se a incentivasse a prosseguir. — Mas sou uma boa colega de time, juro. Eu me importo.

— Emocionante, Lia — disse Aura. — Vou te perdoar por ter demorado quatro meses para descobrir o meu nome.

Renata suspirou e se virou para apoiar as costas na bancada, cruzando os braços.

— Está bem. — Ela olhou na direção da porta por onde o dono da pousada saíra. — Vamos ver que jeito o senhorzinho vampiro vai dar para a nossa situação.

De supetão, Aura se inclinou na direção delas e sussurrou:

— Você acha que, durante a madrugada, ele suga o sangue das pessoas que dormem aqui?

— Não seja preconceituosa, Aura — disse Renata.

— Quero ver ele tentar — resmungou Lia.

Não precisaram esperar muito para que ele voltasse. E vinha acompanhado de uma mulher alta e loira, que Lia reconheceu da partida a que tinham assistido mais cedo e dos slides da apresentação de Renata. Era a técnica do Garras.

— Ah, olá, meninas — disse ela, colocando as mãos na cintura. — Parece que vocês estão com um probleminha logístico, não? Eu estava dizendo para o Seu Luiz aqui que não poderia, em sã consciência, deixar vocês na mão. A gente tem que se ajudar, afinal de contas. Quem sabe eu não possa colocar alguma de vocês no mesmo quarto que uma das minhas meninas? Acho que tem um quarto em que está sobrando lugar, daí a gente se reorganiza.

A mulher falava com elas como se já tivessem se encontrado pessoalmente antes e fossem velhas amigas. Talvez isso fosse verdade para Renata e Aura, e Lia começava a desconfiar de que havia muito mais história entre o Realeza e o Garras do que aquelas duas tinham dado a entender.

— Hum, isso não é necessário — disse Renata, de um jeito ainda mais controlado e polido do que o normal. — Não queremos incomodar.

— Imagina. O esporte serve para aproximar as pessoas, não é mesmo?

— Nós não somos tão próximas assim das meninas do Garras. Meu carro não está muito longe daqui e...

— Eu posso ficar no quarto com a Débora — interrompeu Aura. — Ela não vai se importar.

A técnica bonita sorriu para ela, mas Renata puxou Aura pelo braço e sussurrou:

— Nem pensar.

Sussurros, no entanto, eram apenas formalidades entre lobisomens e metamorfos.

— Débora ficará honrada, tenho certeza — disse a técnica. — Ela é a nossa maior defensora do espírito de equipe.

— É mesmo? — O rosto de Aura se iluminou. O que aquela garota estava aprontando? — Bom, sendo assim...

— Nada disso. — Renata segurou o braço da amiga e dirigiu um sorriso apertado para a técnica. — Sabe, acho que faz muito mais sentido que a Lia — ela olhou rapidamente para Lia, implorando em silêncio para que ela não protestasse — fique num quarto com a Martina. Elas são amigas de longa data e acabaram de se reencontrar. Não vai ser bom ter essa chance de se reconectar com a sua amiga, Lia?

Bem, não. Não seria nada bom.

Mas o olhar de Renata indicava que aquilo era necessário para impedir alguma guerra, e Lia tinha visto o suficiente de uma interação entre Aura e Débora para não arriscar.

— Tá certo, veja com a Martina se ela pode ficar num quarto comigo — disse para a técnica do Garras. Hesitou por um momento, depois se deu conta da coisa perfeita a acrescentar, como balançar algodão-doce na frente de uma criança. — Fala pra ela que eu ficaria devendo esse favor.

06
ROSNADOS EM UM AMBIENTE FECHADO

O odor químico de naftalina misturado a um aroma artificial de lavanda fez Lia querer espirrar assim que entrou no quarto. Pelo menos ele estava limpo, ainda que uma quantidade absurda de produto de limpeza tivesse sido usada para deixá-lo assim.

E o lado positivo do excesso de zelo na limpeza era que o cheiro de Martina — aquela droga de perfume suave de baunilha — tinha sido aniquilado na batalha contra os outros aromas.

A própria Martina, aliás, estava sentada na cama que ficava mais perto da janela, de braços e pernas cruzados e com cara de cu. Depois de alguns segundos de silêncio, com Lia ainda parada diante da porta, resmungou baixinho:

— Você sabe que eu não resisto a um favor.

— Eu sei. — Lia ergueu os ombros. Não se sentia mal por usar da sabedoria de ex-amiga a seu favor. — Lembra daquele caderno de favores que você tinha no oitavo ano?

— Lembro. — Ela semicerrou os olhos e pressionou os lábios em uma linha fina. — Você ainda está me devendo um sorvete.

Demorou só alguns segundos para Lia resgatar a memória de um dia quente e de algumas cobranças de pênaltis no campinho de futebol da escola delas. Tinha perdido, o que não era novidade. Vivia perdendo para Martina.

— Ainda apegada a isso? — Sorriu de lado enquanto ia até a outra cama no quarto. Ela não tinha levado nada além do celular, então o tirou do bolso e se jogou de barriga para cima sobre a colcha florida. — A sua memória é boa assim ou isso quer dizer que você está guardando rancor?

— Minha memória é boa. E extremamente seletiva.

— Então é rancor que chama, Martina.

— Tá, pode ser que seja.

Lia fixou o olhar nas teias de aranha no teto do quarto. Havia muitas delas. Por um lado, isso significava que menos mosquitos as perturbariam naquela noite. Por outro, odiava aranhas.

— Amanhã eu pago seu sorvete, que tal? — disse, e ficou orgulhosa por conseguir transparecer no tom de voz uma tranquilidade que não sentia.

— Estou brincando, Lia. Não quero esse sorvete.

Lia virou de lado na direção dela, apoiando um cotovelo no colchão. Entre aranhas e Martina, escolheu Martina. Tentou não prestar atenção na forma como as pernas dela estavam à mostra naqueles shorts de pijama minúsculos. Nunca tinha olhado para as pernas dela antes, por que começar agora?

Ah, ela *meio que tinha* olhado para aquelas pernas antes, mas isso foi em uma época obscura de muitos hormônios e pouca vergonha na cara. Ela jurava que tinha melhorado.

— É só um sorvete, qual é o problema?

— Nada. Não tem problema nenhum.

Algo dentro de Lia, esticado ao máximo, finalmente arrebentou.

— Foi você que não quis mais manter contato. Para de agir como se eu fosse a vilã.

— É sério? — A voz de Martina foi ficando mais alta. — Eu é que não quis manter contato? — Os dedos dela afundavam nos próprios braços, ainda cruzados. — *Você* nunca me mandava mensagem, *você* nunca ligava, *você* estava sempre ocupada com treinos e suas novas amigas.

— Nós duas estávamos sempre ocupadas, você também treinava todos os dias. Isso não muda o fato de que, sempre que você mandava mensagem, eu respondia o mais rápido possível, e sempre atendia suas ligações.

— As *minhas* mensagens, as *minhas* ligações... Nunca passou pela sua cabeça que talvez eu só tenha cansado de correr atrás de uma pessoa que claramente não se importava tanto assim comigo?

Por um segundo, a mente de Lia não foi capaz de conjurar nenhum pensamento, nenhuma resposta. Porque não, aquilo nunca tinha passado pela cabeça dela.

— Você era... — Ela molhou os lábios, odiando como a voz dela estava fraca. — Você era a minha melhor amiga. É claro que eu me importava.

Elas se encaravam, separadas pela distância de alguns centímetros entre as camas. Os olhos de Martina, tão escuros quanto sempre foram, pareciam agora um território estrangeiro, totalmente desconhecido, e Lia sentiu a presença de uma barreira invisível entre elas.

— Da próxima vez, se esforça mais para demonstrar que se importa — Martina murmurou em um tom seco. — Mas não comigo. Eu não dou segundas chances.

Lia absorveu o impacto das palavras, e logo em seguida o ultraje por Martina ainda conhecê-la tão bem e usar isso para machucá-la. Lia se importava demais com as pessoas. Sempre foi apegada à família, depois à Martina e, mais recentemente, ao Harpias. Só que sentia dificuldade de demonstrar, principalmente no início, e por isso sua adaptação ao Realeza estava sendo tão turbulenta.

Era doloroso superar a timidez, abrir-se para pessoas novas e, depois, precisar ir embora. Na vida, realmente não havia segundas chances, e abandonar uma matilha era para sempre, não era? Tinha perdido tempo procurando por Martina na UniLobos, porque, mesmo se estivesse estudando lá, ela não queria mais saber de Lia.

A mágoa venceu a vontade que Lia tinha de usar aquele momento a sós como um acerto de contas. Para machucar Martina de volta, disse:

— Não estou pedindo uma segunda chance. — Virou-se de novo de barriga para cima. Tinha escolhido mal antes, as aranhas eram preferíveis ao rancor transbordando daqueles olhos escuros. —

E não teria como nós sermos amigas de novo, nem jogamos pelo mesmo time.

— Bem lembrado — murmurou Martina.

— Mas obrigada. — Lia se viu dizendo. — Por ter aceitado dividir o quarto comigo. A outra alternativa era um desastre.

Houve um breve silêncio enquanto Lia esperava a curiosidade de Martina levar a melhor.

— Que desastre?

Lia pressionou os lábios, reprimindo um sorriso.

— Bom, ou eu dividia o quarto com você, ou a Aura faria questão de ficar num quarto com a Débora.

Martina riu, e Lia não conseguiu evitar olhar para ela de novo, vasculhar a expressão em busca de vestígios da amiga que perdera. O sol tinha se posto do lado de fora e a única luz acesa vinha de uma luminária sobre a mesa de cabeceira entre as duas, iluminando os contornos do rosto de Martina, as curvas dos lábios finos, o piercing na sobrancelha direita e as ondas curtas do cabelo platinado.

Lia fez uma careta, sentindo um frio repentino na barriga. Queria desviar o olhar de novo, parar de prestar atenção em cada detalhe do rosto dela, mas não conseguia.

A risada de Martina morreu rápido. Ainda assim, havia vestígios daquele humor hesitante em sua voz ao murmurar:

— Quem diria, acho que acabamos de salvar o mundo.

— Qual é o lance entre as duas?

— Resumindo? — Ela fez uma pausa e suspirou. Sempre teve um tipo muito dramático de suspiro, que usava com frequência. — Elas se odeiam.

— E sem resumir?

Martina mordeu o lábio inferior, e o frio na barriga de Lia aumentou, se transformou em calor, depois começou a escorregar para baixo. Ela fechou os olhos e contou até dez enquanto Martina dizia:

— Bom, o Realeza tem sido uma pedra no nosso sapato desde que o Garras foi fundado. E, ano retrasado, a gente perdeu um jogo de doze a um, muito por culpa da Aura.

— Da Aura? — Lia abriu os olhos de novo. Era um eterno tentar não olhar e falhar. — Tem certeza de que não foi culpa de vocês?

— Claro que foi culpa nossa. — Martina apoiou as mãos nas coxas, flexionando só um pouco os músculos ao se inclinar para frente. — Mas a Aura ajudou, fazendo a maioria dos gols. Ela não é a estrela do seu time por nada, né? E também não ganhou todos aqueles títulos de artilheira por mera caridade. Ela é a melhor do Realeza, e a Débora é a melhor do Garras, essa é a resposta longa.

Lia não sabia de nada daquilo. Talvez ela devesse ter pesquisado um pouco mais sobre o próprio time. Mas não demonstraria incompetência assim, de graça, então falou:

— Não faz sentido odiar uma pessoa só porque ela é tão boa ou melhor do que você. É bobagem.

— Ah, me poupe. Nem parece que você é uma atleta, não sabe como essas coisas funcionam? — Estreitou os olhos e, em um tom mais baixo, concluiu: — Eu, por exemplo, meio que te odeio.

Lia se sentou devagar, um pouco desnorteada.

— Martina — murmurou, franzindo a testa —, eu não sou melhor do que você.

— De novo, *me poupe*. Eu não preciso da sua piedade. Você está no Realeza e eu não, parece bem óbvio o que isso significa.

— Você tentou, então? Entrar para o Realeza?

— Claro que eu tentei! — Martina se levantou da cama, como se estivesse determinada a ficar acima de Lia, e abriu os braços. — Era o meu sonho! Era o seu também, não era?

— Sinceramente? Você não perdeu nada.

Martina apertou os lábios, mas parecia que eles estavam tremendo um pouco. E tinha alguma coisa errada com os olhos dela, algo que Lia não conseguiu identificar de imediato. Sentiu os pelos dos braços se arrepiarem e um frio subir pela coluna.

— Qual é o seu problema, Lia?

— O quê? — Lia também abriu os braços, copiando o gesto de Martina. — Não tenho problema nenhum, estou falando sério.

— Você está no melhor time de futebol do país e em uma das universidades mais privilegiadas. Acha que eu não vi o seu nome entre os classificados para a bolsa de estudos? Você nem ao menos tem que pagar para estar ali, você é boa nesse nível, e vem aqui dizer que eu sou tão boa quanto você? Que eu não estou perdendo nada? Você enlouqueceu?

Lia, de súbito, entendeu o que estava acontecendo com os olhos de Martina: eles estavam ficando mais claros.

A cor deles tinha mudado de um castanho-escuro para um mais claro. Depois para um tom esverdeado de âmbar e, por fim, cinza. Lia tinha se esquecido de como a transformação dela era gradual.

Alguns licantropes tinham os olhos da mesma cor, estivessem na forma humana ou de lobo. Lia era assim, com seus olhos castanhos. Mas havia olhos como os de Martina, que mudavam completamente. Do castanho para o cinza, no caso dela.

— Martina. — Lia tentou manter a voz estável. Livre de medo, pois medo era um gatilho, e isenta de qualquer agressividade. — Fica calma.

Percebeu o próprio erro assim que fechou a boca.

Martina puxou a blusa do pijama pela cabeça, murmurando:

— Merda, merda. — Ela não estava usando sutiã. — Merda. — Abaixou os shorts, e pelo menos estava de calcinha, mas logo em seguida tirou a calcinha também. Lia desviou o olhar. — Merda, merda, merda — repetiu uma última vez, sussurrando baixo demais para ouvidos humanos.

Depois, tudo o que saiu da boca dela foi um rosnado.

O cheiro no quarto mudou, mas poucos perceberiam o odor selvagem que atravessou todos os outros, dando a impressão de que havia algo de muito errado. Era como guardar uma floresta em um frasco ou um pântano em um pote.

Uma sombra recaiu sobre o ladrilho, alongando-se.

Lia abaixou a cabeça, os olhos fixos no chão, e não olhou para a loba que agora estava a centímetros dela. A porta estava fechada e a janela também. Para sair daquele quarto, Martina teria que quebrar alguma coisa, e aí todo mundo saberia que algo tinha acontecido, que ela tinha perdido o controle.

A respiração da loba era alta e quente.

Lia desceu da cama e engatinhou até a janela. A loba que era Martina rosnou de novo, e Lia se abaixou mais ainda, praticamente se arrastando no chão. Ela ergueu a mão, tateando, até sentir a tranca de metal. Soltou-a e, em seguida, empurrou o vidro.

O tempo todo, respirou devagar, num ritmo constante, e tentou se manter calma. Os batimentos cardíacos não podiam acelerar. Ela precisava ter controle por ela e por Martina.

Sentiu uma lufada de ar, o único indicativo de movimento acima de sua cabeça. Depois veio o som de pelos raspando na madeira do batente da janela.

Quando olhou para cima, estava sozinha.

No céu, a lua estava cheia.

Não era à toa que Martina se transformara.

Era possível escolher a transformação, fazê-la acontecer, porém isso exigia um equilíbrio que não vinha fácil para os lobisomens. Principalmente na lua cheia. Para mantê-los com um aperto firme na humanidade, existiam os bloqueadores de transformação, uma forma de tornar as perdas de controle algo raro.

Um lobisomem que *escolhia* se transformar ainda tinha as mãos no mastro do navio. Quando, por outro lado, a transformação se assolava sobre eles... Bem, Lia nunca tinha passado por isso, mas ela ouvira histórias. Lojas saqueadas, pessoas e animais feridos, assassinatos... tudo podia acontecer. Não necessariamente acontecia, claro. No entanto, para os humanos, a mera possibilidade bastava.

Tomar bloqueadores de transformação — e por vezes outros medicamentos controlados — fazia parte da existência de qualquer licantrope, era o preço que pagavam para serem aceitos em sociedade. Eles não eram como os outros metamorfos, tinham algo mais forte em sua composição. Mais monstro do que animal.

Lia sabia que, como ela, Martina tomava os bloqueadores havia tanto tempo que, às vezes, podia até acontecer de se desconectar das fases da lua. Ainda assim... Droga, quis bater a cabeça contra a parede. Fodam-se os bloqueadores, como podia ter perdido de vista a *lua cheia*? E como podia ter se esquecido de como era lidar com Martina nesses momentos?

Martina sempre esteve perto demais da sua metade selvagem. No fim, os comprimidos só ajudavam até certo ponto; lobisomens ainda tinham instintos, e Lia a empurrara para além do limite.

Ela devia ter se dado conta disso, devia ter se lembrado de que Martina ainda era a garota explosiva que conhecera anos antes, ainda era como um incêndio prestes a acontecer. E havia poucas coisas no mundo que a irritavam tanto quanto alguém dizendo para ela ficar calma.

07

SOBRE O CONTROLE E COMO PERDÊ-LO

No fim do dia, Martina ainda era o lobo mau.

Sua aparência era humana, ela interagia com as amigas metamorfas sem problemas, jogava futebol e descoloria o cabelo para parecer mais estilosa. Mas, em um quarto fechado e diante da amiga que perdera, tudo fora por água abaixo.

Odiava ser um estereótipo, e odiar a forma como se portava só a deixava mais irritada, mais temperamental e mais como um grande clichê.

Ela não se lembrava de algum dia ter sido diferente.

Os pais a colocaram no balé quando ela tinha sete anos, com a justificativa de que era importante aprender a ter postura e a controlar os passos. Não demorou uma semana para que ela tentasse empurrar uma colega da janela do segundo andar. Na quarta série, ela se agarrou à tabuada como se acertar quanto era oito vezes sete pudesse compensar o que havia de errado com ela. O problema? Ela nunca acertava quanto era oito vezes sete.

Mas ainda que ela fosse só um pouquinho *demais*, ainda que seus pais lidassem com ela como se ela tivesse quatro patas mesmo tendo apenas dois pés, sua transformação aconteceu aos catorze anos, logo que a legislação permitiu. Vai saber o que passou pela cabeça de Patrícia Caires e Marcos Cordeiro. *Ei, olhe para essa criança rebelde e fora de controle, que tal detonar a bomba-relógio que mora dentro dela?*

Talvez, se as coisas fossem diferentes, ela tivesse aprendido a amar seu eu selvagem, sua loba.

Aos catorze anos, já carregava raiva demais para uma adolescente magricela.

Assim que perceberam a merda que tinham feito, os pais a levaram para consultar um profissional, e ela passou os três anos seguintes vivendo atrás da densa cortina do Licontrol, a droga mais eficaz e mais perigosa para controlar lobisomens. Já que ela não conseguia controlar a si mesma, e os bloqueadores de transformação eram tão úteis quanto balinhas de menta, uma força ainda maior faria isso.

Era quase risível que eles colocassem tanta fé no Licontrol, uma medicação que ninguém da família tinha utilizado até então. Marcos e Patrícia se deixaram levar pelas propagandas e pela promessa de um mundo em que os humanos não vivessem desconfiados dos lobisomens.

Bom, o Licontrol podia explodir. Para Martina, sempre foi o futebol.

Todo mundo espera que lobisomens sejam temperamentais, por isso deram bolas de vôlei, de basquete e de futebol para eles brincarem.

A FIME, Federação Internacional de Metamorfos no Esporte, não foi sempre tão abrangente nas espécies que acolhia, não tinha demanda para tanto. Quando surgiu, se chamava FILE, Federação Internacional de *Lobisomens* no Esporte, criada para proporcionar meios mais seguros (e lucrativos) de licantropes extravasarem a suposta agressividade.

Conforme as modalidades de esportes jogadas por lobisomens ficavam cada vez mais populares, e com o futebol ocupando o posto mais alto na atenção dos torcedores brasileiros, a Federação viu uma oportunidade de incentivar metamorfos a se juntarem aos times já estabelecidos. A adesão foi rápida e promissora. Muitos metamorfos também queriam tentar carreira no esporte e eram impedidos pela legislação, que barrava sua participação em times humanos.

Anos depois, o Realeza era o único time que admitia exclusivamente lobisomens, e isso se devia à ligação com a UniLobos. Os outros clubes eram constituídos majoritariamente de metamorfos de todo o tipo, com um lobisomem ou outro jogado na mistura.

Ainda assim, tudo começou com uma ideia boba: lobos jogando futebol como cachorros cheios de energia correndo atrás de uma bola.

Os pais de Martina sempre trataram a FIME como uma piada, apegados a um desejo arcaico de se adequar à sociedade e não se sobressair. Enquanto isso, ela sonhava com estádios grandiosos e arquibancadas repletas de gente, todo mundo gritando o nome dela.

O futebol quase foi sua salvação.

Lá estava o controle que buscara a vida toda. No futebol, ela foi boa desde o primeiro dia, e o controle era uma lâmina que se afiava devagar. Era isso o que as pessoas deveriam fazer, não era?

— Martina, você tem certeza disso? — perguntara sua mãe depois de assistir ao primeiro jogo oficial dela, um amistoso durante o Ensino Médio. — Esse esporte é agressivo demais, e você precisa aprender a controlar suas emoções.

Patrícia tinha muitos medos que desaguavam em um só: que sua família fosse desbancada na hierarquia social de Sombrio. No ano anterior, ela e o pai de Martina chegaram ao ponto de expulsar o irmão dela de casa, descartando-o assim que ele não se provara o filho adequado para levar o nome da família adiante.

A mãe dela não entendia. Ela tinha olhado para a filha em campo e visto tudo errado. Martina não estava se tornando mais agressiva, apenas mais afiada. Só assim ela podia sair do campo e colocar a lâmina na bainha, só assim conseguiria manter a postura e controlar os passos como os pais queriam desde o princípio. Afinal, ela não precisava de balé, só de uma bola para chutar.

O futebol era o plano perfeito. Desde que Martina seguisse as regras do jogo, podia ser tão selvagem quanto quisesse. Exceto que regra nenhuma a impediu de se despedaçar diante de Lia e de se transformar sob a lua cheia.

Ninguém ficou sabendo do que aconteceu naquele quarto de hotel em Corguinho. Lia não abriu a boca e, na manhã seguinte, Martina voltou no ônibus para Sombrio com as colegas, agindo como se tivesse passado a noite no hotel, como elas, e não correndo pela mata e caçando roedores.

Débora a tratava normalmente, Val ainda era toda sorrisos e palavras de incentivo, mas Martina sabia que tinha pisado em falso. Aquilo não podia se repetir. Lia mexia com ela e bagunçava sua cabeça, então seria melhor se não conversassem mais.

Não passariam de duas rivais.

E assim, com a antiga melhor amiga como rival, Martina podia dizer que começou o Campeonato Estadual com o pé esquerdo. Pelo menos daquela vez ela estava *participando* do Estadual, o que era melhor do que nada, certamente melhor do que os anos anteriores.

Na semana seguinte ao amistoso em Corguinho, ela foi assistir ao jogo de abertura com boa parte do Garras, aproveitando a viagem até a capital como uma distração para o que acontecera.

E estava, de fato, um pouco distraída. Não por conta do jogo, essa seria uma boa distração. Não, como uma idiota, ela não parava de procurar por Lia nas arquibancadas. Toda vez que tinha um vislumbre de pele branca tatuada ou de cabelos escuros e curtos, seu coração parecia sofrer um leve espasmo.

— É para a gente acreditar que vai conseguir vencer? — perguntou Nicolly, sentada à direita de Martina, fazendo-a se sobressaltar, como se tivesse sido pega no flagra. — Eu não sabia que ser estúpida era um requisito para jogar futebol.

Lá embaixo, no campo, dois times se enfrentavam. Aquele era um dos poucos jogos a que elas teriam a chance de só assistir e não participar. Um dos times era o Corumbaense, que tinha sido vice-campeão do último Estadual, e o outro era o Sereias do Rio Verde, mas todo mundo só o chamava de Rio Verde porque, bem, se referir a um bando de metamorfas aquáticas como "sereias" era meio ridículo. Elas se transformavam em pacus e pintados gigantes, não em seres metade peixe e metade gente que seduziam marinheiros.

O Corumbaense era um time monstruoso, até melhor ao vivo do que nas vezes em que Martina tinha acompanhado as partidas pela televisão. E o Rio Verde era bom também, o que a deixou um tanto ofendida. Será que acabariam perdendo para pessoas que, parte do tempo, tinham caudas no lugar de pernas?

— Se você quiser ser estúpida, fica à vontade, ninguém vai te impedir — interveio Débora. Ela estava sentada do outro lado de Martina, comendo uma pipoca que tinha cheiro de açúcar e plástico.

Algumas pessoas nas arquibancadas gritavam e aplaudiam, pois Alice Veiga, uma das jogadoras do Corumbaense, tinha acabado de fazer um drible que Martina sabia não ser capaz de replicar.

Débora falou mais alto:

— Mas um requisito de verdade é ter confiança. Nós somos tão boas quanto esses times e, melhor ainda, temos carisma. Bom, a maioria de nós tem carisma. A Catarina a gente vai ter que deixar no fundo quando formos dar entrevistas.

Catarina, tendo claramente ouvido, mandou Débora "catar coquinho", o que foi bem politicamente correto da parte dela. E Nicolly resmungou um "carisma é o caramba" que todo mundo fingiu não ouvir porque, acreditasse ou não, ela o tinha. Era a única do time que possuía até um fã-clube no Instagram.

Martina, no entanto, resolveu não comentar nada. No fundo, também não achava que eram boas o suficiente. Claro, tinham sido classificadas para o Estadual, mas isso foi depois de anos ralando e, literalmente, *se ralando*. Os outros times eram velhos conhecidos do público e muitos deles já tinham ido até para o Campeonato Nacional. Elas eram as novatas em uma festa onde todo mundo já se conhecia.

Depois que o jogo terminou, em três a um para o Corumbaense, e enquanto elas esperavam o time todo se reunir no estacionamento do estádio que conheciam como Moreninho, Nicolly puxou Martina de lado e sussurrou:

— A gente precisa treinar em um campo de verdade, não naquele campinho que a AMCO aluga para a gente. — Ela jogou o rabo de cavalo sobre o ombro, depois soprou a franja curta, tiques nervosos que demonstravam preocupação mesmo quando ela estava com aquela cara de tacho. — E ouvi dizer que você é amiga daquela jogadora nova do Realeza. Está muito claro para mim que a sua obrigação neste momento é conseguir umas horas de treino no CT da UniLobos.

Isso não estava nada claro para Martina. Por ela, o Centro de Treinamento do Realeza que se explodisse.

— Não sou amiga dela — falou, se desvencilhando.

Olhou ao redor, buscando uma saída daquela conversa, mas não podia nem correr para Val, que estava ocupada riscando o nome de cada uma delas em uma prancheta, garantindo que todas estavam prontas para entrar no ônibus e voltar para casa.

— Tá, mas vocês se conhecem — insistiu Nicolly. — E você precisa pensar no time, não nos seus sentimentos. Se precisar se humilhar, se humilha. Pede, sei lá, um favor.

À menção de um favor, Martina endureceu os ombros. Nicolly não tinha como saber do combinado com Lia, mas a palavra trouxe a memória daquela noite.

Você sabe que eu não resisto a um favor.

Inferno, por que ela tinha falado aquilo? Devia ter tratado a situação com o descaso que ela merecia. E será que o favor já não tinha sido pago com o silêncio de Lia sobre a transformação dela?

— Nós não precisamos de um campo melhor. — Martina desviou o olhar para as meninas que já entravam no ônibus. — Só precisamos treinar mais, trabalhar nosso condicionamento físico.

— Fala sério, Tina, olha pra mim. — Nicolly estalou os dedos, atraindo o olhar de Martina, e gesticulou para o próprio corpo. Estava usando uma saia de pregas com bolsos laterais, meias ¾ que ressaltavam as pernas musculosas e uma regata que exibia os braços bem torneados. — Olha para isto aqui, eu não preciso de condicionamento físico. Você é que precisa trabalhar em algumas coisinhas, tipo no seu comprometimento com o time e no controle da sua raiva.

Martina inspirou o ar com força, ficando ainda mais tensa.

Ela tinha sido descoberta? Lia tinha falado algo, afinal?

Mas então se deu conta de que Nicolly provavelmente se referia à quantidade de faltas que ela marcava, não à perda de controle no hotel.

— Eu não tenho raiva — retrucou. — Só... energia acumulada.

— Uhum, sei. — Nicolly tirou o celular do bolso e passou a encarar a tela. — Se você diz...

— Ei, meninas. — Débora deu uma corridinha na direção delas, vindo sabe-se lá de onde. — Que tal fazermos um breve desvio no trajeto de volta para casa? Eu pesquisei e parece que tem uma trilha legal aqui perto.

— Não. — Nicolly nem tirou os olhos do celular. — A gente precisa treinar, não ficar de bobeira. Fala pra ela, Tina.

Martina reuniu os fios platinados do cabelo, encarando Débora, e começou a prendê-los em um coque curto e desalinhado, usando o elástico que sempre trazia no pulso. Os movimentos de suas mãos eram lentos e despreocupados, a presença da capitã oferecendo um escape bem-vindo do assunto que Nicolly trouxera à tona.

— Eu estava mesmo dizendo que precisamos melhorar nosso condicionamento físico se quisermos ir pra frente no Estadual. Fazer uma trilha é uma ótima ideia.

Ela deu um sorrisinho, que aumentou quando Nicolly semicerrou os olhos, mais irritada do que o normal, mas ainda assim fingindo estar ocupada com o celular. Martina apostava que ela só estava vasculhando a galeria de fotos.

Débora deu tapinhas no ombro de Martina, ignorou Nicolly e foi até Val sugerir a mudança de planos.

Isso não era algo incomum, elas aproveitarem as saídas como um time para dar passeios que não estavam no roteiro. Fazia só um ano desde que conseguiram um ônibus só para elas e começaram a sair de Sombrio para jogar em outras cidades, então não perdiam a oportunidade de conhecer lugares novos.

— Para dentro, todo mundo — chamou Val, gesticulando para a porta do ônibus aberta. Era um veículo antigo, com a pintura branca descascada e bancos duros, mas elas tinham conquistado aquilo com o dinheiro de rifas, patrocínio e alguns torneios menores. Era *delas* e era perfeito. — Vou deixar algumas de vocês no caminho para o Morro do Ernesto, já que a capitã aqui disse que o exercício da trilha subindo o morro pode ser bom para o time, mas não posso ficar esperando. É todo mundo maior de idade, então vocês é quem sabem. Quem quiser fazer a trilha vai ter que voltar para Sombrio a quatro patas.

Isso fez Nicolly desviar a atenção do celular. Ela guardou o aparelho e fingiu ponderar:

— Tá, talvez seja bom a gente se exercitar um pouco. Às vezes é mais uma questão de saúde mental do que física, sabe?

Martina assentiu, muito séria, tentando conter o sorriso. Não era sempre que elas tinham permissão para correrem livres, sem culpa, em sua forma ancestral.

Dentro do ônibus, Nicolly se sentou ao lado dela, espremendo-a na parede de metal, e tirou os fones de ouvido do bolso. Ela estendeu o fone esquerdo, e Martina aceitou, relaxando no banco. Ela tinha os próprios fones na mochila, que estava guardada no compartimento de bagagens de mão, e podia muito bem passar a viagem toda ouvindo as próprias músicas e não a coleção de hits de boybands da Nicolly. Mas estava descobrindo que gostava da coleção de hits de boybands da Nicolly.

— Faz uns três meses que eu não corro assim — sussurrou Nicolly, falando por cima das batidas de "Bye bye bye", do NSYNC. — Se a minha mãe descobrir que fizemos isso, ela vai destruir a minha vida.

Um lampejo de identificação se acendeu no peito de Martina. De mães severas ela entendia muito bem.

Nicolly não era uma lobisomem como ela — transformava-se em uma raposa-do-campo —, porém isso não significava que estava isenta da pressão social de "se comportar como gente". A mídia era mais cruel com licantropes e o julgamento sempre recaía de forma mais pesada sobre eles, o que não significava que os outros não sofressem as consequências de serem taxados como não humanos.

O tabu em torno de adotar a forma de fera em público era forte e nocivo. Martina, depois de ter corrido como loba havia poucos dias, estava ansiosa para quebrá-lo de novo.

— Mais um motivo para fazer, então — disse. — Porque ela não vai descobrir.

Nicolly bufou, mas estava com um sorriso de lado.

Para além dela, Valéria vinha andando até o meio das fileiras do ônibus e ergueu a voz para se dirigir a todas as jogadoras:

— Agora que estão todas aqui, tenho mais uma novidade para compartilhar.

— Essa é nova — resmungou Nicolly. — Ela compartilhando *alguma coisa* com a gente.

— Eu ouvi isso, Fujita. — Val estreitou os olhos na direção delas. — Se eu não me precipito fofocando com vocês, é porque meu trabalho é ser profissional, entenderam? E eu não queria que vocês se preocupassem com algo que poderia nem acontecer.

— Como ganhar o campeonato? — gritou Catarina da última fileira, e Martina e Nicolly grunhiram ao mesmo tempo.

Não é que elas já não estivessem pensando nisso, mas tudo saído da boca de Catarina Monteiro soava um pouco pior. Ela era uma metamorfa de pele muito branca e cabelo preto, com olheiras fundas e tanto pessimismo correndo nas veias que até se transformava em corvo quando bem entendia. Edgar Allan Poe a adoraria. Suas colegas de time, nem tanto.

— Não, Monteiro, algo como conseguir um patrocinador. — Val a cortou, como tinha o costume de fazer diariamente. — E adivinhem só? Conseguimos!

Martina endireitou as costas e bateu as mãos nos joelhos, sorrindo de orelha a orelha. As outras garotas comemoraram em voz alta, e Val apenas sorriu, observando as reações.

— Para quem estava se perguntando por que tivemos que jogar em Corguinho semana passada — retomou ela assim que todas se acalmaram um pouco —, era porque alguns olheiros do nosso patrocinador precisavam de uma última prova da habilidade do Garras antes de se decidirem. E vocês foram maravilhosas, aniquilando o Bom Jesus.

Agora fazia mais sentido por que ela queria tanto que elas destroçassem aquele time. Com a confirmação de que tinham sido classificadas para o Estadual, a busca por um patrocinador se tornara ainda mais urgente. Seria patético se começassem o campeonato sem nenhuma marca as apoiando, além de significar que elas seriam obrigadas a tirar dinheiro do próprio bolso para pagar por todas aquelas viagens.

— Quem é? — perguntou Débora. Ela tinha se levantado para comemorar com as outras garotas, batendo nas mãos de algumas delas, e se apoiava em um dos bancos, olhando para Val. — Espero que seja alguma empresa da área de alimentos, a gente precisa de uns lanches de graça para manter o nível de glicose lá em cima, sabe como é.

— Não é da área de alimentos — disse Val. — Está mais para a área de... hum, pesquisa e saúde.

— Pesquisa? — perguntou Martina. — Tipo uma universidade?

— Não exatamente. É um centro tecnológico, mas eles acabaram de lançar uma empresa.

Elas ficaram em silêncio, tentando entender o que aquilo significava.

Centro tecnológico. Corguinho.

Na *playlist* de Nicolly, os Hanson começaram a cantar "MMMBOP", uma trilha sonora peculiar para o sentimento de horror que crescia no peito de Martina.

Nicolly foi quem entendeu primeiro, porque disse:

— Eu me recuso.

— É a nossa única oferta — retorquiu Val.

— E uma que não podemos aceitar — falou Débora dessa vez. — Tem linhas que a gente não cruza.

A reação delas não era gratuita. Val estava falando de serem patrocinadas pelo Centro Tecnológico de Zigurats, que pesquisava sobre a Terra convexa e que idolatrava a figura do ET Bilu. E tudo bem, elas viviam cercadas de metamorfos e vampiros, mas acreditar no ET Bilu era ir longe demais.

Pelo visto não era longe demais para Val.

— Essa galera é motivo de piada no país inteiro — argumentou Martina. — Não podemos ser associadas a eles, é o tipo de coisa que o brasileiro não esquece.

— O brasileiro esquece de tudo. — Val agitou a mão como se a revolta delas fosse um mosquito que pudesse ser afastado. — Vai ser só este ano, só enquanto vocês não atraem a atenção de marcas maiores.

— Os Zigurats não são uma marca — disse Nicolly. — São só um bando de lunáticos.

— Na verdade, agora que eles têm uma nova empresa associada ao grupo, estão desenvolvendo produtos que serão comercializados em breve, coisa grande. — Val estava com a testa franzida, como se fosse preocupante que elas não gostassem da ideia de fazer propaganda para essa tal empresa que, Martina imaginava, devia prometer a vida eterna e comunicação interplanetária. — Francamente, meninas, eles têm dinheiro, e a gente, não. Como vamos pagar pela gasolina para ir até as cidades onde vocês precisam jogar? E a estadia? E a alimentação? A AMCO não tem como financiar isso.

— Vamos ter que perder no primeiro jogo, então — disse Catarina, soando amargurada e sarcástica como sempre. Daquela vez, Martina se identificava com o sentimento. — Para economizar.

— Quer saber? — Val ergueu a voz e fez o possível para olhar para cada uma delas nos olhos. Não, Martina não queria saber. — Vocês não estão entendendo direito a nossa situação. Pensem melhor sobre isso e a gente conversa mais na segunda-feira.

— Não vamos mudar de ideia, Val — disse Débora, e as outras murmuraram palavras de concordância. — Esses caras praticamente *inventaram* o ET Bilu.

— Acho que essa é a grande questão — acrescentou Ju, sentada mais à frente, com o corpo virado para o corredor de modo que pudesse observar a técnica. — Se for para sairmos divulgando produtos desenvolvidos por pessoas que alegam ter encontrado extraterrestres, prefiro me relacionar com o tipo de gente que não escolheria "Bilu" como nome para um alienígena. Isso é nome de cachorro, gente.

O rosto de Val continuou firme.

— Pensem mais sobre o assunto, conversem melhor enquanto fazem a trilha. Ninguém precisa citar o nome dos Zigurats, é a marca desenvolvida por eles que importa.

Nenhuma delas disse nada depois disso, mas o silêncio era resposta suficiente: não passariam vergonha promovendo aquele tipo de coisa.

08
FAREJANDO O INIMIGO

Elas fizeram a trilha do Morro do Ernesto a pé, não *a patas*, porque a desculpa que estavam usando ainda era que precisavam de condicionamento físico enquanto humanas.

A subida começava inofensiva, mas se tornava mais íngreme conforme avançavam, e não demorou para Nicolly começar a reclamar que tinha sido arrastada para aquilo, resmungando que odiava todas elas. Débora fez todo mundo se alongar antes de subir, mas as pernas de Martina ainda doíam bastante. Subir um morro não era nada como correr por um campo de futebol.

— Se a gente pegar um resfriado, nosso jogo de sábado vai ser um desastre — disse Ju, olhando para o céu, que adquiria um tom preocupante de cinza. Um trovão soou logo em seguida, como se estivesse esperando pela deixa. — Não é melhor abandonarmos essa ideia de trilha e voltarmos logo pra casa?

— É uma questão de honra, Ju — disse Débora, a única das cinco que não estava ofegante. — Precisamos terminar o que começamos. Além do mais, nosso sistema imunológico não é igual ao de qualquer um, não é uma chuvinha que vai nos abalar.

— Eu não garanto nada. — Martina tentava prender mais uma vez os fios curtos do cabelo, que teimavam em escapar do elástico. — Muita coisa me abala.

Elas não tinham tocado no assunto do patrocínio dos Zigurats desde que a subida começara e, na verdade, estavam desviando dele com maestria, como se estivessem dispostas a provar para

Val — que nem estava ali — que ele não era nem digno de discussão. Isso não impedia que Martina ficasse mais receosa a cada passo. Elas eram apenas as jogadoras do time, peças em um tabuleiro, e não tinham a palavra final em uma decisão como essa. Só restava torcer para a técnica honrar a vontade delas e se opor à proposta dos Zigurats diante dos diretores da AMCO.

— Falando nisso... — Catarina cutucou Martina com o cotovelo — Já podemos perguntar o quanto a tal Lia abalou as suas estruturas?

— Quê? — Martina parou de andar.

Também não era para usarem a vida pessoal dela como desculpa para não falar do patrocínio. Ela discutiria de bom grado todo o mapa astral do ET Bilu só para não precisar ser lembrada do que acontecera naquele quarto de hotel.

— De onde veio essa história? E por que de repente está todo mundo falando de mim e da Lia?

Débora, que tomava a dianteira do grupo, virou a cabeça para trás brevemente.

— Vocês dividiram um quarto, não dividiram?

— E daí? Eu já dividi um quarto com todas vocês, isso não significa nada.

— Meio que significa, sim — disse Ju, toda sorrisos. — Nós somos suas amigas, não uma jogadora do outro time.

— Então é justo a gente se perguntar se você comeu a inimiga ou não — provocou Catarina, toda suada e com o rosto vermelho, mas nem por isso menos empenhada em ser irritante.

Martina empurrou o ombro dela, e a outra garota empurrou de volta. Catarina era um pouco mais baixa do que ela e, de tão pálida, havia corrido um boato de que era uma vampira. Ela teve que se transformar em um corvo gigantesco e monstruoso na frente de todo o time para provar que era uma metamorfa como elas.

O que Martina teria que fazer para provar que não havia, nem nunca haveria, nada entre Lia e ela?

— A gente não transou. — Ela torceu o nariz, se recusando a usar o verbo "comer" com esse sentido. — Só porque eu tenho uma certa... impulsividade, não quer dizer que sou idiota.

— Acho bom mesmo, garota. — Débora olhou para trás de novo e quase tropeçou em um cascalho. — Eita, espera aí, é o seguinte... não dá para confiar que você vai conseguir jogar bem contra uma pessoa que está te chupando no tempo livre.

— Na verdade, dá sim. — Catarina olhou ao redor, buscando apoio nas outras do grupo. — Fala sério, gente, quais são as nossas opções? Garotas de fora do futebol, garotas do nosso próprio time — todas protestaram audivelmente — ou garotas de algum time rival. Nada contra vocês, mas eu prefiro não levar esse tipo de drama pra dentro do vestiário.

— É todo mundo lésbica aqui? — perguntou Ju.

— Eu sou hétero. — Nicolly ergueu a mão como se estivesse na sala de aula e soubesse a resposta certa de alguma pergunta. — Cem por cento hétero.

Fez-se um silêncio respeitoso. Ju tentou mudar de assunto:

— Vocês estão ouvindo isso?

O silêncio continuou por mais alguns segundos, até outro trovão soar.

— Eu já entendi, tá bom? — resmungou Débora. — Vocês querem voltar pra casa porque estão com medo de uma chuvinha. Sinceramente, eu esperava mais...

— Não era isso — murmurou Ju, depois segurou em um galho para subir em uma parte mais íngreme da trilha.

Martina foi logo atrás dela e usou o mesmo galho de apoio enquanto dizia:

— Eu sou bissexual, a propósito, não lésbica.

Catarina, andando atrás das duas, insistiu:

— O que importa é se você sente ou não algo pela tal de Lia. — Martina nem estava falando com ela, mas essa era Catarina, confiável apenas na capacidade de ser inconveniente. — E a Débora pode falar o que quiser, mas confraternizar com o inimigo é bem divertido e ela sabe bem disso, aquela hipócrita. Mas e aí, o que *você* sente pela inimiga?

— Às vezes eu sinto vontade de empurrar ela de um penhasco. Isso conta?

Catarina caminhou mais rápido e passou por Martina e Ju, dizendo apenas:

— Conta muito.

— Sério, gente, estou ouvindo alguma coisa. — Ju parou de andar. — Parece que são pessoas conversando. Muitas pessoas.

— Infelizmente, a gente não tem acesso restrito à trilha — disse Nicolly, um pouco à frente, secando o suor da testa e com os olhos fixos no chão. — Deve ter um pessoal na nossa frente. Eu estou respirando pela boca desde que começamos a subir, porque o cheiro de sovaco daqui é insuportável.

Ju ergueu o rosto para o céu e as narinas dela dilataram conforme ela farejava o ar. Martina parou ao lado dela, deixando que as outras seguissem adiante, e fez o mesmo. O odor de mato era familiar, a vegetação não era muito diferente daquela presente nos arredores de Sombrio, mas não tinha cheiro de sovaco coisa nenhuma. Algum animal tinha feito as necessidades por perto, e a ave que passou voando por cima delas, agitando as asas, deixou o próprio aroma, que logo foi levado pelo vento.

Martina aproximou o rosto do galho que tinha usado para se equilibrar logo antes e inspirou tão fundo que sentiu o nariz formigar. Depois espirrou e olhou para Ju.

— Lobisomem — falou. Mais adiante, as outras três meninas desapareciam em uma curva. — Alguém que a gente conhece. Talvez mais de uma pessoa que a gente conhece.

— Quais são as chances de outro time ter tido a mesma ideia que a gente, de fazer uma trilha depois de ver o jogo? — perguntou Ju.

— Eu queria acreditar que são bem pequenas.

Ju olhou na direção onde as outras tinham ido. Estava com o nariz torcido e a boca repuxada para baixo, e era um pouco ofensivo porque, ei, Martina era uma lobisomem também. Será que cheirava tão mal assim para as outras?

Logo entendeu que o problema não era cheirar mal, porque Ju deixou os ombros caírem e, ao encará-la, sua expressão desmoronou.

— O Realeza é o único time formado só por lobisomens, não é?

— Infelizmente. — Martina cruzou os braços, como se assim pudesse abafar os batimentos do próprio coração, de repente acelerados. — Será que, com essa informação, a gente consegue convencer a Débora a desistir da trilha?

— Acho que é tarde demais, estamos quase chegando ao topo.

Ela se virou e retomou a caminhada, mas Martina ficou para trás. Seria muito covarde se abandonasse o time no morro e voltasse para Sombrio?

Quando percebeu que estava andando sozinha, Ju retrocedeu alguns passos.

— É tão ruim assim? — perguntou ela. — Esse lance entre você e a garota do Realeza?

— Pode guardar um segredo?

— Claro. — Ela sorriu e passou a mão pelo cabelo colorido. — Tudo em nome da fofoca.

— Naquele dia em Corguinho, eu fiquei tão brava que me transformei. E depois fugi pela janela.

— Putz.

— Pois é.

Ju baixou o tom de voz:

— Acha que pode acontecer de novo?

— Não — garantiu Martina, falando com mais confiança do que realmente sentia. — Era noite de lua cheia e as minhas emoções estavam à flor da pele, mas foi humilhante o suficiente para eu não querer olhar para a cara da Lia por um bom tempo. De preferência, para sempre.

Ju suspirou e cruzou os braços na frente do corpo, imitando a postura de Martina, o que ressaltou os ombros musculosos e o fato de que era pelo menos um palmo mais alta.

— Não é humilhante, Tina. Esse tipo de coisa faz parte de quem a gente é.

Não era o que Martina esperava ouvir. O que estava acostumada a ouvir.

— Eu tenho fama de ser explosiva e isso já me prejudica o suficiente.

— Olha, eu sei que sou nova no time e não conheço você tão bem assim. — Ju falava baixo e seus olhos escuros eram, como sempre, gentis. — Também sei que no esporte é muito forte isso de termos que dar um bom exemplo e mostrar como é que se faz para sentar e rolar quando os outros mandam. Mas, no fundo, o que as pessoas gostam de ver quando assistem aos nossos jogos é o que nos torna diferentes dos humanos, o nosso lado selvagem. Eu me transformo em uma ariranha fora do campo e dá pra perceber, se você prestar bastante atenção. Nós temos uma reação instintiva ao que é selvagem que não é só medo, por isso o futebol sobrenatural dá tanto dinheiro. Não estou dizendo para você abrir mão de tentar se controlar, só não se cobra demais, tá bem? E não lute contra algo que é da sua natureza. Qualquer esporte é mais sobre a gente se encontrar do que sobre se adequar ao que os outros esperam.

Martina ficou sem resposta. Em alguns segundos, Ju tinha pintado para ela uma imagem do futebol que ela nunca tinha visto antes e que, ao mesmo tempo, parecia *certa*. Parecia até familiar.

Era isso o que ela amava no jogo, não era?

— Desculpa. — Ju desviou o olhar. — Exagerei?

— Não, você disse tudo o que eu precisava ouvir. — Martina colocou uma mão no ombro da colega, obrigando-a a olhá-la de frente. — Sabe, estou feliz por ter você no time. Acho que nunca falei isso, né? Mas você é tudo o que faltava no Garras, e não estou falando só da sua habilidade como goleira.

Elas sorriram uma para a outra e houve calma por um instante. Então a primeira gota de chuva caiu.

Era só o início da tempestade.

Havia uma tenda. Música. Álcool também, é claro. E Aura Maria, que praticamente saltitou até elas.

— Que coincidência. — Ela juntou as mãos e olhou para cada uma das meninas, parando em Débora. — Vocês precisam de toalhas? Cobertas? Uma xícara de chá?

Elas estavam encharcadas. Os fios do cabelo de Martina, majoritariamente soltos, grudavam no rosto, os pés enfiados em poças particulares dentro dos tênis, e a bermuda se agarrava às coxas de um jeito que dava vontade de tirar toda aquela roupa e trocar a pele humana pela de lobo. Mas ela continuaria passando frio, se a alternativa fosse aceitar uma toalha das jogadoras do Realeza.

— Talvez — respondeu Débora, sorrindo de lado e atraindo olhares curiosos das colegas. — O que mais você tem para oferecer que possa me esquentar?

Aura deu um passo para trás, com a boca entreaberta, e todas viram quando um rubor subiu pelo pescoço dela. Sem responder, ela se virou de costas e caminhou de volta para a tenda, onde as outras garotas do Realeza estavam reunidas.

— Garota chata. — Débora fechou a cara assim que Aura se afastou. — Ela se acha melhor do que todo mundo.

Elas ficaram em silêncio. Sabiam que, quando o assunto era futebol, Aura era mesmo melhor do que todo mundo ali, mas tinham amor-próprio o suficiente para não pontuar isso em voz alta.

Martina estreitou os olhos, tentando enxergar para além da chuva. O topo do morro era plano, como uma chapada, e lá do alto dava para ver todo o verde que cercava o lugar: pastos, matas e serras. Em uma beirada do morro, diante daquela imensidão toda, uma tenda grande tinha sido armada. As barracas das meninas do Realeza estavam distribuídas perto dela.

— A gente deveria ir embora — disse Nicolly, em um lapso de sensatez. O cabelo dela, normalmente de um castanho tão sedoso que era mais adequado a propagandas de shampoo do que a um campo de futebol, estava todo molhado e esparramado pelos ombros. — Vamos só nos transformar e correr, eu não vim até aqui pra aplaudir o pôr do sol.

— Não podemos dar essa satisfação a elas. — Débora ergueu o queixo e gesticulou na direção da tenda. — Semana passada, a

Aura Maria, a Renata e a Lia invadiram o hotel em que a gente estava, lembram? Hora de dar o troco.

Catarina cruzou os braços e olhou para a capitã.

— Vamos ser obrigadas a ser legais?

— Falsidade é o lance delas, não o nosso — respondeu Débora. — Eu agradeceria se ninguém saísse no tapa, mas, fora isso, façam o que quiserem.

Juntas, elas caminharam até a tenda. O vento soprava rajadas de chuva no rosto delas e os passos produziam um som molhado, então não foi uma chegada triunfal. Renata as recebeu com o braço cheio de toalhas e o rosto sério.

— Espero que isso não seja parte de um plano de vingança pela semana passada — disse enquanto entregava as toalhas. Se era telepatia, audição aguçada ou só um bom palpite, Martina não saberia dizer. — Mas a Lia chegou a comentar que ficaria devendo um favor por terem deixado ela passar a noite com uma de vocês. Melhor coletarem o favor agora de uma vez por todas.

Ela gesticulou para alguns bancos dobráveis, feitos de lona, que estavam vagos em uma extremidade da tenda. Nicolly passou por Martina e direcionou a ela um olhar incisivo.

— Esquece — sussurrou Martina para ela. Podia apostar que as outras a ouviriam, então não mencionou explicitamente a sugestão de Nicolly de pedir para usar o CT do Realeza. Não queria expor demais a situação precária do Garras. — Você ouviu o que a Renata disse, meu favor já foi pago.

E ela não estava nada feliz com isso. Gostava quando as pessoas lhe deviam favores por um longo tempo, assim podia se deliciar com a posição de superioridade. Depois de ter se transformado na frente de Lia, já tinha perdido qualquer vantagem. Com o favor sendo pago assim, sem que ela pudesse escolher como, sabia que estava perdendo.

Precisava arrumar um jeito de virar o jogo.

Passou a toalha pelo corpo, embora isso não aplacasse muito do frio, cortesia das roupas molhadas, e as amigas fizeram o mesmo enquanto arrastavam os pés até os bancos. Ao redor delas, algumas mulheres do Realeza conversavam entre si, ignorando-as, enquanto outras as encaravam abertamente. Nicolly mostrou o dedo do meio para uma das garotas, tirou o celular do bolso da saia e seu rosto desabou.

— Alguém tem arroz? — perguntou, erguendo a voz. — Meu celular morreu.

— Temos álcool. — Aura ergueu uma lata de cerveja. — Serve?

Nicolly bufou, o ar soprando os fios curtos de sua franja. Trocou um olhar com Débora e assentiu.

— Vai ter que servir.

Ela voltou a guardar o celular e se levantou. Depois retornou com duas cervejas, que elas dividiram entre si.

Martina se incumbiu da missão de lançar um olhar dez vezes pior para qualquer uma daquelas garotas que a encarasse por mais de um segundo. Ela estava tão concentrada nesse passatempo que nem parou para buscar o rosto de Lia.

Até parece.

Lia não estava ali. Não estava em nenhum lugar à vista, nem na tenda e nem na chuva. Talvez não tivesse ido acampar com o resto do time, nunca tinha sido a pessoa mais sociável do mundo mesmo.

De repente, Martina percebeu que Aura a encarava. Apoiou as mãos nos joelhos, se inclinou para frente e devolveu o olhar. A outra garota ergueu as sobrancelhas e sorriu, depois disse:

— Ela saiu pra correr.

— Como humana ou como loba?

Aura deu de ombros.

— Isso importa?

Em um primeiro momento, Martina diria que sim, claro que importava. Se fosse para correr atrás de uma loba, ela preferia fazer isso nessa forma também.

Mas, espera, ela queria mesmo ir atrás de Lia?

Ficou de pé e olhou para Débora, que estava esfregando a toalha no cabelo curto. A capitã abaixou os braços e chacoalhou a cabeça, espirrando gotículas de água nas outras e fingindo não perceber o olhar de Martina. Depois bebeu um gole de cerveja, trocou um olhar irritado com Aura e, enfim, olhou para cima.

— Vai logo. — Ela fez uma careta, revirando os olhos. — Melhor fazer a merda de uma vez, assim você chega mais rápido na fase do arrependimento e nós podemos seguir com a nossa vida.

Martina lhe deu as costas e caminhou de volta para a chuva. Quando estava a uma boa distância do grupo, tirou as roupas e as escondeu atrás de um arbusto. Os músculos dela se alongaram, os ossos pareceram derreter, até que ela pousou as quatro patas no chão. Começou a farejar.

09
LOBAS QUE CORREM COM LOBAS

Depois de anunciar que precisava caminhar um pouco — assim, pelo menos, faria algo de útil com o próprio corpo —, Lia havia se afastado da tenda armada pelo grupo e descido pela trilha que elas tinham usado para subir o morro. Que as outras garotas do time ficassem no topo do morro bebendo cerveja e jogando truco, ela não participaria daquela patifaria.

Ela *tinha* tentado se juntar às outras, mas as risadas e as conversas em voz alta, ninguém falando diretamente com ela, só fizeram com que se sentisse mais isolada. De qualquer forma, a ideia de acampar no Morro do Ernesto era estúpida. Estavam no meio da temporada, tinham jogos importantes com os quais se preocupar.

E, caramba, Lia de fato se preocupava.

As perguntas a rondavam como um bando de pernilongos irritantes — era o que ganhava por ter aceitado passear no meio do mato.

Só ela enxergava que o Realeza estava à beira de um colapso? Onde vivia e do que se alimentava o bom senso? Ela tinha mesmo abandonado o Harpias para fazer parte do declínio do que costumava ser o melhor time do país?

O pior de tudo era que Aura e Renata admitiram ter notado que o time enfraquecera, então por que elas não estavam dispostas a fazer algo sobre isso? Lia tinha algumas sugestões: treinar, treinar mais ainda e, em vez de fazer uma pausa, treinar mais. Não era como se ficar olhando para as estrelas fosse ungi-las de uma habilidade mágica com a bola.

Enquanto andava, o celular captou um sinal milagroso e começou a vibrar. Ela leu as mensagens que surgiram na tela bloqueada, sobre o papel de parede mostrando um campo de futebol vazio:

> MIRANDA (16:30) ei galera, vou para sp no final de semana
> MIRANDA (16:30) vamo se ver?

> CLARICE (16:32) olha ela agindo como se não tivesse acabado com a gente ontem
> CLARICE (16:32) mas bora!!

> MIRANDA (16:32) vcs tão enferrujadas, não é culpa minha

> LÚCIA (16:33) Eu topo um rolê, preciso beber

> JOICE (16:35) só se a gente jogar uma partida depois
> JOICE (16:35) chama umas amigas miranda

Lia suspirou e segurou o botão de desligar até a tela escurecer. Precisava reunir coragem para sair daquele grupo com as antigas colegas de time. Não era como Miranda, que conseguia manter contato e fingir familiaridade mesmo depois de ter passado a jogar pelo Unidas de Imbituba. Mas, claro, era mais fácil para Miranda, porque ela continuava morando no mesmo estado que as outras e até jogava com elas, mesmo que em times opostos, durante os campeonatos. Ninguém se importava com Lia no Mato Grosso do Sul.

De repente, se lembrou de Martina algumas noites antes, quando as duas confrontaram o passado fechadas naquele quarto de hotel. Olhos castanhos perdendo a cor. A respiração dela acelerando e ela dizendo "merda" repetidamente do jeito como costumava fazer quando elas eram adolescentes e algo a deixava exasperada. As palavras dela voltaram a soar nos ouvidos de Lia como se estivessem cara a cara:

"Você nem ao menos tem que pagar para estar ali, você é boa nesse nível, e vem aqui dizer que eu sou tão boa quanto você? Que eu não estou perdendo nada?"

Lia puxou a camiseta pela cabeça e depois tirou o resto da roupa. Como acontecia sempre que pensava naquela conversa e no reencontro desajeitado das duas, foi tomada pela frustração que não se deixou sentir antes, que tinha sido abafada pelo medo que sentiu por Martina ao ficar ali, parada, observando-a se transformar.

Sua própria transformação não foi fácil. Tomava remédios para controlá-la, e a loba estava enterrada fundo. Tinha que arrastá-la para a superfície, atraí-la com a promessa de patas no chão molhado e de uma corrida pela mata.

Trocou de pele sob a chuva que começava a cair.

Deveria se sentir grata por estar no Realeza? Aceitar as coisas e jogar como se o time não devesse a ela tanto quanto ela devia a ele? Desde quando Martina se tornara tão... resignada? Por que ela tinha desistido do Realeza se era tão óbvio que o time continuava sendo importante para ela?

Saliva pingou no chão, quente, e a visão dela se ajustou àquele novo corpo. E assim, finalmente, não havia mais frustração. Não havia mais Martina em sua vida.

Não havia Martina era o caralho, pois lá estava ela outra vez.

Lia a reconheceria em qualquer lugar e em qualquer forma. Queria uivar, exultante, a saudade se transformando em algo quente e difícil de resistir. Queria morder o flanco de Martina, queria empurrá-la no chão e ficar sobre ela, rosnar com o focinho a centímetros daqueles olhos acinzentados.

Lia correu, esmagando galhos e folhas no caminho, indo contra a chuva que caía cada vez mais intensa. Ela era mais forte do que a chuva, mais forte do que a mágoa, mais forte do que memórias do passado; ela era aquele momento, aquela perseguição. Martina e ela, de igual para igual. Martina dos olhos cinza e pelo marrom. Martina de dentes afiados e que nunca, nunca a machucava, mesmo que elas rolassem por horas na grama, mesmo que a brincadeira se tornasse quase brutal daquele jeito dos lobos.

Martina, venha dançar, a loba chamava enquanto decidia o ritmo daquele jogo entre elas. *Venha dançar ao som da música que você colocou em meu coração.* O corpo dela pulsava e seu coração batia seguindo a melodia que apenas ela escutava, tambores e gotas de chuva.

Quando estavam próximas o bastante, Lia começou a provocar. Corria mais rápido, e Martina a imitava. Parava de repente, e Martina reproduzia o gesto. Passava entre troncos de árvores, se espremia por baixo de arbustos e olhava para trás a tempo de ver a outra loba fazendo o mesmo, os pelos dela roçando onde os de Lia tinham encostado primeiro.

Logo a paciência de Martina começou a se desgastar, dava para perceber pela forma como rosnava mais alto e apressava o passo. Era ela quem sempre começava a exigir mais, quem se cansava de estar longe e colocava fim na distância. Lia sentiu que estava a ponto de perder a vantagem, então avançou na direção do barulho de água e voltou à forma humana às margens de um riacho.

Era como sugar a loba para dentro, com pelos, garras e dentes afiados afundando na carne, e a máscara humana escorria sobre o animal selvagem.

Mergulhou, assimilando o choque da água gelada no corpo febril. Ainda tremia um pouco, um resquício da transformação, então respirou fundo pelo nariz e soltou o ar pela boca assim que emergiu, contando os segundos.

Ficou de costas para o caminho pelo qual Martina chegaria e esperou.

Havia algo da loba espreitando em sua consciência, a memória do que era ser fera e sentir apenas saudade, sem se importar com rancores e outras complexidades dos humanos. Lia estava vulnerável, não passava de um bicho que ficara sozinho por tempo demais.

O vento soprava entre as folhas, carregando gotas de chuva. A água fluía, e Lia mantinha sua posição, ancorada no solo do riacho pelo anseio de estar cara a cara com a amiga de novo. A areia e os pedregulhos sob os pés a acalmavam, mas não faziam mágica. O coração dela ainda batia em um ritmo frenético.

Um galho se partiu no chão ali perto. Ouviu um rosnado, um gemido de dor e então uma movimentação na água.

— O que você quer? — perguntou, ainda de costas para Martina.

A canção em seu peito ainda soava, mais forte do que nunca, como se o tempo passado longe de Martina apenas tivesse aumentado o poder dela. Era patético. Ela cerrou os punhos embaixo da água e só se virou quando teve certeza de que seus olhos não revelariam cada emoção que guardava.

Martina estava a poucos centímetros dela, os contornos de seu corpo esguio visíveis sob a água que a cobria até os ombros. Ela não disse nada, então Lia insistiu:

— O que você quer, Martina?

A garota ergueu o queixo, piscando aqueles cílios longos. Os fios claros do cabelo grudavam no rosto dela. A chuva caía sem trégua.

— Eu não estava seguindo você — falou Martina, a voz firme. Mas era mentira.

— Estava, sim.

— Só nos últimos minutos. — Martina bateu a mão na água, salpicando gotas no rosto de Lia, que revirou os olhos e continuou a encará-la. — Mas não vim aqui atrás de você, foi isso o que eu quis dizer. Eu estava fazendo uma trilha com as meninas do time, e esbarramos com o seu grupinho lá em cima.

— Isso não responde à minha pergunta. O que você quer?

— Eu só acho que te devo desculpas pelo jeito como o nosso último encontro terminou. Então... desculpa. — Ela desviou o olhar tão abruptamente que Lia se pegou analisando o entorno delas, buscando alguma ameaça, até que Martina continuou: — E preciso que você me prometa que não vai falar sobre aquilo com ninguém.

Ah, claro. Lia bufou, já sentindo falta de como era tudo mais fácil quando elas eram lobas.

— Do que você precisa mais? — perguntou, colocando acidez suficiente nas palavras para ao menos aliviar o peso da própria ignorância. Ela tinha achado, por um momento, que tudo o que Martina queria era mesmo pedir desculpas. — Do meu perdão ou da minha garantia de que vou guardar segredo?

— As duas coisas meio que andam juntas — retrucou Martina, reagindo imediatamente à rispidez. — Droga, só me prometa que vai manter a boca fechada. Dá para fazer isso?

— Porra, Martina, claro que dá. Eu nunca sairia espalhando uma coisa dessas por aí. — Ela se aproximou de Martina, sem ligar para o modo como o movimento expunha a pele nua logo acima dos seios. — Você sabe muito bem que eu acho fofoca uma perda de tempo.

O olhar de Martina vacilou, desviando-se do rosto de Lia e indo parar na clavícula dela. Foi rápido, só o suficiente para Lia prender a respiração, então os olhos castanhos pesavam sobre os dela outra vez.

— Eu só precisava ter certeza.

— E por isso você me perseguiu pela mata? Só para ter certeza?

— Não dava para ter essa conversa na frente de todo mundo.

Lia passou por ela, indo para a margem.

— Ousado da sua parte chamar isso de conversa.

Ela apoiou as mãos na margem do riacho, afundando os dedos em pedrinhas e barro, e impulsionou o corpo para fora. Sentia a pele quente apesar da água do riacho e da chuva que caía. Um pensamento começava a se insinuar: *já que estamos guardando segredos, que tal mais um?*

Lembrou do olhar de Martina em sua clavícula.

E imaginou o mesmo olhar, naquele instante, em suas costas. Nos músculos das pernas. Até na bunda dela, se Martina fosse cara de pau o bastante.

Flexionou um pouco as coxas, se exibindo. Como se elas ainda fossem lobas testando os limites uma da outra, iniciando uma perseguição.

E então Martina destroçou a ilusão ao dizer:

— Meu Deus, como você é brega. — Lia olhou para trás, apertando os olhos, e Martina explicou: — As fases da lua nas suas costas.

Ah, as tatuagens. Lia tinha outras pelo corpo, principalmente nos braços, e não reprimiu o sorriso com a descoberta de que foi aquela nas costas que Martina notou primeiro.

— Para de olhar para as minhas costas, então.

— E se eu não quiser?

— Pelo menos seja mais sutil sobre isso. — Lia inclinou a cabeça, analisando a forma como Martina crispava os lábios. — Ou não seja sutil. Você é quem sabe.

— Qual é o problema se eu quiser olhar pra você? — Martina nadou até a margem e também saiu da água, ficando de pé bem de frente para Lia. — A gente ficava pelada na frente uma da outra o tempo todo quando éramos mais novas.

Lia endureceu a mandíbula, os olhos fixos nos de Martina. Não faria a burrada de olhar para baixo.

— Nós éramos crianças.

— Não, nós éramos adolescentes — retorquiu Martina. — É bem diferente de ser criança.

— Então é só isso o que você vê quando olha pra mim? Sua amiga da adolescência?

Havia algo de afiado nos olhos de Martina. Era assim que ela caçava, Lia se lembrou. Hesitante e cuidadosa apenas no início, talvez até incerta da própria habilidade de capturar a presa. No último instante, ela avançava, e o resto era apenas garras e dentes.

Lia esperou pelo salto.

— Não, não é isso o que eu vejo.

— Também não é o que eu vejo. — Lia se virou de costas para ela e começou a andar na direção da mata, seu corpo ficando cada vez mais quente, por causa de mais uma transformação iminente e de algo mais, algo perigoso. — Então não me provoca, Martina.

10
CONFRATERNIZAÇÃO

Deve ter sido o álcool. Ou talvez fosse só o resultado de juntar várias jogadoras de futebol em um lugar só. Fato era que, quando Martina e Lia voltaram para o topo do Morro do Ernesto, as mulheres de seus times estavam envolvidas em uma partida, alheias à chuva, ao vento e às poças d'água. Até Ju tinha deixado de lado a preocupação com um resfriado e estava a postos entre dois chinelos que demarcavam um gol.

Martina tinha recuperado as roupas e acabava de amarrar um tênis quando Lia, também vestida, parou a seu lado e disse:

— Faz bastante tempo desde que jogamos juntas pela última vez.

Fazia bastante tempo desde que elas tinham feito qualquer coisa juntas.

Débora parou de correr por um segundo e começou a gritar e gesticular para elas, sinalizando que entrassem no jogo. Como apenas cinco meninas do Garras estavam ali, algumas garotas do Realeza precisaram completar o time, mas Lia não foi uma delas. Ela assumiu posição do lado oposto do campo improvisado e mostrou os dentes para Martina. Não era um sorriso, estava mais para um rosnado silencioso.

— Uh, tensão — disse Catarina, ofegante, ao passar por Martina. — Ou será que é *tesão*?

— Cala a boca. — Martina se afastou dela e, quando alguém lhe passou a bola, começou a jogar de verdade.

Aquela era apenas uma prévia do que viria, e ela estava curiosa para saber o quanto o estilo de jogo de Lia tinha mudado. Será que ela ainda era precisa em seus movimentos — um contraste para o caos de Martina, que sempre queria estar em todo lugar ao mesmo tempo? Tinha se tornado mais agressiva ou ainda era calma em campo, confiante de um jeito que dava raiva?

A resposta veio rápido. Sim, ela ainda era calma, confiante, precisa, mais afiada do que Martina jamais seria.

Ela roubou a bola de Martina na primeira oportunidade que teve, desarmando-a por trás. Martina escorregou na grama molhada e por pouco não caiu. Enquanto se recuperava, Lia já tocava a bola para outra garota e nem sequer olhou para trás para se vangloriar. Era uma partida boba, mas todas jogavam como se houvesse um prêmio grandioso.

Para Martina, o prêmio era a chance de odiar Lia de novo.

Não estava funcionando, e ela devia ter previsto isso. Quando se chocou com Lia alguns minutos depois, seu ombro batendo com força no dela ao correrem lado a lado com a bola em disputa, surpreendeu-se com um sorriso no rosto. Teve que fazer o esforço de suprimi-lo, colocando uma carranca no lugar.

A verdade era que podia odiar Lia por ter ido embora. Podia odiá-la por não ter se esforçado para manter contato. Podia até odiá-la por ser tão... atlética, no quesito da aparência — bonita, caramba.

No entanto, por tudo que lhe era mais sagrado, Martina não conseguia odiá-la enquanto jogavam. Nem que fosse para times opostos.

A partida terminou quando a chuva ficou mais intensa e os trovões passaram a acender o céu com mais frequência. Era fim de tarde e elas já estavam com dificuldade de enxergar, então não havia muito o que discutir. E o fato de que largaram o jogo em um empate ajudava. Daquela vez, não apenas Ju, mas também Débora e Renata insistiram que nem mesmo o sistema imunológico de metamorfos e lobisomens poderia competir com horas sob a chuva, e elas precisavam cuidar da saúde para os jogos do Estadual.

Mas, apesar de toda a pose de responsável do grupo, a capitã do Realeza foi a primeira a abrir uma lata de cerveja quando elas voltaram para baixo da tenda. Algumas caixas térmicas estavam espalhadas pelo espaço, e Aura, suada e com o rosto vermelho depois de correr atrás da bola toda vez que ela era chutada morro abaixo, começou a jogar latinhas para as meninas do Garras.

Martina pegou a dela no ar e leu o rótulo.

— Vocês só têm essa cerveja barata ou estão dando a pior para a gente de propósito?

— Se não quiser beber, pode devolver que eu bebo — retrucou Aura.

— Não, está ótimo. — Martina tomou um gole e fez uma careta. — Eu só esperava mais das estudantes da UniLobos.

Renata andou até elas e se sentou em um banco ali perto. O clima estranho que Martina abandonara quando fora atrás de Lia tinha mudado um pouco. Elas não eram um grupo de amigas acampando juntas, mas o jogo parecia ter acalmado os ânimos.

— Precisamos resolver como vamos nos dividir entre as barracas — disse Renata, olhando de lado para Aura. — Alguma sugestão?

— Alguém pode ficar na minha barraca, se quiser. — Aura encolheu os ombros. — Mas só cabe mais uma pessoa.

— Não tem necessidade disso — disse Débora, abrindo uma latinha de cerveja. — Nós podemos voltar para Sombrio assim que a chuva passar.

— Não acho que vai passar tão cedo. — Renata olhou para a paisagem além delas e as outras fizeram o mesmo.

Os lampiões e as luzes de bateria acesas dentro da tenda iluminavam apenas alguns passos adiante. Em questão de minutos, a noite caíra por completo, o céu estava nublado, sem nenhuma estrela visível, e a tempestade rugia.

— Pensei que já estivesse decidido — Martina falou baixo, virando-se para Débora. — Lia me deve mesmo esse favor.

— É, mas ela deve um favor pra você. Não se aplica ao resto de nós.

— Besteira — intrometeu-se Aura. — Isso não é sobre favores, é sobre sermos pessoas decentes.

Ela virou a lata de cerveja e a garganta dela se moveu no ritmo dos goles: um, depois outro, depois outro. Caramba, a garota sabia mesmo beber. Quando terminou, ela pousou a latinha no chão e olhou para Débora.

— Você tem que ficar na barraca comigo, Debs. Para eu poder te esquentar.

Débora se engasgou com a bebida e Martina quase fez o mesmo, soltando uma risada de surpresa. Ela podia não gostar de Aura, mas admirava a forma como ela tinha esperado o momento perfeito para dar o troco em Débora pelo comentário de antes.

— Já falei para não me chamar de Debs.

Provando que era a mais sensata de todas, Ju mudou de assunto antes que Débora e Aura começassem a discutir e destruíssem a frágil camaradagem entre elas.

Falaram sobre os outros times que tinham sido classificados para o Estadual, depois algumas meninas do Realeza começaram a compartilhar fofocas do Campeonato Nacional do ano anterior, quem tinha transado com quem no vestiário, quais garotas tinham caído na porrada e em quais jogadoras os olheiros da Seleção estavam interessados. Lia mencionou o time para o qual jogava quando estava morando em São Paulo, e Martina se sentiu na obrigação de fingir que nunca tinha ouvido falar delas, quando na realidade as conhecia justamente por conta das redes sociais de Lia.

— Harpias da Zona Sul, sério? — perguntou, toda inocente. — Elas não são, tipo, todas aves?

— Claro que não! Só duas das jogadoras se transformam em aves. O nome Harpias é mais pelo significado metafórico. — Lia sorriu de lado, com os olhos brilhando, e lançou um olhar demorado para a noite chuvosa. — Éramos personificações de tempestades.

Será que alguma vez Lia tinha falado do tempo que passara em Sombrio, jogando com ela, daquele jeito?

— Tá, tenho que admitir que isso é bem legal — murmurou, depois tomou um gole de cerveja. O líquido tinha um gosto fraco e não estava tão gelado quanto ela gostaria.

— Mas também é meio besta, né? — retorquiu Aura. — Personificações de tempestades da Zona Sul de São Paulo? Me derrube com o vento do seu privilégio e da sua riqueza, é isso?

Débora riu e um pouco de cerveja saiu pelo nariz dela, o que arrancou sorrisos das demais, alguns deles mais maldosos do que os outros. Só porque estavam compartilhando aquele momento, não significava que a rivalidade entre os times tinha desaparecido.

— Todo mundo sabe que nada derruba mais do que privilégio e riqueza. — Ela secou o rosto com as costas da mão e estreitou os olhos para Aura. — E olha quem fala.

— Tá, beleza, já entendi. — Aura revirou os olhos. — Nós somos as meninas ricas e malvadas, e vocês são o time legal que vai vencer as dificuldades e conquistar o coração do público. Boa sorte com isso.

Daquela vez, quem mudou de assunto foi Renata, e elas seguiram assim por boa parte da noite. Às vezes, Débora e Aura engatavam em provocações que podiam levar à violência, mas outra das meninas as interrompia e guiava a conversa para um assunto em que todas pudessem concordar, como a insatisfação geral em relação às pessoas no comando da CBMF, a Confederação Brasileira de Metamorfos no Futebol, ou o quão incríveis as jogadoras da Seleção eram. Bom, havia um pouco de controvérsia em relação a esse último tópico, mas o clima ficou mais leve quando elas começaram a confessar paixonites.

— Eu gosto da Silvana, não vou negar — disse Lia, em um dado momento, com a voz meio arrastada por causa do álcool. Encontrou o olhar de Martina. — Ela é selvagem. A gente tem que apreciar uma garota que sabe quando se soltar.

Martina apertou as mãos nos joelhos e se esforçou para manter o rosto firme, sem demonstrar qualquer perturbação. Mas sentiu um frio na barriga e o coração começar a bater mais rápido de uma forma com a qual ela ainda não estava preparada para lidar quando se tratava de Lia.

Era o álcool agindo, claro. Ela era muito fraca para a bebida.

— Tem alguma coisa que você quer colocar para fora? — perguntou Lia enquanto se abaixava para abrir o zíper da barraca. —

Se precisar vomitar, agora é o momento. E, se tiver críticas, fique à vontade para dizer enquanto estamos do lado de fora. Não quero ficar em um espaço fechado com uma loba de dois metros.

— Não sei.

Martina se deixou ficar alguns metros atrás e, enquanto esperava, gotas d'água faziam cócegas em seu rosto. A chuva se tornara mais fina nos últimos minutos, mas não demoraria a engrossar de novo.

— Por acaso você tem algo a dizer que poderia me deixar irritada de novo?

— Sério que você vai jogar a culpa em mim?

Martina suspirou.

— Não, não vou. Eu me sinto mal mesmo por ter perdido o controle. Acho que a inveja que eu sinto de você é mais forte do que eu me dava conta.

Ela apertou os lábios e respirou fundo. Não queria ter dito isso. Sentia o álcool se esvaindo de seu sistema — o metabolismo de lobisomens dava conta disso bem mais rápido do que ela gostaria —, mas ainda havia o suficiente para soltar a língua.

Lia terminou de abrir a barraca, olhou por cima do ombro e entrou primeiro.

— E você estava errada, tá? — disse enquanto Martina entrava atrás dela. — Eu sei dos meus privilégios, sei da sorte que eu tenho por ter passado na UniLobos e por estar jogando para o Realeza. Fiquei três anos estudando para isso e rodei três vezes no vestibular antes de conseguir.

Ela se sentou no colchonete que ficava em um canto da barraca, e Martina ficou meio abaixada perto da entrada, sem saber o que fazer. Não havia nenhum outro lugar para se sentar, só a lona do chão, e a única luz vinha da lanterna do celular de Lia.

— Eu não sabia disso — murmurou. — Eu só presumi que... que você entrou porque é boa.

— Se fosse só isso, você entraria também.

— Não. — Martina se virou para fechar o zíper da barraca atrás dela. — Você não precisa dizer essas coisas pra fazer eu me sentir melhor, tá bom? — Fechou os olhos, ainda de costas, e respirou fundo antes de se virar para Lia de novo. — Eu sei que não estou no mesmo nível que você e as outras meninas do seu time.

— Quem te disse isso? Ou você só está presumindo de novo?

— Eu... — Martina começou a falar, mas parou.

Dizer mais seria um insulto ao Garras. Uma coisa era colocar apenas a si mesma para baixo, outra bem diferente era fazer pouco caso da habilidade das amigas.

Mas Lia pressionou:

— Você deixaria o Garras se tivesse a chance? Se passasse para a UniLobos ano que vem, você ainda abandonaria tudo pelo seu sonho de adolescente?

Martina não respondeu, mas sentiu o estômago se contrair e soube exatamente qual era a resposta.

Sim, trocaria o Garras pelo Realeza em um piscar de olhos. As meninas a odiariam se soubessem.

Lia esperou e, quando alguns segundos se passaram, disse:

— Eu fiz essa mesma escolha ano passado. — Ela olhou para as próprias mãos, pressionadas no colchonete. — E foi a escolha errada.

— Você amava o Harpias tanto assim?

— Elas eram o meu verdadeiro time dos sonhos, mas não me dei conta disso na época e agora tenho que viver com a decisão de voltar para Sombrio.

Martina se sentou de pernas cruzadas onde estava e olhou para baixo. A luz da lanterna de Lia apagou. Nenhuma das duas disse mais nada por um tempo. O que mais havia para dizer?

Até que Lia quebrou o silêncio:

— Merda, não tenho um colchonete para você.

— Tudo bem, eu me viro.

Mais alguns segundos de silêncio. A pele de Lia exalava um aroma que misturava sabonete, chuva e terra, além de ter aquele cheiro único dela, indescritível e incomparável. Mesmo com alguns metros entre as duas, dava para sentir.

Martina pensou *foda-se* e começou a tirar a roupa. Não ficaria tremendo de frio naquelas roupas molhadas em nome da decência e, de qualquer forma, já tinha ficado pelada na frente de Lia algumas horas antes.

— O que você está fazendo? — perguntou Lia, uma nota de alarme na voz.

— Você espera mesmo que eu durma molhada? — Martina fez uma pausa mínima antes de acrescentar: — De roupa molhada, no caso.

— Não...

— Você pode trocar de roupa também.

Houve um breve silêncio, e Martina mordeu o lábio, esperando. Quando ouviu o som de tecido raspando na pele, desviou o olhar para as paredes da barraca, para o teto e para a mochila de Lia largada em um canto, sem saber exatamente no que focar a atenção para tentar impedir sua imaginação de conjurar imagens inoportunas.

Seus olhos se ajustaram rápido ao escuro, a visão da loba agindo, e se lembrou das palavras de Lia de horas antes, só que dessa vez elas soavam como um desafio: *não me provoca, Martina*.

E se ela quisesse provocar só um pouquinho?

Quando Lia se inclinou para pegar roupas secas na mochila, Martina aproveitou para se deitar no chão de lona e apoiou a cabeça nas mãos. Deixando de lado o pudor, fixou o olhar nas costas de Lia. Soube o momento em que ela percebeu estar sendo observada, pois seus ombros enrijeceram e ela puxou com mais força a barra da camiseta que vestia, cobrindo o desenho da tatuagem das fases da lua.

— Para com isso — falou entredentes.

Martina passou a língua nos lábios e sorriu.

— Parar com o quê?

— Você sabe.

— Não estou fazendo nada.

Lia resmungou um amontoado de xingamentos indistintos e, sem olhar para trás, atirou algo na direção de Martina.

— Não vou usar isso. — Martina olhou com repulsa para a camiseta verde-escura do uniforme do Realeza.

— Por quê? Não me diz que é porque fere o seu orgulho, não depois de praticamente admitir que trocaria seu time pelo meu.

— Eu não admiti nada. — A voz de Martina perdeu o tom brincalhão, por mais que ela soubesse que o silêncio de momentos antes tinha sido, sim, uma forma de admissão. — E não gosto de dormir de roupa.

— Você vai passar frio.

— Não vou usar sua camiseta de uniforme, ok? Isso é, tipo, romântico demais para o meu gosto. Se eu fizer isso, o que me garante que não vamos nos beijar na chuva logo depois?

Lia riu, mas não havia humor nenhum no som.

— *Eu* te garanto. E como assim você acha menos íntimo dormir pelada do meu lado do que usar a minha camiseta?

Martina jogou a camiseta de volta para Lia. Não diria em voz alta que, se a vestisse, teria que dormir rodeada pelo cheiro dela. O que havia por toda aquela barraca era mais do que o suficiente.

— Eu não te entendo — disse Lia quando voltou para cima do colchonete. Virou-se para Martina, tão perto que dava para sentir o calor da respiração dela. — Você flerta comigo num segundo, depois se recusa a colocar uma camiseta porque é íntimo demais. — Baixou a voz para perguntar: — Quão corajosa você realmente é, hein?

— Sou extremamente corajosa. — Martina se virou de lado também, apesar de o chão estar duro e fazer seu braço doer. — Mas só estou brincando, Lia. Não significa nada.

— É porque eu disse para você não me provocar, não é?

— Bom, você devia me conhecer o suficiente para não dizer isso.

Os dentes de Lia se destacaram no escuro quando ela sorriu.

— Talvez eu tenha dito justamente porque te conheço. — Lia chegou ainda mais perto, o nariz dela quase roçando no de Martina. — Que tal isso: se você aguentar três segundos perto de mim assim, vou acreditar que é tão corajosa quanto diz. Pronta?

Martina molhou os lábios, depois assentiu.

— Pronta.

— Um — Lia começou a contar. O hálito dela, de álcool e pasta de dente, era tudo o que parecia existir no mundo. — Dois. — Martina prendeu a respiração. — Três. — Essa última palavra foi apenas um sopro de ar, baixa demais até para ser chamada de sussurro.

Elas ficaram imóveis, olhando uma para a outra. Uma corrente de energia parecia vibrar por todo o corpo de Martina, fazendo o estômago dela se contrair e o rosto arder. Era quase como o que tinha sentido quando correra com as patas de loba, quando perseguira Lia por entre as árvores.

Naquele momento estavam paradas, em pausa.

Um formigamento insistente começou no ventre de Martina, e ela sentiu um calor se acumular entre as pernas. Precisava colocar um fim naquilo.

— Viu só? — forçou as palavras para fora da garganta. Ela soava sem fôlego até para os próprios ouvidos, o que era ridículo porque não tinha movido um músculo. — Diz que eu sou corajosa.

— Você é *extremamente* corajosa, Martina — Lia repetiu as palavras dela. Depois soltou uma lufada de ar e se virou de barriga para cima. — Talvez até demais.

Nenhuma das duas dormiu tão cedo.

Mesmo sem tocá-la, Martina sentia o corpo de Lia tenso e ouvia a respiração controlada dela. Ela tinha dito que não queria ficar presa com uma loba de dois metros ali, mas com certeza aquilo, o desejo e a confusão das duas inundando a barraca como uma névoa, era muito pior.

PORTAL MS

INÍCIO > ESPORTE > FUTEBOL SOBRENATURAL

Um legado de vitórias: Jorginho, técnico do Realeza, se aposenta este ano

A carreira do técnico do time feminino mais popular na categoria foi mais curta do que o esperado, mas é uma das mais brilhantes da história.

POR VILMAR AMARO FREITAS
30 DE NOVEMBRO DE 2022

Invicto nos torneios regionais, vencedor do Campeonato Nacional de Futebol Feminino entre Metamorfos e o ponto de partida de grandes nomes da Seleção, o Realeza é o coração do torcedor sul-mato-grossense. No comando do time há oito anos, Jorge Furtado, o famoso "Jorginho", reúne mais prêmios do que qualquer técnico do futebol sobrenatural. Conheça a trajetória dessa figura que já entrou para a história. [...] Leia mais

11
ABRINDO O JOGO

— O que tem entre você e a Martina?

Ah, se não era a dúvida do momento.

Essa pergunta cretina vinha rondando os pensamentos de Lia como um árbitro mal-humorado pronto para mostrar um cartão amarelo se ela ousasse dar a resposta errada. Era até surpreendente que tivesse demorado tanto tempo para alguém dar voz a ela — e, obviamente, a voz era de Aura Maria.

O que havia entre Martina e Lia?

Preferia não responder.

Ergueu as sobrancelhas para Aura, que tinha acabado de sair do chuveiro, gotas d'água pingando do cabelo ruivo e escurecendo o moletom cinza que ela usava.

— A pergunta a fazer é... — Lia deixou a frase incompleta no ar por alguns segundos, seu olhar passeando pelas outras. Estavam no vestiário do estádio da UniLobos, onde havia acontecido a primeira partida delas no campeonato, e a maioria nem havia tirado o uniforme ainda. — Vocês entraram para este time para empatar na primeira partida do Estadual? Porque eu não entrei. Estou aqui para vencer.

— Ei. — Renata se aproximou. Ela usava uma touca de banho estampada com corações e arco-íris sobre o cabelo crespo, era óbvio que tinha interrompido a caminhada até um dos chuveiros por causa da fala dela. — Menos, Lia. Sem culpabilização.

Lia tinha quase certeza de que não culpara ninguém, nem ao menos falara em um tom ríspido, mas já percebera que a primeira reação das jogadoras do Realeza era ficar na defensiva.

— Está mais para sem responsabilidade — devolveu, sem dar para trás. Gostava do time, acreditassem nela ou não, mas não pegaria leve com elas só porque era novata. — Fala sério, eu sou a única que está vendo isso?

— Relaxa, garota — disse outra jogadora, uma baixinha de pele negra. Jana. Não, não, Joana! Ela ajeitou os óculos de armação vermelha no rosto e fez cara feia para Lia. — Nós não empatamos, nós vencemos.

— Uma vitória nos pênaltis não é vitória nenhuma, e vocês sabem disso — retorquiu Lia. — É a mesma merda que ganhar no par ou ímpar.

— Essa conversa aí é coisa de perdedoras — retrucou a outra garota. — Caramba, por que você nunca está satisfeita com nada?

— E podia ter sido pior — murmurou Aura, encolhendo os ombros. Apesar do tom de voz despreocupado, ela estava franzindo a testa. Não tinha antecipado que questionar Lia sobre sua vida *não* amorosa daria isso, não é? Que ela aprendesse a lição. Lia falaria de qualquer merda para não ter que falar de Martina. — A gente podia ter perdido.

— Exatamente! — Lia abriu os braços, com as palmas viradas para cima. — Se você tivesse errado aquele último pênalti, Aura, o Realeza poderia ter sido desclassificado no primeiro jogo. Quando foi a última vez que isso aconteceu?

Renata suspirou e removeu a touca de banho, atirando-a na direção de um dos bancos. Soava resignada ao admitir:

— Nunca.

Baixinho, Aura disse:

— Mas eu não erraria. Eu nunca erro. Já falei que eu n...

— Nunca perdeu um jogo. — Alex, a goleira titular do time, agitou uma mão. — A gente já sabe, Aura.

— E cadê a merda do nosso técnico? — insistiu Lia. — Ele desaparece logo depois dos jogos e dos treinos, parece até que a gente está por conta própria.

Renata e Aura trocaram um olhar. Lia apertou as mãos em punhos, já de saco cheio de trocas de olhares cujo significado ela não tinha paciência para tentar adivinhar, e estava a ponto de chamar a atenção delas de novo quando Alex disse:

— A gente *está* por conta própria. — Além de Aura e Renata, ela era a única ali que não era novata no time e tinha algum poder de fala em relação às outras. — Muita coisa aconteceu no ano passado depois de ganharmos o Nacional, e nenhuma delas foi boa.

— Alex — disse Renata, falando mais baixo —, não podemos...

— O contrato obriga a gente a manter sigilo como um time — interrompeu Alex, já ciente do que Renata diria, e cruzou os braços de uma forma que ressaltava os músculos. A garota tinha uns bíceps de dar inveja e mais tatuagens até do que Lia. — Elas fazem parte do time agora. E estou cansada de ouvir essa daí falar bosta sem saber de nada. — Ela gesticulou com o queixo para Lia, que arqueou as sobrancelhas e só esperou.

Aura suspirou e, olhando para Renata, disse:

— Isso é verdade. E nós devemos uma explicação ao time.

As outras garotas começaram a se aproximar, farejando a fofoca, e Renata gesticulou para que formassem um círculo. Lia se surpreendeu ao relaxar com a proximidade das outras, em vez de ficar tensa como costumava acontecer antes.

Durante alguns segundos, sentiu esperança de pertencer a um grupo de novo. Só precisava tomar cuidado, lembrar-se de que era só um time.

— Ano passado, o Jorge, nosso antigo técnico, assumiu a forma de lobo depois do nosso jogo na final — começou Renata. — A gente não sabe direito o que aconteceu. Ele sempre tinha sido intenso durante as partidas, sempre levava tudo muito a sério, mas tomava os comprimidos dele assim como todo mundo. Ele não devia ter perdido o controle, mas perdeu. Talvez tenha sido mesmo culpa do jogo, mas eu não tenho certeza sobre isso. A gente ouviu uns rumores de que a esposa dele estava traindo e de que ele mesmo tinha uns casos. Claro que a mídia focou a esposa... — Renata parou de falar, comprimindo os lábios, e respirou fundo antes de continuar: — Enfim, Jorge estava tendo um caso com duas jogadoras e uma delas era a nossa antiga capitã. Era todo mundo maior de idade, então é claro que não é preto no branco, mas eu sei que a Alice, pelo menos, estava disposta a prestar queixas à universidade. Ela se arrependia de ter se envolvido com o Jorge e já tinha tentado terminar com ele várias vezes, mas ele ameaçava cortar ela do time por causa disso.

O público não costumava se importar muito com quem era a capitã de qual time, e Lia muito menos, mas todo mundo sabia quem era Alice Veiga. Ela tinha feito história, e então, sem mais nem menos, trocado o Realeza pelo Corumbaense e se mandado de Sombrio.

— Vocês sabem como é, o que algumas pessoas podem chamar de "um caso" nem sempre é só isso, né? O ponto é que a vida do cara não era das mais tranquilas, ele estava correndo o risco de perder tudo, tanto a posição como técnico quanto a esposa e o prestígio entre os licantropes da alta sociedade. E daí aconteceu de ele se transformar em um lobo depois do jogo. Ninguém viu, só o nosso time e um representante da universidade, então até aí tudo bem, a coisa seria abafada e nada mudaria. Só que o Jorge ficou na forma de lobo por três meses.

Um silêncio se seguiu a essa última afirmação. Lia olhou em volta, notando as bocas entreabertas e os olhos arregalados das outras.

Ficar na forma de lobo por três meses era impensável, o tipo de coisa que garantia uma passagem só de ida para um dos chamados "centros de recuperação" espalhados pelo país. E, mesmo assim, isso só acontecia com licantropes que estavam à margem da sociedadezinha perfeitamente controlada que eles tinham construído para si. Os remédios, os esportes e a porra do prestígio social deviam protegê-los disso.

Muitos lobisomens eram políticos, líderes, membros da mais alta classe. Nunca teriam exposto a própria existência aos humanos se não fosse por isso. Estavam seguros em suas torres de marfim e não se importavam com licantropes como Lia e sua família, que eram parte da classe média, cidadãos comuns. Alguém como ela até podia perder o controle. Se exagerasse, acabaria em um centro de recuperação e tudo seria esquecido.

Mas Jorge Furtado perder o controle? Jamais. Pessoas como ele eram sempre, acima de tudo, *civilizadas*. Pessoas como ele não ficavam na forma de lobo por três meses. Nunca nem eram *vistas* na forma de lobo.

— Por que a gente não sabia de nada disso? — perguntou uma das atletas do círculo. Ela não jogava muito, só ficava filmando a partida do banco de reservas e gritando incentivos. Lia não fazia ideia de como ela se chamava, mas nesse caso era compreensível, a garota só estava ali para ganhar pontos no currículo.

— A UniLobos protege os dela — disse Aura, que escutara tudo com uma ruga entre as sobrancelhas, algo raro de se ver nela. — E o Realeza é... ou era, já não sei mais... — Ela pigarreou, como se aliviando um nó na garganta. — O Realeza era o maior orgulho da UniLobos. Nós assinamos contratos de sigilo, recebemos tapinhas nas costas e prometemos nos comportar. Como se tivéssemos culpa pelo que aconteceu com o Jorge.

— Eu não entendo. Se somos valiosas para a universidade, por que o nosso técnico não dá a mínima? Por que a Alex disse que estamos mesmo por conta própria? — indagou Lia, seu olhar passeando pelas veteranas.

— Não deve ser bem assim, somos um símbolo desta instituição e da nossa cidade — disse outra garota, categórica, mas a expressão séria em seu rosto vacilou por um instante. — Não somos?

— Agora? Não sei, não — disse Alex, encolhendo os ombros. Ela ajeitou o coque de cabelo castanho, o olhar firme enquanto falava. — É como a Aura falou, nós *éramos* o orgulho da UniLobos, no passado. Não estamos desempenhando muito bem o papel de garotas-propaganda da FIME e da CBMF, não com o Jorge tendo perdido as estribeiras. E, mesmo se isso puder ser totalmente abafado, ainda não significa que a UniLobos vai deixar pra lá. Aos olhos da universidade, tem uma coisa acima da Federação.

— O quê? — perguntou Lia.

A UniLobos era um poder por si só, mas Lia sempre tinha encarado a FIME — e também a CBMF — como uma espécie de Olimpo do esporte. O presidente da Federação era intocável, um Zeus do pior tipo, e a presidenta da CBMF estava quase no mesmo nível que ele. Eles estavam acima da UniLobos como deuses estariam acima de meros monarcas. O que poderia ser maior do que isso?

— A família — respondeu Alex. — A droga da família tradicional.

Ah. É, fazia sentido.

E por *família tradicional*, Alex queria dizer obviamente a família tradicional licantrope. Não é que a maioria das famílias no Brasil fosse assim — é claro que não, a maioria da população era humana —, mas era das famílias licantropes que saíam os governantes, empresários e influenciadores.

Os vampiros, os únicos sobrenaturais que podiam competir com eles em termos de influência, até podiam ser os herdeiros de grandes fortunas, graças à imortalidade, mas não ligavam muito para a sociedade. Eles tinham grana, mas os licantropes tinham o povo. E as fadas tinham beleza e mistério, as bruxas tinham conhecimento etc. Lia não ligava para os lugares que cada espécie sobrenatural ocupava no imaginário da população.

Pelo visto, teria que começar a ligar.

Renata, com a mandíbula rígida, voltou a falar:

— Agora somos uma ameaça, foi o que o reitor me disse. Nós e o nosso esporte violento. Nosso time cheio de garotas jovens e, nas palavras dele, impulsionadas por hormônios e com uma tendência à homossexualidade.

— Tá brincando comigo? — Lia soltou uma risada seca que definitivamente não era apropriada para aquele momento.

Aquela história só ficava pior.

Não era novidade que a UniLobos, como toda instituição comandada por licantropes da alta sociedade, estava alinhada à política de direita do país. Mas o capitalismo ainda era a força que os guiava. Desde que o time lhes desse dinheiro — e o Realeza dava *muito* dinheiro para a universidade e para os investidores — ninguém abriria a boca para questionar o que as jogadoras faziam com a vida pessoal. E, caralho, como podiam insinuar que o futebol era um esporte violento? Por tanto tempo ele foi divulgado como um meio apaziguador, primeiro para licantropes, e depois para outros metamorfos também.

— A maioria das jogadoras abandonou o time ano passado quando viu que o navio naufragaria. — Aura soava mais cansada do que Lia jamais vira, a fachada de otimismo deixada de lado por alguns segundos. — E o nosso técnico atual nem sabe nada sobre futebol! Ele era do vôlei, dá pra acreditar?

Lia pensou no cara que, embora tivesse o físico de um atleta, parecia perdido assistindo aos jogos delas e não sabia nem o nome de todas as posições. Nessa parte dava, sim, para acreditar.

Quanto ao resto, ela ainda tentava compreender a dimensão do que acontecia. Quer dizer que a UniLobos estava sabotando o próprio time para apaziguar os investidores e as famílias que tinham filhos na universidade? Cortariam as raízes do Realeza e depois fingiriam pesar ao vê-lo murchar?

— Ah, quer saber? — Lia estava confusa quanto aos motivos, mas ainda precisava de uma solução. — Foda-se essa merda toda, temos que arrumar um técnico novo. A universidade não pode varrer a gente pra baixo do tapete assim, como se não fôssemos nada. Nós somos o Realeza, caralho.

— Mas é como eu falei — Alex a encarou —, o problema não é só a UniLobos.

— O governador do estado é um lobisomem. — Aura se adiantou e parou entre Alex e Lia. A parte de cima do moletom dela estava toda molhada e água ainda pingava das pontas do cabelo dela. — O prefeito da cidade e metade da câmara de vereadores também. A princípio, eu achava que isso significava que teríamos gente importante do nosso lado, apoiando o único time composto somente de licantropes no Brasil. Mas, pensando bem...

Ela não terminou o raciocínio, então Lia disse:

— Talvez isso só signifique que a UniLobos esteja nos sabotando para se manter nas boas graças dos políticos também. E, se for isso, estamos lutando contra os grandes.

Aura assentiu.

— É má política deixar um time de lobisomens ter tanta influência assim. — Ela deu de ombros, embora mais nada em sua postura indicasse tranquilidade. — Se isso de virar lobo no meio de um estádio virar moda, podem começar a achar que todo o esforço para nos civilizar, com os bloqueadores e os outros remédios, foi em vão.

— E aí lá se vai a bandeira de "gente como vocês" que os políticos do Mato Grosso do Sul adoram hastear — concluiu Lia, engolindo em seco.

— Os lobisomens que praticam esportes são a vitrine do bom comportamento — disse uma das jogadoras mais novas, o tom ultrajado. — A gente pisa em ovos porque é isso o que a FIME exige de nós. Não somos "má propaganda". — Ela fez aspas no ar, olhando de canto para Aura.

— A FIME não está mais tão alinhada aos valores da galera do topo — explicou Renata, meneando a cabeça. — É só prestar atenção ao tom das notícias, nas críticas que fizeram quando o uso de bloqueadores deixou de ser obrigatório para atletas, e nos cortes que estão sendo feitos em programas de incentivo ao esporte. A princípio, a ideia da FIME de usar o esporte para mostrar o quanto os metamorfos são civilizados parecia brilhante. Mas, no fim, só lançou um holofote gigantesco sobre a nossa espécie. Metamorfos não estão sujeitos a transformações súbitas. Lobisomens estão, mesmo com os bloqueadores, que nunca funcionaram do mesmo jeito pra todo mundo. Se as pessoas começarem a prestar atenção, se os humanos forem um pouquinho mais perspicazes, vão descobrir coisas muito piores do que técnicos que se descontrolam.

— É como a Aura falou, o Realeza é o único time do Brasil composto totalmente de licantropes — disse Alex. — Se sairmos da linha, podemos manchar a imagem de toda a espécie.

— Então o que a gente faz? — pressionou Lia. — Continuamos jogando desse jeito medíocre até eles conseguirem acabar com o time?

Ninguém respondeu de imediato. Elas trocaram olhares e, pela primeira vez, Lia viu no rosto das colegas algo parecido com o que vinha sentindo desde que entrara para o time. Decepção e frustração, mas também o tipo de raiva que ia contra o princípio de ficar parada e apenas assistir enquanto arrancavam tudo delas.

— Eu prefiro ser um time excelente com uma atitude ruim a ser um time medíocre que segue todas as regras sociais — disse Aura, erguendo o queixo. — E acho que o público também prefere.

— A UniLobos não prefere, obviamente — disse a baixinha de óculos.

— Então vamos ser o pior pesadelo da UniLobos, vamos ser tudo o que esperam da gente e mais — insistiu Aura. — Vamos tornar impossível que a UniLobos mantenha o Realeza e mais impossível ainda que o público, e consequentemente a CBMF e a FIME, sejam capazes de abandonar a gente.

Houve um silêncio. Dava para ver, pelos ombros caídos e testas franzidas, que nenhuma delas estava animada com a perspectiva de, sabe, cavar o próprio buraco em que se enterrar.

— A gente pode perder tudo — disse Lia.

Suas mãos estavam suando, cerradas em punhos desde o início daquela conversa.

Ela já tinha abandonado tudo para estar ali. E, ainda assim...

— Acho que vamos perder tudo de qualquer jeito. — Renata pareceu ler a mente dela, porque deu voz a seus pensamentos. Ela e Aura trocaram um olhar breve. — Do jeito como as coisas estão, eu não dou três anos para a UniLobos desligar o Realeza, ou nos transformar em um time universitário e nada mais. Mas tem outra opção...

— Eles podem vender o time — adivinhou Alex, e Renata assentiu.

— A gente tem que fazer isso com cuidado — prosseguiu —, promover o Realeza até que ele não seja mais o que a UniLobos quer, mas ainda seja um time que, sei lá, algum bilionário esteja disposto a financiar. Um bom investimento.

Lia olhou ao redor, seu coração começando a bater mais forte.

— Por onde a gente começa?

12

UMA CHANCE PARA PÉSSIMAS IDEIAS

Dois dias depois, Lia e Renata se encontraram em um corredor da universidade. Era a primeira vez que Lia esbarrava em alguém do Realeza assim, casualmente, fora dos treinos e dos jogos. Isso porque a UniLobos era enorme, o Centro de Treinamento não ficava tão perto do bloco de Educação Física e, na verdade, Lia era a única das jogadoras matriculada em um curso minimamente relacionado ao futebol. Algumas nem estudavam mais ali, mas continuavam no time por causa da natureza mista dele: em parte universitário, mas ainda assim composto por jogadoras autorizadas pela CBMF a disputar partidas de forma profissional.

— E aí, saindo da aula? — perguntou Renata, parando diante dela e ajeitando no ombro uma ecobag cheia de livros.

Ela estava com o cabelo solto, os cachos bem definidos e volumosos se esparramando sobre os ombros, e usava uma jardineira jeans sobre um top lilás. Lia achava que a versão de Renata que conhecia, calma e paciente, era relaxada, mas estava errada. Aquela era a Renata relaxada de verdade. Era como se tivessem se encontrado em uma dimensão paralela.

— Eu estava indo para a academia treinar um pouco antes de voltar para casa.

— Previsível. — Renata riu, depois gesticulou com o queixo para além do corredor. — Vamos tomar um suco antes.

Sem esperar por uma resposta, Renata saiu andando à frente dela. Lia suspirou e a seguiu até um dos muitos quiosques espalhados pela universidade. As duas se sentaram a uma mesa de plástico diante do melhorzinho deles.

— Você já se formou, não? — perguntou Lia, desconfiada.

Renata revirou os olhos, os cílios longos se agitando suavemente.

— Sabe, já está ficando meio velho isso de você não saber absolutamente nada das suas colegas de time. Eu faço mestrado em História, mas estava passando aqui para conversar com uma professora do seu curso. — Quando Lia franziu a testa, ela sorriu. — Sim, Lia, eu sei que curso você faz.

— Foi mal — murmurou Lia, coçando a nuca.

Caramba, ela já estava se esforçando para aprender os nomes de todo mundo, não imaginava que também precisava saber o *curso* de cada uma.

— Talvez eu faça mais esforço para conhecer melhor o time agora que você e as outras veteranas estão sendo mais honestas com a gente — argumentou, sem querer expor demais as próprias falhas. — Por que demorou tanto para vocês abrirem o jogo sobre toda essa treta com o antigo técnico?

— Nós assinamos um contrato de sigilo, lembra? A Alex pode ter feito parecer muito simples contar para vocês, mas eu tenho quase certeza de que, se a universidade descobrir, pode nos processar por isso. — Ela deu um sorrisinho. — Aposto que você tem algo a dizer sobre isso, hein? Vai brigar comigo por eu ter deixado a UniLobos me censurar?

— Não. — Lia cruzou os braços. — Eu não sou tão escrota assim.

— Eu sei, você só é *soturna*. — Ela usou um tom mais agudo, imitando a voz de Aura.

Lia bufou. Ainda não tinha procurado o significado da palavra no dicionário.

— É melhor isso não ser um xingamento.

Renata balançou a cabeça em negativa.

— Não é. Sei que você se isola do grupo por timidez e porque sente falta do Harpias. Mas, precisa admitir, isso também te faz agir como uma idiota muitas vezes. — Ela hesitou, franzindo a testa. — Ou você realmente não se dá conta?

— Deixa pra lá. — Lia abriu o cardápio e começou a ler as opções de suco. — Porra, que tipo de pessoa toma suco de acerola com leite? Não faz o menor sentido.

— Não precisa mudar de assunto. — Renata riu baixinho, o tom de voz despreocupado. — Não vou fazer você falar sobre seus sentimentos.

— Ótimo, então vamos falar sobre esse seu plano de assistir aos jogos dos outros times.

Depois daquela reunião no vestiário, Renata tinha encaminhado para o grupo um documento com a programação dos principais jogos do Estadual, que aconteceriam nas duas semanas seguintes. Segundo ela, o primeiro passo era estudar os outros times. Elas ainda tinham um campeonato para vencer e precisavam analisar a relação das equipes adversárias com o público e reconsiderar o lugar do Realeza nisso tudo.

No e-mail, ela incentivava as jogadoras — as que podiam, pelo menos — a assistirem a esses jogos e dizia que estava analisando a possibilidade de a UniLobos disponibilizar um motorista e o ônibus do Realeza para levá-las, mesmo não se tratando de partidas do time.

O problema era que o jogo do Garras não estava na lista.

Isso não fazia sentido. Já tinham ido até Corguinho para assistir a uma partida delas, não havia motivo para começar a ignorá-las. Então, Lia perguntou:

— Por que você não colocou o jogo do Garras na lista? É amanhã e vai acontecer aqui perto.

Renata continuava com um indício de sorriso no rosto.

— Você pode ir para ver a Martina jogar, se quiser.

— Pensei que não fôssemos falar sobre os meus sentimentos. Foi você que me fez ir até Corguinho só pra ver uma partida do Garras, por que parar agora? Você sabe que ele é a nossa maior ameaça, até me fez assistir àquela apresentação de slides sobre isso.

— O Garras é uma ameaça a longo prazo, Lia. — Renata suspirou, e a expressão dela ficou mais séria. — Por isso só levei você e a Aura comigo. Não quero que o time todo fique se preocupando com algo que não é relevante no momento.

— Então você acha que o Garras vai perder o jogo de amanhã?
— Eu tenho certeza.

A ingenuidade dela quase fez Lia sorrir, mas ela se conteve.

— Sendo assim, vamos fazer uma aposta. Se o Garras perder e for desclassificado amanhã, como você tem tanta certeza de que vai acontecer, eu mudo. Juro que aprendo o nome de todo mundo do time e me comprometo cem por cento com qualquer plano que você esteja desenvolvendo aí nessa sua cabecinha genial para livrar a gente da UniLobos. Eu me torno sua soldada mais fiel, capitã.

Era uma barganha um pouco injusta, mas Renata não precisava saber que Lia já tinha a intenção de mudar sua postura em relação às demais. Estava cansada de se sentir tão sozinha o tempo todo.

Ainda não baixaria completamente a guarda — times eram passageiros, equipes mudavam o tempo todo, ela não queria se apegar —, apenas suavizaria suas defesas, por assim dizer.

— E se o Garras ganhar? — questionou Renata.

A julgar pelas sobrancelhas arqueadas, ela nem achava que essa era uma possibilidade, mas perguntou mesmo assim.

— Se o Garras ganhar, nós vamos assistir a todos os jogos delas. Todos, entendeu? Não me interessa se precisarmos ficar o dia inteiro em um ônibus, a gente vai estar lá.

— Então, basicamente, você quer que o Realeza seja cúmplice do seu flerte com aquela garota?

Caramba, o que custava deixarem isso de lado?

— A Martina não tem nada a ver com isso.

— Tá, mas vamos melhorar os termos dessa aposta. — Renata pousou as mãos sobre a mesa e endireitou a postura. — Se o Garras ganhar, concordo em colocar o time no programa para a gente tentar, ênfase em *tentar*, assistir aos outros jogos delas. Mas, elas ganhando ou perdendo, eu quero que você pelo menos aprenda o nome de todo mundo. Isso é o mínimo, Lia, não vou fazer nada por você se eu não vir você fazendo algo pelo time de volta. Coloca uma lista com o nome de todo mundo na frente da sua cama, do chuveiro, sei lá, dá seu jeito. Já está deixando de ser engraçado você fingir que não se importa.

Lia nem hesitou, só assentiu e estendeu a mão.

— Temos um acordo?

Renata apertou a mão dela.

— É fofo, sabia? O quanto você acredita no potencial dela.

Lia soltou a mão dela e se levantou.

— Mais uma menção à Martina e eu saio do time.

Renata riu e, vendo que Lia andava até o balcão de atendimento, pediu um salgado e um suco de acerola com leite, ao que Lia encenou vomitar.

Enquanto esperava pelos sucos, com os cotovelos apoiados no balcão, Lia digitou uma mensagem para o contato que tinha adicionado à agenda dias antes.

> **LIA (18:46)** boa sorte no jogo amanhã
> **LIA (18:46)** apostei com a Renata que o Garras vai perder de 3×0

A resposta de Martina veio em segundos.

> **MARTINA (18:46)** vou ter que fazer o gol da vitória em honra a essa aposta então

Lia ficou encarando aquela mensagem por mais tempo do que deveria, com um sorriso estúpido grudado no rosto. Martina nem sequer perguntara quem estava mandando as mensagens ou, ainda, como é que Lia conseguira o número dela — tinha sido de uma planilha sobre o Garras que Renata, que tão casualmente excluíra o time da lista de jogos para assistirem, mantinha atualizada.

Aquela coisa entre elas, fosse mero flerte ou rancor que tinha se transformado em tensão sexual, era uma péssima ideia. Mas uma suposta boa ideia tinha levado Lia até ali e feito com que ela abandonasse o Harpias só para terminar em um time que estava no fundo do poço. Ela estava começando a fazer as pazes com isso, mas talvez fosse o momento de dar uma chance para as ideias ruins, a começar por Martina.

Lia não estava a ponto de pregar uma lista com o nome das jogadoras do Realeza dentro no box do banheiro, como Renata ironicamente sugerira, mas podia começar *fazendo* a tal lista. Ou, melhor, imprimindo uma das planilhas da capitã.

Ela fez uma visita ao xerox da esquina antes de ir para casa e, depois de tomar banho e fazer o jantar — que não passava de macarrão instantâneo turbinado com mais proteína do que o normal —, sentou-se no sofá da quitinete e colocou os pés sobre uma caixa, o papelão gasto e encardido.

Algo esquisito a acometera nas últimas semanas, uma vontade de *permanecer*, e ela tinha terminado de desfazer a mudança, ficando apenas com essa última caixa. Uma que, em especial, teria que continuar fechada por mais um tempo. Pelo menos dava um excelente apoio de pés.

Então, tirou uma folha da mochila, largada a seu lado no sofá, e começou a recitar em voz alta:

Alexandra Rossi Sampaio, camisa 1, goleira;
Aura Maria dos Santos Lacerda, camisa 20, atacante;
Eloísa Dias Borges, camisa 4, zagueira...

A lista continuava até o verso da página, e o nome de cada jogadora do Realeza soou mais de uma vez no apartamento vazio, com Lia às vezes soltando um riso anasalado de escárnio diante da própria atitude. O quanto havia decaído, tentando decorar nomes como uma idiota?

Mesmo assim, continuou até exaurir a própria voz e terminou colando a folha de papel na geladeira. Tinha feito uma aposta com Renata, afinal, e não estava disposta a perder.

13
A VEZ DAS PERDEDORAS

O time foi em direção ao vestiário com a energia de um redemoinho. Martina tentava se manter firme em meio ao alvoroço, mas não era fácil.

Ju a abraçou primeiro, depois Débora, uma mais suada do que a outra. Nicolly parou na frente dela logo em seguida, segurou-a pelos ombros e começou a relembrar em voz alta alguns passes do jogo, falando com tanta intensidade e rapidez que poderia muito bem estar exorcizando algum demônio do corpo dela. Martina não conseguia prestar atenção e ainda nem tinha conseguido entrar no vestiário. Dar três passos no corredor era uma tarefa e tanto. Quando finalmente conseguiu passar pela porta, fez isso ao mesmo tempo que Catarina, os ombros das duas colidindo.

— Foi mal aí — murmurou Catarina, olhando-a rapidamente antes de se lançar para a frente no vestiário, abrir os braços e começar a cantar o hino ridículo de Sombrio.

Martina se encolheu um pouco, lembrando de quando era obrigada a cantar isso na escola no dia do aniversário da cidade, mas Catarina não estava nem aí enquanto esbravejava:

Sombrio das verdes florestas
Sua glória ainda prevalece
Entre selvagens primores
Só a ordem resplandece

Eca. Ainda bem que aquele era só mais um barulho aleatório no meio do caos.

As portas dos armários eram abertas e fechadas com força, o baque metálico cortando conversas pela metade. Mochilas eram reviradas e depois largadas no chão. Todo mundo falava muito alto e, ainda assim, ninguém parecia ter o nível de concentração necessário para juntar duas frases de forma coerente.

— A Catarina acabou de pedir desculpa? — perguntou Nicolly, passando pela porta logo atrás de Martina, que se virou para encará-la.

— Você ouviu também? Achei que fosse uma alucinação.

— Talvez tudo isto seja um sonho.

Martina foi até um dos bancos de madeira e se deixou cair sobre ele. Será que era um sonho? Porque, se não fosse, então elas tinham acabado de vencer a primeira partida do Estadual, uma que ninguém realmente acreditara que pudessem ganhar, nem mesmo ela. Nunca foi tão bom estar errada.

Ela não tinha feito gol, mas prestara assistência para os três que garantiram a vitória. Quando Débora marcara o terceiro, as duas se juntaram para comemorar, viradas para uma das câmeras que filmavam o jogo, e Martina fizera um L com os dedos e apoiara a mão na testa. *Loser*, como nos filmes. A vez das perdedoras tinha chegado.

Não percebeu a burrada que tinha feito até o celular dela vibrar e ela ler a notificação que apareceu.

> **LIA (17:38)** aquele L era para mim, não era?

— Ah, merda — deixou escapar em voz alta, atraindo o olhar desconfiado de Nicolly.

Digitou uma resposta o mais rápido que podia.

> **MARTINA (17:38)** claro que não
> **MARTINA (17:38)** era de lousa
> **MARTINA (17:38)** louca*
> **MARTINA (17:38)** loser**

> **LIA (17:39)** interessante
> **LIA (17:39)** mas quem é a perdedora?

Martina sentiu o rosto esquentar. Não podia simplesmente se chamar de perdedora, Lia não entenderia e tiraria sarro dela. Ela não tinha mesmo raciocinado direito, não estava acostumada a ter as próprias comemorações de gol sendo transmitidas na TV. Mordeu o lábio enquanto digitava.

> **MARTINA (17:40)** foi você que perdeu aquela aposta que tinha feito com a sua amiguinha

> **LIA (17:40)** então o gol foi mesmo dedicado para a minha pessoa
> **LIA (17:40)** bom saber

— Com quem você está conversando? — perguntou Débora, sentando-se ao lado dela no banco.

Ela começou a se inclinar na direção de Martina, que enfiou o celular de qualquer jeito na mochila e cruzou os braços.

— Com ninguém.

— Você vai mesmo entregar seu coração de mão beijada para essa garota partir de novo, não vai? Eu gosto de *kink*, Tina, mas isso é demais até para mim.

— Eu não estou fazendo nada!

— Aham, sei. Não dou uma semana para você estar se agarrando com ela em algum banheiro.

— Uau, eca. Eu nunca na vida vou agarrar uma pessoa num banheiro, existe uma coisa chamada higiene básica.

— E foi essa a afirmação que você escolheu negar?!

Martina soltou o cabelo do elástico e chacoalhou os fios curtos, depois se levantou.

— Não se mete na minha vida amorosa — avisou, apontando o dedo para a capitã. — Eu não falei nada quando você resolveu pegar todas as meninas daquele time de intercambistas.

— Não falou nada? Garota, você escreveu um fio no Twitter e deixou no seu fixado.

Martina ficou em silêncio. Tudo bem, talvez ela tivesse se intrometido na vida amorosa de algumas colegas antes, mas tinha o cuidado de só fazer fofoca. Tentava não ser deselegante a ponto de falar algo na cara da pessoa.

— Eu ouvi vida amorosa? — Ju se aproximou, toda sorridente, e se sentou ao lado de Débora. A goleira tinha retocado a coloração do cabelo para o jogo, de modo que os fios curtíssimos e de um rosa vibrante garantiam que ela fosse reconhecida de longe. — Que vida amorosa?

— É, Tina. — Débora abriu um sorrisinho debochado. — Que vida amorosa?

— Nenhuma. Não tem vida amorosa aqui, ninguém tem tempo para isso.

— Tantas contradições... — O sorriso de Débora só aumentava.

E o celular de Martina escolheu aquele momento para começar a vibrar dentro da mochila. Débora e Ju trocaram um olhar. Martina semicerrou os olhos e permaneceu onde estava, em pé, de braços cruzados e com a mandíbula doendo de tanto ser tensionada.

— Vai, gatinha, atende — provocou Débora.

— Cala a boca.

— Você sabe que quer... — insistiu Ju, passando um braço em torno do corpo de Débora. Com os rostos grudados, as duas olhavam com expectativa para Martina.

— Não deve ser ela, ninguém da nossa idade faz ligações.

— Você só vai saber se olhar — disse Débora. — Vai, prometo que não falo nada. Fios do Twitter estão obviamente excluídos dessa promessa.

Martina revirou os olhos, mas não aguentou nem mais três segundos antes de pegar a mochila e pescar o celular lá de dentro. Havia três chamadas perdidas, mas de um número desconhecido. Ela abriu o aplicativo de mensagens, ignorando os olhares atentos de Débora e Ju.

> **NÚMERO DESCONHECIDO (17:52)** Oi, Martina
> **NÚMERO DESCONHECIDO (17:52)** Aqui é o Pedro
> **NÚMERO DESCONHECIDO (17:52)** Eu assisti ao seu jogo, parabéns pela vitória!!!
> **NÚMERO DESCONHECIDO (17:52)** Podemos conversar? Estou te esperando do lado de fora do estádio.

Ela leu a mensagem de novo, depois abriu a foto de perfil do número que a enviara. Ele estava mais velho, com o cabelo na altura dos ombros e uma barba espessa. Apenas os olhos continuavam como ela lembrava, enrugados em sorriso mesmo quando os lábios não acompanhavam. Aqueles olhos brilhavam para a câmera do mesmo jeito que costumavam brilhar para Martina quando eles iam até o campinho de futebol perto de casa e ele ocupava a posição de goleiro, incentivando-a enquanto ela marcava gol após gol. Pedro sempre foi, de propósito, um péssimo goleiro. Fazia três anos desde a última vez que tinham se visto.

— E aí? É ela? — perguntou Ju.

— Não. — Martina abaixou devagar a mão que segurava o celular. — É o meu irmão.

25/03/1984 — **CORREIO SOMBRIO** — SOMBRIO/MS

A convivência pacífica entre metamorfos e humanos só depende de nós

Avanços científicos prometem pacificar os lobisomens e aliviar as tensões que surgiram depois da exposição desses novos sobrenaturais

Frente à crescente tensão entre humanos e os chamados "metamorfos" em todo o país, a indústria farmacêutica tem apresentado avanços no desenvolvimento de bloqueadores de transformação. A medida deve beneficiar especialmente os lobisomens, que têm dificuldades em manter a forma humana durante a lua cheia. Além deles, outros metamorfos também podem fazer uso desses medicamentos.

Segundo Clécio Guimarães, diretor de pesquisas da UFMS, o controle de impulsos agressivos em metamorfos, principalmente entre aqueles que se consideram "licantropes", é uma questão de saúde pública. "A licantropia é uma condição hereditária, necessitando da mordida para se manifestar enquanto doença, e pode ser tratada, embora não exista uma cura", afirma o doutor em farmacologia. "Podemos desenvolver métodos cada vez mais eficazes de controle de alterações de humor e do impulso de se transformar, mas cabe aos metamorfos a escolha de aderir ou não ao tratamento."

"Eles não são animais", defende Ana Maria Zimmer, mestranda em psicologia e estagiária do laboratório do curso de Farmácia na UFMS. De acordo com Zimmer, os metamorfos devem ser responsabilizados pelas próprias ações, inclusive quando não estão na forma humana. "Eles possuem consciência e uma inteligência avançada mesmo quando agem como feras. São filhos de Deus e precisam de ajuda, mas também estão sujeitos à justiça divina, como todos nós."

Reitor da Universidade Católica Dom Lobo responde às acusações de fraude no processo de admissão de novos estudantes

Alexandre Osório confessa a existência de "parâmetros extraordinários" de admissão de estudantes na universidade desde sua fundação, priorizando licantropes mesmo antes de os lobisomens irem à público. Estudantes de todo o Brasil desaprovam as medidas excludentes e apelidam a universidade de "UniLobos".

Outras notícias

"DIRETAS JÁ": Passeata é realizada em Campo Grande, na Av. Afonso Pena, causando desordem (PÁG. 3)

João Figueiredo nega o envolvimento de vampiros na política brasileira (PÁG. 7)

CINCO ANOS ANTES

Lia observava, com a expressão despencando, o que tinha reunido sobre a cartolina: uma notícia sobre o aumento de vendas de medicamentos voltados para o controle de raiva de metamorfos e, ao lado dela, o recorte da manchete de um jornal da época da ditadura que gritava, em letras garrafais: "A CONVIVÊNCIA PACÍFICA ENTRE METAMORFOS E HUMANOS SÓ DEPENDE DE NÓS".

O trabalho que fazia na aula de português provavelmente fora influenciado pelos protestos que se alastravam pelo Brasil ao longo das semanas anteriores, os mesmos que chegaram à capital do Mato Grosso do Sul no último domingo com uma passeata na principal avenida da cidade, a Av. Afonso Pena. As pessoas haviam "subido Afonso" e "descido só Pena", como comentara o pai de Lia no café da manhã de segunda-feira, enquanto tomava café com um olho na TV e o outro no jornal sobre a mesa.

Lia achou de uma coincidência tremenda que, dentre as manchetes que ela analisava em um jornal lá de 1984, uma delas falasse sobre o início do movimento de Diretas Já e sobre uma movimentação na mesma avenida de Campo Grande. A diferença era que, desta vez, os protestantes bradaram e levantaram cartazes exigindo o fim da venda de bloqueadores de transformação para lobisomens, não o fim da ditadura.

O desagrado em relação aos remédios não era novidade para boa parte da população licantrope, incluindo a família de Lia. Sua mãe era professora universitária de biologia e já comentara que a eficácia dos bloqueadores era contestável, que estariam melhores tomando chá de camomila.

Por outro lado, toda vez que esse desagrado alcançava maiores proporções, como era o caso do protesto na Av. Afonso Pena, outra parte de licantropes erguia a voz para defender a suposta proteção que a medicina moderna oferecia e, ao longo do mês seguinte, a mídia exibia uma miscelânea de notícias que retratavam lobisomens que haviam perdido o controle e comido umas três vacas de fazendas da região ou sido encontrados nus e delirantes em alguma pracinha ou terreno baldio. Havia, é claro, uma ou outra notícia mais séria, mostrando homicídios cometidos por licantropes, mas essas eram mais raras e, normalmente, bem datadas.

No trabalho da escola, os alunos haviam sido encorajados pela professora de português a se reunir em grupos e fazer uma colagem que revelasse o posicionamento deles sobre o assunto. Lia estava dividida entre expressar o que realmente sentia e o que achava que a professora queria ouvir. Precisava melhorar as notas, então não tinha certeza de que aquele era o momento ideal para ser honesta.

Encarou os recortes que havia reunido e suspirou. Não sabia muito bem onde queria chegar com aquilo, e Martina, com quem sempre fazia dupla, não estava em condições de ajudar. Sentada na cadeira que tinha arrastado do outro lado da sala até ali, ela sussurrava:

— Eles ficam repetindo a mesma coisa toda vez que eu pergunto. Nada sobre onde ele está, nada sobre por que isso está acontecendo, só "ele vai voltar atrás". — Martina apoiou o queixo no ombro de Lia, fechando os olhos e nem escondendo o fato de não estar prestando atenção à atividade de colagens. — E eu sei que não é verdade, porque antes de ir embora o Pedro me deu uma caixa com todos os mangás dele, até os que são edição de colecionador. E quando eu perguntei se isso significava que ele ia finalmente me emprestar alguns, ele disse que era para eu ficar com todos. Você não acha que isso é estranho?

— Não sei. — Lia desistiu de prestar atenção às colagens e olhou para o rosto de Martina, tão perto do seu. — Não tenho um irmão. E meus pais não são uns babacas como os seus.

— Ai, que ódio — grunhiu a garota, claramente mais frustrada do que realmente com ódio de alguma coisa.

Nos últimos tempos, era difícil vê-la muito abalada emocionalmente. Mesmo agora, quando algo tão drástico estava acontecendo na vida dela, com seu irmão indo embora de casa, ela soava distante e suas pálpebras pareciam meio caídas.

E talvez fosse por causa disso que Lia tivesse tanta dificuldade em expressar o que sentia em relação ao trabalho sobre remédios para controle de raiva. Ela podia não ter uma visão muito imparcial da merda toda, mas no fundo gostaria que o Licontrol funcionasse de verdade, que cumprisse com o que prometia. Mas não cumpria. Ele era só mais um exemplo de como os pais de Martina passavam dos limites e, de maneira mais ampla, um preço que as gerações mais novas de licantropes estavam pagando para ostentar aquela fachada de civilidade para os humanos.

— Eles são tão hipócritas. — Martina ergueu de repente o rosto do ombro de Lia, mas não se afastou muito. — É ridículo o jeito como eles ficam esperando que o Pedro volte atrás e peça desculpas por seja lá o que ele pode ter feito, mas eles mesmos nunca voltam atrás de nada.

Lia suspirou, olhando primeiro para a professora, uma senhora idosa que estava a um passo de começar a cochilar com o rosto apoiado na mão, depois para a cartolina e para os recortes de jornal que eram suavemente agitados pela brisa artificial do ventilador de teto.

— Vamos sair um pouco daqui — disse, sem nem se virar para Martina antes de começar a se levantar. Os outros alunos conversavam em voz alta, andavam pela sala e faziam tanta algazarra que serviriam como cobertura. — Podemos voltar antes do segundo período.

Martina se levantou devagar, afastando com cuidado a cadeira. Ela lançou um olhar alarmado para a professora, que não devolveu a atenção.

— Anda logo. — Lia tocou de leve o braço dela. — Ainda temos uns quinze minutos antes do sinal bater.

Comprimindo os lábios, Martina assentiu, e as duas se apressaram porta afora. Em uma sala com quase quarenta alunos, ninguém sentiria falta delas, a não ser que um dos colegas as dedurasse, o que era uma possibilidade. O fato de serem atletas, diferente do esperado, nunca as auxiliara no quesito popularidade e, combinado com a mania que tinham de andarem em par desde a Educação Infantil, a relação delas com os demais mal podia ser chamada de cordial, chegando a uma inimizade escancarada quando se tratava das jogadoras de vôlei da turma, um quarteto irritante que exigia que todas as aulas de educação física fossem sobre elas. Mas Lia contava com o fato de que nenhum professor ligava muito para as duas, ambas protegidas pela mediocridade escolar — ainda que Martina batalhasse todos os dias para sair dela.

Escaparam por pouco do olhar aguçado do inspetor Anísio, um lobisomem, como elas, e acabaram escondidas no parquinho infantil, embaixo de um escorregador. O lugar estava milagrosamente livre de criancinhas hiperativas.

Lia tirou o celular do bolso e estendeu-o diante das duas.

— Olha só, ontem eu comecei a ver esse anime. É sobre um jogo de cartas, mas acho que você vai gostar.

— Jogo de cartas? — Martina cruzou os braços. — O que aconteceu com o bom e velho esporte de contato?

— A gente já viu todos os animes de esporte de contato. E eu estou bem cansada de contato, quero distância, quero esportes por telepatia. Sério, dá uma chance.

— Você não odeia ver episódio repetido? Vai ver o primeiro de novo comigo?

— Pois é, olha o sacrifício que eu estou fazendo aqui. Custa apreciar?

— Tá bom, mas isso vai demorar mais do que quinze minutos. — Martina virou o rosto para ela, analisando-a. — Você me atraiu com a promessa falsa de que a gente ia voltar pra aula, né?

— É claro. — Lia deu de ombros. — Fala sério, Martina, você sabe que eu não valho nada.

Martina bufou e, sem aviso, encostou de novo a cabeça no ombro de Lia, voltando a atenção para a tela do celular. Com a boca seca, Lia apertou o play e, de uma forma que contrariou todos os seus planos, passou os próximos vinte minutos prestando pouquíssima atenção ao episódio.

Estava ocupada demais notando cada pequeno movimento de Martina — ela afastando os fios do cabelo castanho da frente do rosto ou deslizando os dedos pelos de Lia para tirar o celular dela, aliviando a dor fraca em suas mãos. Até o calor que vinha da pele dela a distraía, assim como o sussurrar de sua respiração.

Quando a música do final do episódio começou a tocar, Martina parecia ter se livrado um pouco da preocupação com o irmão e do peso de tentar ser a filha menos trabalhosa em uma família cada vez mais desunida. Lia, por outro lado, chegou à conclusão de que precisava arrumar uma namorada.

14
FAMÍLIA E FEROCIDADE

Pedro estava perto da saída do estádio, encostado em um carro preto e fumando um cigarro.

Martina parou de andar e por um momento apenas olhou para ele, incapaz de atrelar a imagem daquela pessoa de jaqueta de couro e óculos escuros à lembrança do menino doce de sua infância.

Estavam em um estádio pequeno de São Gabriel do Oeste, que ficava um pouco afastado da cidade, em uma área rodeada de plantações de soja. O nariz dela coçava, captando os agrotóxicos no ar mesmo àquela distância. Toda a euforia da vitória tinha abandonado seu corpo, e, naquele momento, ela só queria voltar para casa.

Pedro virou o rosto para ela, ergueu os óculos e ali estava o irmão dela.

Ela andou mais rápido, e no meio do caminho começou a correr. Pedro abriu os braços segundos antes de os corpos deles se chocarem.

— É você mesmo — murmurou ela, com o rosto pressionado no ombro dele, e sentiu os olhos formigarem.

— Ei, Marty — disse ele.

Ouvir o apelido idiota que só ele usava fez um nó se formar na garganta dela. Piscou, e as lágrimas começaram a cair. Merda, como ela estava uma bagunça. Tinha cogitado confrontar o irmão, perguntar por que diabos ele só a procurava agora, se ele tinha comido bosta ou algo assim, mas nos primeiros segundos já estava chorando como uma criancinha.

— Está tudo bem, não chora. Eu estou aqui.

Ele a abraçou forte, deixando o cigarro cair no chão, e ela continuou a desmoronar.

Ele estava ali. Estava mesmo ali.

Foi só quando Pedro a levou até uma sorveteria na cidade, a uns bons trinta minutos de carro de onde estavam, que Martina parou de fungar. Durante o percurso, ela não conseguia deixar de lançar olhares para ele. Ele trocara os alargadores na orelha e o cavanhaque por um estilo mais tiozão lenhador que ela imaginava com facilidade sendo atribuído a um lobisomem de alguma série americana genérica. Mas combinava com a personalidade dele, assim como os piercings e o cabelo descolorido combinavam com a dela. Nesse tempo longe, os dois pareciam ter se encontrado, se permitido.

Eles conversaram sobre coisas bobas e desinteressantes que, no entanto, eram preciosas para Martina. O jogo que acabara de acontecer e a forma como ela estava evoluindo no futebol, a relação dela com as outras meninas do Garras, a situação do futebol de metamorfos no país e a possível ameaça que os vampiros poderiam ou não representar para o esporte, agora que estavam começando a investir nele também.

A sorveteria em que entraram era o típico estabelecimento pacato de cidade pequena. Paredes brancas, quadros com frases motivacionais escritas em fonte Arial, mesas e cadeiras de plástico e, atrás do caixa, um adolescente entediado que, ao que tudo indicava, podia ser humano, mas havia sempre a possibilidade de ele tentar barganhar pela alma do cliente enquanto contava o troco em moedas.

Eles se serviram no bufê de sorvetes em silêncio, depois se acomodaram a uma das mesas, um de frente para o outro. Martina respirou fundo, limpou a garganta e reuniu coragem para enfim perguntar:

— Então você está morando aqui agora?

Pedro mexia com a colher em um pote com uns quatro tipos de sorvete, calda de morango e pedacinhos de castanha-de-caju. Ele suspirou e olhou para algum ponto atrás dela.

— Mais ou menos. Estou aqui agora, mas não é algo fixo. Posso ir embora a qualquer momento.

— Você fala como se fosse um fugitivo da polícia. — Martina estreitou os olhos para o irmão. — O que você *não é*, né?

— Claro que não! — Ele bufou e finalmente a encarou. Tinha uma mancha amarela na barba, provavelmente do sorvete de maracujá. — É isso o que nossos pais falam sobre mim? Que eu sou um bandido?

— Bom... — Ela hesitou, aproveitando para dar uma lambida pouco entusiasmada na casquinha de chocolate que segurava. No fim, decidiu ser honesta: — Eles não falam de você. Nunca.

Pedro começou a mexer a colher com mais violência no pote de sorvete, transformando os sabores de morango e maracujá em uma coisa só.

— Não sei se isso é melhor ou pior.

— Sinto muito — disse ela, mas soou estranho, como algo que alguém diria em um filme. Engoliu em seco e tentou de novo. — Me desculpa por não ter tentado te encontrar. Por não ter te ligado. Acho que eu só... sou uma grande covarde.

— Você? — Ele ergueu o rosto. — Você está longe de ser covarde, Marty. Você não conseguiria nem se tentasse.

Por que as pessoas tinham essa mania de pensar o melhor dela? Já era difícil o suficiente alcançar as próprias expectativas.

— Talvez isso fosse verdade quando eu tinha dezesseis anos, mas a vida adulta vem com doses bem fortes de covardia.

— Jesus! Não diz isso! — Ele riu. — Você é uma criança.

— Eu tenho vinte e um anos, Pedro... — Os olhos dele se arregalaram, e ela expirou pela boca de um jeito exasperado. — Fala sério, quantos anos você achou que eu tinha?

— Uns dezesseis, acho. No máximo dezoito. — Ele passou a mão no rosto e respirou fundo. Uma música sertaneja sobre traição tocava ao fundo. — Vinte e um? Meu Deus, eu não devia ter ficado longe por tanto tempo.

Ela hesitou, e seu primeiro pensamento foi: *claro que você não devia ter ficado longe*. Pedro era o mais velho, quem sempre cuidara dela. Não dava para fingir que uma parte dela não ficara esperando, ao longo dos últimos anos, por um sinal de que ele ainda se lembrava da irmã caçula que vivia irritando e acolhendo na mesma medida.

Mas nem conseguiu reunir indignação suficiente para censurá-lo.

Não era mais uma garotinha quando Pedro foi embora e definitivamente não era uma agora. Podia ter feito mais.

— Eu queria falar com você, mandar mensagem, mas uma parte de mim tinha medo de que, se eu fizesse isso, seria a gota d'água e... — O coração dela batia forte no peito, e ela se interrompeu, sem conseguir dizer as palavras em voz alta.

Ela estava ali, no final das contas, frente a frente com o irmão. Ao mesmo tempo que era onde queria estar, não se sentia tão feliz assim havia meses, e foi tomada pela certeza de que seus pais descobririam. E então seria a vez de ela ser expulsa de casa. Ela já estava por um fio, não estava? Depois de ter sido rejeitada pela UniLobos, ter se assumido bissexual e ter começado a jogar futebol na Academia, com metamorfos que não eram lobisomens, era como se qualquer coisa pudesse significar o fim de tudo.

— Marty... — Pedro franziu o cenho, olhando-a nos olhos — Eles não vão te expulsar de casa. Você sabe disso, não sabe? Eles nunca fariam isso.

— Eles fizeram com você.

— Você e eu somos pessoas muito diferentes. Eles nunca te contaram o que eu fiz?

Ela negou com a cabeça, apertando os lábios, e o nervosismo amainou um pouco. Seria aquele o momento em que descobriria a verdade sobre tudo? A razão para Pedro ter sido arrancado da vida dela?

Ele se mexeu um pouco na cadeira e tirou um papel do bolso. Colocou-o sobre a mesa e empurrou-o na direção de Martina.

Era uma fotografia.

Mostrava um grupo de pessoas de pé diante de uma construção de madeira. O indicador de Pedro tocou no rosto dele na imagem, mais novo e sem barba, e Martina deixou escapar um arquejo. Não porque ele estava na foto, isso ela já esperava, mas porque viu o broche que ele usava. Ela olhou para cima, procurando na jaqueta dele o mesmo item.

— Eu não saio usando ele por aí — disse Pedro. Em seguida, porém, enfiou a mão em outro bolso e, depois de olhar para os lados, abriu-a para revelar o broche de ouro com um lobo esculpido, arreganhando os dentes e mordendo uma moeda de prata. — Foi por isso que eles me expulsaram de casa.

— Você faz parte da Lua Nossa — murmurou ela, precisando dizer as palavras em voz alta. Repetiu o gesto dele de olhar ao redor e abaixou ainda mais a voz para perguntar: — Desde quando?

— Desde que eu tinha dezesseis anos, mas nossos pais só descobriram depois.

Depois da transformação dele, ela entendeu.

Lembrava do dia em que Pedro tinha sido mordido, embora não tivesse presenciado o momento. Tinha sido o pai dela a fazer as honras, enquanto isso, sua mãe a levara para fazer compras. Fizeram um jantar comemorativo depois. Isso foi cerca de um ano antes de Pedro ser expulso de casa. Ele tinha sido transformado aos dezoito anos, bem tarde para os padrões da família, porque Marcos e Patrícia gostavam de utilizar a possibilidade de ele nunca ser transformado como uma ameaça, uma forma de controlar o filho. Enquanto a transformação dela foi precoce, apressada, a dele era uma carta que mantinham na manga.

— Eles descobriram ou você contou para eles?

Só pela demora dele em responder, ela já adivinhou.

— Eu contei — confessou ele, finalmente, com a voz fraca.

Ótimo. Então ele tinha feito a escolha consciente de contar que fazia parte da Lua Nossa mesmo que soubesse — e ele tinha que saber, certo? — que os pais deles nunca aceitariam. Talvez ele não tenha sido realmente expulso. Talvez tivesse escolhido partir, de certa forma.

Martina olhou para o sorvete que segurava, só então se dando conta de que quase metade dele tinha derretido. O líquido escorria pela mão dela e pingava na mesa. Ela semicerrou os olhos e, em um ato de completa idiotice, enfiou a metade restante do sorvete na boca.

Passou os minutos seguintes se recuperando da sensação de ter congelado os próprios neurônios. Depois começou a limpar a mão e a mesa com um monte de guardanapos que mais espalhavam a sujeira do que secavam algo.

— Marty, pode dizer alguma coisa?

— Só um minutinho. — Ela se concentrava em esfregar os guardanapos pela superfície da mesa. — Estou decidindo se estou mais brava com você ou com os nossos pais.

— Pode ser com todos nós, sabia?

— Não. — Ela cerrou os dentes. — Preciso escolher.

— Tá bom. Eu espero.

Tudo o que ela sabia sobre a Lua Nossa vinha de boatos, matérias em blogs e notícias em jornais de reputação duvidosa. Pelo que entendia, o ato mais grave praticado pelos membros da organização era relacionado à transformação de licantropes.

Todos os lobisomens já nasciam com essa condição, mas era algo dormente. A mordida de outro lobisomem era necessária para desencadear a primeira transformação. Não existiam lobisomens que algum dia foram humanos comuns, todos eles eram licantropes, de certa forma, mas viviam como humanos até a primeira transformação — que podia, aliás, nunca acontecer.

Isso porque as famílias de lobisomens viviam segundo um código de conduta que proibia a transformação de licantropes de fora de um círculo familiar. Pais transformavam filhos ou, quando muito, tios transformavam sobrinhos, irmãos transformavam irmãos, tudo dentro de uma mesma família. Se a família não considerava uma pessoa digna de ser transformada e de levar adiante o que não era uma maldição, mas uma honra, essa pessoa era deserdada e obrigada a viver como humana, mesmo tendo o gene da licantropia latente dentro de si.

Era aí que organizações como a Lua Nossa entravam, reunindo lobisomens que estavam dispostos a ir contra a conduta padrão das famílias lupinas e a transformar aqueles que tinham sido rejeitados. Não era um crime, mas era um tabu, um ato desprezado pela maioria dos lobisomens. E lobisomens podiam dificultar bastante a vida de qualquer um.

Se o que Pedro contava era verdade, então, por algum motivo, ele já fazia parte da Lua Nossa mesmo antes de ser transformado.

No fim das contas, ela não precisou de muito tempo para se decidir.

— Eu sou mais parecida com os nossos pais do que gostaria de ser — disse, amassando os guardanapos encharcados e olhando para o irmão.

Ele segurava as bordas da mesa e estava com a mandíbula travada. Martina conhecia aquela expressão porque às vezes olhava para si dessa forma no espelho, quando estava tentando se obrigar a ser mais forte, impenetrável, e a não se deixar abalar. Pedro era tão feroz quanto ela. Ou talvez ela, que tinha vindo depois, fosse tão feroz quanto o irmão mais velho. E, por isso, entendia que essa ferocidade nascia do medo.

— Mas eu gostaria de ser mais como você — completou, estendendo a mão com a palma virada para cima. Depois de olhar para ela, sem entender, Pedro enfim soltou uma mão da mesa e segurou a dela. — Não vamos perder contato de novo, tá bom?

Pedro assentiu e sorriu, as linhas de expressão na testa dele se suavizando.

— O que existe de tão especial assim em mim? — perguntou ele, revirando os olhos como se não quisesse levar a questão tão a sério quanto realmente era.

— Você oferece algo para o mundo, em vez de só criar expectativas.

— Marty, fala sério. Você tem algo a oferecer também, eu te vi jogar hoje.

Ela se forçou a sorrir, mas seu coração estava apertado porque ela sabia que logo precisaria ir embora, deixar o irmão para trás mais uma vez e voltar para baixo da asa dos pais. Não queria fazer isso, mas não sabia como não fazer.

Ainda assim, dessa vez seria diferente. Ela não permitiria que a influência dos pais se colocasse entre eles, não deixaria de entrar em contato.

— Talvez — murmurou. — Mas eu tenho muita coisa que ainda está guardada.

15
ÁGUAS TÃO SERENAS

O vento agitava a superfície escura da água, soprando um fedor de barro e peixe pela embarcação, mas não era páreo para a intensidade do sol naquela tarde. Lia suava por baixo do casaco, fazendo cara feia para as colegas que tinham se abrigado em uma parte coberta do barco — ou *chalana*, como o condutor insistia em chamar.

Virou o rosto para o rio, endurecendo a mandíbula. Estavam ali porque ela tinha feito uma aposta com Renata, não podia reclamar.

Cintilando sob os raios de sol e parecendo quase inofensivo, o rio Paraguai era uma força da natureza. Ao fechar os olhos e inspirar, dava para sentir os aromas estranhos e até perigosos que emanavam dele. Havia um tipo de magia tão forte que deixava uma marca, e aquele rio estava repleto dela.

Era uma honra, em teoria, poder cruzar o rio Paraguai. Mas como se sentir honrada embaixo do sol quente e ouvindo o barulho infernal daquele motor? Não dava nem para trocar duas palavras perto dele, e era justamente aquele o local onde Lia tinha se sentado. Até em pequenos atos como escolher um lugar para se sentar ela dava um jeito de fazer merda.

Respirou fundo. *Não reclamaria*. Sabia que estava certa quando fez aquela aposta para colocar o Garras na programação de Renata, e também não ouviria queixas sobre isso.

Renata tinha deixado claro que o itinerário de jogos era uma sugestão e blá-blá-blá, qualquer coisa sobre elas não se sobrecarregarem e sobre essas saídas em grupo serem para quem tinha tempo livre para matar no domingo. Ninguém tinha tempo livre, a maioria delas ainda cursava a graduação, mas eram atletas, o que significava que eram loucas, então ali estava o time quase completo, uma procissão de caras feias e risadinhas de escárnio toda vez que o time do Garras era mencionado aos sussurros.

Foda-se, um dia todas agradeceriam a Lia por isso.

A maioria estava sentada do outro lado do motor, onde ainda dava para ouvir qualquer coisa além daquele ronco metálico, mas Lia notava os olhares em sua direção. Bando de ingratas. Não percebiam que ela tinha feito aquilo pelo bem do time?

Bom, mais ou menos pelo bem do time.

Tipo, uns cinquenta por cento pelo bem do time.

O Realeza estava decaindo em qualidade de jogo. Podia não ser só culpa delas, como Lia achava antes, mas era um fato. E o Garras estava evoluindo. Não era óbvio que os dois times se encontrariam no meio do caminho?

Se ambos continuassem ganhando, eles se enfrentariam em três semanas no Campeonato Estadual. E Lia não estava tão certa assim de que seu time o venceria, não quando até Renata se fazia de sonsa sobre as habilidades do Garras. Logo ela, senhorita apresentação de slides...

— Estamos quase lá! — gritou o condutor do barco, apontando para uma margem distante. Lia só fez joinhas com os polegares, nem se dando ao trabalho de esboçar um sorriso amigável. — Vamos chegar uma hora antes do jogo, eu não falei que ia dar tempo?

Lia grunhiu e enfiou a cabeça nas mãos. Uma hora antes do jogo. Sendo assim, elas podiam ter pegado o barco seguinte, mas Lia tinha insistido que fossem naquele.

Esse era outro motivo para não poder reclamar, porque ela tinha culpa na situação em que se encontrava...

O barulho do motor ainda funcionava como uma barreira sonora, mas, se Lia se concentrasse nos sentidos da loba, escutaria os sons que vinham do andar de cima da chalana. Risadas estridentes, palavras meio gritadas e, por baixo e ao redor de tudo, a voz de Martina.

É claro que o Realeza e o Garras tinham terminado no mesmo barco.

E a pior parte nem era essa, ou mesmo os olhares acusatórios que Lia recebia das colegas por causa disso. A pior parte era o coração dela — ele não soava alto, mas de alguma forma conseguia ser mais irritante do que aquela droga de motor — batendo, batendo e batendo tanto que ela já precisava, urgentemente, bater em algo também.

Ela deu uma olhada na direção da margem. Ainda estava longe para um caralho, então se levantou e tentou andar o mais dignamente possível, apesar do movimento da chalana, para onde Alex e Aura conversavam em voz baixa.

— Chega para lá — disse ao se aproximar, olhando duro para Aura.

— Não cabe mais ninguém aqui. — Aura gesticulou para o grupo de garotas espremidas no banco. — E você não pode ficar no lado bom, é culpa sua estarmos aqui.

— Se você não me deixar sentar aqui, eu vou engolir aquela porra de motor.

— Jesus — resmungou Alex, ficando de pé. — Senta no meu lugar, não aguento mais essa sua cara feia.

— Obrigada. — Lia se sentou e mostrou o dedo do meio para a goleira, que se afastou bufando.

— Faz tempo que a gente não vê você tão insuportável — comentou Aura, cruzando as pernas de um jeito que deixava menos espaço para Lia no banco. — Não tinha necessidade.

— Tanto faz. Por que a gente fica esbarrando com o Garras o tempo todo?

— Foi você que quis ver o jogo delas, garota. Quer dizer, você não estava errada, não fazia sentido elas não estarem no itinerário da Renata, mas, mesmo assim...

Lia cruzou as mãos atrás da nuca e olhou para o teto de madeira que as separava do andar superior da chalana.

— O universo só pode estar de brincadeira com a minha cara.

— Ah, para com isso. Você não é tão especial. Se quer mesmo saber, faz anos que a gente meio que esbarra com o Garras em todo lugar. É por isso que elas odeiam tanto a gente.

Lia franziu a testa e olhou de canto para ela.

— Não é só porque somos melhores do que elas?

— Até parece. É muito mais porque a gente é melhor *na cara delas*. Se fôssemos melhores à distância, como, inclusive, muitos outros times são, elas ficariam de boa. Mas, ah, o mundo não gira no dedo da Debs, né? Olha para a gente, invadindo a chalana delas, sendo melhores aqui embaixo enquanto elas fingem que estão bem sendo piores ali em cima.

No andar de cima, houve uma pausa sutil nas conversas.

Lia segurou a risada. Estava começando a nutrir certo respeito por Aura.

— Você sabia que elas ouviriam isso, não sabia?

Aura sorriu. Garota calculista.

De repente, as meninas do Garras começaram a cantar. Lia cuspiu um palavrão e fechou os olhos, apertando-os com força, quando os primeiros versos da música chegaram até ela. *Lá vai uma chalana, bem longe se vai, navegando no remanso do rio Paraguai*. Típico. Não dava para ser mais previsível do que isso.

Os músculos de seus ombros começaram a ficar tensos, reagindo à pressão em seu peito, e ela agarrou as bordas do banco de madeira. Sabia que não corria o risco de passar por uma transformação brusca, nada como o que acontecera com Martina no hotel em Corguinho, mas isso não significava que a loba estava para sempre banida da superfície da pele. Às vezes, Lia sentia, bem de leve, o roçar do pelo dela. Ela se imaginava estendendo a mão para dentro e acariciando o flanco da loba, acalmando-a, dizendo "olá" e garantindo que não tinha se esquecido dela.

E assim ela se foi, nem de mim se despediu, a cantoria desafinada parecia vir de todos os cantos. Não é que Lia fosse particularmente sensível a pessoas que cantavam mal, nem que estivesse com inveja do entrosamento do outro time, mas aquelas vozes se misturavam a outras na memória. *A chalana vai sumindo na curva lá do rio*.

Muitos anos antes, Lia tinha subido em um palco improvisado no quintal da escolinha durante uma apresentação da Educação

Infantil. Ela ficara parada, com as palavras presas na garganta, enquanto o resto das crianças cantava. Não sabia se a lembrança era fiel ou se havia sido construída a partir das filmagens daquele dia, da fita que seus pais guardavam com outras de aniversários e Natais em família. Fato era que essa memória tinha permanecido enquanto muitas outras foram sumindo como a droga de uma chalana na curva do rio.

Oh, chalana, sem querer, tu aumentas minha dor, cantavam as crianças vestidas com as roupas de lantejoulas coloridas, *nessas águas tão serenas vai levando o meu amor*. Uma menina baixinha, a mais baixa da turma, chegou mais perto de Lia e segurou a mão dela. As duas se encararam no palco, Lia em silêncio e a outra menina cantando. Até que, de súbito, Lia cantou o último verso da música: *nessas águas tão serenas vai levando o meu amor*.

A família é sempre a nossa primeira matilha, mas a primeira matilha de Lia foi Martina, e tudo começou com aquela canção.

Ainda de olhos fechados, ouvindo o time do Garras cantar, Lia murmurou:

— Odeio essa música.

Aura, a traidora, cantava junto.

Chegaram à cidade de Corumbá alguns minutos depois, mas parecia ter demorado uma eternidade. A cantoria besta levantou o moral das meninas, exceto por Lia, que seguia carrancuda e massageando as têmporas.

Enquanto uma plataforma de madeira era apoiada na lateral do barco para facilitar a descida delas, Lia observou a cidade. Não sabia o que esperava do lugar, talvez só alguns orelhões de peixe e casas de pintura encardida, mas dali dava para ver casarões antigos e bem conservados, muitas árvores e alguns prédios. Era uma cidade bonita. O porto, porém, era só areia e alguns pieres onde os barcos ficavam parados. Lia estreitou os olhos, tentando ver melhor. Uma pequena multidão de fãs tinha se formado.

Seu primeiro instinto foi se perguntar como a notícia de que o Realeza assistiria ao jogo havia se espalhado. Então notou os cartazes e os uniformes alaranjados.

Aquela comoção toda era para o Garras? Não podia ser.

— Que merda...? — murmurou, confusa, mas não havia ninguém por perto para ouvir.

Todas as meninas do time se amontoavam diante da saída do barco, onde um homem auxiliava uma por uma a descer, como se fossem donzelas indefesas saindo de uma carruagem. Lia olhou para o lado e lá estavam as primeiras jogadoras do Garras, descendo pela escadinha de madeira que conectava os dois andares da chalana. Ao encontrar o olhar de Martina, hesitou, ainda no mesmo lugar.

Elas estavam bem, não estavam? Tinham se visto pela última vez quando passaram a noite no Morro do Ernesto, e depois trocado algumas mensagens, então talvez...

Martina desviou o olhar e seguiu adiante, na direção da saída do barco. Não falou nada quando passou por Lia, que cerrou os punhos e também ficou quieta. Mas continuou encarando, queimando buracos invisíveis na camisa azul-escura com desenhos de estrelinhas que ela usava. Martina não olhou para trás.

Então seria assim? Quem Martina pensava que era para brincar com ela daquele jeito?

Lia finalmente foi arrancada daquele estupor e, decidida a tirar satisfações e a exigir pelo menos um "oi" dali para frente, foi atrás de Martina. Passou na frente de duas jogadoras do Garras, que balançaram a cabeça e protestaram em voz baixa, e desceu para a plataforma de madeira sem nem olhar para o homem que estendia a mão.

No píer de madeira ao lado do qual o barco estava ancorado, ela olhou ao redor em busca do cabelo platinado e do brilho de um piercing na sobrancelha, mas outras pessoas se enfiaram no caminho, agitando papel, caneta e camisetas laranjadas, claramente levadas até ali para serem assinadas pelas meninas do Garras, não por ela.

Quando se deu conta do que estava acontecendo, a confusão já fora armada. A multidão do porto tinha subido no píer e cercava as jogadoras.

Lia deu dois passos para trás e esbarrou em alguém. A jogadora do Garras que estava atrás dela a empurrou de volta, mas ela nem conseguiu ficar irritada com isso.

Exclamações de "é o Realeza" e "Aura Maria! Aura Maria!" pipocaram ao redor delas.

— Puta merda. — Ela ignorou as pessoas mais próximas e tentou sair dali. — Com licença, com licença... Sai da frente, caralho.

Ela não devia estar ali. Na verdade, aquela ideia toda de assistir aos jogos do Garras era uma receita para o fracasso. Renata sabia disso, mas Lia não tinha dado ouvidos a ela e agora estava sofrendo as consequências. E se, além de Lia, o universo também ficava jogando os times um contra o outro, talvez o universo também não soubesse que merda estava fazendo. Talvez ela e, sei lá, Deus, tivessem isso em comum.

— Dá licença, pessoal — Lia ouviu a voz de Martina e girou, tentando identificar de onde vinha. — Merda, merda, dá licença.

Da última vez que Lia tinha ouvido Martina tão claramente irritada, não demorou para estar cara a cara com uma loba gigante. Assim que teve um vislumbre da camisa com estampa de estrelas e do cabelo platinado, se adiantou naquela direção sem pensar duas vezes. Ultimamente, estava fazendo muitas coisas sem pensar duas vezes.

Ainda separadas por algumas pessoas, elas se encararam de novo, mas a expressão de Martina, daquela vez, era o oposto de indiferença.

Ah, ela estava puta da cara.

As madeixas claras do cabelo ondulavam na brisa, seus lábios estavam pressionados em uma linha fina, curvando-se para baixo, e um vinco na sobrancelha intensificava a expressão de raiva. Em seus olhos, havia mais magia do que no rio Paraguai inteiro.

Lia congelou onde estava, mas já tinha chegado perto demais. Sentiu o peito ardendo, incendiado pelo que via nos olhos da antiga amiga. Apesar disso, não havia medo algum. Martina ficava tão... tão intensamente *fofa* quando estava brava.

— *Você*. — Martina praticamente cuspiu a palavra e deu um passo na direção dela, empurrando uma mulher para o lado, depois desviando de uma criança que pulava, olhando para Aura, que estava alguns passos à frente delas e cercada de gente.

Se aquela comoção fosse um furacão, Aura Maria seria o centro dele.

Mesmo assim, Lia só conseguia prestar atenção em Martina, nas pupilas dilatadas dela e na forma como os dentes pareciam mais longos, mais afiados.

Fofa ou não, ela não podia se transformar. Não ali, não na frente de todas aquelas pessoas.

Lia se endireitou e tentou focar os motivos que a levaram até ali. Ela e Martina não eram o passado uma da outra, não podiam ser só isso. O que elas tinham não seria jogado para debaixo do tapete. E Lia não a abandonaria, não de novo.

Martina vinha com tudo na direção dela, as duas perto demais da borda do píer, e a cada passo ela parecia mais loba do que gente. Lia então ergueu bem o queixo, abriu os braços e arqueou as sobrancelhas.

— Pode vir, gata.

Com um rosnado, Martina avançou. Os corpos se chocaram e, então, nada. Só ar nas costas de Lia, enquanto unhas afundavam em seus ombros, a respiração de Martina quente e ofegante no rosto dela.

Poucas coisas paravam uma transformação tão bem quanto um banho de água fria.

Uma onda de frio se espalhou pelos membros de Lia e, porque Martina estava em cima dela, afundou quase completamente, com os pés na lama do rio e só a cabeça para fora. Não tinha sido o plano perfeito porque, veja bem, estavam no raso e Martina ainda estava seca, com exceção das pernas e braços. Não dava para ficar assim.

— Sua idiota! — gritou Martina, mas Lia nem se abalou. Inverteu as posições, aproveitando-se do atordoamento dela, e ficou por cima. — Lia, que merda é es... — A fala dela foi cortada porque Lia, sempre tão delicada, empurrou os ombros dela e submergiu-a na água.

— Foi mal aí, Martina, mas não vou deixar você destruir sua carreira assim, por nada.

Martina se debateu, ainda submersa, e Lia apertou as coxas em torno do corpo dela, mantendo-a no lugar. Contou até três, respirou fundo e a soltou.

Erguendo a cabeça para fora da água, Martina tentou, sem sucesso, empurrá-la para longe. Os olhos dela estavam escuros, como deviam ser, e os dentes pareciam normais. Ela estava com raiva, claro que estava, mas era uma raiva humana.

— Eu te odeio!

Lia bufou, uma risada rouca lhe escapando.

— Odeia nada.

— Odeio, sim!

— Duvido muito, Martina.

Finalmente elas estavam se olhando do jeito como Lia queria, os rostos tão próximos que dava para notar cada gota de água âmbar deslizando pela bochecha de Martina. Uma gota pingou da ponta do nariz direto para o lábio inferior dela. Seria burrice demais se inclinar só um pouco e...?

— Que porra é essa? — A exclamação não partiu de nenhuma delas.

Lia arriscou uma olhada para a margem e lá estavam Renata, a técnica do Garras e a capitã do time, a "Debs" de Aura. Todas olhando para Martina e Lia.

Não dava para saber quem tinha falado primeiro, mas quem continuou foi Valéria, a técnica.

— Meninas, saiam já daí. O que vocês pensam que estão fazendo?

Lia, pelo menos, não estava pensando.

Todo mundo olhava para elas, as pessoas no píer, as pessoas na margem e, a julgar pela quantidade de celulares levantados, as pessoas na internet também.

Lia *se recusava* a pensar.

— A gente já vai — disse ela o mais casualmente que podia.

Daquela vez, quando Martina a empurrou, ela deixou. Ficou largada ali por alguns segundos enquanto a outra garota se levantava.

— Foi culpa dela — disse Martina, armando olhos de cachorrinho para Valéria. — Eu não fiz nada.

Lia balançou a cabeça, torcendo o nariz, e também ficou de pé. O que ela esperava, de verdade? A Martina que fora sua amiga nunca apontaria o dedo para ela assim, tão rápido, mesmo se a situação fosse culpa dela, e ambas sabiam que não era. Mas aquela não era a Martina que ela conhecia, e talvez devesse parar de buscar por ela.

— Quer dizer... — Martina a encarou, mordeu o lábio e, enquanto Lia prendia a respiração, continuou: — A gente tropeçou.

O coração de Lia fez alguma coisa estúpida, talvez até tenha parado de bater por um segundo, porque ela sentiu um aperto no peito e, *burra, burra, burra,* teve que se controlar para não sorrir.

— É, tinha muita gente no píer. — Lia olhou para Renata. — Como é que deixaram isso acontecer?

Renata não respondeu. Estava com uma expressão que, se não fosse plácida, ao menos era neutra, sem nenhuma ruga na testa ou ao redor dos olhos. Por alguma razão, Lia não se sentia confortável com isso, preferia que ela estivesse irritada ou frustrada como as outras.

— Vocês estão fora de controle — disse Débora, revirando os olhos.

— Eu disse para sairem daí — insistiu Valéria. — Não quero saber o que aconteceu e nem de quem é a culpa. Martina, você tem um jogo em menos de uma hora, dá um jeito nisso.

Ela se virou e começou a ir embora, abrindo espaço entre as pessoas. Débora balançou a cabeça, murmurou algo baixo demais até para elas ouvirem e foi atrás. Só sobrou Renata, que não tinha dito nada e seguia estranhamente calma.

Bem, Lia teria que lidar com isso depois.

Cruzando os braços, virou-se para Martina.

— É, Martina, dá um jeito nisso.

Os olhares delas se encontraram de novo. Lia sentiu a boca ficando seca e tentou disfarçar o nervosismo passando a língua nos lábios e erguendo uma sobrancelha. O próximo passo era de Martina, fosse o que fosse.

— Não sei se consigo — disse Martina, em voz baixa. Câmeras de celulares ainda estavam apontadas para elas. — Nós somos uma bagunça, não tem nada que dê um jeito nisso.

— Então vamos ser uma bagunça.

— Não é tão simples assim.

— Mas também não é tão difícil.

— Lia... — Martina fechou os olhos e suspirou. Depois que os abriu, olhou ao redor, e Lia entendeu o recado.

— Vamos continuar essa conversa no vestiário — cedeu. — Você tem um jogo daqui a pouco, e eu não quero a internet me culpando por você não estar lá.

Martina soltou uma risada sem um pingo de humor.

— Achei que tinha ficado claro que a internet não dá a mínima pra mim. Olha só o que acabou de acontecer aqui.

Lia olhou de esguelha para o píer. As pessoas ainda estavam no mesmo lugar, cochichando entre si e apontando para elas.

— Tem certeza? Parece mesmo que as pessoas não dão a mínima? — Ela estendeu uma mão para Martina e falou bem baixo, o suficiente para as câmeras não captarem. — É o nosso caminho do sucesso, Martina, não fica aí parada.

Martina hesitou só por um segundo, mas acabou segurando a mão dela. As duas saíram juntas do rio, ambas pingando água. Com os pés afundados na areia, elas se encararam. Os olhos de Martina desceram para as mãos delas e, por um segundo, pareceu que ela iria soltar e se afastar.

Só que não. Ela ficou, a mão dela úmida e quente.

— E agora? — perguntaram ao mesmo tempo.

Lia riu e balançou a cabeça. Martina suspirou.

— Elas foram embora sem mim, aquelas vacas. — Ela gesticulou para a calçada repleta de carros estacionados, onde antes devia estar o ônibus que serviria de carona para o time do Garras. — Vou ter que ir a pé.

Existia a possibilidade de ela pedir uma carona ou chamar um táxi, mas talvez a caminhada fosse necessária para acalmá-la de uma vez por todas, mesmo se lhe custasse o primeiro tempo da partida.

— Eu vou com você — disse Lia, sem dar brecha para contestação.

Deu para ver Martina engolir em seco, mas ela assentiu.

Passaram por Renata, ainda parada na areia. Ela segurou o ombro de Lia e perguntou:

— O que você está fazendo?

Era uma pergunta geral, Lia sabia, e englobava muito mais do que uma caminhada até o estádio. Mas ela encolheu os ombros, se afastando, e só respondeu:

— Encontro vocês no estádio.

Ela e Martina seguiram de mãos dadas. Andavam rápido, e algumas das pessoas do porto, armadas com celulares, iam atrás.

16
CONFISSÕES DE VESTIÁRIO

O silêncio no vestiário era tão opressor que parecia alto. Lia desligou o chuveiro, secou o corpo de qualquer jeito e se envolveu com a toalha antes de sair do box.

Bem na frente dela, Martina saía também. Gotas d'água brilhavam nos ombros nus dela, pingando das pontas do cabelo, que ficava em um tom mais escuro de loiro quando estava molhado. Com aquela cara azeda, ela parecia um pinscher albino que tinha acabado de sair da chuva. Lia soltou uma risadinha pelo nariz.

— Isso é uma piada para você? — Martina enrugou a testa, o que obviamente fez Lia rir mais. Tentou colocar o braço na frente do rosto para abafar a risada, mas isso só piorou as coisas.

Martina meneou a cabeça, e logo a expressão dela começou a suavizar. As rugas na testa desapareceram, os lábios se curvaram para cima, ainda que continuassem pressionados, e os olhos escuros se fixaram no rosto de Lia, gentis e assustados ao mesmo tempo.

O coração de Lia começou a bater mais rápido, a risada foi sumindo.

Estavam só as duas no vestiário do estádio onde, em alguns minutos, aconteceria a partida entre o Garras e o Bandeirantes. As outras meninas do time de Martina já se aqueciam no campo, enquanto as do Realeza tinham se acomodado nas arquibancadas. Lia não devia estar ali, mas precisava de um banho e, sinceramente, ninguém ligava. Ninguém ficaria sabendo também.

Eram só ela, Martina e as palavras entaladas na garganta.

Martina falou primeiro:

— Você percebeu que eu ia me transformar, não percebeu?

Lia assentiu. O cheiro de baunilha do shampoo de Martina preenchia todo o lugar, fresco e doce, sem ser enjoativo.

— Nem eu tinha me dado conta ainda, mas você percebeu.

Para não dizer o óbvio, que é claro que ela perceberia, Lia disse:

— Isso não costumava acontecer antes, né? As transformações repentinas. — Ela cruzou os braços. — É por minha causa.

— Talvez. — Martina suspirou e fechou brevemente os olhos, mas logo os abriu para encarar Lia de novo. — Não é sua culpa. Você não é responsável pela maneira como o meu corpo reage a você.

Bom, aquela era nova.

— Seu corpo, é? — Lia não conseguiu segurar o sorrisinho convencido. — E como é que ele reage?

— Você viu, eu perco o controle. Não é algo bom, Lia. Para de sorrir.

Lia deu um passo na direção dela. Os olhos de Martina se arregalaram por uma fração de segundo, como os de um animal diante dos faróis de um carro, mas ela se recuperou rápido e endureceu a mandíbula.

— Quando você fala que perde o controle — insistiu Lia —, não é só por causa da raiva, não é só porque está frustrada e magoada, eu sei que não é só isso. Por quanto tempo nós vamos continuar ignorando o que está acontecendo aqui?

Teimosa como sempre, Martina ergueu uma das sobrancelhas escuras que contrastavam com o cabelo platinado.

— Nós? — perguntou, séria.

— É, nós.

Martina suspirou e olhou para o relógio na parede.

— Que tal por mais quinze minutos? Eu tenho um jogo, não posso me distrair.

Quinze minutos, nada demais. Lia podia esperar.

Claro que, depois desses quinze minutos, Martina iria até o campo e sabe-se lá quando conseguiriam se falar de novo. Então não eram, de verdade, apenas quinze minutos.

Mesmo assim, Lia não protestou, e elas seguiram para a parte do vestiário onde ficavam os bancos e os armários. Sem nenhuma das outras jogadoras por perto, o lugar estava arrumado demais, chegava a ser esquisito.

Lia apoiou as costas na parede, observando Martina abrir uma mochila e tirar itens aleatórios de dentro, pelo visto sem prestar atenção ao que estava fazendo. Tirou uma caneleira, dois pares de meia, uma camiseta e um frasco de perfume. Depois, guardou só o perfume de volta na mochila.

Ela queria entrar em campo usando quatro meias, uma única caneleira e uma camiseta? Bom, isso seria interessante.

Lia, sentindo os azulejos frios na pele nua dos ombros, cruzou uma perna na frente da outra e tentou pensar em algo seguro para perguntar, algo que não fosse sobre elas.

— O Licontrol não faz mais efeito, por acaso?

Martina bufou e lhe lançou um olhar exasperado.

— Faz anos que eu não tomo aquele negócio.

Isso fez Lia endireitar um pouco a postura.

— Ah. Isso é... bom, na verdade. Aquilo só te destruía.

— Pois é, agora quem vai me destruir sou eu mesma. — Martina passou a mão pelo rosto e olhou de canto para ela. — Será que dá pra você se virar para o outro lado?

Lia piscou algumas vezes, sem entender. Então caiu a ficha de que ela queria se trocar, vestir a camiseta e as quatro meias que tinha separado.

Obviamente, não se virou para o outro lado.

— Não dá para te entender, Martina, um dia você está flertando pelada comigo, no outro, vem com essa de me virar para o lado.

— Talvez eu tenha criado vergonha na cara.

— Ah, é?

— Quer saber? Faz o que você quiser, então. Vira para o outro lado, não vira para o outro lado, eu estou pouco me lixando.

Elas se olharam, separadas por alguns metros. Quando Lia não se mexeu, só continuou no lugar, sorrindo, Martina inclinou o rosto para o lado e, em um movimento fluido, deixou a própria toalha cair no chão.

Lia não era uma santa. Ela deu uma *boa olhada*.

Dava para ver a pele de Martina ficando vermelha conforme, sob o escrutínio de Lia, vestia a roupa. No meio do caminho, percebeu que não dava para entrar em campo com o que tinha escolhido e precisou se virar para pegar mais coisas na mochila.

Sem brincadeira, ela tinha uma bela bunda. E Lia nem se sentiu mal por olhar, sabia que Martina tinha feito o mesmo com ela naquele riacho no Morro do Ernesto, até tivera a audácia de tirar sarro das tatuagens dela, que tinham custado uma grana fodida.

O vestiário parecia cada vez mais abafado e silencioso. Martina fechou o zíper da mochila e o som ressoou, alto demais, ao redor delas. Ela se endireitou, pernas musculosas, ombros largos e piercing no umbigo. Era quase tão alta quanto Lia, que, com um e setenta e sete de altura, sempre tinha sido a maior jogadora dos times de que participava. Mas Martina devia ter, o quê? Um e setenta e cinco de altura provavelmente. Nem dava para acreditar que, na Educação Infantil, ela tivesse sido a mais baixa da turma. Muitas coisas tinham mudado desde aquela apresentação de "Chalana", quando se conheceram.

— Sobre o que você comentou antes, no porto... — Martina voltou a falar de repente, enquanto calçava as chuteiras. — O que você quis dizer quando falou que este é o nosso caminho do sucesso?

— Era o que você sempre dizia. Você tinha um mapa, lembra?

— Eu lembro disso. — Martina revirou os olhos. — Mas o que isso significa agora? É algum tipo de estratégia de marketing?

— Qual seria a estratégia? — Lia se fez de desentendida.

— Nós.

— Nós? — Lia sorriu ao ecoar o diálogo de logo antes.

— É, nós.

Estava na cara que Martina queria sorrir também, mas lutava contra o impulso. Ela até que estava indo bem nisso de manter o controle. Lia só esperava que, quando o perdesse, não fosse para virar uma loba de novo, sem aviso prévio.

Então, para não deixar qualquer mal-entendido, resolveu se explicar:

— Não foi o que eu quis dizer, não quero que a gente, sei lá, finja um relacionamento só para chamar a atenção do público, não estamos em um filme. É só que, quando a gente tiver essa atenção, não vai dar para desperdiçar. E eu não me importaria de ter minha imagem associada a você.

— Então, no fundo, você quer que pensem que a gente tem algo? Por isso segurou a minha mão?

Lia balançou a cabeça negativamente. Era tão difícil assim acreditar que preferia ser vista como alguém que estava *ao lado* de Martina, não contra ela, e a rivalidade entre o Garras e o Realeza que fosse à merda?

— Talvez eu só quisesse segurar a sua mão — disse, o que era um resumo de tudo.

— Você nunca fez isso antes, por que começar agora?

— Eu fiz sim. — Lia se afastou um pouco da parede, inclinando-se para frente. — Tenho certeza de que fiz. Em ocasiões especiais... — Ela hesitou, e Martina só esperou, já completamente vestida, seus olhos escuros desafiadores. — Bom, quase certeza.

— Mas as coisas mudaram, de qualquer forma.

— Eu sei, eu sei, as coisas mudaram, blá-blá-blá. Troca a fita, Martina. O mundo pode virar de ponta-cabeça e ainda assim eu não vou querer ser taxada como sua inimiga.

— Não dá para dizer que somos amigas.

— Ah, eu sei. Não estou tentando ser sua amiga.

Houve um breve silêncio. Lia passou a mão pelo pescoço, esperando ela entender a porra do recado.

Mas claro que Martina levou para outro lado.

— Olha, se você não quer, então por que insiste em...

Lia deu dois passos para a frente, colocou uma mão na cintura de Martina e a beijou.

Beijou-a como queria ter beijado anos antes, embaixo do escorregador do parquinho da escola, ao som da abertura do anime a que elas assistiam juntas. Beijou-a como queria ter beijado um dia antes de ir embora da cidade, entre as estantes de um sebo cheio de pó, só porque talvez fosse a última chance.

Mas aquele não era mais o beijo de alguém que estava com medo de arriscar e perder a melhor amiga, o beijo que nunca tinha acontecido. Aquilo era real porque Lia já tinha perdido. Era desesperado e com um pouco de raiva.

E Martina retribuiu com tanto quanto, talvez mais, entusiasmo. Mordeu o lábio inferior dela, depois beijou de leve ali, passando a língua onde ardia.

Lia revidou, deslizando as mãos para baixo e apertando a bunda dela, puxando-a para mais perto ainda. Uma risada incrédula escapou dos lábios de Martina, e Lia se aproveitou do momento para beijar o queixo dela, o pescoço, o ombro.

Martina segurou os braços dela, apertou os músculos, e Lia ofegou em puro deleite.

E a toalha que Lia estava usando escolheu aquele momento para começar a cair.

— Eita, opa. — Lia se afastou um pouco, segurando a toalha, com a intenção de dar um nó nela e continuar de onde tinham parado.

Mas Martina tinha outros planos e empurrou-a na parede, enfiando as duas mãos pela abertura na toalha, segurando-a pela cintura. As mãos dela estavam frias, e mesmo assim tudo o que Lia sentia com o toque era calor. A toalha caiu no chão e nenhuma delas fez nada sobre isso. Os olhos de Martina estavam fixos na boca de Lia, que estremeceu um pouco.

Quando seus lábios roçaram de novo, e Lia soltou um suspiro, meio de alívio, meio de resignação, o alarme programado no celular de Martina começou a tocar. Era hora do jogo.

— Merda — murmurou Martina, afastando-se. — Quinze minutos. Não dava para termos aguentado por quinze minutos?

Lia sorriu, sabendo como seu rosto devia estar entregando exatamente o que ela sentia. *Triunfo*.

— O quê? Está com medo de isso te desestabilizar no jogo?

O olhar de Martina pesou sobre o rosto de Lia, depois foi descendo pelo corpo, sem perder nenhum centímetro.

— Sim — confessou, soando totalmente honesta, e o sorriso de Lia aumentou.

Ela começou a se virar, e Lia balançou a cabeça.

— Vai me deixar pelada aqui, garota? — Quando Martina olhou para ela de novo, Lia se explicou: — Minhas roupas estão todas molhadas e, ao contrário de você, eu não vim preparada para me trocar. Me empresta logo alguma coisa para vestir.

— Bom, já que você está pedindo... — Martina abriu a mochila e tirou de lá algumas roupas alaranjadas. — Não vai voltar atrás agora.

— Pensando bem...

— Nada disso.

Ela atirou para Lia um amontoado de roupas que era nada menos que o conjunto de calça e casaco de moletom com o emblema do Garras, e Lia se lembrou do que Martina havia dito naquela barraca do Morro do Ernesto, quando se recusara a usar a camiseta de uniforme do Realeza.

"Se eu fizer isso, o que me garante que não vamos nos beijar na chuva logo depois?"

Ainda querendo negar o impacto que dividir aquela barraca com ela representava, Lia dissera "eu garanto".

Talvez aquele fosse o jeito de o universo rir da cara dela.

— Agora só falta a chuva — murmurou, olhando para as roupas, e não teve certeza de que Martina tinha ouvido.

Ela já estava saindo do vestiário, rindo. Lia ficou para se vestir sozinha e encarar as colegas e o resto do mundo com as roupas do inimigo.

17
MÉTODOS CALMANTES

Quando confrontada pelos próprios sentimentos, um tumulto de medo, desejo e euforia, nenhum deles vencendo o outro por muito tempo, Martina fez o que fazia melhor: ela correu.

A euforia vinha porque o campo era grande e a torcida era alta. Ela podia se perder naqueles gritos enquanto cobria a distância de um lado a outro, correndo pela linha lateral na marcação ou, com bastante frequência, com a bola no pé. Foi naquele jogo que as pessoas descobriram o nome dela. *Martina, Martina*, gritavam das arquibancadas.

Naquele instante, não era só uma jogadora de futebol, era a protagonista de um filme, a heroína de uma história que ia além daquele jogo.

Ou, quem sabe, ela só fosse a personagem que beijava a heroína.

Ali estava o medo de novo.

Crispou os lábios, ainda mornos e inchados, e correu, mas a cabeça não acompanhava o ritmo das pernas. Uma parte dela ainda estava naquele vestiário vazio, o hálito de Lia misturando-se ao dela. O desejo a surpreendia com a força de um tapa, nublando sua visão e fazendo-a vacilar.

Ela fez um passe errado e a torcida respondeu com "uuuuuu", não exatamente uma vaia, mais como uma decepção coletiva. O peito de Martina se apertou.

À distância, Débora, para quem ela tinha armado o passe, levantou o indicador, então mais dois dedos, um depois do outro. *Um, dois, três... conta até dez*, Martina entendeu o recado. Assim que a bola saiu por uma lateral, ela se permitiu um breve momento de desleixo. Fechou os olhos e contou, pelo menos, até cinco. Soltou o ar com força pela boca. Na realidade, precisava se livrar de tudo, do medo, do desejo e da euforia, ao menos enquanto o jogo durasse.

Quando abriu os olhos de novo, algo havia se aquietado dentro dela.

Não, não *algo*. Era sua loba, aquela que vivia colada ao coração dela e que, ao mesmo tempo, dava força para suas pernas. Mais uma respiração profunda e quase dava para senti-la respirando junto, calma, pronta.

Ela avançou — *elas* avançaram.

Não lutaram por dominância, como acontecia fora do campo, mas cortaram juntas, como uma faca, lâmina e punhal, uma coisa só. O campo se partiu ao meio para deixá-las passar, a partida se tornando mais nítida através dos olhos prateados.

Quando o jogo acabou, uma vitória de três a um para o Garras contra o Bandeirantes, o público era todo delas.

Jornalistas se amontoavam pela chance de chegar até Débora, Martina ou Ju primeiro, pois elas tinham sido as estrelas daquela partida, mas as outras meninas do time também recebiam atenção. Martina dividiu com Nicolly, que não parava de mexer no cabelo, a câmera de uma entrevista transmitida ao vivo no *Jornal da Manhã de Corumbá*. Depois conversou com uma menina que falava com uma voz baixinha e anotava tudo em um caderno de bordas cor-de-rosa, com mais jeito de fã do que de entrevistadora, mas que jurava ter um blog de sucesso.

Saindo do estádio, as jogadoras foram a pé até o porto, a três quadras de distância, e isso as colocou em contato direto com os torcedores que acabavam de sair das arquibancadas. Em questão de minutos, os dedos e o pulso de Martina doíam de tanto ela ter dado autógrafos em pé, escrevendo em ângulos não muito favoráveis. Mas tinha certeza de que o desconforto não aparecia em seu rosto.

— Eu amo o seu cabelo — ouviu de uma adolescente enfiada em uma camiseta larga do Garras. — Fica parecendo que você tem uma banda de rock.

De outra menina, ouviu que tinha um estilo muito único. Martina olhou para as próprias roupas: um moletom do Garras que alguém tinha sobrando, um calção com estampa de flamingos que nem cogitara emprestar para Lia mais cedo, em vez da calça do próprio time, e um par de tênis All Star brancos. Não chamaria o estilo de único — afinal, ao menos o amor por bermudas de tecido leve ela tinha meio que roubado de Lia durante o Ensino Médio —, mas também não se oporia a elogios vindos de garota nenhuma.

Olhou de lado para Débora, que acabava de autografar as mochilas de um trio de meninas, e captou o vislumbre de um sorrisinho convencido. Céus, aquilo tudo seria péssimo para o ego delas.

E nem sinal do Realeza.

Martina jurava estar sendo muito sutil na busca pela equipe rival, mas teve a ilusão grosseiramente destruída por Nicolly:

— Elas já devem ter ido embora — disse ela, subindo logo depois de Martina na chalana. As duas se sentaram lado a lado em um banco. — Ai, não faz essa cara. Depois do showzinho de vocês, é bom se distanciar um pouco da Lia.

Enquanto Nicolly bebia uma garrafa de isotônico, Martina ponderou se deveria contar ou não sobre o beijo. Precisava falar disso para alguém e, como uma aliada autoproclamada da comunidade LGBTQIAPN+, a amiga tinha a obrigação moral de apoiá-la.

— Então... — começou, falando em um tom mais baixo do que o mais baixo dos sussurros. — A gente meio que se beijou.

Nicolly engasgou com a bebida, e um pouco do líquido azul chegou a escapar pelo nariz dela. Tossindo, tirou uma toalha da mochila, mas ficou olhando para Martina enquanto se secava.

— Sua louca — disse depois de ter se recuperado um pouco. — Foi bom?

— Infelizmente, sim.

— Quer dizer que agora você pode pedir para ela...

— Não vou pedir para usar o Centro de Treinamento do Realeza, pode esquecer.

Nicolly revirou os olhos.

— Você não sabe aproveitar as coisas.

— Não, o que você quer dizer é que eu não sei me aproveitar das *pessoas*.

— Tanto faz. — Nicolly cruzou os braços e continuou observando-a atentamente. — Vai mandar mensagem para ela?

Martina desviou o olhar e levantou o queixo.

— Óbvio que não.

Quinze minutos depois, ela estava digitando:

> **MARTINA (21:53)** onde você foi parar?
> **MARTINA (21:53)** não teve forças pra me ver ganhando?

> **LIA (21:55)** eu vi tudo
> **LIA (21:55)** você me custou outra aposta

> **MARTINA (21:56)** talvez seja hora de parar de apostar contra mim

> **LIA (21:56)** aposto que não tem coragem de me convidar para ver o seu quarto

> **MARTINA (21:56)** você já conhece o meu quarto

> **LIA (21:56)** quero ver de novo

> **MARTINA (21:57)** amanhã é segunda-feira, você não tem aula?

> **LIA (21:57)** para de se preocupar tanto com os estudos, Martina

> **MARTINA (21:57)** tá tarde...

> **LIA (21:59)** falei que você não teria coragem

Martina guardou o celular, o coração martelando no peito, e olhou para Nicolly. Com o cabelo preso em um coque frouxo, ela descaradamente espiava a troca de mensagens.

— Pergunta do CT. — Martina deu um peteleco no ombro dela. — Ai! Precisava disso? Exagerada. Pelo menos chama ela para conhecer seu quarto logo, talvez isso te acalme.

— É sexo, não um chá de camomila.

— E chá de camomila lá funciona pra alguma coisa?

— Tá, chega, mudando de assunto... — Martina abriu as mãos, em um gesto exasperado, depois tocou as bochechas quentes. — Não entendi até agora como nenhuma de vocês está me importunando por eu ter envergonhado o time lá no píer. Cadê a Débora para arrancar o Band-Aid?

Débora, pelo visto, já estava na terceira latinha de cerveja, abraçando Catarina, de todas as pessoas, e rindo de algo que Ju tinha dito. Alguém colocara uma música para tocar no celular, um pagode da década passada, e as vozes e risadas das meninas do time se juntavam à melodia. A luz dos lampiões na chalana era fraca, mas cada uma das jogadoras ali parecia reluzir, um contraste com a noite que as envolvia enquanto ondulavam sobre as águas instáveis do rio.

— Agora não é o momento de arrancar Band-Aid nenhum — disse Nicolly, olhando na mesma direção que Martina. — Mas, se quiser um conselho, o melhor é dizer que a culpa foi da Aura Maria, que você ia empurrar ela no rio por estar sendo uma diva do futebol e roubar nossos fãs, mas que sua amada foi mais rápida e te empurrou primeiro. Isso vai funcionar com a Débora.

— Tá, boa ideia, culpar a Aura Maria. E a Valéria?

— A Valéria que se exploda, melhor ela brava com você do que comigo.

— Ei!

— Toma aqui. — Nicolly abriu um isopor e tirou de lá uma latinha de cerveja. — Não é chá de camomila, nem chá de boceta, mas é o que temos.

Martina riu, finalmente, e lançou um olhar zombeteiro para a amiga. Mas Nicolly estava certa, o que nem era tão difícil de acontecer. Algumas mulheres do time fofocavam que ela tinha o hábito de se fazer de sonsa quando havia homens por perto, mas Martina tinha sorte de interagir com ela em situações em que nunca havia garotos por perto.

Ergueu a cerveja e falou, um pouco mais alto:

— Um brinde à minha amiga cem por centro hétero, porém sábia, uma combinação rara.

Nicolly também pegou uma latinha de cerveja e levantou-a.

— Um brinde à minha amiga trouxa e bissexual, uma combinação muito comum.

A chalana seguiu seu curso, atravessando o rio, e a comemoração foi crescendo. Mas não importava o quanto Martina risse e brincasse com as amigas, o beijo de Lia repousava, ainda morno, nos lábios dela.

LUA NO GOL

A arena do futebol sobrenatural

03/07/23 12H32   POR NARA

RIVAIS QUE SE APOIAM?

Jogadoras do Realeza marcam presença no jogo entre Atlético de Garras e Bandeirantes

A estreia do Atlético de Garras no Campeonato Estadual Sul-Mato-Grossense está sendo a mais divertida (e a mais surpreendente) dos últimos anos. O time que foi formado na Associação de Metamorfos do Centro-Oeste (AMCO) era um notório zero à esquerda até pouco tempo atrás, mas isso não impediu uma galera de vestir laranja e branco antes de as cores entrarem na moda. E agora elas com certeza estão na moda.

Desde a partida de estreia do Garras no Estadual, a torcida só aumenta. Parece que esbarro com alguma fã do time em todo bar LGBTQIAPN+ que frequento. Confesso que, por mais indiferente (e às vezes um pouco cética) que eu fosse em relação ao time, as jogadoras mostraram a que vieram desde o primeiro jogo. Elas ainda parecem perder o controle da partida de vez em quando, e não possuem tanta técnica quanto o Realeza ou o Corumbaense, mas o potencial aqui... Basta dizer que faz anos que não vejo um time com, bom, tanta garra.

Agora, falando em Realeza, também não é segredo que, por ambos serem times de Sombrio, a rivalidade entre essas duas equipes é forte. Muita gente só conheceu o Garras por causa do banho que o time levou do Realeza no ano retrasado. Que Débora, capitã do Garras, mora no bolso da Aura Maria a gente já sabe. O que pegou todo mundo de surpresa, porém, foi ver as garotas do Garras e do Realeza chegando juntas em Corumbá, a cidade onde o último jogo do Estadual aconteceu. E não era um jogo em que os times se enfrentariam, nada disso. O Garras estava lá para disputar contra o Bandeirantes, e o Realeza, pelo visto, foi assistir!

Estou até agora tentando me convencer de que os acontecimentos desse domingo não foram uma alucinação coletiva. Teve tumulto na chegada dos times, com a torcida do Garras mostrando que ainda não sabe o que quer da vida e virando a casaca, passando a pedir autógrafos das jogadoras do Realeza na frente das meninas do Garras. Teve Lia Izidoro, meio-campista do Realeza, e Martina Cordeiro, lateral do Garras, caindo juntas dentro do rio, e isso não é nem a missa pela metade. Essas duas, depois do tombo, deram as mãos como amiguinhas de infância — ou n-a-m-o-r-a-d-a-s — e saíram caminhando em direção ao pôr do sol (na verdade, em direção ao estádio onde a partida entre Atlético de Garras x Bandeirantes aconteceria). Lia Izidoro apareceu depois nas arquibancadas (onde, aliás, outras jogadoras do Realeza já estavam) com o conjunto completo de calça e casaco do Atlético de Garras.

Vou compartilhar algumas das minhas fotos favoritas desses momentos e, em seguida, um pouco da conversa que tive o prazer de ter com algumas das jogadoras do Garras depois da vitória de 3 a 1 sobre o Bandeirantes. [...] Leia mais

18

SEGUNDA-FEIRA À NOITE

Para aplacar um pouco a animação de Martina, que não parava de acompanhar as notícias e os comentários sobre a ascensão do Garras, o dia seguinte era uma segunda-feira. Ela ainda estava se recuperando da madrugada que passara no ônibus de volta a Sombrio durante o turno duplo na farmácia dos pais.

Sem cliente para distraí-la, encarava a conversa com Lia. Não havia nenhuma mensagem nova desde o dia anterior.

Não fazia sentido *ela* ter que mandar uma mensagem, não era *ela* que precisava se provar digna de confiança de novo. Tinha tentado o suficiente quatro anos antes. Não passaria por aquilo outra vez.

Sabia muito bem que estava agindo como uma criança birrenta.

— Ai, que ódio.

Bloqueou a tela do celular e empurrou-o para longe no balcão.

Não ajudava em nada que fosse noite de lua cheia de novo. Martina estava tentando agir como uma pessoa normal, porém a pele dela formigava com a necessidade malcontida de crescer pelos.

Coçou os braços de leve e olhou ao redor, em busca do que fazer. Já tinha organizado as prateleiras de shampoos e condicionadores em ordem do melhor para o pior, na sua opinião, e arrumara a prateleira de chás para que ilustrasse um arco-íris de embalagens. Faltavam quinze minutos para fechar a farmácia, mas os ponteiros do relógio na parede se movimentavam lentamente.

Martina olhou para o celular. Se resolvesse ser trouxa — segundo Nicolly, uma condição comum em bissexuais — e mandasse uma mensagem para Lia, o que diria? "Reconsiderei a sua oferta e decidi que você pode conhecer o meu quarto." Não, também não precisava ser tão trouxa assim, tinha que encontrar um meio-termo. Além do mais, queria que aquilo entre as duas durasse, por mais bagunçado que fosse. Se transassem logo de cara, as chances de ser passada para trás novamente seriam ainda maiores.

Então que tal só "vamos nos encontrar"? Parecia promissor. Mas e aí o que elas fariam ao se encontrarem? Se beijariam? Quanto tempo esse beijo duraria? Seria mais de um beijo? O que aconteceria quando os beijos não fossem mais o suficiente?

O problema era que Martina não parava de se lembrar dos olhos castanhos da ex-amiga em sua pele exposta quando deixara a toalha cair naquele vestiário. Ou a visão do corpo musculoso de Lia, coberto de tatuagens, quando fora a vez de ela se livrar da toalha. E se não era isso, era a memória daquela noite na barraca, pele ardendo, garganta apertada e um desejo insuportável descendo pelo corpo e se acumulando entre as pernas.

Como um anjo, um cliente atravessou a porta da farmácia.

Martina deixou o ar escapar pela boca e armou um sorriso. O cliente, um menino cheio de espinhas e usando um boné virado para trás cujo fedor dava para sentir dali, nem olhou na cara dela. Mas tudo bem, ele a salvara de fazer papel de idiota mesmo sem perceber.

O menino foi de um corredor a outro, andando devagar e observando as prateleiras. Martina semicerrou os olhos e o vigiou sem nem um pingo de sutileza. Era só o que faltava para terminar o dia, um adolescente tentando roubar um pacote de Cheetos.

Não no meu turno, meu filho, ela pensou, confiante nos próprios reflexos como loba.

Do outro lado do balcão, o celular vibrou, e ela se jogou em direção ao aparelho, quase tropeçando para ler a mensagem.

Desbloqueou a tela, prendendo a respiração, mas não era quem esperava.

> **PEDRO (23:48)** Ei, tudo bem?

> **MARTINA (23:48)** turno duplo na farmácia, mas podia ser pior
> **MARTINA (23:48)** não ficou sabendo?
> **MARTINA (23:48)** eu sou uma estrela agora

> **PEDRO (23:48)** Fiquei sabendo, sim
> **PEDRO (23:48)** Melhor aproveitamento do campeonato, hein?

> **MARTINA (23:49)** vai vendo
> **MARTINA (23:49)** talvez a gente até vença esse negócio

Ela sorriu, realmente considerando a possibilidade. Tinha passado o dia todo, entre uma pausa e outra no trabalho, na conversa de grupo com as meninas do time, e todas estavam nesse mesmo estado de espírito. Sabiam que as ofertas de patrocinadores viriam e finalmente tinham uma chance real, sem terem precisado recorrer ao CTZ, como Valéria sugerira.

Para uma estreia no Estadual, elas não podiam estar indo melhor.

> **PEDRO (23:50)** Falando nisso, encontrei a sua rival

O sorriso de Martina diminuiu. Ah, pronto.
Mas ainda perguntou:

> **MARTINA (23:50)** qual delas?

> **PEDRO (23:51)** Qual você acha?
> **PEDRO (23:51)** Você sabe que só tem uma que eu mencionaria
> **PEDRO (23:51)** Ela está toda cheia de tatuagens, hein?
> **PEDRO (23:51)** Vocês cresceram pra caramba, nem parecem aquelas duas pirralhas que me enchiam o saco para ficar no gol até depois de escurecer

> **MARTINA (23:51)** amém, né
> **MARTINA (23:51)** você precisava de um descanso de ser babá de duas adolescentes

> **PEDRO (23:52)** Eu ficaria no gol por horas só para ver vocês duas jogando juntas de novo

Martina largou o celular no balcão e apoiou a cabeça nas mãos, suspirando. Precisava parar de pensar em Lia, mas o universo não colaborava.

Segundos depois, ergueu a cabeça, só então registrando o que o irmão tinha escrito.

> **MARTINA (23:53)** espera
> **MARTINA (23:53)** você encontrou com a Lia onde?
> **MARTINA (23:53)** você tá em Sombrio, seu idiota?

> **PEDRO (23:53)** Bom, eu conto se você não fizer muito caso disso

> **MARTINA (23:53)** fala logo

> **PEDRO (23:53)** Fui assistir ao seu jogo em Corumbá
> **PEDRO (23:53)** Eu estava por perto e não podia perder a chance

> **MARTINA (23:53)** por que você não me falou????

> **PEDRO (23:54)** Não quis te distrair, Marty
> **PEDRO (23:54)** Você precisava focar o jogo

Ela precisava *mesmo* focar o jogo, mas e daí?

Sentindo-se vingativa, desligou o celular e guardou-o no bolso sem dizer mais nada. Se Pedro queria voltar para a vida dela, precisava ter a decência de fazer isso direito.

O adolescente de boné fedido continuava por ali, parado no corredor de analgésicos e pomadas para dor muscular.

— Precisa de ajuda? — perguntou ela, erguendo um pouco a voz.

Esboçou um sorriso, torcendo para ter algum retorno daquela vez. Seu pai sempre dizia que o segredo de um bom atendimento estava no sorriso e no tom de voz. Ele também dizia "não esse tipo de sorriso, Martina" e "não fala com as pessoas como se você estivesse prestes a bater nelas, menina", mas, sério, Martina era perfeitamente civilizada. Adorável, até.

— Hum — murmurou o cliente, olhando para os lados, e deu um passo adiante. — Eu vou querer... — Ele hesitou e olhou ao redor mais uma vez.

— Fala logo, garoto — insistiu ela. — É camisinha?

— N-não! — respondeu ele, andando até o balcão.

— Então é o quê? Está considerando me assaltar só porque estou aqui sozinha? — Ela colocou as mãos na cintura. — Eu não aconselharia, hein.

Ele abaixou o tom de voz, embora só estivessem os dois ali, e disse:
— Vou querer três pacotes de Licontrol.

Martina passou as mãos no rosto e fechou os olhos brevemente. Jurava que as piores coisas aconteciam só no turno dela.

— Não posso te dar isso.

— Mas...

— Você tem uma receita? Aposto que não. E, mesmo se tivesse, a gente não vende mais Licontrol. Você não está acompanhando as notícias, né?

Ela tinha que admitir que se sentira vingada quando seu pai decidira tirar o medicamento das prateleiras. Marcos Cordeiro havia acompanhado pela televisão os protestos em capitais de todo o país e, depois, em frente ao laboratório que fabricava o Licontrol, e as depredações a estabelecimentos que comercializavam o produto. E ela nem precisara dizer "eu avisei" — até porque não tinha avisado, só parado de consumir aquela merda. Bastara um olhar e Marcos dissera "eu sei, já entendi".

Não era só a ela que o Licontrol tinha prejudicado. A droga era forte demais e, segundo relatos e pesquisas publicadas nos últimos anos, tinha consequências neurológicas e psíquicas para quem a consumia. Ainda assim, o medicamento continuava dando muito dinheiro para quem o vendia, e aquele garoto era prova disso.

— Que notícias? — Ele fechou as mãos em punhos sobre o balcão. — Por que você está mentindo? Deve ter Licontrol lá atrás. Eu juro que preciso.

— Garoto... — Foi a vez dela de olhar ao redor. A luz do poste do lado de fora iluminava o estacionamento vazio. — Escuta, eu não te daria Licontrol nem se a gente ainda vendesse, o que não é o caso. Tomei esse negócio por cinco anos. Não vale a pena.

— Não funciona?

— Claro que funciona. Mesmo assim, não vale a pena.

— O que eu vou fazer então? — A voz dele soava mais aguda a cada segundo. — Quase bati na minha irmãzinha ontem. Ela tem só três anos, eu devia estar protegendo ela das coisas.

Martina engoliu em seco e respirou fundo. A maioria das famílias de licantropes sabia que era arriscado transformar um adolescente enquanto ele estava passando pela puberdade. Mas a idade mínima para a transformação, segundo a lei, era de catorze anos, e isso era o suficiente para alguns pais. Ela tinha sido transformada nessa idade também, e, depois de passar quase três anos à base de Licontrol, só queria a adolescência de volta.

Tinha só algumas memórias boas. Do futebol. E de Lia.

— Quantas vezes por dia você sente raiva? — perguntou ela. — Tipo, raiva de verdade, vontade de destruir tudo.

— O tempo todo.

Céus. O menino era o Hulk, por acaso?

Infelizmente, ela se identificava.

— Já tentou só colocar tudo para fora em um ambiente seguro?

Ele não devia ter mais do que quinze anos e era magro como um palito, além de ser pálido e ter aquele tipo de atitude hesitante de alguém que estava contando os segundos para ir embora.

— Que tipo de ambiente seguro?

— Tipo um campo de futebol. Ou, sei lá, uma quadra de basquete, um ringue de luta livre. O que te parecer melhor.

— Esporte não é para mim. Eu não acredito em toda essa conversinha de que o esporte vai salvar o mundo.

Sinceramente, Martina também não acreditava mais nisso. Ao menos, não tanto quanto antes, não importava o que a FIME tivesse a dizer sobre o assunto.

Era tudo a mesma coisa, não era? A FIME, o Licontrol e aqueles que se referiam a todo sobrenatural como "não humano". Os bloqueadores de transformação eram opcionais para lobisomens atletas, mas o bom comportamento não era.

— Bom, então encontra alguma coisa que vai salvar o mundo para você. — Era triste e frustrante, mas ela não podia fazer nada sobre aquilo. Já era cansativo o suficiente salvar a si mesma, o que poderia fazer por aquele garoto? — Mas, confia em mim, não é o Licontrol.

O garoto bateu com os punhos no balcão, pegando-a de surpresa, e fuzilou-a com um olhar de lobo. Ele abriu a boca, mas nada saiu. Então, só lhe deu as costas e deixou a farmácia.

Martina suspirou, tentando ignorar o gosto ácido na boca. Checou a hora no relógio da parede. Ainda faltavam cinco minutos para a meia-noite, mas se levantou e começou a fechar a farmácia. Já estava farta daquele inferno de segunda-feira.

Foi embora a pé, sem se importar com a hora e as ruas vazias. Eram só algumas quadras até em casa e já tinha feito aquele trajeto sozinha várias vezes desde os dezesseis anos, quando começara a ajudar os pais na farmácia. Naquela época, eles já confiavam que ela podia se cuidar sozinha. Era uma loba, afinal, e tinha passado muitos anos medicada, completamente sob controle. O que poderia dar errado?

No céu, pairando acima dos telhados das casas e prédios, a lua cheia a espiava.

Era tão pequena e inofensiva lá em cima. Bonita, sim, mas Martina tinha sido lembrada, naquela noite em Corguinho, de como a lua era aos olhos da loba, e não conseguia se livrar da impressão de que a visão humana só captava uma versão de baixa qualidade dela, como fotos nas redes sociais, e não a verdadeira.

A visão dela ficou um pouco turva de repente e os passos vacilaram. Ela recobrou o equilíbrio rápido e vasculhou os arredores, mas não havia ninguém para vê-la fraquejando. Carros vazios estavam parados nas calçadas e, de dentro de algumas casas, vinha o som de conversas ou de televisão ligada, porém a maioria delas já estava com as luzes apagadas. Só um cachorro latia ao longe.

Ela estava indo muito mal naquela coisa de ser adulta. Saindo de um turno de segunda-feira à noite na farmácia *dos pais, caralho*, e cada dia menos resistente ao chamado da lua. Era quase pior do que ter dezesseis anos de novo.

Martina parou no meio da rua e, de repente, pensou em Ju, que em pouco tempo tinha se tornado uma de suas melhores amigas.

Ju, com olhos gentis e um sorriso gigante, tão largo que ultrapassava os limites de um sorriso e se tornava um abraço.

Ju, mostrando que "qualquer esporte é mais sobre a gente se encontrar do que sobre se adequar ao que os outros esperam".

Ju, dizendo para ela não lutar contra a própria natureza.

Ela estava certa, claro que estava. Era uma mulher brilhante. O que tinha sido o jogo do dia anterior senão um encontro muito aguardado consigo mesma e, consequentemente, com sua loba?

Lá estava a lua, esperando.

Martina respirou fundo e sentiu a pele toda se arrepiar. Ainda não era tarde demais para começar a viver como alguém de vinte e um anos, não de dezesseis, e era perfeitamente capaz de fazer as próprias escolhas erradas em vez de seguir as escolhas erradas dos pais.

Ela andou até um beco — Sombrio tinha muitos becos, o que era útil — e começou a se despir, livrando-se primeiro do All Star surrado e das meias amarelas com desenhos de bolinhas de futebol. Estava começando a abaixar as calças quando ouviu, vindo de um canto escuro, um rosnado.

19
BOAS GAROTAS

Depois de passar o dia todo se sobressaltando por achar ter visto Martina em cada canto de Sombrio — na rodoviária, ao chegar à cidade às sete horas da manhã; durante a caminhada de cinco minutos da quitinete em que morava até a UniLobos; no trajeto até o CT para o treino daquela tarde; na volta da universidade até chegar em casa... —, Lia decidiu que era muito melhor encontrá-la por livre e espontânea estupidez do que ficar à mercê das palhaçadas do destino.

Já tivera o azar de se deparar com o irmão dela em uma mercearia em Corumbá, depois da vitória do Garras, quando tinha ido comprar um refrigerante e um salgadinho antes de voltar para casa. Pedro era um cara legal e foi bom vê-lo, mas o episódio a deixara em estado de alerta.

E Sombrio tinha isso de parecer uma cidade pequena quando ela menos esperava, então não queria esbarrar em Martina estando desprevenida. Queria esbarrar nela de propósito.

O que a levava até a casa da garota no meio da noite, quase de madrugada.

Lia pulou o muro lateral, que era um pouco mais baixo do que o muro da frente, depois subiu para o galho de um pé de manga que ficava nos fundos da casa e enfim se apoiou no parapeito da janela do quarto de Martina. Ou, pelo menos, torcia para ainda ser o quarto dela. Não tinha se preparado para a possibilidade de isso ter mudado nos últimos quatro anos.

Puxou o vidro para o lado e a janela abriu sem resistência. Entrou em silêncio, mal ousando respirar, e mergulhou no cheiro de Martina. É, ainda era o quarto dela.

A cama estava desfeita, com dois cobertores finos amarrotados em uma ponta e uma pilha de três travesseiros na cabeceira. Na parede atrás da cama ficava um quadro de metal com algumas fotografias, e Lia se aproximou só para confirmar que não estava mais em nenhuma delas. Todas ilustravam Martina na companhia de uma ou mais colegas do Garras.

Em uma das fotos, Martina e uma menina de cabelo comprido com jeitinho de patricinha tomavam *smoothies* em uma lanchonete conhecida da cidade, toda cheia de comidas fitness e com decoração de temática esportiva. Pelo que Lia acompanhava no grupo de mensagens do Realeza, as meninas do seu time também viviam frequentando o lugar, mas ela nunca as acompanhara.

Em outra fotografia, Martina posava com Débora de um lado e Valéria, a técnica do Garras, do outro, e atrás delas se estendia um campo a céu aberto, provavelmente onde treinavam. Não parecia ser um campo muito bem cuidado, mas também não era de todo ruim. Às vezes, as meninas do Realeza falavam das atletas do Garras como se fossem pobres coitadas que jogavam bola em um terreno baldio, mas Lia já treinara em lugares piores.

Afastou-se das fotos e deu uma volta pelo quarto. Do outro lado da porta fechada, não ouvia nenhum som. Ou os pais de Martina estavam fora ou já tinham ido dormir. E Martina, onde tinha se metido àquela hora? Treinando? Trabalhando? Será que ela ainda trabalhava na farmácia?

Lia se largou na cama e continuou estudando o lugar. Não havia mais pôsteres de animes nas paredes e até os recortes de revistas com as jogadoras favoritas de Martina tinham sido arrancados. O quarto parecia mais *sóbrio*, diferente do quarto da adolescente que Martina ainda era na última vez que Lia a visitara, mas também se tornara mais impessoal. Não parecia que a garota que vivia ali tinha apenas se tornado adulta, parecia que ela havia deixado um pouco de existir.

Lia enfiou o rosto nas mãos.

— Caralho — murmurou, a voz abafada. — O que estou fazendo aqui?

Se havia alguém que realmente deixara de existir naquele espaço era ela. Tinha mesmo o direito de voltar para a vida de Martina sem nem ter certeza de que era para ficar?

Ela estava suando. Tirou o moletom verde que usava, um dos quatro exatamente iguais que tinha no armário, com elástico nas mangas, capuz na cor preta e o emblema do Realeza desenhado na frente. Ela não tinha muitas roupas de inverno, então, quando o frio chegava, qualquer um que a visse de longe diria que era apaixonada pelo próprio time.

Algumas semanas antes, isso estaria bem longe da verdade. Mas as coisas estavam mudando.

Jogou o moletom no chão, só para provocar Martina quando ela chegasse, uma coisinha fora do "caos organizado" — como ela sempre se referira ao próprio quarto, mesmo que não estivesse mais tão caótico. Então ouviu, como se convocado pelo gesto, o som da porta da frente sendo aberta no andar de baixo.

Era a última chance de escapar pela janela, se quisesse preservar o próprio orgulho. O som de passos na escada parecia a contagem regressiva de um relógio, e o estômago de Lia revirava, o coração acelerando por mais que mentalizasse um "fica calma". O poder da mente com certeza não era seu ponto forte.

E ela não podia culpar o próprio coração. Era uma jovem cheia de segundas intenções esperando por uma mulher bonita. Mesmo que já tivesse passado muito tempo naquele quarto antes, inclusive embaixo das cobertas, com Martina, nunca foi dessa forma.

Os passos cessaram diante da porta. Era tarde demais para fugir.

Lia esperou com o coração preso na garganta, mal respirando. Mas aí, enquanto a maçaneta girava, teve que sugar uma lufada de ar, e com ele veio um cheiro que não era o de Martina.

Ela ficou de pé em um salto, bem quando a porta abriu completamente, revelando a figura comprida de Marcos Cordeiro.

— Quem...? — Ele mesmo se interrompeu, franzindo a testa. — Lia?

Ela soltou o ar de uma vez só, deixando os ombros caírem, e tentou esboçar algo que se assemelhasse a um sorriso.

— Boa noite, Seu Marcos. Quanto tempo, né?

A carranca dele não se desfez. Marcos era um homem carrancudo por natureza, com a pele branca de alguém que evitava o sol a todo custo, óculos de grau com armações quadradas e o cabelo castanho oleoso. Dava para imaginar que na escola ele tinha sido o tipo de nerd ranzinza que se sentava no canto da sala e ficava silenciosamente odiando toda a humanidade. Ele e Martina tinham essa última característica em comum, pelo menos.

Mas sempre houve uma certa dureza em Marcos, e isso parecia não ter mudado em nada.

— Minha nossa, você está enorme — disse ele, balançando a cabeça como se Lia tivesse crescido de propósito e isso fizesse dela um problema.

Não que ele fosse dizer isso assim, nessas palavras, para Lia. Ele costumava reservar as reclamações para Patrícia, que as repassava a Martina, que por sua vez provocava Lia, dizendo que ela estava demorando demais para levá-la para o mau caminho como os pais haviam prometido.

Agora que Lia estava de fato ali, com todas as intenções do mundo de levá-la justamente para o mau caminho que Marcos e Patrícia tanto temiam, onde estava Martina, hein?

— Pois é, acontece. — Ela deu de ombros. — Crianças crescem, o tempo passa.

— Cadê a minha filha?

Lia comprimiu os lábios. Não podia dar a resposta que acabava de lhe vir à mente, não podia antagonizar o futuro sogro assim, na calada da noite, não quando acabava de ser pega no quarto da filhinha perfeita dele...

— O que você fez com a Martina, hein?

Ah, não, como se ela fosse o quê? O lobo mau?

O maior defeito de Marcos sempre foi fazer Lia *querer* ser um problema.

— Eu comi ela, infelizmente. — Pronto, ela disse.

— Como é que é? — Ele deu um passo à frente, os olhos de repente só um pouco maiores.

— Uau, vovó, que olhos grandes você tem. — Lia forçou um tom de voz despreocupado.

Agora quem é que estava agindo como o lobo mau? Pelo visto, ironicamente, perder o controle era coisa de família.

— Relaxa, estou brincando. — Ela andou até ele e lhe deu uns tapinhas no ombro. Marcos olhou-a como se ela fosse uma barata que ele gostaria de esmagar. — Foi a Martina que me pediu para esperar aqui, ela disse que já está voltando do turno na farmácia.

O blefe deu certo, pois Marcos suspirou, se afastando, e disse:

— Bom, não sei se isso é uma boa ideia, não são horas de fazer visita. — Ele pareceu se lembrar dos bons modos, ainda que completamente falsos. — Mas que coisa, né, eu não sabia que sua família estava na cidade. Por favor, peça para o seu pai me ligar, vamos marcar um jantar.

— Hum...

Lia piscou, distraída. Um cheiro fraco de produtos químicos vinha das roupas de Marcos, do jaleco branco e encardido que ele usava.

— Ah, não, meus pais não estão na cidade, sou só eu. Vim para ficar. Estou jogando no Realeza.

— Realeza?

— Sabe, o time dos sonhos da sua filha...?

— Bobagens. — Caralho, aquele homem tinha poucas rugas para alguém que ficava de cenho franzido por tanto tempo. — Quer dizer, parabéns pela conquista, Lia. — Foi a vez dele de dar tapinhas passivo-agressivos no ombro dela. Depois segurou-a e olhou-a de frente. — Mas a Martina já tem outros planos para o futuro. Ela vai manter o hobby do futebol, evidentemente, não tem nada de mais em se divertir, mas ela está mais segura de si agora.

— Claro.

Marcos semicerrou os olhos, parecendo não entender se Lia estava sendo irônica ou não. Martina tinha uma expressão bem parecida com aquela, mas nela era fofo.

— Ela te contou que vai assumir a farmácia no ano que vem? Vou ficar ocupado com outros projetos e acho que é hora de passar o negócio adiante. A Martina é uma boa garota, ela vai dar conta das coisas.

Lia podia apostar que aquilo não ia acontecer, Martina odiava a farmácia. Contudo, se limitou a abrir um sorriso amarelo e disse:

— Jura? — Sua voz era desprovida de qualquer entusiasmo. — Que legal.

Não entendia o propósito de Marcos ao dizer aquelas coisas para ela. Humilhá-la por ter escolhido o futebol? Ou alertá-la, de antemão, que o futuro de Martina já estava traçado? E quem ele pensava que era para fazer qualquer uma das duas coisas?

— Acho que é melhor você ir para casa — disse ele, olhando de relance para o relógio grande no pulso. — A Martina deve demorar, ela tem que fechar a farmácia sozinha hoje e voltar andando para casa. E vai chegar tão cansada que vai precisar de uma boa noite de sono para amanhã.

Lia se achava perfeitamente capaz de dar uma boa noite de sono a ela.

Quis dizer isso, provocá-lo ainda mais, mas não abusaria da sorte. Marcos Cordeiro não era um animal indefeso como o sobrenome sugeria, e ela sabia que a farmácia era apenas um de seus negócios. Ele tinha um laboratório farmacêutico e um bom relacionamento com pessoas minimamente influentes no ramo. Havia um motivo para a família de Lia nunca recusar um jantar com os pais de Martina, e não era porque gostavam muito deles. Os licantropes tinham noção da hierarquia que os regia.

— Tá bem... — murmurou ela, quase se dando por vencida. Deveria mesmo ir para casa, era a coisa mais esperta a se fazer. Mas ela tinha sido tão burra até o momento, por que parar? — Mas é que ela me chamou para dormir aqui hoje, como nos velhos tempos, entende? Então vou esperar.

— Lia, vou ter que insistir...

— Olha, Seu Marcos, se o senhor acha que a Martina já tem idade para assumir um negócio sozinha, então também deveria confiar que ela tem idade suficiente para decidir quem pode ou não ficar no quarto dela.

Eles se encararam, os dois em silêncio por alguns segundos de pura tortura. Uma gota traiçoeira de suor escorreu na testa de Lia.

— Tá certo, menina.

Ele se virou na direção da porta e começou a ir para fora do quarto. Lia foi soltando o ar bem devagar.

— Mas vê se tenta não partir o coração da minha filha dessa vez. — Ele se virou para encará-la de novo, já no corredor. — Ela é uma boa garota.

Depois que ele saiu, deixando a porta aberta, Lia ficou de pé, só sentindo raiva, até o celular vibrar no bolso. Ela o pegou para ler uma mensagem no grupo do Realeza.

> **AURA MARIA (00:08)** Vou precisar faltar na reunião
> Comi alguma coisa estragada na janta
> Mas me contem tudo depois

Espera. Como assim elas tinham uma reunião?

Lia leu as mensagens anteriores, que haviam se acumulado sem ela se dar conta. Pelo visto, a reunião não só era real como também já estava acontecendo.

Apesar das palavras afiadas que trocara com Marcos Cordeiro, Lia não conseguiu reunir nem um décimo da coragem necessária para sair por aquela maldita porta e descer as escadas como uma pessoa normal. Em vez disso, ela escapou pela janela, exatamente como tinha entrado.

Tinha quase certeza de que Marcos comentaria com a filha sobre sua visita, expondo-a como a idiota que era. Restava saber se Martina a transformaria em uma idiota ainda maior, revelando que nunca sequer a convidara para ir até a casa, ou, *pior*, se decidiria confrontar Lia sobre tudo aquilo. Talvez fizesse as duas coisas.

Enquanto caminhava apressada pela calçada, em direção ao endereço que Renata mandara no grupo de mensagens, Lia tentou pensar no que diria.

Que estava com saudade das noites de pijama?

A lua, pequena e brilhante no céu estrelado, parecia debochar dela.

Então Lia se deu conta... Talvez pudesse apenas culpar a lua. Para lobisomens, uma lua cheia valia mais do que qualquer Mercúrio retrógrado, o astro perfeito no qual botar a culpa por todos os desastres possíveis, inclusive por ideias desastrosas.

Noites de lua cheia eram meio esquisitas para todo mundo — até para seres humanos, se eles parassem para prestar atenção de verdade —, e Martina, mais do que ninguém, tinha que entender isso.

Por outro lado, poderia ficar extremamente ofendida e na defensiva no momento em que Lia abrisse a boca para falar da lua. Tópico sensível. Mencionar isso era cutucar a ferida, e Lia não queria cutucar nada no momento. Havia coisas muito mais interessantes que envolviam Martina e que, essas sim, Lia adoraria fazer com os dedos. Sem nenhuma roupa. E talvez acompanhadas de uma garrafa de vinho.

Ela podia só dizer que estava desesperada de tesão.

Isso era simples e perto o suficiente da verdade, que tinha um teor emocional muito mais carregado do que simplesmente querer sexo.

Era isso. Ela diria "eu só queria te foder, Martina" e assunto encerrado.

Mas os pensamentos dela não quiseram encerrar o assunto. Lia começou a imaginar como a conversa se desenrolaria depois daquilo. O que aconteceria assim que não houvesse mais nada a ser dito? Quando elas tivessem que recorrer a bocas roçando uma na outra, beijos na nuca, dedos que agarravam pedaços de roupa e furiosamente as despiam...

Lia estava com a respiração descompassada quando chegou ao parque florestal onde Renata marcara a reunião. Foram cerca de vinte minutos de caminhada, mas não foi isso o que afetou seu fôlego.

Ela encontrou o time reunido em uma área protegida por várias árvores e arbustos, a vegetação densa envolvendo o grupo em um casulo de conspiração. As garotas pareciam confortáveis, claramente tinham chegado havia um tempo. Algumas tinham se sentado em bancos de pedra, outras permaneciam de pé, e três delas estavam sentadas de pernas cruzadas no chão de grama rala.

Lia não tinha certeza de que seria capaz de encontrá-las ali se não fosse pelas lanternas de alguns celulares, ligadas para iluminar um pouco o espaço.

Renata foi a primeira a vê-la. Ela interrompeu o que estava dizendo para o grupo e cruzou os braços.

— Você veio correndo até aqui?

— Sim, eu estava atrasada. Corri como uma desgraçada — disse Lia.

Ela tinha caminhado, é claro.

— Sei. — Renata arqueou as sobrancelhas. — Bom, você perdeu quase toda a reunião.

Lia deu de ombros.

— Então resume.

— Alguém já te disse como você é folgada? — perguntou Alex, em um tom de superioridade que não combinava com alguém que usava uma calça de flanela e uma regata, claramente um conjunto de pijama, em uma reunião do time.

— Não na minha cara.

— Então está aí: sua folgada.

Lia resolveu ignorá-la, virando-se de novo para Renata e estendendo a mão.

— Pelo menos me dá o meu programa.

— Seu o quê?

— Você não imprimiu um passo a passo com o que devemos fazer? — Lia ficou genuinamente confusa com isso, achava que tinha pelo menos entendido como Renata operava. — Ou é uma planilha no Excel? Uma apresentação de PowerPoint?

Renata comprimiu os lábios e ficou em silêncio.

Ah, então Lia *tinha entendido*. Sua capitã só não estava satisfeita com tal previsibilidade.

Foi Eloísa, sentada de pernas cruzadas no chão e com o cabelo loiro escondido sob uma touca rosa de cetim, quem a entregou.

— Ela fez planos de ação personalizados! — Sob o escrutínio de Renata, ela se encolheu, mas só um pouco. — Todos impressos, é claro.

Lia riu e manteve a mão estendida para Renata, que pegou a mochila e tirou de lá uma pasta, de onde pegou um papel e o entregou para ela.

— Eu espero muito de você, Lia — disse, erguendo o queixo. — Você é nossa carta coringa e vai garantir que, quando tudo desmoronar, as pessoas tenham algo no que se agarrar.

— E isso seria...? — Lia passou os olhos pelos itens em tópicos.

Tinha de tudo ali: um passo a passo para criar uma presença significativa nas redes sociais, todas as regras não ditas do esporte sobrenatural que ela precisava quebrar publicamente e as datas e horários exatos de quando cada coisa deveria acontecer.

Ela ainda estava lendo quando uma das outras meninas falou, com um tom brincalhão:

— Um *ship*, é claro.

Isso a fez erguer o olhar do texto.

— Um *ship*? — Só tinha ouvido Martina usar a palavra antes, coisa vinda dos fóruns de *fandom* e sites de *fanfic* que ela costumava ler aos quinze e dezesseis anos. — Igual em *fanfics*?

Lia nunca lera uma *fanfic* na vida, mas falou a palavra com um pouco de propriedade, como se soubesse do que se tratava.

— Pelo visto a gente precisa de *fanfics* se quisermos conquistar o mundo — comentou Alex, num tom sarcástico.

Daquela vez, Lia se sentia tão crítica quanto ela. Olhou de lado para Renata, esperando que ela desmentisse isso, mas não foi o que aconteceu.

— Vocês podem debochar o quanto quiserem. — Renata inclinou o queixo para Lia. — Mas eu vi com meus próprios olhos o potencial dessa aqui.

— Como jogadora, espero — murmurou Lia, voltando a ler o programa em busca de algo que fizesse mais sentido do que aquilo.

Havia um tópico sobre como ela deveria criar uma parceria com marcas de brechó e montar *looks* que atraíssem a atenção de outras lésbicas desfem como ela, o que era estranhamente específico. E nem a pau que ela "montaria *looks*" nas redes sociais.

Ao som de algumas risadinhas, ela olhou para cima franzindo a testa.

— Bom... — disse Renata, parecendo tentar conter o riso. Lia começou a sentir medo aí. — Outro tipo de potencial. O tipo que vai garantir que a gente tenha uma base de fãs, não só de torcedoras, capazes de levantar qualquer bandeira em nome do Realeza.

Alex apontou para o papel na mão de Lia.

— Está tudo aí.

Renata assentiu.

— Último tópico — acrescentou.

Em voz alta, e com o coração acelerando de um jeito lamentável, Lia leu o último tópico para todas ouvirem:

— *Beijo dramático na chuva depois do jogo contra o Garras...* Que merda é essa, Renata?

— A chuva é opcional, já que a gente não pode controlar o clima.

— E quem eu supostamente vou beij... Ah, não. Isso foi ideia da Aura, não foi? Eu juro que se essa idiota estivesse aqui...

— Foi ideia minha — interrompeu Renata. — Quando eu vi vocês duas ontem, indo de mãos dadas para o estádio, confesso que me senti um pouco traída, em nome de todo o time.

— Me poupe.

— Você estava flertando com a inimiga — justificou Eloísa, meio tímida.

— E largou seu time todo para trás só para andar de mãos dadas com ela em direção ao pôr do sol — completou Alex.

— Ah, podem esquecer essa ideia. Minha vida amorosa não tem nada a ver com o Realeza. Em primeiro lugar, porque ela mal existe, e em segundo, porque eu não quero!

— Vai ter que querer. — Renata arrancou o papel da mão dela e apontou para o último tópico. — Se está no plano, não tem volta.

— Foi você quem fez o plano. Isso não é justo!

— Eu aprovo o plano. — Alex deu de ombros, puxando um coro de "eu também" da maioria das jogadoras.

— Vai me dizer que não era exatamente isso que você queria, chamando atenção daquele jeito? — perguntou Renata.

Lia ficou em silêncio, a adrenalina de querer ganhar uma discussão dando lugar à noção de que havia mais coisas em jogo. Se soubesse como executar os passos da maneira correta, um beijo na chuva seria uma vitória para ela, não só para o time. Ela odiava o fato de as colegas estarem se intrometendo onde não tinham sido chamadas, mas aquilo podia ser útil, com beijo na chuva e tudo.

Tinha começado a ter essa mesma conversa com Martina, logo depois do evento das mãos dadas em direção ao pôr do sol, antes de se beijarem. Todas aquelas câmeras de celulares apontadas para elas, a nítida aprovação de quem via a cena toda, era o que ela precisava para provar para Martina que elas eram melhores juntas. Elas eram aliadas. E podiam ser muito mais do que isso.

— Tá. — Ela evitou olhar diretamente para qualquer uma das meninas. Sentia-se exposta de uma hora para outra, e prestes a expor ainda mais do que antecipara. — Se for assim, vou precisar de ajuda.

— Para beijar a garota? — perguntou Alex.

— Não. — Lia revirou os olhos. — Para *conquistar* a garota. Não vem querendo se intrometer no meu beijo, porque de beijar eu dou conta.

Ela reuniu coragem para encarar a goleira e ergueu uma sobrancelha, desafiando-a a zombar dela. Mas Alex, daquela vez, não tentou tirar sarro da situação. Só assentiu, com um sorriso malandro, e disse:

— Tá certo. Vamos ajudar.

Lia *quase* retribuiu o sorriso, mas aí as outras meninas começaram a ficar de pé, a reunião estava claramente encerrada. Ela abriu a boca para perguntar para Renata se tinha mais alguma coisa que precisava saber antes de ir embora, no entanto as palavras morreram quando percebeu que algumas das colegas começavam a tirar as roupas.

— Que porra de reunião é essa?

— É noite de lua cheia — disse uma delas, terminando de tirar a blusa.

Ela começou a enrolar a roupa de um jeito que diminuía bastante o volume, uma técnica que Lia já vira ser ensinada no jornal da manhã. Ela planejava se transformar e carregar as roupas nos dentes.

— E se virem a gente? — perguntou Lia, olhando ao redor, esperando pelo menos um pingo de sanidade.

Renata, a pessoa em quem ela mais depositava as expectativas nesse sentido, só encolheu os ombros, toda desafiadora.

— Se isso acontecer, só vamos ter adiantado uma fase do plano.

Lia precisava ler aquele programa com muita atenção quando chegasse em casa — havia coisas nesse "plano" com as quais ela certamente não concordaria. Mas, como sempre, era minoria. E estava cansada de fazer o papel de reclamona do rolê, de andar sozinha pelos cantos, de não pertencer...

Era mesmo lua cheia; o mundo teria que engolir algumas lobas correndo soltas.

Depois de todas se transformarem, na segurança do grupo, começaram a se dispersar, cada uma para sua respectiva casa.

Transformada, Lia se afastou das demais também, rendendo-se fácil à empolgação de uma corrida noturna. O asfalto sob as patas era só um pouco irritante, assim como o bolo de roupas na boca, mas não o suficiente para estragar a magia do momento.

Ela mal registrou onde pisava, deixando-se perder pelas ruas. Naquela forma, a cidade tinha um cheiro mais pronunciado de terra e vegetação, como se a loba puxasse para mais perto as matas que cercavam Sombrio e as árvores que cresciam nos parques, farejando tudo o que Lia, quando humana, não era capaz de perceber.

Ela correu, e correu, e correu, indo na direção oposta à da própria casa, seguindo seus instintos de loba. Ou talvez seu coração.

20
O QUE ACONTECE NA LUA CHEIA...

Um arrepio percorreu o corpo de Martina. Lentamente, ela virou o rosto, encarando as sombras no fundo do beco. Piscou uma, duas vezes, até a figura gigantesca de um lobo se destacar no escuro.

— Ei, ei — disse ela, erguendo ambas as mãos. — Nada de gracinha, todo mundo tem o direito de curtir uma noite de lua cheia.

Ela tinha noção de que isso não era totalmente verdade, nem mesmo em Sombrio. A população era leniente com lobisomens, mas haveria um longo interrogatório pela frente se a polícia visse um à solta. Eles tinham parques e florestas para isso. Na cidade, deveriam ser civilizados.

Mas Martina estava farta de civilidade. E, pelo visto, seu companheiro de beco também.

Outro rosnado veio da garganta do lobisomem — ou seria... *da* lobisomem? O nariz de Martina estava identificando algo de familiar no cheiro da criatura.

Ainda com as mãos em frente ao corpo, perguntou:

— Aura Maria?

Porque era isso o que seu nariz queria dizer. Ela nunca tinha visto a outra jogadora se transformar, mas era a imagem dela que lhe vinha em mente.

A loba rosnou de novo, baixinho, e saiu por completo das sombras.

Martina abriu a boca para cumprimentá-la direito, mas antes notou o item preso às costas do animal, e o que saiu foi:

— Isso é uma mochilinha?

Aura grunhiu de uma forma que podia indicar exasperação ou só uma risada lupina. E, de fato, agora Martina podia ver que o objeto meio encoberto na pelagem avermelhada da loba era mesmo uma mochila, que parecia minúscula daquele ângulo, com uma estampa de patos em um fundo verde.

— Legal. — Martina assentiu em aprovação, depois olhou ao redor. — Bom, isso é estranho. Acho que vou me transformar em outro beco, se você não se importar...

A loba rosnou, mais irritada dessa vez. Martina estava começando a achar aquela conversa em rosnados meio cansativa.

— Que foi? Eu gosto de privacidade e mal te conheço.

Sem aviso prévio, o corpo da loba começou a se contorcer e os pelos dela ondularam, como se algo se movesse debaixo deles. Martina deu um passo para trás.

— Opa, é essa a situação que eu estou querendo evitar, sua doida.

Mas não adiantou. Aura seguiu com a transformação, e Martina ficou parada no lugar. Seria meio rude só dar as costas para a outra garota.

Bom, também era rude se transformar assim, sem aviso, mas Aura Maria nunca parecera ser o tipo de pessoa que dava a mínima para convenções sociais. Como prova disso, em menos de trinta segundos lá estava ela, completamente nua, as alças excessivamente longas da mochila pendendo nas costas.

— Para ser sincera, eu também gostaria de evitar esta situação — disse Aura, cruzando os braços na frente dos seios. — Mas não fui eu quem deixou um lobisomem adolescente e fora de controle à solta numa noite de lua cheia.

— Nossa. — Martina franziu a testa, meio perdida. — Hum, quem foi?

— Você, Martina!

— Quê? Eu nem conheço nenhum lobisomem adolescente, graças a Deus.

Aura suspirou, soprando junto uma mecha do cabelo ruivo.

— Ele estava na sua farmácia alguns minutos atrás. Pediu um pacote de Licontrol, que você teve a decência de negar, mas aí ele foi embora sozinho e você simplesmente *deixou*!

— Espera aí, você estava me espionando?

— Óbvio.

— Não, Aura, não é *óbvio*. É bem bizarro, na verdade.

As duas se encararam, Aura pelada e irritada, e Martina igualmente irritada, mas pelo menos vestida.

Começou a ficar claro para Martina que ela nunca trocara muitas palavras com Aura Maria. A única exceção que lhe vinha em mente era a conversa que tivera com todas as jogadoras do Realeza naquele dia no Morro do Ernesto, e essa era a exceção das exceções, um momento separado entre parênteses na vida dela.

Antes disso, só lembrava de Aura ter lhe dito "foi um bom jogo" enquanto apertavam as mãos depois da partida fatídica em que o Garras perdera de doze a um. Naquela ocasião, tudo o que Martina queria era agarrar o pescoço da outra garota e apertar até ela começar a ficar roxa. E também era o que queria fazer nesse momento, então a coisa toda era até familiar.

— Você está me dizendo que é minha culpa aquele garoto estar descontrolado? Não seria, ah, sei lá, do *sistema*?

— Claro que é do sistema, é tudo culpa do sistema, mas você poderia pelo menos ter se oferecido para acompanhar o menino até em casa.

— Por que *você* não o acompanha até em casa?

— Eu bem que queria! — Aura bateu com as mãos nas coxas, que eram bem bronzeadas até a marca exata dos shorts de uniforme, a partir de onde a pele ficava só um pouco mais pálida. — Era ele quem eu estava seguindo, não você, mas ele saiu da farmácia todo estressado e se transformou muito mais rápido do que eu. Depois que ele disparou pela rua, eu tentei acompanhar na forma humana, até encontrar este beco onde pude me transformar com mais segurança. E daí você veio pra estragar tudo. De novo.

— Dá licença, eu não estraguei nada. E quem é esse menino, alguém da sua família?

— Algo assim.

— Então não é problema meu. — Martina torceu o nariz ao ouvir as próprias palavras, dando-se conta do quão insensível parecia, e suspirou. — Olha, eu entendo o que você está dizendo, talvez eu devesse ter pensado duas vezes antes de deixar o menino sair assim, numa noite de lua cheia, ainda mais porque deu para perceber que ele estava fora de controle. É só que...

Ela se interrompeu no meio da frase. Não estava prestes a confidenciar suas inseguranças para Aura Maria, né? Não podia transformar em um hábito isso de revelar para jogadoras do time rival a luta constante pelo controle da sua metade loba. Já era gente demais sabendo disso com apenas Lia a par da coisa toda, não precisava adicionar Aura à lista.

— Você pode se redimir — disse Aura, sem dar a mínima para o que ela quase tinha admitido. — Me ajude a encontrá-lo.

— Ah, não. — A preocupação em soar insensível foi pelo ralo. — Eu não sei e nem quero saber no que você está envolvida. Tudo o que eu sei de você, madame estrelinha do Realeza, é que você só se mete em encrenca. Não posso me associar ao seu tipinho.

— Adorável. — Aura revirou os olhos. — Como se eu quisesse ser vista com uma catástrofe prestes a acontecer. Você também tem uma fama perigosa.

— Catástrofe?! Escuta aqui, sua...

— Não importa — Aura ergueu uma mão —, porque nós não seremos vistas.

— Esquece. — Martina abotoou as calças e foi em direção à saída do beco, de costas para Aura. — Não vou te ajudar.

Ela andou rápido e com os punhos fechados. Aura Maria, além de ser uma riquinha mimada, tinha o ar de alguém que tomava café preto com uma colher de caos. Martina já tinha problemas demais, não dava para começar a se meter nos problemas dos outros.

Mas aí Aura, nada inocente, disse as únicas palavras capazes de fazê-la pensar duas vezes.

— Tem certeza? Eu ficaria te devendo uma.

Ah, aquela desgraçada.

Martina se virou para encará-la, olhando diretamente para aquela expressão triunfante, e ela podia apostar que Lia era a culpada por Aura saber exatamente o que dizer. Quem mais saberia que Martina não resistia a um favor?

— Você está mesmo me prometendo um favor? — perguntou Martina, só para ter certeza. — A coisa é tão feia assim?

— Só diz sim ou não.

— Qualquer favor?

— Dentro dos limites éticos. Ninguém morre. E também não vou sabotar meu próprio time, se é nisso que você está pensando.

— Não preciso que sabote o próprio time. — Martina sorriu. — Vocês mesmas já estão se sabotando sozinhas.

Aura fez uma careta.

— Decide logo.

Em resposta, Martina abriu de novo o botão da calça e começou a tirar as roupas. Aura Maria era uma das últimas pessoas na frente de quem ela gostaria de se despir, mas diante da perspectiva de ter uma rival lhe devendo um favor, não havia muito o que fazer. Ela entregou as roupas para Aura guardar naquela mochila ridícula e se transformou rapidamente, a lua cheia tornando o processo mais fácil.

Martina estava um pouco enferrujada naquele lance de correr por estradas de terra sob a lua cheia. Aquela era só a segunda vez que ela fazia isso na vida, e a vez anterior tinha sido... é, na lua cheia anterior. Ela tinha um problema.

Um problema que podia muito bem se tornar um hábito.

Mas não podia negar que, colocando em palavras simples, *aquilo era bom pra caralho.*

Ela e Aura tinham deixado as ruas de Sombrio para trás e o concreto dera lugar à terra batida das estradas que ligavam as cidades do interior do estado, longe das rodovias movimentadas, atravessando fazendas de gado e matas nativas onde certamente havia famílias de metamorfos e lobisomens vivendo por perto.

A boca dela salivava, e, com a língua para fora, ela corria, impulsionando o corpo esguio com as pernas musculosas da loba. Ela tinha encontrado o futebol logo depois da primeira transformação e, com os anos de repressão que haviam se seguido, só agora juntava os pedaços. A Martina que amava correr em campo não era tão diferente daquela que se libertava no corpo de uma loba. O resto do mundo era só um borrão.

Aura, por outro lado, mal conseguia acompanhar. Dava para sentir o cansaço da outra loba, e uma vontade de rir borbulhava no peito de Martina. As duas seguiram o rastro do lobisomem adolescente sem parar por um segundo. Martina suspeitava que, se estivesse sozinha, Aura teria parado e recuperado o fôlego.

Hoje não, ela pensou, aumentando a velocidade e deixando a outra para trás, literalmente comendo poeira.

Estava tão imersa naquele ritmo frenético que demorou alguns segundos, talvez minutos, para perceber que tinha perdido o rastro. Foi obrigada a retroceder alguns passos. Aura estava parada alguns metros atrás, com a cabeça pendendo para frente, gotas de saliva pingando na terra.

Elas circularam a área onde o lobisomem parecia ter assumido a forma humana, deixando seu cheiro um pouco mais fraco. Ele abandonara a estrada, então elas fizeram o mesmo, adentrando um matagal e passando por uma cerca de arame farpado.

Aproveitaram-se da cobertura de árvores e arbustos o máximo que puderam, porém logo se viram diante de um pasto, com apenas uma ou outra árvore solitária em quilômetros de campo aberto. Como não podiam se esconder atrás das vacas que cochilavam — corriam o risco de acordá-las e incitá-las a um pânico desgovernado, alertando quem quer que estivesse por perto —, a melhor opção era voltar à forma humana.

Transformaram-se atrás do último arbusto que puderam encontrar, grunhindo em conjunto em uma camaradagem que, honestamente, não era nada bem-vinda.

Aura começou a tirar as roupas de dentro da mochila de patinhos e, quando puxou uma camiseta, Martina viu algo prateado, ou talvez dourado, brilhando no fundo. Não dava para ter muita certeza do que tinha visto, mas tinha um palpite.

Quando chegou sua hora de tirar o moletom da mochila, aproveitou para confirmar: era um broche com um lobo mordendo um círculo de prata.

Enquanto Martina tentava assimilar a informação, Aura se afastou alguns passos e apontou para um ponto cinza ao longe, no meio da pastagem diante delas.

— Parece uma casa — disse Martina, vestindo a calça.

— E aquele é o nosso garoto. — Aura indicou, erguendo o queixo, e só então Martina avistou a silhueta de alguém que se movia em direção à construção.

Ela podia ser mais rápida, mas Aura era bem mais perceptiva.

— Você conhece esse lugar? — perguntou, meio na defensiva.

Aura já não olhava mais para ela, também estava ocupada se vestindo.

— Nunca vim aqui, mas tenho minhas suspeitas do que aquela casa pode ser.

Martina esperou, o moletom na mão. Quando a outra garota não disse mais nada, ela insistiu:

— Pois diga suas suspeitas, não quero me meter num antro de libertinagem se eu puder evitar.

— É pior do que isso, se eu estiver certa. Já ouviu falar no CTZ?

Martina soltou um rosnado comprido, resquício da loba, e botou a blusa de moletom, puxando-a para baixo com mais força do que era necessário.

— Era só o que me faltava. É o suposto centro de pesquisa dos Zigurats, não é?

Aura assentiu, séria.

— E tenho quase certeza de que aquele é um dos galpões deles.

Martina comprimiu os lábios e cruzou os braços. Nenhuma das atividades daquela noite fazia sentido para simples jogadoras de futebol. Ela tinha sido arrastada até ali por conta da promessa de um favor, mas era óbvio que Aura estava escondendo muitas coisas. Será que a estrelinha do Realeza tinha mais esqueletos no armário do que o gosto por festas e a propensão a se deixar levar facilmente por algumas doses de vodca?

— Como *você* sabe disso, Aura?

— É só pesquisar na internet. — Aura deu de ombros. — Se você pegar o celular, vai ver que dá até para calcular quanto tempo a gente levaria para chegar lá.

— Primeiro — Martina levantou um dedo —, eu sei usar o Google Maps. E, segundo — outro dedo —, nenhuma pessoa normal perderia tempo pesquisando sobre o CTZ. Pelo menos respeite a minha inteligência e invente uma mentira melhor. Qual é o seu interesse neles?

Aura suspirou.

— Escuta, tem muita coisa que eu não posso te dizer. E tem muita coisa que eu só não quero te dizer porque, convenhamos, não é da sua conta.

— Você diria pra Lia?

— Para quê?

— Para ela me contar depois.

Aquilo arrancou um sorriso de Aura, e Martina sentiu as bochechas esquentarem diante dele, pois era um sorriso de felicidade genuína. Não esperava por isso.

— Vocês estão mesmo juntas então? A Lia nunca me conta nada.

— Talvez. — Martina tentou imitar a postura tranquila de Aura, mas duvidava que tivesse conseguido expressar o mesmo ar de descaso. — Ah, droga, esquece que eu falei sobre ela. Mas é sério, se você sabe de algo sobre os Zigurats, eu preciso saber também. Eles estão mais envolvidos com o Garras do que eu gostaria.

— Pode elaborar mais sobre isso?

— Não se você não me explicar nada antes.

— Ah, tá, que seja. Se eu acreditar que vai mesmo fazer uma diferença na sua vida, talvez eu te conte alguma coisa. Mas isso valeria como um favor.

— Tudo bem — Martina encolheu os ombros e soprou uma mecha de cabelo que caía sobre o rosto. — Você está me devendo dois favores mesmo.

— Dois? Que conta é essa?

Tinha chegado a hora de blefar.

— Você conhece o meu irmão, Pedro — disse, escolhendo as palavras com cuidado.

Se Aura parecesse confusa com a mudança abrupta de assunto, Martina deixaria o tópico morrer e aceitaria que seus instintos estavam errados. Mas Aura não pareceu nem um pouco confusa. Ela fingiu a expressão errada, uma mistura de desinteresse e surpresa, e, pelo movimento sutil da garganta dela, deu para ver que engoliu em seco.

— Acho que eu o vi com você, sim. O que isso tem a ver?

— Bom, ele desapareceu dos olhos do público por um tempo, mas a gente manteve contato — mentiu Martina, sem um pingo de vergonha na cara. — E ele me falou sobre você. Mesmo assim, eu mantive a boca fechada, apesar de ter a informação que poderia fazer o Realeza te colocar na rua.

A expressão de Aura endureceu, ficou mais fria.

— Você está me ameaçando?

Ai. Meu. Deus.

Era verdade então, os olhos de Martina não a enganaram antes. O objeto na mochila de Aura era o broche da Lua Nossa.

— Não estou dizendo que vou contar para as pessoas, sua besta. Eu confio no meu irmão e, se ele confia na Lua Nossa, então tenho que acreditar que vocês estão fazendo algo bom. Mas será que não dá para retribuir pela confiança? E pelo meu sigilo?

— Você é bem mais cara de pau do que eu imaginava.

— Estou acostumada a ser subestimada. — Martina sorriu, mostrando mais dentes do que deveria.

Na verdade, ela odiava ser subestimada.

— Ah, não, você entendeu errado. Eu te *super*estimava. Você e todo o seu time.

— Como assim?

— Não se preocupe, você está caindo bem rápido no meu conceito. Mais um pouco e vou começar a duvidar que é boa o bastante para a minha amiga.

Uma faísca de raiva, raiva de verdade, se acendeu no peito de Martina.

— A Lia foi *minha* amiga primeiro.

— Mas por algum motivo vocês não são mais, né?

— Cuidado, Aura. Você está jogando um jogo perigoso aqui.

— É, estou vendo. Em poucas horas, já estou devendo dois favores para a minha rival no futebol. Mas estou acostumada a cutucar feras, então o que me diz? Quer provar o seu valor ou não?

— Eu não preciso te provar que sou boa o bastante para a Lia. Não preciso te provar nada.

— Não perguntei se você precisa, perguntei se você *quer*. — Martina não disse nada de imediato, o que fez Aura sorrir. — Vem comigo para o galpão do CTZ e vamos pegar esse adolescente errático que você deixou escapar.

Martina cerrou os dentes, mas assentiu. Ela não retornaria para casa naquele momento, de qualquer forma, tinha acabado de vestir todas as roupas de volta e precisava de algumas respostas.

Vista de fora, a construção não era digna de ficar na memória, só um galpão, de paredes de cimento sem pintura e já encardidas. Não tinha janelas. Martina não sabia que tipo de lugar serviria como covil de um bando de caras obcecados por teorias da conspiração e que usavam disso para se isentar de problemas reais, mas um galpão cinza, meio feio e um tanto assustador parecia adequado.

Ela e Aura se aproximaram, andando devagar, os pés descalços afundando no capim. Tinham deixado os sapatos no beco da cidade porque eles não cabiam na mochila de patinhos.

As panturrilhas de Martina coçavam, e ela estava começando a se preocupar com os carrapatos que com certeza já deviam ter se alojado em alguns lugares de seu corpo.

— Tenho que confessar, você não é alguém que eu imaginaria estar aqui comigo hoje — sussurrou Aura, quebrando um silêncio que já durava alguns minutos.

— Então você imaginava estar aqui?

— Eu já suspeitava que o CTZ estava fazendo mais do que esperar pelo retorno do ET Bilu, por isso eu já tinha pesquisado sobre eles. Só o básico, uma lista de membros, ligações com políticos locais e, obviamente, a localização da sede. Então dá pra dizer que eu não estou surpresa com a nossa visitinha aos esquisitões.

Martina assentiu. Pela primeira vez, ela se perguntou como seria seguir os passos do irmão. Trocar uma vida de jantares em família, aparências e expectativas pela chance de aventura, de fazer algo que realmente importasse. Estava curiosa para saber como as coisas se desenrolariam depois da primeira parte do plano de Aura — bater à porta e fingir que eram duas jovens que tinham se perdido na estrada.

O galpão ficava cada vez mais perto, então ela não perguntou mais nada, com medo de serem ouvidas. Aura, por outro lado, esperou que elas estivessem se abaixando para passar por uma cerca antes de dizer:

— Não esquece: não tem nada de errado em correr se as coisas começarem a ficar estranhas.

Martina teve que rir, e Aura a olhou com a testa franzida em confusão. Não sabia que estava lidando com a especialista em correr das coisas.

— Pode deixar — respondeu Martina. — Correr é comigo mesma.

Mas, no fim, foi tudo muito anticlimático.

Elas bateram na porta de madeira acinzentada do galpão e escutaram o som ecoando lá dentro. Fora isso, não havia movimento, nem o ruído de ratos se assustando com o barulho. O garoto que elas haviam perseguido não estava em lugar nenhum, embora resquícios do cheiro dele ainda estivessem no ar, e o lugar parecia vazio.

— Eu sei que tem alguém aqui — murmurou Aura, franzindo a testa e batendo de novo.

— É, mas talvez eles não queiram falar com duas estranhas no meio da madrugada. Ou talvez estejam dormindo. Ou talvez ninguém nem more aqui.

— Ou estão escondendo um lobisomem adolescente. — Aura baixou ainda mais o tom de voz. — Não posso desistir agora.

— Quer dizer que a gente só pode correr como duas cagonas quando as coisas derem *extremamente* errado, mas não antes?

— Exatamente.

Martina suspirou. Colocou as mãos na cintura e perscrutou os arredores; depois começou a dar a volta no perímetro, circulando a construção. Aura ficou para trás, e Martina a ouviu bater de novo na porta. Virou uma curva, chegando à parte dos fundos. Havia algumas árvores e um espaço aberto onde parecia que várias pessoas caminhavam durante o dia, mas nada muito vivo, como se tivessem colocado tudo para dentro e fechado as portas no final do dia.

Ela seguiu um caminho de pedras até um lugar um pouco mais alto e terminou no que parecia ser um observatório, com bancos improvisados feitos de tábuas de madeira e tijolos empilhados, e um lugar onde parecia que um telescópio tinha sido apoiado, a julgar pelas marcas no chão. Tudo aquilo fazia sentido, era algo que se podia esperar do CTZ.

Quando voltou para a parte da frente do galpão, Aura continuava no mesmo lugar.

— Não olha, mas acho que tem uma câmera em um dos pés de mexerica ali atrás — disse ela assim que viu Martina.

Como não era besta nem nada, Martina de fato não olhou.

— Pelo que eu sei dessas figuras, eles têm câmeras em todo lugar. — Ela encolheu os ombros. — Não por segurança, claro, só pra não perder alguma movimentação paranormal.

— Nós somos uma movimentação paranormal.

— Mas não do tipo que eles gostam. Vamos pra casa, Aura.

Aura cruzou os braços e se virou para ela, toda cheia de protestos, pelo visto. Mas devia ter mudado de ideia, porque fechou os olhos e balançou a cabeça.

— Tá, acho que já fomos longe demais. Amanhã é dia de treino, e não tenho mais cabeça para isto aqui.

Elas começaram a se afastar, andando devagar. Nem a pau tirariam a roupa tão perto daquele antro de esquisitices. E câmeras.

Martina estava tentada a deixar um silêncio amistoso se assentar entre elas. Ao mesmo tempo, sentiu-se no dever de aliviar um pouco o clima. Não conhecia Aura direito, mas, mesmo assim, era estranho vê-la tão cabisbaixa.

— Acho que você deveria falar sobre isso com os seus amiguinhos da, você sabe, *sociedade secreta*. — Ela não queria mencionar o nome Lua Nossa em voz alta naquele momento. — Também vou perguntar ao meu irmão o que ele sabe dessa gente. Posso estar me deixando contagiar pela sua paranoia, mas este lugar parece limpo demais.

Aura segurou a cerca para Martina passar primeiro, que, meio surpresa com o gesto, quase se enroscou no arame e caiu de cara na terra. Ela se salvou apoiando uma mão no chão. Esperou para ouvir alguma risadinha, qualquer coisa, mas Aura continuava muito quieta, sem nem aproveitar a chance de zombar dela.

Então ela continuou falando, as palavras saindo cada vez mais rápido:

— E o cheiro daquele garoto vem mesmo só até aqui. Até onde eu sei, eles podem ter um porão secreto onde encantam e prendem meninos adolescentes, como uma versão esquisita da bruxa de João e Maria, só que com video games e jogos de tabuleiro em vez de doces. Talvez a gente devesse chamar a polícia, isso sim. Agora que parei para pensar, foi melhor mesmo que ninguém tenha aberto a porta.

Aura também passou pela cerca — que Martina nem cogitou segurar para ela — e finalmente falou:

— Você acha mesmo isso? Que foi melhor ter vindo aqui para nada?

A cara de Aura estava pior do que antes: nem séria nem debochada, só... vulnerável.

— Pelo menos a gente fez alguma coisa. Nem sei quem esse menino é de verdade para você, mas você tinha razão, eu não devia ter deixado ele sair da farmácia sozinho em noite de lua cheia.

Aura soltou o ar e esfregou os braços. Estava um pouco frio, uma brisa gelada varria o pasto onde elas caminhavam descalças. Martina estava usando um moletom e uma calça folgada, mas Aura estava só de jeans e camiseta. Era melhor elas se transformarem logo e fazerem o restante do caminho como lobas.

Mas, antes que fizessem isso, ela se sentiu na obrigação de acrescentar:

— Na verdade, pode riscar esse favor que você estava me devendo. Não faz sentido eu te pedir qualquer coisa depois de hoje. Foi você que me fez um favor.

E, uau, ela até se surpreendeu um pouco com essa. Quem diria que conseguia ser altruísta assim.

— Sério? — Aura não escondeu o espanto, erguendo tanto as sobrancelhas que corria o risco de ficar com rugas permanentes.

— Sério. Eu já falei para o Pedro que gostaria de ser mais como ele, e você me mostrou como posso fazer isso. Se o que vocês — agora ela já podia falar — da Lua Nossa fazem é se importar com lobisomens adolescentes em crise, então... bom, fico feliz em ajudar.

Aura mordeu o lábio, escondendo um sorriso, mas seus olhos já estavam recuperando o brilho de antes.

— Acho que você tem razão sobre isso. — Ela olhou para trás, bem rápido, antes de olhar para Martina de novo. — E sobre aquele menino, o nome dele é Teodoro. Ele é meu primo, e eu... Fui eu quem... Fui a pessoa que deu a mordida nele, eu transformei ele em lobisomem. É tudo minha culpa.

Martina olhou para baixo, para não deixar Aura ver sua expressão. Não estava surpresa, fazia sentido que fossem parentes, mas também não conseguia deixar de se sentir mal, sabendo exatamente como era estar na pele daquele garoto.

— Por que ele está fugindo de você, então?

— Porque ele sabe que não vou dar o que ele quer.

— Licontrol?

— Ou coisa pior. Ele quer que tudo pare, quer controle, mas não acho que exista algo neste mundo que consiga controlar a gente de verdade.

Havia muitas perguntas que Martina poderia fazer, a começar por "o que você tinha na cabeça para transformar alguém tão jovem?", mas guardou-as para si. Quando estavam longe o bastante e de volta à proteção das árvores, elas se despiram de novo e guardaram as roupas dobradas na mochila de Aura.

Antes de se transformarem, Aura cruzou os braços e disse:

— Se você está mesmo interessada em investigar o CTZ, pode perguntar coisas ao seu irmão, mas não fale desta noite para as nossas colegas de time. Ninguém pode saber que faço parte da Lua Nossa.

— Tá certo. — Martina cruzou os braços também. — Fica entre nós.

Aura assentiu, e elas se encararam.

— O que acontece na lua cheia... — começou Aura, e sorriu, sem terminar.

Mas Martina sabia. *O que acontece na lua cheia fica na lua cheia.*

21
IDIOTAS SEGUEM O PRÓPRIO CORAÇÃO

Seguir o próprio coração, daquela vez, não foi uma merda tão grande quanto Lia esperava, mas foi, sim, um pouco humilhante. A experiência era, no mínimo, uma lição de humildade.

Afinal, ela adormeceu sobre a colcha da cama de Martina, com o focinho enfiado no travesseiro e o corpo grande e peludo esticado no colchão, como se não passasse de um cachorro gigante ocupando espaço na cama do dono.

Tinha corrido até ali, tão idiota como loba quanto como humana, e nem se dera ao trabalho de trocar de forma. Ela nunca tinha sido do tipo que ficava acordada até tarde, então acabou pegando no sono enquanto esperava por Martina.

Mas se sentiu humilhada ao despertar com o som de Martina abrindo a porta? Nem um pouco. Até abanou o rabo.

— Puta merda! — Martina deu dois passos rápidos para trás, erguendo as mãos.

Lia continuou abanando o rabo e, aos poucos, a expressão de Martina perdeu algumas rugas. Ela abaixou as mãos e perguntou, de um jeito sussurrado e incisivo:

— Lia?

Lia se sentou na cama e colocou a língua para fora.

— Eu não disse pra você *não vir* ao meu quarto? — Balançando a cabeça, Martina entrou no cômodo, acendeu a luz e fechou a porta atrás de si. — Você estava dormindo na minha cama, sua besta?

Lia soltou um latido baixo, ao que Martina deu um passo à frente, colocando um dedo sobre a própria boca e fazendo *shhh*.

Satisfeita com a proximidade, Lia ergueu o focinho e inspirou o cheiro dela. Dava para sentir cada nuance que só a loba captava, muito além do aroma do shampoo de baunilha. Martina tinha cheiro de terra, capim, suor e... Lia inclinou a cabeça para o lado e sentiu as orelhas ficarem de pé.

Por que caralhos dava para sentir o cheiro de Aura misturado ao dela?

Alheia à confusão de Lia e ao que já começava a se transformar em irritação, Martina foi andando até o banheiro, largou o moletom que vestia para trás e começou a puxar a barra da camiseta listrada, expondo a pele pálida das costas. A roupa estava suja, com vestígios de poeira e grama.

— Fica aqui, vou só tomar um banho.

Lia notou que o cabelo curto dela estava meio desgrenhado, as ondas ressecadas e parecendo ter sido sopradas pelo vento. Havia uma mancha marrom na bochecha dela e mais sujeira na parte de trás das pernas. As solas dos pés, parcialmente visíveis conforme ela ia até o banheiro, estavam encardidas, com lama seca nos calcanhares.

Lia ergueu o canto do lábio, mostrando os dentes, mas Martina nem prestava atenção a ela, já estava fechando a porta.

Sozinha no quarto, ela pulou no chão de madeira e começou a se transformar.

Recuperou a forma humana ao som da água do chuveiro caindo e de Martina cantarolando baixinho.

Ficou alguns segundos deitada no chão, em posição fetal, respirando com dificuldade e esperando os espasmos no corpo cessarem. Mas assim que julgou ser capaz de se sustentar nas próprias pernas, ficou de pé.

Que merda era aquela? Aura e Martina juntas?

— Você por acaso estava rolando na grama com a Aura? — Foi logo perguntando enquanto entrava no banheiro.

— Ei! — Embaixo do chuveiro, Martina cobriu os seios. Como se elas já não tivessem passado dessa fase. — Lia, sai do meu banheiro! Limites!

— Se você não queria que eu entrasse, devia ter trancado a porta.

Martina semicerrou os olhos. O cabelo molhado dela estava grudado na nuca, e o cheiro do infame shampoo de baunilha dominava o ambiente.

— Gosto mais de você quando está abanando o rabo para mim — falou, e Lia teve que se controlar para não responder que, metaforicamente, isso era o tempo todo. Martina tinha razão. *Limites*. — E eu não estava rolando na grama com ninguém, é só que a Aura passou lá na farmácia e a gente conversou um pouco.

— Desde quando vocês conversam?

— Desde que ela esteja ocupando a posição de cliente e eu seja obrigada a ser civilizada.

— Aham, como se você fosse civilizada com os clientes.

Martina ergueu o queixo, um de seus gestos costumeiros. A água do chuveiro batia nos ombros dela e escorria por seus braços, tronco e pernas, levando junto uma espuma branca. O aroma fraco de morango, provavelmente do sabonete, se misturava ao de baunilha. Era como se estivessem na merda de uma confeitaria.

— Eu sou adorável, Lia. *Adorável*.

Lia entrou completamente no banheiro e fechou a porta. Com chave.

— E você ficou até uma hora dessas na farmácia? — Virou-se de novo para Martina. O box estava só um pouco embaçado, mas Lia estava determinada a ver tudo. Exceto, claro, os peitos, que Martina ainda tapava. — Ela não fecha à meia-noite?

Martina bufou, e a barriga dela relaxou com o movimento, atraindo a atenção de Lia, que lambeu os lábios, acompanhando o trajeto das gotas de água descendo abaixo do umbigo dela, deslizando até o monte escuro entre suas pernas.

Só se deu conta de que também estava pelada quando, em uma tentativa nobre de não se deixar distrair, voltou a atenção para o rosto de Martina. Só para se dar conta de que aquela espertinha também a encarava.

A história envolvendo Aura, porém, a impediu de realmente apreciar o gesto e de deixar a encarada de Martina lhe subir à cabeça.

Lia não sabia exatamente que horas eram, mas tinha certeza de que era muito além da meia-noite.

— Martina — chamou, em uma tentativa de trazê-la de volta à questão que estava sendo discutida.

— Eu fui correr. — Martina deu de ombros. — É noite de lua cheia.

Lia soltou o ar devagar e, com ele, deixou um pouco da tensão nos ombros se esvair. Saber que ela e Martina tinham corrido ao mesmo tempo, ainda que não juntas, sob a mesma lua cheia, era bom. Era um passo na direção certa.

Outro passo na direção certa foi o que deu, indo até o box. Em direção à mulher pelada, pelo menos.

Dessa vez, quando os olhos de Martina vacilaram e o olhar dela passeou pelo torso de Lia, ela deixou aquilo lhe subir à cabeça.

— Está analisando minhas tatuagens de novo? — provocou, com um sorriso de canto já escapando. — Eu tenho outro desenho de lua em algum lugar, se quiser procurar para oferecer uma opinião sobre ele ser ou não um clichê...

O olhar de Martina voltou bem rápido para o rosto dela.

— O que você pensa que está fazendo? — perguntou ela, com a voz só um pouco trêmula, ignorando a provocação de Lia.

Se tentava soar brava, não estava dando muito certo. Faltava convicção.

Lia abriu a porta do box.

— Eu também preciso de um banho.

— Você não entende nada de limites, né?

— E você é a última pessoa que vai conseguir me dar uma lição sobre isso.

Mesmo com as mãos cobrindo os seios, Martina não parecia envergonhada. Lia conhecia aquele jeitinho, ela estava só se fazendo. Era quase um jogo de cabo de guerra, as duas lutando para saber quem seria a primeira ceder.

— Quer mesmo que eu vá embora? — Lia precisava saber, só para ter certeza.

Um segundo de hesitação e, mordendo o lábio, Martina meneou a cabeça em negativa. Com a voz mais baixa e um pouco mais vulnerável, ela perguntou:

— O que você está fazendo na minha casa, Lia?

Boa pergunta. *O que* ela estava fazendo?

Seguindo o coração idiota dela.

Soltando a corda.

Lia chegou mais perto e olhou bem nos olhos de Martina, aqueles poços escuros encarando-a de volta.

— Isso — sussurrou, antes de enfiar os dedos no cabelo dela e puxá-la para um beijo.

Os lábios de Martina estavam molhados por causa da água do chuveiro, que continuava ligado, molhando Lia também.

Lia segurou o rosto dela com cuidado, mas era difícil não chegar mais perto.

Ainda bem que Martina não hesitou dessa vez.

Mal os lábios delas se tocaram e Martina descobriu os próprios seios para agarrar a cintura de Lia, colando seus corpos. Com o contato de pele na pele, um arrepio percorreu todo o corpo de Lia. Elas não tinham chegado a fazer *isso* antes, no vestiário, mas ela imaginara como seria aquela sensação diversas vezes. Nada se comparava à realidade da pele quente e molhada de Martina, do roçar dos bicos dos seios dela e do som baixo e rouco que ela deixou escapar durante o beijo.

Será que Martina sabia o quanto era *dela*? Desde o instante em que segurou sua mão no Jardim de Infância. Tão dela que, mesmo sem se falarem, Lia estudou para passar na UniLobos, seguindo o caminho do sucesso que Martina traçara... esperando reencontrá-la no meio dele.

Agora que Lia a tinha de volta, não a perderia.

Com uma mão, segurava firme a nuca de Martina, mas com a outra não parava de tentar tocá-la em todos os lugares — o rosto, os ombros, a cintura e mais para baixo. Foi deslizando os dedos na pele dela, sentindo cada arrepio.

Quando segurou o quadril de Martina e posicionou uma perna entre as dela, foi recompensada com o contato com os pelos curtos e com um roçar de umidade. Era mais do que a água do chuveiro, era Martina a querendo tanto quanto Lia a queria.

Elas afastaram o rosto ao mesmo tempo, mas continuaram naquela posição, nenhuma delas fazendo qualquer movimento adicional para se afastarem mais. Com o coração acelerado e a capacidade de raciocínio severamente comprometida, Lia disse:

— Eu falei para o seu pai que ia dormir aqui hoje.

Martina abriu a boca, já vermelha por conta do beijo.

— Quê? — Ela já estava sem fôlego.

Tão completamente *dela*, Lia estava perdida.

— Ele passou no seu quarto antes, me encontrou aqui, me ofendeu um pouco e eu meio que passei da linha. Ou não. Sei lá. — Por que ela não calava a boca, caramba? — Tudo bem se eu dormir aqui?

A coxa dela continuava entre as pernas de Martina, que chegou só um pouco mais perto, como se não pudesse resistir, e Lia quase grunhiu de antecipação. *Caralho, Martina, diz logo que sim.*

Martina assentiu, o olhar meio perdido, ainda com uma pequena ruga entre os olhos. Lia percebeu que ela estava tentando se concentrar. Era tão fofo, queria empurrá-la na parede e beijá-la por horas.

Talvez a intenção de Martina fosse matar Lia de tesão.

— Tudo bem — murmurou ela, finalmente, assentindo de novo e olhando descaradamente para a boca de Lia. Martina lambeu os próprios lábios. — Você pode... Pode ficar, Lia.

Algo se soltou em Lia, uma última linha que faltava cruzar, e só então ela se permitiu agarrar aquele momento com os dentes e fazer dele o que bem entendesse. Ela se sentiu selvagem, como se ainda fosse uma loba, apesar do corpo humano. O que não deixava de ser verdade. Sempre seria uma loba.

E, se mordesse, Martina simplesmente morderia de volta.

— Então tá. — Lia subiu a mão que estava na nuca de Martina para o rosto e, com o polegar, acariciou sua bochecha rosada. Martina era indescritivelmente sexy quando estava corada daquele jeito. — Eu fico.

Elas se beijaram de novo, e dessa vez nem dava para saber quem teve a iniciativa. O beijo foi mais lento, mas também mais intenso. E Martina estava se mexendo um pouco, provocando fricção entre os corpos.

Não, não bem entre os *corpos*, na verdade. Tinha uma parte do corpo bem específica que Martina queria estimular.

Lia beijou o queixo dela, lambeu da mandíbula até o ouvido e sussurrou:

— Você quer meus dedos em você tanto assim, Martina?

Lia se afastou para ver os olhos da mulher se abrirem ainda mais, as pupilas completamente dilatadas, e um arquejo escapou da boca inchada de Martina. Lia se deteve naqueles lábios rosados, imaginando a cor de outras partes de seu corpo. Do quadril, onde a agarrava; da bunda; e, claro, da boceta.

— Lia...

Martina fechou os olhos e mordeu os lábios. Lia se sentiu desmanchar.

Era como se Martina soubesse, o tempo todo, o que fazer para enlouquecê-la do melhor jeito possível. Até em pequenos gestos como aquele.

Lia chegou mais perto, ainda com as mãos no quadril dela, e tensionou os músculos da coxa. Se pressionou contra Martina e roçou a coxa nela, ao mesmo tempo que se inclinava para sussurrar:

— Não se preocupa. Eu também quero. — Beijou a bochecha de Martina, sentindo a pele quente sob seus lábios. — Quero tudo o que você quiser.

— Eu quero...

Martina a abraçou, passando os braços por sua cintura, e enterrou as unhas curtas em suas costas. Lia gemeu baixo, querendo mais. Foi recompensada com uma repetição do gesto e com a voz rouca de Martina em seu ouvido.

— Mas será que querer é o suficiente?

A voz de Lia também soou rouca quando respondeu:

— Hoje, é.

A água continuava a se derramar sobre elas, já um pouco irritante. Lia empurrou Martina para trás, prensando-a na parede, longe do fluxo.

— Ei, a parede está gelada — protestou Martina, mas não saiu do lugar.

— Ah. — Lia se afastou um passo. — Quer...?

Ia perguntar se queria que trocassem de lugar, porém Martina não esperou. Puxou-a para um beijo rápido.

— Já me acostumei.

Lia sorriu e a beijou de novo. E de novo. Queria se dar ao luxo de perder a conta de quantas vezes tinha beijado Martina.

Mas beijar não era tudo o que queria fazer. E Martina parecia concordar, pelo visto.

— Lia... — Martina se afastou de leve, ainda segurando o ombro de Lia. Estava com uma expressão decidida no rosto. — Fica de joelhos pra mim.

Lia se ajoelhou tão rápido que quase escorregou no azulejo cinza do piso. Então, se apoiou na coxa de Martina e, depois, com mais intenção, realmente *segurou* a coxa dela. Com força.

— Me deixa ver você — disse Lia, tentando ordenar, mas seu tom de voz saiu um misto de ordem e pedido.

Lia era mandona na cama, sempre tinha sido, mas Martina arrancava certa delicadeza dela.

Martina fez o que ela pediu, abrindo as pernas. Lia umedeceu os lábios e olhou para cima, buscando mais uma confirmação de que podia seguir em frente. Martina assentiu.

Lia abaixou o olhar, a água do chuveiro batendo apenas nas pontas de seus pés, e depositou um beijo na dobra da coxa de Martina, bem no encontro com a virilha. A pele de Lia se arrepiou, seus lábios formaram um sorriso. Manteve a boca no mesmo lugar e deslizou o polegar pela boceta de Martina, espalhando a umidade que se acumulara na entrada dela. Ela estava *tão* molhada. Seria fácil penetrá-la, quase dava para senti-la apertando seus dedos. Mas tudo em seu devido tempo. Se contentou em deixá-la toda melada, esfregando o polegar pelas dobras inchadas.

Martina começou a gemer, o som rapidamente se tornando um lamento, até que Lia deu o que ela queria e passou o polegar encharcado pelo clitóris dela. Martina estremeceu. As coxas e o abdômen dela se contraíram, então Lia foi mais gentil, tocando-a o mais leve que podia.

— Lia, pelo amor de Deus...

Lia balançou a cabeça, sorrindo. Já que era *pelo amor de Deus...*

Aproximou-se e trocou o dedo pela boca, enfiando o rosto entre as pernas de Martina.

Claro que ela tinha que ser gostosa para caralho. Lia gemeu, segurando-a com ainda mais força, e naquele momento até queria deixar marcas. Queria que Martina olhasse para as manchas arroxeadas depois e soubesse que os dedos de Lia tinham feito aquilo, que se lembrasse exatamente de todas as coisas que aqueles mesmos dedos tinham feito com ela, coisas que Lia ainda pretendia fazer.

Martina gemia e suspirava, cada som ensinando a Lia onde passar a língua, nos momentos em que deveria ir com mais gentileza ou mais rapidez. Quando as pernas de Martina começaram a tremer e ela gemeu mais alto, Lia ficou tentada a continuar. A sensibilidade do pós-orgasmo que se fodesse, porque ela estava no céu.

Mas Martina segurou o cabelo dela com firmeza e a puxou para cima. Tudo bem, Lia faria durar mais na próxima.

— Porra, Lia.

Ela se levantou, sorrindo, e as duas se olharam por um segundo antes de se beijarem de novo, o corpo de Martina se derretendo no dela. Lia sustentou boa parte do peso da mulher enquanto compartilhava o gosto em seus lábios.

— Eu poderia te beijar para sempre — murmurou Lia, esfregando o nariz no de Martina, e depois beijou o queixo, a mandíbula, a bochecha... — E eu poderia te chupar para sempre.

— Eu quero te tocar.

— Ou isso. — Lia riu e beijou a testa dela. — Podemos fazer isso também.

Martina também riu e olhou ao redor, para os azulejos, para o box embaçado e para a água que ainda caía do chuveiro. Depois, olhou para Lia de novo, erguendo as sobrancelhas.

— Então... Cama?

Lia assentiu e se afastou para desligar o chuveiro — aquele banho não tinha sido nada bom para o meio ambiente. Então, segurou a mão de Martina, guiando-a para fora como se estivesse no próprio banheiro. Elas saíram pingando dali e foram direto para a cama. Martina não ofereceu uma toalha, e Lia não pediu por uma: se jogou molhada mesmo no colchão.

Martina se colocou sobre ela, com um joelho de cada lado do corpo.

— Eu preciso te avisar... — começou Martina, toda cuidadosa, e o sorriso de Lia só aumentou.

— Me avisa, Martina.

— Eu estou perdendo o controle. Então, se ficar demais, só me fala e eu... vou com mais calma.

— Pode deixar. — Lia afastou uma mecha do cabelo de Martina e colocou-a atrás da orelha, ainda sorrindo, só para a mesma mecha escapar um segundo depois. — Mas acho que eu aguento.

Martina enfiou os dedos no cabelo molhado dela e segurou firme, mas não com força, puxando a cabeça de Lia para trás até que seu queixo estivesse inclinado para cima. Então, se abaixou e depositou beijos leves no pescoço exposto de Lia, mal a tocando, a princípio, mas depois seus lábios se fecharam na pele e sugaram, a língua de Martina acariciando a área sensível, e os dentes a mordiscando de leve.

Lia apertou a cintura de Martina, querendo-a mais perto ainda, e não tentou conter os suspiros de prazer. Fechou os olhos, rendendo-se às explorações dela, ao menos por um tempo. Sentiu mãos dela em seu corpo, acariciando as costelas e depois a barriga, o toque suave demais em comparação ao anseio que crescia no âmago de Lia. Não seria Martina se não tentasse enlouquecê-la pelo menos um pouco.

Lia segurou a bunda dela, puxando-a para si, e Martina a empurrou no colchão, agarrando-a pelos ombros. Lia balançou a cabeça, adorando tudo, e abriu os olhos.

E ali, bem próximo do rosto dela, estava um par de íris acinzentadas.

Um calafrio percorreu o corpo de Lia, arrepiando os pelos da nuca. Ao mesmo tempo, o abdômen se contraiu, e ela apertou uma coxa na outra, mal registrando o que estava fazendo, porque toda a atenção estava de repente nos olhos de loba de Martina.

— Não se preocupa — disse Martina, passando o polegar em um mamilo de Lia, que arquejou.

Por dentro, ela era fogo líquido, e cada toque de Martina a fazia queimar mais.

— Eu estou no comando — acrescentou Martina.

— Da loba? — Lia passou a língua nos lábios. Sentia a boca seca, mas estava molhada onde importava, o interior pulsando de desejo. — Ou de mim?

— Das duas.

Com uma piscadinha, Martina se abaixou para fechar os lábios em torno de um mamilo. Subiu a mão pela barriga de Lia e apalpou o outro seio, acariciando-o de leve enquanto a boca estava ocupada do outro lado. O corpo de Lia reagiu imediatamente, com uma onda de prazer tão forte que a pegou de surpresa.

Lia arqueou o corpo, as costas se erguendo do colchão, e sentiu os lábios de Martina formando um sorriso.

— Martina...

Esta não disse nada, só continuou o que estava fazendo.

Ah, ela pagaria por tudo isso depois. Mas, por enquanto, Lia só se permitiu sentir *tudo*, cada flutuação de prazer provocada pelos dedos de Martina — e, porra, chegava até a ser maldade. Sua boca era delicada e quente, e, toda vez que ela chupava o mamilo, Lia estremecia de leve.

Martina a sugou uma última vez e soltou, produzindo um som molhado. Os olhos delas se encontraram de novo. Malditos olhos prateados. Era como ter a lua cheia bem ali, na cama com Lia.

As mãos de Martina passearam pelos músculos tensos do abdômen de Lia, provocando arrepios conforme descia, e Lia sentiu o próprio rosto esquentar. Assim que Martina enfiou a mão entre suas pernas, sentindo-a, abriu também um sorrisinho convencido.

Os dedos dela passaram pelo clitóris, mal a tocando ali, e ela os enterrou fundo na boceta de Lia. A sensação dos dedos, provavelmente dois de uma vez, deslizando tão fácil e rápido dentro de si, assim, de primeira, era... Lia não sabia explicar. Perfeito? Muito mais do que ela esperava?

Faíscas de calor borbulharam no ventre dela, descendo pelas pernas e deixando-a mole.

— Puta que... — Lia ofegou. — Martina...
— Foi demais?
— Não, não... — Ela se interrompeu porque, se não se controlasse, ia acabar pedindo *por favor*. — Continua.

Martina olhou fundo nos olhos dela, um quê possessivo nas íris cinza de loba, e continuou. Ela enterrava os dedos em Lia, indo rápido e com força. Não era justo que só isso tivesse o poder de fazer a coisa toda parecer tão feral, tão além de qualquer coisa que Lia tivesse experimentado antes.

Martina então se acomodou mais para baixo no colchão, entre as pernas de Lia, e se abaixou para sugar o clitóris dela, o que diminuiu um pouco a intensidade com que a fodia, mas valeu a pena.

Lia não tinha mais ideia de como estava reagindo. Chegava cada vez mais próxima de algo glorioso, um alívio para todo aquele calor, para o fogo que a consumia. Ansiava por isso e, ao mesmo tempo, não queria que acabasse.

Os dedos de Martina tomavam conta dela, a boca elevando a sensação, e Lia se entregou àquela espécie de reivindicação.

Ela gozou em silêncio, de dentes cerrados, mas o corpo inteiro gritou aquilo que seus lábios não conseguiram. E, mesmo depois de um tempo, as pernas dela continuaram tremendo um pouco.

Martina a encarava, toda cheia de si, com olhos que voltavam para a tonalidade castanha.

Lia já queria ter um pouco de Martina como loba com ela de novo.

Puxou-a para si e a beijou, invertendo rapidamente suas posições. Não era do tipo que pedia arrego. E não deixaria um único orgasmo derrubá-la. Na verdade, ela só se sentia energizada, pronta para mais.

O rosto de Martina estava corado, e a respiração estava acelerada. Quando Lia passou a mão pela cintura dela, notou que tremia um pouco.

— Você acabou de gozar também? — perguntou Lia, franzindo a testa. — Enquanto...?

— Eu te fodia? — Martina mordeu o lábio e revirou os olhos. O que já era, por si só, uma admissão. — Talvez.

— Isso é algo que acontece com frequência?

Martina negou com a cabeça.

Uma onda de orgulho atravessou Lia. Um ponto para ela.

— Cala a boca — disse Martina, batendo de leve em seu ombro.

— Não falei nada!

— Mas está pensando...

Lia riu e se abaixou para beijá-la, ainda com energia demais, as mãos já passeando pelo corpo de Martina e sentindo cada efeito do segundo orgasmo dela. Mas, em vez de amolecer, o corpo de Martina ficou tenso.

— O que foi? — perguntou Lia, já se afastando e procurando por algum sinal de desconforto no rosto dela.

Mas Martina só parecia reservada, quase tímida, de repente. Lia a soltou e se sentou a seu lado na cama, esperando uma explicação.

Como se Martina fosse de se explicar.

O que ela fez, porém, foi perguntar:

— Lembra daquele anime a que a gente estava assistindo antes de você ir embora pra São Paulo?

Os pensamentos de Lia se aquietaram por alguns segundos. Sentiu uma pontada de culpa ao se lembrar da forma como tinha partido, sem nem se despedir direito por pura covardia. Mas não havia acusação no tom de Martina, nem sarcasmo.

— Hum... — Ela se forçou a superar a culpa e se concentrar naquele momento. — *Cartas do destino*, não era?

— Isso! A gente parou na última temporada, não foi?

— Foi... Martina, por quê...?

Mas Martina a interrompeu.

— Faltava só o último episódio.

Lia assentiu, mesmo sem entender por que falar de animes naquele momento. Aquilo era um belo balde de água fria.

— Você viu? — perguntou Martina, como se não fosse nada.

— Vi o quê?

— O último episódio, Lia.

— Ah. Não. — Ela suspirou e se afastou mais alguns centímetros, apoiando as costas na cabeceira da cama. — Não fazia muito sentido assistir sem você. Você assistiu?

Martina negou com a cabeça.

— Eu estava curiosa, até comecei a ver, mas tinha perdido a graça. Vi só uns três minutos.

Elas ficaram em silêncio, se encarando. Lia fechou os olhos brevemente, suspirando de novo, e passou a mão pela lateral raspada do cabelo.

Não fazia sentido questionar Martina de novo sobre algo que ela não queria compartilhar no momento. Alguma coisa tinha acontecido para fazê-la se afastar daquela forma, e Lia descobriria o que era depois, mas... Bom, se Martina precisava de uma pausa, ela não seria escrota a ponto de negar.

— Você quer assistir agora? — perguntou.

Deu para ouvir Martina soltando o ar. Ela fez que sim, depois se levantou para pegar o computador, que estava sobre a cômoda. Antes de se reclinar na cama, puxou o edredom e entrou embaixo dele.

Lia teve que se levantar para depois entrar embaixo do edredom também. Gesticulou em direção a si mesma, pedindo:

— Vem cá.

Martina de fato se aproximou, e pelo menos não havia mais distância *física* entre elas. Aquilo tudo era meio esquisito. A memória da sensação dos dedos dela era muito recente. Minutos antes, Martina estava metendo nela como se não houvesse amanhã, só para terminar daquele jeito.

Ela deitou a cabeça no ombro de Lia, que passou um braço em torno dela, mantendo-a perto.

Pensando bem, não era um jeito tão ruim assim de terminar a noite.

Martina abriu o notebook no colo e começou a vasculhar sites de animes até conseguir achar um que ainda exibia episódios de *Cartas do destino* online. Então, apertou o *play*.

22
A CALMA QUE VEM ANTES

Era uma partida das quartas de final do campeonato, e seria eufemismo se Martina dissesse que estava nervosa. Parecia que o coração dela sairia pela boca e tomaria o lugar da bola no meio do campo, pronto para ser chutado para lá e para cá.

Não estava acostumada a se sentir assim durante um jogo, mas uma semana tinha se passado desde que ela encontrara Lia, na forma de loba, adormecida em sua cama, e depois transado com ela e definitivamente perdido o controle. Mais do que o normal. Mais até do que tinha avisado a Lia que perderia.

Esperava que não tivesse dado tão na cara, afinal, não era perder o controle no sentido de ter explosões de violência e cometer faltas em campo. Foi de um jeito mais silencioso.

Era ela quem corria perigo, não as outras pessoas.

Depois disso, passou a se sentir nervosa o tempo todo.

O jogo nem tinha começado ainda, e ela não parava de se mexer, agarrando e soltando o calção do uniforme, empurrando as cutículas das unhas, esfregando uma mão na outra... Estava presa no próprio mundinho de ansiedade e desespero.

As jogadoras do Garras tinham acabado de cantar o hino de Sombrio, e o time todo formava uma linha no meio do campo. Nicolly cutucou-a com o cotovelo.

— Olha aquela palhaçada. — Ela apontou para as arquibancadas, e Martina olhou na direção sinalizada, só nesse momento notando que algumas pessoas entre os torcedores pareciam gritar o nome dela.

Ela piscou, obrigando a visão a focar, buscando o que tinha chamado a atenção de Nicolly. Até suas mãos se aquietaram por um instante.

Estavam *mesmo* dizendo o nome dela. Não todos, mas uma porção das pessoas nas fileiras das arquibancadas bem à sua frente. Em meio a torcedores usando as camisas laranjas do Garras, dado que do outro lado as pessoas estariam usando o branco do Campo-Grandense, notou uma fileira de camisetas verdes.

Óbvio que as víboras do Realeza apareceriam usando as próprias cores.

Elas nem estavam tentando se esconder mais, e não era apenas Martina que tinha notado uma estratégia de espionagem por parte daquelas idiotas. Tinham aparecido em quase todos os jogos do Estadual, não só nos do Garras. Sabe-se lá de onde tiravam tempo para isso — o dinheiro já era esperado que tivessem mesmo.

Mas, daquela vez, Martina nem olhou duas vezes para os rostos pouco distinguíveis de todas aquelas garotas que ela odiava e invejava. Só buscou por Lia, e a distância não foi o bastante para impedi-la de encontrar os olhos castanhos da mulher que virara seu mundo do avesso simplesmente voltando a existir nele.

Martina começou a sorrir, não conseguiu evitar, mas as mãos retomaram o gesto nervoso de agarrar a camiseta do uniforme.

Lia segurava um cartaz. Martina franziu a testa, tentando ler.

MARTINA, FAZ UM GOL PRA MIM?

Ela olhou de lado para Nicolly, que já estava esperando por sua reação. Martina só a encarou, boquiaberta, depois olhou para o cartaz, só para checar se ele não tinha desaparecido, e para Nicolly de novo.

— Eu amei — disse Nicolly, em oposição ao fato de que tinha acabado de chamar aquilo de uma palhaçada.

Mas Martina entendeu a reação contraditória. No fundo, também amava uma breguice ou outra de vez em quando.

Uma sensação de calor, começando nas maçãs do rosto, se espalhava pelo corpo dela. Lembrou-se do que sentiu na última vez em que fora até a casa de Lia, apenas algumas horas antes — os lábios dela na nuca e na base da orelha de Martina, murmurando "dá para acreditar que isto está mesmo acontecendo?". As duas tinham se beijado no sofá pelo que pareceram ser horas, mal prestando atenção ao filme que passava no computador de Lia, apoiado em um dos encostos do sofá.

E, mesmo assim, as mãos de Lia não se aventuraram longe, só passearam pela cintura e pelo abdômen de Martina, esperando por uma permissão para ir mais além. Mas Martina não estava pronta para transarem de novo, não importava o quanto queria.

Olhou mais uma vez para o cartaz nas mãos de Lia, bem no momento em que ela o virou para mostrar o que estava escrito do outro lado.

MAS AINDA APOSTO QUE VOCÊ VAI PERDER.

Martina balançou a cabeça e mostrou os dedos do meio para ela — e para todo mundo nas arquibancadas —, mas não tentou conter o sorriso. Talvez, só talvez, ela dedicasse mesmo um gol a Lia.

Perder não era uma opção. Não quando estavam tão perto de enfrentar o Realeza em campo, a um passo de dar o troco.

Antes que Martina se recuperasse por completo daquela demonstração de falta de vergonha na cara de Lia, e antes que a sensação de bolhas de sabão estourando no estômago sumisse, a partida se iniciou.

A mudança no corpo de Martina foi quase instantânea, ela se sentiu mais leve e sua visão ficou mais nítida. Ela podia apostar que estava com olhos prateados. A alguns metros dela, Nicolly sorriu e assentiu, dando a ela a coragem de que precisava para não lutar contra aquela pequena transformação. Não era contra as regras, não exatamente, porque não era uma transformação completa.

O que não significava que era livre de consequências.

Martina estava descobrindo que havia consequências que ela estava disposta a enfrentar para correr com a loba mais perto da superfície. Uma das repercussões, porém, tinha sido perder um pouco a habilidade de mantê-la longe, e isso tinha acontecido enquanto estava transando com Lia durante a lua cheia. Em campo, ela podia correr e extravasar toda aquela ferocidade. Na cama era outra história. E ela não queria machucar Lia.

Não tinha tantas reservas em relação ao resto.

Ser uma loba no esporte tinha suas vantagens, Martina não deixaria as pessoas se esquecerem disso.

Ela fez o gol para Lia apenas dois minutos depois de Débora ter marcado o primeiro gol da partida. Virou-se para onde as garotas do Realeza estavam sentadas e mandou um beijo espalhafatoso. A torcida urrou em aprovação.

Elas voltaram, cantando no ônibus, para o lugar onde estavam hospedadas, um hotel três estrelas nos limites da cidade, cortesia dos novos patrocinadores do Garras. Quando Val anunciara o patrocínio, três dias antes, a maioria do time tinha comemorado. Martina, no entanto, tinha ficado em silêncio.

O nome do patrocinador, WereCalm, era tão ridículo quanto assustador, porque a lembrava um pouco do Licontrol. E, pelo que ela pesquisara depois sobre os chás, unguentos e cápsulas dessa linha, a proposta era a mesma: controlar transformações e inibir emoções fortes que vinham da metade animal dos metamorfos.

Martina conversara com Débora sobre isso, mas a capitã, por mais compreensiva que fosse, tinha batido o pé daquela vez e dito que não podiam negar outra oferta de patrocínio, não quando já tinham vetado o CTZ. Além disso, era comum marcas como a WereCalm serem patrocinadoras de eventos e times esportivos; elas não podiam mudar a forma como tudo era feito.

Além da WereCalm, o time também recebeu e aceitou as ofertas de patrocínio de uma marca de refrigerante e de uma agência de viagens, tudo nas últimas semanas. A partida das quartas de final contra o Campo-Grandense foi a primeira em que usaram o uniforme novo, repleto de logotipos, e, já que elas tinham vencido de dois a um, estavam honrando o dinheiro fresco na conta bancária adjacente que a AMCO abrira para o Garras.

O hotel era um pequeno agrado da WereCalm. Um agrado com edredons brancos fofos, janelas que ocupavam toda uma parede do quarto e, o melhor de tudo, aposentos individuais para cada jogadora. Martina podia se acostumar com aquilo.

Ela esperava o elevador com Débora, Ju e Catarina. As três conversavam animadas, com o cabelo molhado por causa da chuveirada no vestiário e os olhos brilhando com a adrenalina da vitória. O plano era trocar de roupa e encontrar o restante do time em um bar na Av. Afonso Pena, no centro de Campo Grande.

Encostada na parede do corredor, Martina não prestava muita atenção a elas. Em vez disso, trocava mensagens com Lia.

> **MARTINA (17:10)** perdeu quanto dessa vez, apostando contra o meu time de novo?

> **LIA (17:10)** não vou dizer
> **LIA (17:10)** não quero ficar alimentando o seu ego

> **MARTINA (17:11)** você alimenta o meu ego o tempo todo

> **LIA (17:11)** e eu me arrependo toda vez
> **LIA (17:11)** vai sair pra beber com as meninas?

> **MARTINA (17:11)** depois

> **LIA (17:11)** depois do quê?

> **MARTINA (17:11)** de ver você ;)

— Já estou até vendo. — Martina se sobressaltou ao ouvir a voz de Débora, alta e perto do ouvido dela. — Levamos um pé na bunda de novo.

— Ei, que mania é essa de vocês ficarem lendo minhas mensagens?! — Martina empurrou o ombro da colega, mas não botou muita força no gesto. — E não tem pé na bunda nenhum, para de choramingar. Eu só vou me atrasar um pouquinho.

— Como deve ser — disse Ju, apoiando-a como a boa amiga que era.

Débora bufou e desviou o olhar. Bem nesse momento, as portas do elevador abriram e elas entraram, mas a capitã ficou o mais longe de Martina que podia.

Martina mordeu o interior da bochecha, sem saber como contornar a situação. Contrariando suas expectativas, Débora ainda não perguntara uma só vez sobre Lia — nem depois de toda a comoção em Corumbá, quando Martina estava preparada para inventar uma desculpa e fingir que não tinha beijado Lia no vestiário, nem quando todas as outras garotas do time já pareciam ter decifrado o que estava acontecendo. Dava para ver que ela estava disposta a não comentar sobre o cartaz de antes do jogo também, o que era um saco, porque, dessa vez, Martina estava pronta para dizer a verdade.

Não era justo ela não poder desabafar com a melhor amiga. E Débora *era* sua melhor amiga, como tinha sido nos últimos dois anos. Então por que parecia, de repente, que Nicolly e Ju tinham ocupado esse posto e que Débora dera um passo para trás?

Será que Martina não era mais capaz de manter uma melhor amiga?

Houve um silêncio meio desconfortável enquanto subiam até o andar delas; as outras deviam ter notado a reação esquisita de Débora.

— Se alguém escrevesse um cartaz se declarando pra mim daquele jeito, eu também me atrasaria — disse Catarina de repente, pegando Martina de surpresa. — Na verdade, eu nem iria.

Catarina estava tentando defendê-la? O que estava acontecendo?

Martina se sentiu na obrigação de pontuar que não tinha sido, de fato, uma declaração, mas Débora falou primeiro:

— Vocês acham mesmo que a Martina vai para o bar? — As portas do elevador se abriram de novo e ela saiu, falando sem se virar. — Melhor ajustarem suas expectativas, porque é só o começo.

Martina trocou olhares com as outras meninas, todas elas hesitando por alguns segundos antes de saírem. Ninguém disse mais nada, e elas se separaram, cada uma indo para o próprio quarto. Martina passou o cartão metálico na porta, mas parou com a mão na maçaneta, pensando nas palavras de Débora.

Ela deveria ir atrás da amiga, exigir uma explicação para ela estar agindo daquele jeito. Não tinha dado motivos para Débora esperar que ela abandonasse o time e parasse de ir nos rolês. Tá, ela tinha saído mais cedo na última vez que foram beber café juntas, o time todo, no centro de Sombrio, porque Lia mandara uma mensagem dizendo que estava esperando no quarto dela. E também recusara um mísero convite de Débora para ir treinar antes de um jogo, mas isso era só porque tinha um turno na farmácia, nem ao menos foi ver Lia naquele dia.

Talvez ela fosse mesmo ruim em manter melhores amigas.

Ou talvez as pessoas só estivessem sempre ávidas por deixá-la ir.

Não foi atrás de Débora, no fim. Entrou logo no cômodo e mandou uma mensagem para Lia: o endereço do hotel e o número do quarto.

Elas tinham um anime novo a que assistir naquele dia e, de verdade, seria só um episódio. Depois, Lia voltaria para Sombrio, e Martina encontraria as amigas no bar. Seria simples assim.

PORTAL MS

INÍCIO > ESPORTE > FUTEBOL SOBRENATURAL

Artilheira do Realeza é flagrada nua e embriagada na UniLobos

Aura Maria, a jogadora mais importante do Realeza, foi vista nadando sem roupas no lago da universidade.

LUA NO GOL   A arena do futebol sobrenatural

15/07/23 17H00   POR NARA

RAINHA DOS CAMPOS OU RAINHA DAS FESTAS?

Bêbada e sem pudores, Aura Maria sai para uma sessão noturna de natação em um lago nas imediações da UniLobos

Os rumores de que Aura Maria reina nas festas de time continuam firmes e fortes e agora possuem mais uma evidência: depois de beber, a jogadora foi dar um mergulho no lago da UniLobos. [...]
Leia mais

15/07/23 21H28   POR NARA

AURA MARIA RECEBE SUSPENSÃO MESMO SEM INFRAÇÃO EM CAMPO OU CARTÃO VERMELHO

Artilheira do Realeza é cortada do jogo contra o Atlético de Garras em punição ao comportamento que foi julgado "impróprio para uma atleta profissional"

Quem nunca teve vontade de dar um mergulho sem roupas que atire a primeira pedra. Pelo visto, os organizadores do Campeonato Estadual não sabem o que é ser apenas uma garota no auge dos seus vinte anos, vivendo sem reservas e ganhando todos os jogos em que pisa em campo, porque resolveram dar uma suspensão para Aura Maria pelo crime de ter uma vida pessoal. A notícia da suspensão saiu há vinte minutos e, por aqui, nós do Lua no Gol ainda não estamos acreditando que artilheira do Realeza foi cortada da partida mais aguardada do Estadual. […] Leia mais

23

AQUECIMENTO

Lia encarava o comprimido cor-de-rosa na palma da mão. Sua dose diária de supressão, algo que manteria a loba sob a superfície.

Não era nada tão drástico e potente quanto o Licontrol, ela não corria o risco de se tornar uma casca vazia de si mesma, como quase aconteceu com Martina. Tratava-se de um mero bloqueador de hormônios que licantropes e outros metamorfos também chamavam de "supressor", porque tinha esse efeito em sua metade selvagem. Era algo tão corriqueiro quanto, para algumas pessoas, seria o fato de tomar anticoncepcional todos os dias.

Ao mesmo tempo, como podia ser de fato normal se, nessa rotina de tomar o comprimido diariamente, Lia de vez em quando chegava ao ponto de esquecer que era lua cheia?

Talvez até o mais leve dos remédios suprimisse mais do que ela estava disposta a aguentar.

Os olhos de Martina, cinza reluzindo em prata, queimavam na memória.

Será que Martina se dava conta de que, toda vez que Lia beijava sua nuca, os olhos dela brilhavam assim?

Faltavam oito horas para a partida da semifinal, Realeza contra Atlético de Garras, e Martina pisaria em campo com aqueles olhos de loba sem nem saber o que aquilo fazia com o corpo de Lia.

Ela largou o comprimido na pia, vendo-o desaparecer no ralo. Depois ligou a torneira e abaixou a cabeça, jogando água fria na pele febril do rosto. Estava queimando havia dias, os olhos de

Martina sendo apenas uma das faíscas que incendiavam todo o resto.

    Lia tinha queimado o tempo todo enquanto assistiam a episódios de animes — *animes*, caramba — por cinco noites seguidas. Já estava se tornando uma rotina de tortura. Martina adormecia nos braços dela, e Lia ficava assim, só sentindo o peso dela, ouvindo-a respirar, por minutos a fio depois de o tema de encerramento acabar de rodar na tela do computador. Só com muita força de vontade ela conseguia acordar a outra garota e mandá-la para casa.

    Mas força de vontade era uma coisa que, pelo visto, ela tinha para caralho. De que outra forma conseguiria resistir à tentação de tirar a roupa de Martina, bem devagar, e beijar mais para baixo do que a nuca dela?

    Já que se provara capaz de resistir a *isso*, Lia tinha certeza de que sobreviveria a uma vida em um convento. Estava aí um caminho profissional alternativo.

    Por alguma razão, Martina não queria sexo. Ela queria ver animes. E Lia, como sempre, faria qualquer coisa por aquela mulher.

    Quando os olhos de Martina se coloriam de cinza, valia a pena. Sempre valeria a pena.

    Lia ergueu o rosto, encarando o próprio reflexo no espelho. A água escorria pela pele branca e pingava do queixo; o cabelo estava bagunçado e molhado nas pontas; e os olhos castanho-escuros, os mesmos de sua loba, brilhavam para si.

    Se por acaso ela deixasse a loba sair só um pouco em campo, será que alguém perceberia? O que ela tinha a perder que já não fosse mesmo para ser perdido, de acordo com os planos?

    Só havia duas coisas que ela precisava ganhar: o jogo e a garota.

    O resto era efeito colateral, lenha para a fogueira. E Lia sabia muito bem como arder em silêncio.

— Aquele imprestável foi embora mesmo — anunciou Renata, largando o celular no colo e se virando para Lia com um sorrisinho satisfeito. — Disse que vai voltar para os treinos de vôlei.

As duas estavam sentadas lado a lado no ônibus, a caminho do estádio em Dourados, cidade em que aconteceria a partida contra o Garras. Seria muito mais simples os times se enfrentarem em Sombrio, onde todas as jogadoras residiam, mas não era assim que campeonatos funcionavam, o que as colocava em uma viagem de quase cinco horas durante a madrugada para que pudessem chegar a tempo de jogar a partida às nove da manhã.

O ar-condicionado fazia um barulho suave que só dava para ouvir porque metade do time dormia e a outra metade ouvia música em fones de ouvido. Apenas Renata e Lia — e, no fundo do ônibus, Aura e Eloísa — conversavam em voz baixa.

Se elas tivessem um técnico melhor ou, pelo menos, o apoio da UniLobos, não estariam em um ônibus a essa hora, mas sim dormindo tranquilas em um hotel em Dourados. Sem um técnico decente e alguém de fora que se importasse, elas foram descobrir tarde demais que ninguém tinha reservado um ônibus para elas com antecedência. Renata teve que fazer algumas ligações de última hora e só por isso estavam naquela situação.

Então não era nada triste descobrir que, no fim das contas, nem a merda de um técnico elas tinham mais.

— Ele te avisou isso por mensagem? — perguntou Lia, arqueando as sobrancelhas. — Parece um adolescente terminando o primeiro namoro.

— Por mensagem? — bufou Renata. — Lia, ele anunciou isso em uma coletiva de imprensa. O cara nem me deu qualquer aviso prévio, pra você ver o tanto que ele se importa com o Realeza.

— Babaca.

— Pelo menos desta vez a incompetência dele serviu para alguma coisa.

— E você tem certeza de que vão deixar a gente jogar mesmo assim?

Renata assentiu.

— Relaxa, não podem expulsar o time, a menos que alguma de nós cometa algum crime de verdade ou quebre alguma regra definida em contrato. Ter um técnico não é uma regra definida em contrato. E ser vista nadando pelada no lago da universidade, bêbada, às quatro da manhã também não conta.

Essa tinha sido Aura, que decidira ir um pouco além dos planos de Renata e acabara sendo impedida de jogar a semifinal como punição. Mas, como ninguém fora capaz de encontrar uma cláusula no regulamento do campeonato que justificasse uma expulsão dela do time ou uma desclassificação do Realeza, ficara por isso mesmo. Os jornais tinham amado. Aura também.

E Lia... Bom, tá certo, ela respeitava o gesto. Tinha sido foda.

— Só é algo a menos para nos ligar à UniLobos — disse Renata. Ela suspirou e encostou a cabeça no banco, fechando os olhos. — E eu vou poder defender a minha dissertação em paz, sabendo que não vou abandonar vocês nas mãos daqueles velhotes de colarinho branco que criaram um time só para praticar o fetiche deles de controlar meninas jovens.

— Tá, é isso aí — concordou Lia, mesmo que uma parte dela ainda não estivesse disposta a aceitar a derrota e admitir que a universidade dos sonhos dela e de Martina não era tudo o que tinham imaginado.

Para onde ir depois daquilo? Aquelas garotas eram muito otimistas e, de verdade, Lia estava tentando acompanhar. Mas o futebol sempre seria futebol, e velhotes de colarinho branco controlando tudo por detrás dos panos existiam aos montes e em todo canto.

— Vai dar tudo certo — murmurou Renata, sem nem abrir os olhos.

Ah, pronto. Agora ela conseguia interpretar os silêncios de Lia. De olhos fechados, ainda por cima.

— Confio em você — disse Lia, fechando os olhos também e respirando fundo.

O pior era que confiava mesmo. Confiaria a própria vida a Renata Antunes.

— A gente vale muito mais do que todo mundo imagina — completou Renata, com um tom de voz sereno. Era com serenidade que ela conseguia as coisas. — Eles vão ver.

Em algum momento dos minutos seguintes, Lia mergulhou em um sono profundo. Durante a maior parte da viagem, a ansiedade que antecedia qualquer partida a impedira de descansar, mas as palavras de Renata dissiparam os pensamentos frenéticos e derrotistas.

Acordou quando o ônibus parou em algum lugar e as garotas começaram a entupir o corredor do veículo, todas querendo sair ao mesmo tempo. Lia abriu uma fresta da cortina empoeirada para confirmar que já amanhecera. Mas elas ainda não tinham chegado em Dourados, estavam em uma parada de beira de estrada, provavelmente para um café da manhã meia-boca pago por um novo e misterioso patrocinador, sobre o qual Renata ainda estava fazendo mistério. Esse mistério, aliás, tinha cheiro de merda prestes a explodir no ventilador.

— Vamos lá, dorminhoca — disse Renata, cutucando o ombro dela antes de se levantar. — Nossa sina de esbarrar com o Garras segue firme e forte. Pelo menos uma de nós pode ficar feliz com isso agora.

Lia esfregou os olhos, tentando se livrar do sono.

— Como assim? A Martina está aqui?

Renata sorriu e saiu sem responder, descendo do ônibus.

Lia quase tropeçou nos próprios pés quando se levantou, esse era o nível em que tinha chegado. Ela olhou ao redor, mas não tinha sobrado mais ninguém para presenciar aquele fiasco. Já era um saco todo mundo saber que ela gostava de Martina, não precisava fornecer material gratuito para humilhação.

Claro que se, no fim das contas, ela conseguisse conquistar Martina de uma vez por todas, com direito a gesto romântico e tudo o mais, a humilhação podia vir à vontade e ela não estaria nem aí. Mas era cedo demais para isso.

Saiu do ônibus, procurando por algum sinal de Martina e das outras jogadoras do Garras. Havia outros dois ônibus parados no estacionamento, um grande e prateado, parecido com o ônibus em que ela estava viajando, e o outro, uma lata velha com pintura branca, em um estado muito pior.

Ela sorriu. Podia apostar que a lata velha era do Garras.

O estacionamento ficava de frente para uma construção de dois andares com algumas paredes de madeira envernizada e outras de cimento, imitando um rancho. O letreiro anunciava *Paradouro do Rio Brilhante* e, no jardim em frente à entrada, havia esculturas em tamanho real de duas vacas e um jacaré. Perto da porta, havia um orelhão em formato de onça pintada, e era ao redor dele que boa parte das garotas vestindo moletons alaranjados com o brasão do Atlético de Garras se reuniam, tirando fotos umas das outras. Lia sorriu, lembrando a última vez em que vira uma cena parecida.

Como Martina não estava com o grupo em torno do orelhão, Lia entrou logo no paradouro, só para praticamente esbarrar com ela na porta.

— Opa, ei. — Segurou a cintura de Martina, firmando as duas no lugar e se aproveitando só um pouquinho da proximidade dos corpos. — Oi, bonitinha.

— É verdade?

A pergunta a pegou de surpresa. Nem um "oi" de volta? Elas não se viam desde o último jogo do Garras e, mesmo naquela ocasião, tinha sido só um encontro rápido no hotel de Martina. Lia queria pelo menos ser cumprimentada.

Contudo, acostumada com a montanha-russa que era Martina Caires Cordeiro, ela suspirou e perguntou:

— O que é verdade? Que você é bonitinha?

— O que a Renata acabou de anunciar lá dentro.

Renata tinha anunciado alguma coisa sem nem esperar por ela? Só podia ser sobre a saída do técnico ou sobre o novo patrocinador, que Lia ainda não sabia qual era.

— Ouvir a conversa alheia é feio, Martina. Vai cuidar das doidas do seu time que estão ali tirando selfies com um orelhão.

— É verdade ou não? Por favor, não brinca comigo agora.

Lia decidiu que Martina só podia estar se referindo à saída do técnico do Realeza, então disse:

— Olha, isso não vai impedir o jogo de acontecer. Qualquer time pode jogar sem um técnico. Só não é muito eficiente, entende?

— Sem um...? Não, não estou falando do idiota do seu técnico, eu já sei que ele saiu, todo mundo sabe. Estou falando sobre o Licontrol.

— Como assim?

Lia inclinou o rosto, tentando ver o que acontecia para além de Martina. Renata e o resto do time tinham se reunido em torno de uma mesa enorme, mas ainda assim pequena para todo mundo, de modo que algumas estavam de pé. Elas estavam sorrindo, animadas, e conversando alto.

O patrocinador novo. Renata tinha anunciado.

— Você não sabia? — perguntou Martina, em um tom mais baixo. — Que a empresa do Licontrol está patrocinando vocês? — completou.

— Bom, eu acabei de entrar, então estou achando que você sabe mais do que eu. — Ela olhou de novo para o rosto de Martina. — Olha, sinto muito, a gente não está podendo fazer uma seleção muito rigorosa de patrocinadores.

— O Realeza é o time com mais patrocinadores de todo o Estadual.

— Por enquanto.

Martina semicerrou os olhos.

— Isso tem alguma coisa a ver com todas as notícias que andam saindo sobre vocês, não é? Pichações, lobas correndo pela UniLobos à noite, Aura Maria nadando pelada em um lago... O que está acontecendo?

Lia passou a mão pelo cabelo. Ela não podia desembuchar os planos do Realeza para uma jogadora do time rival, mesmo essa jogadora sendo Martina, mas podia tentar fazê-la entender que, por mais que não estivesse feliz em se associar ao Licontrol, aquele não era o momento de agir com nobreza. Todo mundo tinha contas para pagar.

Segurou as mãos de Martina e a puxou para o lado, indo em direção a uma mesa vazia perto da entrada dos banheiros.

Elas se sentaram de frente uma para a outra. O cabelo platinado de Martina já estava com raízes escuras, e os olhos dela evidenciavam um cansaço que também devia estar nos de Lia. O fato de que seus times estavam indo de ônibus naquele horário para um jogo de semifinal dizia muito sobre as posições nada favoráveis em que se encontravam, mesmo depois de tanto esforço.

— Qual é o problema de verdade? — perguntou Lia. — Sei que não é só sobre o Licontrol.

Ela teria que falar com Renata sobre isso porque, pensando bem, o que uma empresa como a do Licontrol poderia querer com elas? Estavam fazendo de tudo para mostrar para o mundo que *não tinham controle algum* e muito menos interesse em ter. Elas eram as feras do esporte e precisavam ser reconhecidas como tais.

Mas isso a lembrou que o Licontrol não era a única empresa focada em controle de metamorfos que estava usando o esporte como vitrine.

Quando Martina apenas comprimiu os lábios, sem responder à pergunta anterior, Lia insistiu:

— Fala sério, Martina, eu sei qual é o patrocinador mais recente do Garras. A WereCalm não é muito diferente do Licontrol.

Com um suspiro, Martina enterrou o rosto nas mãos. Ela respirou fundo algumas vezes, os ombros dela subindo e descendo, antes de erguer o rosto de novo.

— É perigoso. Você viu a quantidade de ataques que as empresas que apoiam o Licontrol estão sofrendo? Até o meu pai decidiu tirar ele das prateleiras da farmácia.

Lia sorriu.

— Eu sei me cuidar.

O que, tá bom, não era totalmente verdade. Mas não era mais só sobre ela, era sobre todo o Realeza, e Lia precisava dar aquele voto de confiança a Renata; ela sabia o que estava fazendo. Não tentaria entender, muito menos explicar algo para Martina, antes de uma conversa decente com a capitã.

— Tá, e daí? Eu quero cuidar de você também — retrucou Martina, revirando os olhos.

— Não esquenta a cabeça com isso. Eu confio no meu time, como sei que você deve confiar no seu, ou não aceitaria entrar em campo com um uniforme que tem a logo dessa tal de WereCalm. — Antes que Martina protestasse, ela ergueu o queixo e continuou: — Me deixa te pagar o café, para ficarmos quites.

— Um café não vai compensar por colocar sua vida em risco.

— Ninguém está colocando vida nenhuma em risco. E o café não é para compensar pelo novo patrocinador do meu time.

Lia ergueu a mão para chamar a atenção de um dos atendentes que observavam os clientes de longe, mas permaneceu olhando para Martina e sorrindo.

— É para já compensar pelo suquinho de derrota que o seu time vai beber daqui a pouco — acrescentou.

Martina bufou.

— Até parece. Você só perdeu dinheiro apostando contra mim e vai continuar perdendo.

— Veremos, lindinha.

Lia enfim olhou ao redor, para ver se algum atendente percebeu sua presença, mas era Débora quem vinha na direção da mesa delas, andando rápido.

— Vamos logo, Tina — demandou a capitã do Garras, como se estivesse chamando a filha no parquinho.

— Isso, *Tina*, chega de conversar com a gentalha — ironizou Lia. Depois olhou para Débora. — A gente só vai tomar um café.

Mas Martina já estava se levantando.

— Deixa que *eu* te pago um café depois. — Ela deu uma piscadinha. — Para ficarmos quites.

24
RANCORES E FAVORES

Martina e Débora passaram pelas outras garotas do Garras, reunidas perto do ônibus do time. As duas andavam rápido, sem olhar para os lados, e foram as primeiras a entrar no veículo.

— Tá, qual é o seu problema? — perguntou Martina assim que estavam a sós no corredor apertado.

Havia fileiras de poltronas vazias dos dois lados e o ônibus cheirava a desodorante, pipoca e salgadinho de queijo. Débora continuou indo em direção aos bancos no fundo. Ninguém mais entrou atrás delas, provavelmente por terem visto em suas expressões que havia uma discussão pela frente.

Percebendo que seria ignorada, Martina seguiu a amiga até o fundo, pisando firme.

— É sério, Débora, você vai continuar se agarrando a essa palhaçada de não poder dormir com o inimigo? A Lia não é minha inimiga.

— Ah, não? — Débora parou e se virou para ela, os olhos cheios de desdém. Não era uma expressão que Martina já vira nela antes, e foi pega desprevenida, estancou no lugar e desistiu de tentar se aproximar. — Ela só é sua ex-amiga, não é? Só é a pessoa que te abandonou para correr atrás dos próprios sonhos e que agora está no exato lugar onde você queria estar.

Martina não sabia como responder, nem como lidar com Débora daquele jeito.

— Não é óbvio? — continuou a capitã. — Ela é muito mais do que a sua inimiga. Ela é a pessoa que você queria ser.

— Isso não é verdade... — murmurou Martina, mas não havia muito peso nas palavras.

Será que era verdade? Será que, depois de tudo, Martina ainda queria estar no lugar de Lia?

— Eu sei muito bem o que está acontecendo. Toda aquela ceninha de cair com você no rio, de ir de mãos dadas com você para o estádio em Corumbá, ela está querendo te ganhar e você está deixando. E o cartaz no último jogo? — Débora riu, mas o som tinha uma frieza que deixou a boca de Martina seca. — Ela e o Realeza querem você. Elas não vão parar até terem você e todos os seus fãs, toda essa galera que está escrevendo *fanfics* sobre vocês duas e fazendo videozinhos com música romântica tocando no fundo. Parabéns, Martina, seu sonho de jogar para o Realeza vai se realizar logo, logo.

— Do que você está falando? — Martina cruzou os braços. — Que *fanfics* são essas?

— É com as *fanfics* que você está preocupada?! Puta que pariu!

— Bom, as *fanfics* são a parte menos idiota de tudo o que você falou aí, se quer mesmo saber. Você pensa tão pouco assim de mim?

Débora balançou a cabeça. Não parecia que ela ia responder, nem precisava, estava escrito no rosto dela. O estômago de Martina se revirou. Era isso então, depois de tudo o que ela tinha feito pelo Garras, até a pessoa que mais a apoiava no time não tinha confiança nela. E por que teria? Ela era volátil. Ela mesma praticamente admitira para Lia que trocaria o Garras pelo Realeza. Isso parecia ter acontecido havia tanto tempo, mas ainda pairava na memória dela.

O Garras estava conquistando o público, elas tinham um novo patrocinador e... talvez Martina fosse oportunista, pronta para abandonar o time quando ele estava na pior, mas disposta a ficar desde que estivessem bem?

Débora estava certa em pensar pouco dela. O que não significava que ela ficaria quieta, sem tentar se defender.

— Eu não vou abandonar o time.

— Claro, continua tentando se convencer disso.

Martina queria discutir mais, realmente convencer a si mesma — e à Débora no processo — de que era melhor do que isso. Mas alguém falou da entrada do ônibus:

— Com licença? Desculpa interromper a briga aí...

Débora passou a mão pelo rosto, grunhindo baixo, e Martina se virou só para ver... Aura Maria?

Caramba, essa garota estava em todo lugar.

— Sai daqui, Aura — disse Débora. — Escolhe outro dia para encher o meu saco.

Aura revirou os olhos, de um castanho tão claro que mais parecia âmbar.

— Nem tudo é sobre você, Debs. — Quando Débora franziu o cenho, ela sorriu, aproveitando a oportunidade para importuná-la. — Pois é. Quem diria, né?

Dessa vez, Martina e Débora ecoaram a mesma pergunta:

— O que você quer?

Elas se encararam, tensas, depois de terem falado ao mesmo tempo.

Mas Aura parecia não ligar para a tensão no ar.

— Preciso falar com você, Martina. É importante.

Ter corrido com Aura Maria por uma estrada de terra durante uma madrugada de lua cheia, o que depois as levara até um galpão do CTZ, não tornava aquele momento menos bizarro. Na verdade, o tornava *mais bizarro ainda*. Já era estranho estar aos cochichos com a estrela do Realeza, pior ainda era de fato ter um segredo com ela.

— Ficou louca? — sussurrou Martina, puxando-a até um canto do estacionamento, longe do ônibus onde tinha largado Débora sozinha.

Suas companheiras de time já estavam entrando, e ela podia apostar que aproveitariam a ausência dela para compartilhar críticas em relação a seu envolvimento com Lia. Vai saber, talvez o time todo estivesse falando mal dela pelas costas, enquanto Ju e Nicolly mantinham a fachada de estarem torcendo por ela e por Lia.

— Se alguém perguntar o que eu queria, diz só que eu estava tentando te recrutar para o Realeza e que você recusou na hora — disse Aura, olhando primeiro para o ônibus do Garras e depois para Martina de novo. — Pelo que ouvi da sua discussão com a Debs, isso pode te garantir uns pontos com ela.

— Não preciso da sua ajuda para lidar com a Débora. O que você quer?

Aura olhou para o céu rapidamente, exasperada, mas foi direto ao assunto:

— Lembra quando você me pediu pra dizer se eu tivesse uma informação que fizesse diferença?

Martina assentiu, fechou os olhos e expirou devagar. Tinha perguntado para Pedro sobre o CTZ, e ele lhe encaminhara uma lista de artigos que ela nem tivera tempo de ler ainda.

— Lembro. Alguma novidade?

— Fiquei sabendo sobre o novo patrocinador do Garras.

— A WereCalm?

— Esse é o nome da empresa, mas adivinha quem a criou.

— Quem?

Aura arqueou as sobrancelhas, esperando.

Não podia ser...

— Aura, você está me fazendo pensar no pior aqui...

— O CTZ, Martina. — Ela tirou o celular do bolso e o estendeu, já com uma página aberta na tela cheia de rachaduras. — Essa notícia foi arquivada em junho, mais ou menos na época em que eu, a Renata e a Lia fomos assistir àquele jogo do Garras em Corguinho. Nunca chegou a ser publicada, mas um colega meu da Lua Nossa trabalha no *Portal MS* e me mandou esse *print* da sessão restrita do site deles. Dá uma lida.

Martina pegou o celular e começou a ler. O jornalista que escrevera a matéria não parecia levar o assunto a sério, o texto era mais sátira do que notícia, mas lá estava: o Centro Tecnológico de

Zigurats tinha criado a WereCalm para vender seus produtos para a comunidade de metamorfos do país.

— Puta merda. — Martina nem conseguiu acabar de ler, o estômago embrulhando.

Devolveu o celular para Aura, virou-se e socou a superfície mais próxima. Era a lateral de um ônibus de viagem, o único no estacionamento além dos ônibus do Garras e do Realeza. A lataria amassou de leve, mas os nós dos dedos dela nem doeram, só formigaram um pouco.

Aquela informação colocava algumas coisas em perspectiva, começando pelo amistoso que Val as fizera jogar em Corguinho e terminando no quão rápido ela e a AMCO descartaram o patrocínio dos Zigurats assim que as jogadoras protestaram. Aquilo era só um teste para ver como elas se sentiriam, mas é claro que a decisão não estava nas mãos delas.

— O que você vai querer em troca dessa informação? — Martina se aproximou mais de Aura, falando baixo. — Eu te disse naquela noite que estava revogando o seu favor.

— Mas eu ainda sentia que estava te devendo, então aí está.

Martina assentiu, uma demonstração sutil de gratidão.

— Como eu conto isso para as outras? Não é uma informação pública, né? E isso é só uma matéria, pode até ser fake news.

Aura se afastou um pouco e começou a prender o cabelo para disfarçar o fato de que olhava ao redor de novo.

— Realmente, não podemos considerar isso um fato, não até termos uma confirmação definitiva. Acho que o CTZ deve estar tomando o cuidado de manter a própria associação à WereCalm em segredo.

— Eu perguntei ao Pedro sobre o CTZ e ele não me disse nada, só me mandou um monte de artigos de procedência ainda mais duvidosa do que essa sua matéria.

— Hum. — Aura franziu a testa. — Eu nunca troquei muitas palavras com o seu irmão, por mais que a gente tenha participado de uma ou duas reuniões juntos. Já que você é mais próxima dele, pode alertá-lo sobre essas questões suspeitas envolvendo os Zigurats. E vou encaminhar um *print* dessa matéria para ele, não vai fazer mal ter mais gente na Lua Nossa a par do que está acontecendo. Mas, de qualquer forma, você não pode falar sobre isso para as outras meninas do Garras. Não pode dizer onde conseguiu essa informação, até porque não vai ter como provar nada.

Ótimo, perfeito, agora ela tinha mais uma coisa a esconder das amigas. Como se já não tivesse problemas o suficiente com Débora.

Mas não dava para culpar Aura por isso.

— Obrigada — forçou a palavra para fora.

Aura sorriu e deu uma piscadinha.

— Acabei de pensar em uma desculpa para ter te chamado aqui. — O tom dela ficou mais leve e brincalhão, mais parecido com o que Martina esperava dela. — Diz para a Debs que eu só estava tentando conseguir o número dela com você.

Isso arrancou uma risada de Martina.

— Ah, tá, até parece que ela acreditaria.

— Faz o teste. E me passa o número dela mesmo, só para garantir. Diz que eu fui muito persuasiva.

Espertinha.

— Sabe de uma coisa? A Débora fez por merecer.

Aura entregou de novo o celular para Martina, que digitou o número de Débora, sentindo-se um pouco vingada.

Depois teve que voltar correndo para o ônibus do time, que já tinha sido ligado. O barulho do motor daquela lata-velha até chamava a atenção de algumas pessoas sentadas no interior do paradouro, que olhavam pela janela com expressões confusas.

Assim que pisou no ônibus, Martina olhou diretamente para Val, sentada no banco da frente e lendo algo no tablet que levava para todo lugar. Como se pressentisse que era observada, a técnica ergueu o rosto e sorriu para Martina.

— Pronta para acabar com elas?

Martina semicerrou os olhos e não retribuiu o sorriso, mas disse:

— Estou sempre pronta para acabar com alguém.

Sem nem suspeitar que algo estivesse errado, o sorriso de Val só aumentou. Ela podia reclamar do temperamento de Martina, mas estava sempre disposta a contar com ele para vencer os jogos.

No fundo do ônibus, Débora estava sentada sozinha e com uma cara azeda que devia ter motivado as outras garotas a se manterem afastadas. Martina foi até ela, mas não ocupou o assento ao lado.

— Adivinha só — falou, em um tom falsamente casual. Ainda estava tensa por causa da briga e Débora nem estava olhando na cara dela. — No fim das contas, a Aura Maria só queria me encher o saco para conseguir o seu número.

Isso atraiu a atenção de Débora. Interessante.

— Aquela garota não tem noção do ridículo.

Ah, mas aquela garota estava certa, Débora tinha acreditado naquela palhaçada. Quem diria...

— Pois é, Débora, parece que você é a única pessoa que desaprova de verdade esse lance de confraternizar com o inimigo. — As palavras soaram mais afiadas do que ela pretendia, mas e daí? Débora a magoara de verdade, e ela não sabia fazer outra coisa que não fosse atacar de volta. — E eu não me identifico com isso, como você mesma apontou, então, olha só... Eu dei seu número para ela.

Débora franziu a testa, e Martina viu, naquele segundo, que ela estava com medo. Medo de Aura Maria?

— Vingancinha não combina com você.

— Claro que combina.

Ela deu as costas ao mesmo tempo que o ônibus arrancava e começava a manobrar para fora do estacionamento. Sentou-se em um dos bancos no centro de uma fileira, sozinha também. Ju e Nicolly estavam sentadas no banco em frente ao dela e se viraram para encará-la, apoiando os cotovelos no encosto.

— O que você fez? — perguntou Ju, em voz baixa.

Martina deu de ombros.

— Passei o número da Débora pra Aura Maria.

Ju deixou escapar um assovio, e Nicolly murmurou:

— Eita, amiga.

Martina sorriu, depois deu uma piscadinha.

— Acho que a nossa capitã vai marcar tantas faltas quanto eu no jogo de hoje.

PORTAL MS

ACESSO RESTRITO > NOTÍCIAS ARQUIVADAS

Os seguidores do ET Bilu trocam o conhecimento pelo empreendimento

Estudiosos do Centro Tecnológico de Zigurats desenvolvem produtos voltados para metamorfos e lobisomens.

POR RICARDO RECK

ET Bilu, o extraterrestre que não pode ser visto, apenas entrevistado, deixou uma forte mensagem aos habitantes da Terra: "busquem conhecimento". Os seguidores mais fervorosos de sua palavra são os Zigurats, moradores de um povoado localizado em Corguinho-MS. Estudiosos da teoria da Terra convexa e de vestígios da influência alienígena em civilizações antigas, os Zigurats agora estão interessados em empreender em um novo mercado. Com a nova empresa associada ao grupo, a WereCalm, desenvolvem produtos voltados para lobisomens e metamorfos, que, segundo o CEO da companhia, são seres de outros planetas que apresentam novos desafios para a humanidade. [...] Leia mais

25
OS FINS (NÃO) JUSTIFICAM OS MEIOS

Com o coração ribombando como se dentro dela houvesse uma terra sem lei onde a tempestade rugia, Martina observou, impotente, enquanto Lia marcava o primeiro gol da partida.

Isso deixou o Realeza em vantagem já nos primeiros quinze minutos de jogo.

Quando viu a bola rolando na rede, Martina parou de correr e, por um momento, apenas foi capaz de sentir as gotas de suor descendo pelas costas, traçando um caminho longo e lento por sua coluna.

A alguns metros de distância, Lia a encarava, os olhos dela buscando algo em sua expressão. O que ela queria? Uma garantia de que estava tudo bem entre elas? Ou de que *Martina* estava bem?

Martina puxou o ar com força e assentiu, um gesto rápido e brusco, depois correu pelo campo para assumir sua posição. Sim, estava tudo bem entre elas. Era só um jogo.

Um jogo que agora ela precisava virar.

Nicolly e Débora ditavam o ritmo do Garras, como tinham combinado durante os treinos, e Martina acompanhava-as ou detinha a bola no lugar quando necessário, esperando elas chegarem perto o suficiente para um passe. O rabo de cavalo de Nicolly balançava conforme ela corria, trocando passes com Martina e driblando as jogadoras da defesa do Realeza.

"Não tentem fazer jogadas arriscadas", Val tinha alertado dias antes. "Nossa melhor chance de vencer está em mantermos a técnica e a precisão. E a Débora e a Nicolly são a nossa melhor aposta quando o assunto é colocar a bola na rede."

Martina concordava, por mais que uma parte dela não suportasse seguir as ordens de Val, sabendo que ela as enganara com toda aquela história do patrocínio do CTZ, mentindo ao dizer que elas teriam voz. Faria o que a técnica pedira porque conhecia as próprias limitações. Não podia assumir uma posição à frente no ataque por conta própria; seus gols eram um produto de sorte e audácia, uma forma de ela se aproveitar de falhas momentâneas na defesa do outro time. Para fazer gols e adotar uma posição ofensiva, porém, ela sempre deixava uma lacuna na defesa do próprio time, e esse era um risco que não podiam correr jogando contra o Realeza.

A melhor oportunidade de gol para o Garras, naquele primeiro tempo, veio depois de vários minutos. Assim que estava perto o suficiente do gol, Martina chutou a bola para Nicolly, confiando que ela saberia o que fazer.

Faltava pouco para acabar o primeiro tempo. Elas ainda podiam empatar o jogo e ir para o intervalo sem o peso da desvantagem nas costas.

No entanto, Nicolly se embaralhou com outras duas jogadoras e, em vez de mandar a bola para Débora, que estava logo ali, fez um passe de volta para Martina. Elas estavam na boca do gol, em uma confusão de pernas e braços, e Martina só conseguiu pensar que não podia foder com aquilo.

No alvoroço, chutou a bola na trave, e a torcida urrou, decepcionada. Por besteira, ela acabava de ver a chance delas indo pelo ralo.

Foi nesse instante que, pela primeira vez naquela partida, ela deixou a loba sair. Só um pouquinho, como já vinha fazendo. Só para provar que ainda tinha garras.

Se qualquer pessoa perguntasse, ela não saberia explicar o que mudava nesses momentos em que uma transformação mínima acontecia. Olhos prateados? Sim, mas não era o que *ela* via. Do outro lado das íris de loba, ainda na forma humana, Martina adquiria uma consciência mais completa do campo. Cada som, cheiro e movimento em sua visão periférica se intensificava.

Na lateral do campo, começou a acelerar o ritmo da partida. Queriam a bola? Teriam que fazer por merecer. Não era apenas um jogo, era uma caçada, uma corrida no meio da floresta. Martina já era rápida e, com a loba arfando junto de cada respiração, adquiria uma agilidade que era mais instinto do que talento. Ou talvez fosse a junção fortuita das duas coisas.

Ela recuperou todas as bolas, se aproveitou de cada erro das zagueiras do Realeza, e fez isso com a cara fechada em concentração.

Era tudo nítido, fosforescente.

Com Lia no mesmo campo que ela, era também como estar em casa.

Ainda assim, o primeiro tempo terminou em um a zero para o Realeza.

Martina olhou para Lia uma última vez antes de acompanhar as colegas até o vestiário. As jogadoras do Garras andaram em silêncio, como se já tivessem perdido.

Val entrou por último no vestiário e foi até ela, ignorando as outras por um instante.

— Martina. — Val ergueu de leve o queixo, parando na frente dela. — Quando eu falei que era para deixarmos Nicolly e Débora controlarem a partida, não quis dizer que você precisa se conter. Esta é a semifinal. Quero mais intensidade de você.

Mais intensidade? Ela não estava vendo que Martina estava dando o sangue naquele jogo?

Antes que pudesse questionar o ponto de vista da técnica, Catarina fez isso por ela:

— E se ela quebrar a perna de alguém com essa intensidade?

De pé e passando uma toalha pelo corpo, Catarina estava com o cabelo preto molhado de suor, alguns fios grudados à pele branca, e com a carranca de sempre. Ignorando-a, Val continuou olhando para Martina, que, naquele instante, só queria dar as costas para ela e para aquelas exigências.

Quem Valéria pensava que era para demandar alguma coisa?

— O que você quer que eu faça? — perguntou Martina, as palavras soando ríspidas.

Val não se abalou, talvez acostumada com essa agressividade dela, ainda mais em dia de jogo.

— Desde que você não deixe um buraco na nossa linha de defesa, pode fazer de tudo.

— Os fins sempre justificam os meios com você, né? — resmungou Catarina, passando por elas e se sentando no banco ao lado de Martina.

Val seguiu sem dar importância para Catarina, estava acostumada com agressividade partindo dela também. E a garota era assim, ela nem tinha motivos claros para isso, não tinha como saber o que Val e a AMCO tinham feito. Ainda assim, a presença dela e o fato de que, dessa vez, ela estava a seu lado, deu forças para Martina. Ela endireitou a postura, soltando o ar.

Beleza, Val tinha fodido com tudo, mas ainda tinham um jogo para vencer. E talvez a técnica estivesse certa, e, mesmo deixando a loba sair um pouco, Martina ainda precisasse se empenhar mais. Era hora de colocar isso à prova.

— Então não preciso me segurar? — perguntou.

— Hoje, não. — Val deu um tapinha no ombro dela. Martina se esforçou para não se afastar do toque. — Hoje você pode partir para cima.

Apesar do clima tenso no vestiário e de sentir um nó desconfortável no peito, Martina abriu um sorriso largo.

— Você é bem assustadora às vezes, sabia? — murmurou Catarina, ao lado dela, em tom de aprovação.

Ela sabia, sim. E estava na hora de instaurar o terror no Realeza.

Rápido demais, elas tiveram que voltar para o campo. Quando estava quase na hora de assumirem posição no gramado, Martina olhou na direção onde as garotas do Realeza estavam e viu Lia entre elas, com a expressão séria e assentindo para algo. As meninas ao redor dela a encaravam com carinho, algumas até passando as mãos em suas costas. Enquanto Martina as observava, Renata se adiantou para um abraço rápido em Lia, que foi correspondido, ainda que de maneira desajeitada.

Um sentimento quente se espalhou pelo peito de Martina, acalmando-a por um instante.

Em todas as vezes que tinha assistido aos jogos do Realeza, notava como Lia se mantinha à parte das outras garotas. Ela não abraçava ninguém e não se deixava ser abraçada. Talvez uma parte dela ainda fosse mais do antigo time, do Harpias, do que do Realeza. Mas algo tinha mudado. Ali estava ela, unida às outras meninas, e talvez continuasse assim dali em diante. Martina esperava que sim. Lia merecia aquilo. Ela merecia ser abraçada daquele jeito.

Quando a partida recomeçou, houve uma mudança sutil na organização do Realeza. Bom, sutil para os outros e bem significativa para Martina, porque fez com que Lia a marcasse. Ela podia não ser tão rápida, mas a marcação dela era fechada o suficiente para ser um problema. E o tempo todo parecia que ela estava a ponto de sorrir.

— Você é impossível — resmungou Martina quando perdeu uma bola, que Lia chutou para fora.

— Você sempre pode me derrubar.

As duas estavam respirando pesadamente, e Martina se perguntou se o corpo de Lia vibrava com a mesma energia frenética que o dela. Podia apostar que sim.

— Foi para isso que mandaram você me marcar? — Martina falava com uma seriedade forçada, tentando atiçar a outra garota. — Porque acham que eu não vou ter coragem de ir para cima de você?

— Talvez. — O sorriso de Lia desabrochou — Mas eu estou torcendo para que você venha.

Elas se separaram para Martina fazer o lançamento da lateral e, daquela vez, ela é que se viu a ponto de sorrir. Conseguiu se segurar, mas foi por pouco.

Atirou a bola para Nicolly, que disparou pelo campo. Lia a acompanhou, e era a vez de Martina marcá-la.

Perto do gol, Nicolly armou um passe para Débora, sem perceber que ela tinha caído por causa de uma falta que o idiota do árbitro não marcou. A bola rolou pelo gramado, e Lia correu na direção dela, aproveitando que não havia alguém do Garras para finalizar a jogada.

Martina foi no seu encalço e, quando Lia estava quase chegando lá, chocou-se com ela, empurrando-a com o ombro. Lia cambaleou, mas não caiu, e Martina alcançou a bola, depois girou e chutou-a para Nicolly.

— Tem certeza de que é isso o que você quer? — perguntou, correndo mais uma vez com Lia em sua cola.

Tem certeza de que me quer indo para cima de você?

Tem certeza de que me quer?

A seu lado, praticamente ombro a ombro, Lia apertou os lábios e assentiu, seu olhar ardendo em Martina.

Elas não demoraram para estabelecer uma espécie de ritmo, mesmo que uma tentasse ser mais esperta ou mais rápida do que a outra o tempo todo. O Realeza estava pressionando no ataque, forçando uma atitude defensiva, e quaisquer chances que o Garras perdia no gol eram convertidas em contra-ataques rápidos e brutais. Mesmo assim, elas sustentaram a partida por metade do segundo tempo.

O segundo gol do Realeza foi culpa de Martina. E talvez de Débora também.

A marcação de Lia consumiu Martina de tal forma que ela não percebeu quando foi enganada. Lia tinha corrido com tudo em uma direção e ela acompanhou, sem se dar conta de que o movimento não levava a nada, tinha servido apenas para desviar a atenção dela de Renata.

Débora estava frente a frente com Renata, mas depois delas não havia mais ninguém, apenas Ju no gol.

Martina deixou Lia para trás e correu na direção do gol para prestar assistência à Débora, que nem devia estar em uma posição de defesa.

Era tarde demais.

Com um movimento fluido, Renata driblou e deixou Débora para trás. A plateia berrou e, no segundo seguinte, a bola estava entrando no gol, passando a centímetros da mão estendida de Ju.

— Puta merda — esbravejou Débora, correndo com Martina de volta para o outro lado do campo. — Será que dá para acordar para o jogo?

Martina não disse nada, apenas deixou as palavras afundarem como agulhas. O corpo dela estava coberto de suor, gotas escorriam da testa e pingavam nos olhos, mas sua visão era cristalina. Primeiro Val, agora Débora... Por que ninguém percebia que ela estava, de corpo e alma, naquele jogo?

O que mais ela poderia fazer?

Dois minutos depois, Lia avançava na posição em que era mais perigosa, na lateral do gol. Era o território de Martina, sua posição do campo para dominar, e não podia deixar Lia seguir naquele embalo. Ela marcaria o terceiro ponto do Realeza, e então não haveria mais esperanças para o Garras.

Não. Isso não aconteceria enquanto Martina pudesse impedir.

Ela correu e, no último instante, se jogou no chão, deslizando pela grama. O único jeito de arrancar a bola era com uma rasteira, e era arriscado justamente por conta do que aconteceu: sua chuteira não se conectou com a bola, mas sim com a perna de Lia.

O árbitro apitou a falta, e Martina se levantou rápido. A torcida do Realeza bradava algo contra ela, gritos indistintos de ultraje partindo das arquibancadas. Sua pele ardia onde escorregara na grama, e uma sensação esquisita, parecida com uma ânsia de vômito, subia da base do estômago até os lábios.

Lia estava caída no chão, uma expressão de agonia desfigurando as linhas austeras de seu rosto, transformando o semblante convencido de antes em uma careta.

Martina não olhou para os lados, nem pensou duas vezes: inclinou-se sobre Lia e estendeu a mão para ajudá-la a se levantar. A outra garota balançou a cabeça, o rosto dela ainda contorcido, e abraçou o joelho.

— Porra, Martina — murmurou, mas não soava irritada. Só com muita dor.

Martina sentiu a garganta apertar.

— Desculpa — disse, tentando de novo ajudá-la a ficar de pé.

— Não, está tudo bem, é só um jogo. — Lia olhou para a mão estendida dela e franziu o cenho. — Mas não vou conseguir me levantar agora.

Martina sentiu todo o fogo dentro dela se extinguir, sendo substituído por gelo.

Ela tinha ido longe demais, não pensara direito, não imaginava que...

No momento em que se virou para pedir ajuda, se deparou com o cartão amarelo. Passou pelo árbitro, balançando a cabeça, e agitou as mãos para indicar que precisavam dos paramédicos, que vieram logo, carregando uma maca.

O jogo ficou parado enquanto cuidavam de Lia. E Martina observava à distância, mordendo o lábio, afundando as unhas curtas na palma das mãos.

Algumas jogadoras do Realeza ficaram em torno da colega enquanto ela era levantada e deitada sobre a maca. O mundo parecia cinza de repente. Não havia a euforia do jogo, o campo não se assemelhava mais a um lar. Martina não estava em casa, pendia de ponta-cabeça com os pés atados a uma arapuca construída especialmente para ela.

Alguém parou a seu lado, e ela se virou, esperando uma colega de time. Mas era Renata, a capitã do Realeza.

— Se você quebrou a minha garota, vai se ver comigo.

Martina cerrou os dentes e cruzou os braços. A culpa deixava um gosto amargo na boca, porém ela respondeu a primeira coisa que lhe veio em mente:

— Ela é a *minha* garota.

Renata piscou, surpresa.

— Tá... entendi — murmurou, franzindo a testa, parecendo não entender totalmente. — E por que você não demonstrou isso com um beijo no meio do campo, em vez de recorrer ao chute na canela?

— Que diferença isso faz para você?

— Faz muito mais sentido com o que a Lia quer mostrar para o mundo. — Ela falava em um tom sereno, até professoral. — Com o que eu quero mostrar também.

Era a vez de Martina ficar confusa.

— Com o que *você* quer? — Ela sentia a garganta secando, e o mesmo acontecia com seu tom de voz. — E o que seria isso?

— Você e a Lia... vocês passam uma boa mensagem, não acha? Duas jogadoras de times rivais colocando as diferenças de lado e priorizando o afeto que sentem uma pela outra. Coloca o Garras e o Realeza em uma nova perspectiva. E a atenção que isso gera não faz mal a ninguém. — Ela olhou ao redor, para as arquibancadas em laranja e verde, como se reforçando um ponto.

Atenção era a palavra-chave e puxou consigo a memória de algo que Lia dissera, as duas no vestiário do estádio em Corumbá depois de terem andado de mãos dadas até lá. *Quando a gente tiver essa atenção*, Lia explicara, *não vai dar para desperdiçar*.

Havia mais. Algo importante, que se unia ao que Renata queria comunicar. A peça que faltava em um quebra-cabeças. O que Lia falara sobre ter essa atenção ao lado de Martina?

De repente, ela lembrou. Lia dissera: *eu não me importaria de ter minha imagem associada a você.*

Então era isso?

Martina perguntara a Lia sobre a possibilidade de aquelas demonstrações de carinho mínimas em público, como pegar na mão dela, serem uma jogada de marketing, e não se lembrava de terem chegado a uma conclusão sobre isso. Entendera que não era marketing, que era apenas algo que Lia queria fazer ao lado dela, as duas trilhando juntas aquele caminho do sucesso, como devia ter sido desde o princípio.

Para Lia, talvez fosse diferente. Não algo natural, mas sim uma oportunidade. Algo de que até a capitã do Realeza estava a par e, inclusive, endossava.

Talvez tivesse sido ideia de Renata, afinal. Tudo começara com Lia aparecendo no quarto de Martina do Hotel Restaurante e Padaria em Corguinho, e quem estava com ela naquela mesma viagem até uma cidadezinha qualquer só para assistir a um amistoso do Garras? Renata, a capitã, aquela que todas as outras do time escolheriam ouvir.

Será que tudo não passava de uma propaganda? De uma maneira de atrair novos fãs para os times delas? E talvez Lia até tenha tentado deixar isso explícito, mas Martina se deixou levar pela atração que sentia, pela saudade e... por todo o resto. Pelo sentimento que uivava dentro dela, que transformava cada segundo ao lado de Lia em uma noite de lua cheia. O sentimento que a aterrorizava e lhe dava vida na mesma proporção.

Ela era uma idiota, pura e simplesmente.

Sem saber o que dizer a Renata, como responder ao que ela havia revelado, Martina se limitou a desviar o olhar e se afastar. Foi até onde Val estava parada, no limite do campo, parecendo satisfeita.

— Izidoro vai ficar bem — disse a técnica. — Esse tipo de coisa faz parte do jogo.

Martina mal ouviu o que ela dizia, só se sentou e anunciou:

— Quero ficar no banco.

— Quê? — Ela fixou um olhar atordoado em Martina. — Nada disso, preciso de você no campo.

— Não vou conseguir me concentrar. Só preciso de alguns minutos.

Val hesitou, analisando-a, mas acabou por assentir.

Depois que Lia saiu do gramado, carregada na maca pelos paramédicos, a partida recomeçou e foi anunciada a substituição dela e de Martina.

Do banco, Martina não conseguia nem olhar na direção onde Lia estava sendo tratada, agora do outro lado da linha branca que demarcava os limites do campo. Em vez disso, assistiu de braços cruzados ao Garras ser, mais uma vez, derrotado pelo Realeza.

Suas colegas deram tudo de si, lutaram até o fim, e estavam perdendo gloriosamente nos acréscimos enquanto Martina observava. Afundando na própria miséria, recusando-se a encarar Lia, ela notou os primeiros indícios de fumaça. Daquela vez, não saiu correndo.

26
ONDE TEM FUMAÇA

Nada como um incêndio para colocar tudo em perspectiva.

Quando começou, Lia agarrava a perna direita, segurando o gelo no lugar onde os paramédicos suspeitavam que tinha acontecido uma luxação. Eles já tinham enfaixado o local e permitido que ela se acomodasse no banco de reservas, abandonando aquela maca humilhante, mas disseram que levaria alguns dias para a dor diminuir.

Ao lado dela, Aura observava o jogo com tanta concentração que nem viu a fumaça começar. Lia tinha quase certeza de que ela se remoía com medo de o time perder só porque não estava em campo. Muito humilde. E nem era apenas porque ela fazia falta como jogadora, era porque, com ela no banco, o time não estava protegido por aquela besteira de "eu nunca perco" que ela gostava de sair repetindo por aí.

Lia a cutucou com o cotovelo.

— Está vendo aquilo?

Existia a chance de ela estar alucinando depois de ter engolido três comprimidos analgésicos, mas não apostaria suas fichas nisso. A uma distância de menos de quinhentos metros dela, vazando de uma porta abaixo das arquibancadas que devia levar a algum tipo de depósito, uma fumaça escura começou a subir.

— Eu sei, é como se não fosse o mesmo time dos últimos jogos — disse Aura, com os olhos vidrados na partida. — Alguma coisa aconteceu para abalar as jogadoras do Garras.

— Não é sobre o jogo — disse Lia, com um tom mais insistente, e puxou o braço de Aura para fazê-la olhar. — Olha lá. — Apontou para a fumaça. Já começava a sentir o cheiro desagradável de plástico queimando. — Tem alguma coisa pegando fogo.

— Eita pega.

Aura se levantou com um pulo e correu para chamar a atenção de um dos bandeirinhas, um homem magro e careca, de pele negra, que corria pela lateral. Ele e Aura quase esbarraram, e o cara estava a ponto de dar um pito nela quando também percebeu a fumaça.

Ele não foi o único, uma comoção se iniciava na plateia.

Lia soprou o cabelo para longe do rosto e se virou para procurar Martina, que tinha se sentado no banco do Atlético de Garras. Ela olhava para o outro lado, o oposto de onde estava a fumaça, e Lia seguiu seu olhar, apenas para descobrir que tinha fumaça vindo de lá também.

— Caralho — murmurou e tentou ficar de pé.

Em segundos, Aura estava a seu lado, ajudando-a a se levantar.

— Vamos dar o fora daqui — disse ela, passando um braço de Lia em torno dos próprios ombros. — Isto aqui vai virar um inferno quando todo mundo começar a sair ao mesmo tempo.

— Merda, tá bom. — Lia rangia os dentes, falhando em não deixar transparecer a dor que sentia.

Levantou o rosto, procurando Martina do outro lado do campo, e dessa vez os olhares delas se encontraram. Lia comprimiu os lábios e respirou fundo pelo nariz. Não, nada de dor por aqui, ela estava ótima.

Martina desviou o olhar.

— Acho que é tarde demais para um gesto romântico — resmungou Lia.

Aura suspirou e, daquela vez, não tentou motivá-la.

— É, acho que nem Renata contava com um incêndio. Nosso plano vai ter que esperar.

Lia não queria esperar. Ela já conseguia prever Martina se afastando e se fechando de novo. Ao mesmo tempo... Martina nunca se aproximara de verdade, não é? E, durante o jogo, ao marcar aquela falta, mostrara exatamente com o que se importava mais.

Com o jogo, não com Lia.

Algo que não era tão difícil assim de acreditar, considerando a forma como ela se fechara depois da primeira vez delas, recusando-se a ter o mesmo nível de intimidade de novo.

Com um sentimento crescente de desamparo, Lia deixou Aura guiá-la até os vestiários, e os sons atrás delas indicavam que o jogo continuava mesmo com a fumaça saindo de dois lados do estádio.

— Por que o jogo ainda não parou? — perguntou Lia, olhando para trás.

Pelo arco no final do corredor, dava para ver que uma das arquibancadas já começava a ser esvaziada, mas as jogadoras continuavam no campo. Nem mesmo as garotas que estavam no banco de reserva faziam qualquer movimento para dar o fora dali.

— Está nos acréscimos. — Se Aura estava incomodada com o peso de carregá-la, não deixou transparecer. Ela não era nem a mais musculosa e nem a mais alta do time, porém Lia sentia os músculos se movendo com facilidade e, mesmo carregando-a em uma situação como aquela, a respiração dela continuava normal. — Acho que faltam uns trinta segundos para acabar.

Elas entraram no vestiário e Aura depositou Lia, com todo o cuidado do mundo, em um dos bancos de madeira.

— Qual é o seu armário?

Lia apontou para um dos armários na parede oposta.

— Número catorze.

Aura assentiu e foi até lá. Pegou as roupas e a mochila de Lia, depois esvaziou o próprio armário.

O cheiro de fumaça começou a ficar mais forte, e Lia olhou para cima. Estava vindo dos dutos de ventilação, onde ela também notou um brilho alaranjado.

Também sentiu outro cheiro, e os pelos da nuca se arrepiaram.

— Aura, alguém derramou gasolina nos dutos de ventilação.

Aura terminou de enfiar os fones de ouvido na mochila e olhou para cima também.

— Merda, acho que não é seguro esperar pelas outras aqui. — Ela atirou uma mochila na direção de Lia, que a pegou no ar. —

Deve ter pelo menos uma saída de emergência mais perto do gramado, né? Outra maneira de as meninas saírem de lá.

— Espero que sim.

Nesse momento, ela precisava confiar que os funcionários que tomavam conta do estádio e da partida seriam mais competentes do que ela em lidar com um incêndio. Mesmo assim, não conseguiu deixar de pensar em Martina, ainda no estádio quando ela tinha saído.

Era patético ainda se preocupar tanto com ela depois de ter sido colocada em seu devido lugar, firmemente abaixo da vitória na hierarquia das coisas — e não era irônico que fosse assim? Martina, sua matilha, agira exatamente como ela mesma achara que agiria nessa situação: priorizando vencer a todo custo.

Doía perceber que, na realidade, se fosse Martina do outro lado, Lia jamais marcaria uma falta como aquela. E, por Martina e pelas colegas, não parecia certo sair sozinha com Aura.

O pensamento devia estar estampado em seu rosto, porque Aura se aproximou dela, dizendo:

— Nem pense nisso. — A ruiva, em um gesto exasperado, voltou a passar os braços de Lia sobre os próprios ombros. — Você está com a perna toda fodida, se a gente voltar, você só vai atrasar todo mundo. A cada minuto que passamos aqui, estamos inalando mais fumaça.

De onde tinha vindo aquela Aura, rápida em ação e com o pragmatismo de alguém que já saíra sozinha de quatro incêndios antes?

Aura torceu o nariz.

— Não faz essa cara. Não sei por que todo mundo acha que eu sou uma donzela indefesa. Eu sou uma loba também, Lia.

Mesmo com o medo comprimindo seu estômago, aquilo a fez rir.

— Sei disso. — Ela engoliu em seco, deixando que Aura praticamente a carregasse para fora. Mais baixo, acrescentou: — Obrigada.

Aura não respondeu, só seguiu em frente, e as duas saíram da construção, juntando-se aos torcedores que já estavam na parte externa. Elas se viraram para o estádio e...

— Puta merda — disse Lia, colocando em palavras o único pensamento que conseguia formular.

— É — murmurou Aura, olhando para cima também.

Todo o lado direito do estádio pegava fogo, as chamas lambendo as paredes de concreto e metal, a fumaça escura subindo rápido e se juntando às nuvens cinza.

— Tomara que chova logo — disse Aura, que ainda segurava Lia, embora já pudesse soltá-la.

Lia também não se afastou. Um nó se formava na garganta dela, apertado e amargo. As mãos estavam suadas, e o coração, batendo forte.

Tomara que o jogo já tivesse acabado, tomara que as colegas dela e Martina estivessem sendo guiadas para fora. Porra, tomara que *já estivessem* do lado de fora e Lia não conseguisse vê-las só porque tinham saído por outro lado do estádio.

— Elas estão bem — falou, tentando convencer a si mesma mais do que a Aura.

— Elas estão bem — repetiu Aura, e parecia fazer o mesmo.

Quase duas horas depois, bombeiros ainda cercavam o estádio e lançavam jatos de água nas chamas que pareciam não diminuir.

Lia esperou sentada com Aura no meio-fio, atrás de um monte de carros, no estacionamento, porque não aguentou ficar de pé por muito mais tempo e porque a multidão que entupiu o lugar a deixava zonza. Tinha gente que, mesmo em meio ao caos, parava e pedia para tirar fotos com elas ou para autografarem uma camiseta do time.

Conforme as pessoas deixavam o lugar, os carros no estacionamento foram diminuindo, até não sobrar quase nenhum.

Aura mandava áudios no grupo de mensagens do Realeza, tentando ajudar as outras a descobrirem a localização exata delas.

Finalmente, Renata as encontrou no estacionamento praticamente vazio.

A capitã andou rápido até elas, quase correndo, e algumas das jogadoras que a acompanhavam esperaram um pouco afastadas. Eloísa estava lá, com manchas de fuligem no uniforme, e Alex também, as duas com expressões assombradas.

Conforme Renata se aproximava, dava para notar que o cabelo dela continuava preso em um coque perfeito, embora todo o restante fosse uma bagunça — marcas de fuligem pelo corpo e no uniforme, as chuteiras encharcadas e a camiseta rasgada em um lado.

Lia tinha visto as mensagens no grupo, onde as garotas informaram que haviam sido escoltadas para fora do estádio às pressas, mas que ainda assim tiveram que sair com uma multidão de torcedores e funcionários, o que levara bastante tempo.

Quanto à Martina, nada. As mensagens que Lia mandara para ela foram recebidas, porém não foram visualizadas.

— Bem, isso não foi como o planejado — disse Renata, quando estava perto o bastante. Ela puxou Aura para um abraço e tossiu de leve no ombro dela, antes de acrescentar: — Pelo menos estamos todas bem.

— Onde estão as outras? — perguntou Lia.

— Já estão voltando para a pousada, elas foram com as vans que a prefeitura mandou para ajudar no tráfego de pessoas.

— O time do Garras também?

— As meninas do Garras foram antes, eu acho, no ônibus delas. — Renata se afastou de Aura, olhando para baixo, na direção de Lia. — Não se preocupa, a Martina está bem, você vai ver ela daqui a pouco.

Lia passou a mão pelo cabelo, afastando os fios úmidos. Continuava sentada no meio-fio porque, com a perna fodida daquele jeito, não se humilharia tentando se levantar sozinha. Uma chuva fraca tinha caído enquanto ela e Aura esperavam, mas nada forte o bastante para apagar o fogo.

— Não sei... Ela não está nem respondendo às mensagens.

Lia olhou para os próprios pés, para as meias sujas e molhadas. Tirara as chuteiras quando estava sob os cuidados dos paramédicos e nunca as colocara de volta.

— Foi ela quem te machucou — protestou Aura. — Você é que deveria estar dando um gelo nela.

— Não enche, Aura — retorquiu, sem muita força nas palavras. Provavelmente porque sabia, no fundo, que a amiga tinha razão.

— Me desculpa por dizer o óbvio. — Aura ergueu as mãos em uma falsa rendição. Não soava nada arrependida. — Talvez ela tenha te chutado com amor, quem sou eu para dizer? É você quem está mancando, então você me diz.

Lia cerrou os dentes.

— Deixa disso — interveio Renata, colocando uma mão no ombro de Aura. — Já tem coisas demais dando errado sem vocês começarem a brigar.

Ela se virou de novo para Lia e se abaixou para ajudá-la a ficar de pé.

Lia não estava em posição de recusar ajuda naquele momento. E, mais do que isso, nem queria.

E também não queria brigar com Aura, não depois de a garota ter feito todo aquele esforço para sair com ela do estádio. No entanto, seu peito ardia, como se o coração estivesse exposto, em carne viva, e o nome de Martina cutucava a ferida.

— Vocês vão se resolver. — Renata a encarou, séria, quando ela se firmou de pé. — Só fica calma, tá?

Lia suspirou, torcendo para que Renata tivesse razão.

— Vamos ter seis horas de viagem de volta para Sombrio — cedeu, abaixando a cabeça. — Acho que consigo esperar esse tempo para conversar com a Martina e tentar me resolver com ela, se for possível.

— Na verdade, nem precisa esperar tanto.

Lia encarou a capitã, franzindo a testa.

— Como assim?

— Bom, não sei se você já percebeu, mas a gente esbarra com o Garras em todo lugar.

Considerando a chalana que dividiram e o fato de pararem no mesmo lugar a caminho de Dourados, ela tinha percebido, sim. E Aura também comentou algo sobre isso. Entretanto, não era possível que o universo fosse dar tantas coincidências para ela assim, de mão beijada.

Quando Lia não disse nada, Renata continuou a dizer:

— Uma pousada em Dourados não seria imune às artimanhas do destino, não é?

— Está brincando comigo, né? — Lia bufou, e Aura se aproximou para ajudar Renata a caminhar com ela até onde as outras garotas esperavam. — Elas estão ficando na mesma pousada que a gente, é isso?

— Acredite se quiser... mas estou começando a desconfiar dessas coincidências.

Pelo menos Renata estava voltando a soar mais como ela mesma, uma definição ambulante de serenidade, embora ainda houvesse um resto de tensão em suas palavras. Ela inclinou a cabeça e encarou Aura, que estava estranhamente quieta.

Tinha sido Aura a responsável por reservar uma pousada para elas, usando o dinheiro que os patrocinadores cederam para levá-las até lá. Lia também olhou para aquela ruiva safada.

— Você está tão envolvida assim no meu relacionamento com a Martina? Eu disse que aceitava ajuda para conquistar ela, mas não precisa de tanto.

Aura a olhou de esguelha e fez um muxoxo, antes de voltar a atenção para a frente.

— Relaxa, Lia, você não é o centro do mundo.

Lia ficou em silêncio por alguns segundos, sua confiança murchando.

Elas finalmente pararam do lado das outras, e Alex se aproximou de Lia, olhando-a de cima a baixo.

— Resolveu se importar com o meu bem-estar agora? — perguntou Lia.

— Pior que sim. — A goleira endireitou o corpo e colocou as mãos na cintura. — Mas queria um beijo na chuva.

— A gente não está nesse nível, Alex. Me paga uma cerveja antes.

Alex soltou uma risada de escárnio, depois empurrou-a de leve — só para, logo em seguida, firmá-la quando ela se desequilibrou demais por causa da perna machucada.

— Não se faça de desentendida. Por que você não foi correndo agarrar a sua namoradinha?

Lia apenas meneou a cabeça, sem responder. Era meio óbvio que ela não conseguia correr em direção a nada. Isso sem mencionar o incêndio. Ou o chute que a suposta "namoradinha" lhe dera nas canelas, que bem poderia ter sido um chute na bunda.

Mas era fofo perceber que até Alex, a que mais relutou em aceitá-la no time, se preocupava com a vida amorosa dela. E, dessa vez, ela nem achava ruim que as colegas estivessem se metendo nisso. Tinha pedido ajuda, afinal.

Elas andaram devagar, todas acompanhando os passos lentos de Lia, e circularam o estádio até o outro estacionamento, onde o ônibus do Realeza estava estacionado. O celular de Renata começou a tocar, e todas olharam para a capitã com aquela cara de "que tipo de monstro faz uma ligação em vez de mandar mensagem?".

Renata atendeu a chamada, e elas continuaram caminhando — e Lia continuou mancando, se apoiando em Renata e Aura — enquanto ouviam apenas uma parte da conversa. Como lupina, a capitã deixava o volume baixo demais para ser percebido por elas, o que não acontecia com humanos, alheios à audição sensível dos lobos.

— Aham, é ela mesma — começou Renata. Do outro lado da linha, dava para notar apenas o zumbido de uma voz masculina. — Não, está certo, ainda não temos um técnico novo, pode falar comigo ou mandar um e-mail para a universidade... Sei. Aham. Espera, quê?

Ela parou de andar. Lia e Aura foram obrigadas a parar também, o que motivou as outras a fazerem o mesmo.

— Como assim um ataque? De quem?

Lia trocou um olhar com Aura, as duas entendendo, só pelo tom de voz de Renata, que havia algo de muito errado.

— Esse não é o meu trabalho, a UniLobos vai ter que mandar um especialista para investigar. — Enquanto ouvia o que a pessoa do outro lado da linha tinha a dizer, a boca dela formou a frase "que merda é essa?", sem som. — Com licença, vou precisar te interromper aí. Nos falamos de novo na presença de advogados.

Ela desligou o telefone.

— Você tem advogados? — questionou Aura.

— O Realeza tem. Ou deve ter, se não tiverem demitido todo mundo sem avisar a gente.

— O que, vamos ser sinceras, pode muito bem ter acontecido — pontuou Aura. — O que houve, Nati?

— Pelo visto este estádio não foi o único a pegar fogo. Alguém quis causar uma comoção. Também atearam fogo no estádio onde a outra partida da semifinal ia acontecer.

Lia franziu o cenho.

— Mas a outra partida ia acontecer...

— No estádio da UniLobos — completou Renata. — É, gente, sabe aquele negócio de o buraco ser mais embaixo? Ele realmente é.

27
DEUS TORCE PARA O ATLÉTICO DE GARRAS

Martina saiu do banho, enrolou uma toalha na cabeça e vestiu um casaco de moletom e uma samba-canção com estampa de alienígenas grande o bastante para parecer um short. Fez isso em um estado de transe, pegando as roupas que estavam por cima na mala. Nem se incomodou em botar sutiã e calcinha; saiu desse jeito do quarto e foi encontrar com algumas das amigas na varanda da pousada.

Só Ju e Nicolly estavam ali, dividindo uma das quatro redes penduradas entre pilares de madeira. As outras três redes estavam vazias, balançando com a brisa forte, que prometia uma tempestade durante a noite, e produzindo um som metálico e calmante.

Martina se sentou em uma das redes vazias, a mais próxima da que as meninas ocupavam. As duas a encararam, em um silêncio suspeito e com expressões esquisitas, meio boquiabertas, até que ela não aguentou mais.

— Que foi? — perguntou, soando mais ríspida do que gostaria.
— Nada, nada. — Ju levantou as mãos.

Estava com um casaco corta-vento, mas, como Martina, parecia não sentir frio nas pernas, porque usava apenas um calção bordô. A cor ficava bonita com sua pele negra, embora não combinasse tanto assim com o tom rosa de seu cabelo, um pouco desbotado.

— Como você está?
— Já estive melhor — confessou Martina. — Não é todo dia que a gente briga com uma amiga, quebra a perna de outra, perde uma

semifinal e depois tem que escapar de um estádio em chamas. — Ela cruzou as pernas sob o corpo e suspirou. — E vocês? Como estão?

— Uma bela merda — disse Nicolly, sem rodeios, colocando uma mecha do cabelo castanho atrás da orelha.

Ju olhou para ela, abrindo um de seus sorrisos encantadores.

— Uma merda feia, pelo menos, você nunca seria.

Nicolly empurrou de leve o ombro no dela. As duas estavam sentadas como Martina, de pernas cruzadas, os corpos colados.

Ju olhou de novo para Martina, e o sorriso diminuiu um pouco.

— Eu já estive melhor, para ser sincera — confessou. — Realmente acreditei, até o último segundo, que a gente fosse ganhar aquele jogo.

Martina ajeitou a toalha na cabeça, o tecido grosso pendendo para o lado porque os fios de seu cabelo eram curtos demais para mantê-la no lugar. Ela se sentia exausta de um jeito que não era justo, nem tinha jogado a partida inteira, mas perder um jogo tinha esse efeito nela. Pesava.

Respirou fundo e se lembrou das chamas consumindo as arquibancadas do estádio.

— Correndo o risco de vocês me acharem mais doida do que já acham...

— A gente vai continuar te amando — garantiu Ju.

— Eu fiquei feliz quando tudo pegou fogo. Pareceu que o universo estava dando o troco pela gente.

Nicolly ergueu as sobrancelhas, parcialmente encobertas pela franja.

— Então você vai adorar saber disso aqui... — Ela tirou o celular do bolso e atirou-o para Martina, que por pouco não deixou o aparelho cair no chão. — Pode ir passando para o lado na galeria de fotos.

A tela do celular mostrava a foto de um estádio em chamas e, a princípio, Martina não entendeu o que isso tinha de novidade. Só quando passou para as imagens seguintes é que a ficha caiu.

— É o estádio do Realeza. — Ergueu os olhos para as amigas. — O que isso significa?

— Que o futebol feminino está sob ataque. E que talvez o universo realmente tenha dado o troco. — Nicolly deu de ombros, como se estádios pegando fogo fossem só mais uma segunda-feira em sua vida.

— Quem diria, hein. — Ju soltou uma risadinha. — Deus torce para o Garras.

A voz de Débora destruiu a leveza do momento:

— Mas a Martina não, pelo visto.

Ah, pronto. Aquilo já era demais. As três olharam para o lado, na direção da capitã.

— Do que você está falando? — Martina endireitou o corpo e ergueu o queixo. — Eu não dei motivos para você ficar me atacando assim, Débora, isso já está ficando cansativo.

— Então explica essa merda que você está vestindo. — Débora cruzou os braços e não se aproximou delas, continuou parada em frente à porta que separava a varanda de uma das salas de estar da pousada. — Você não podia pelo menos deixar uns dias passarem, tinha que esfregar isso na nossa cara agora?

A merda que ela estava vestindo? O que Débora tinha na cabeça?

Martina olhou para baixo, e a respiração ficou presa na garganta. O moletom que usava, o mesmo que pescara da pilha de roupas limpas na cama e jogara na mala, o mesmo que vestira havia alguns minutos sem prestar atenção, tinha o emblema do Realeza desenhado na frente, em tinta preta.

Era por isso que Ju e Nicolly haviam olhado estranho para ela quando a viram chegar. E ela não fazia ideia de como aquilo tinha acontecido.

Só sabia de uma coisa: Lia adoraria ver isso. Ela, Renata e todas aquelas esnobes do Realeza ficariam em êxtase. E talvez fossem as culpadas por essa peça de roupa ter aparecido magicamente na mala dela.

Martina poderia tentar oferecer uma explicação, dizer que não havia se dado conta de que tinha um moletom do Realeza consigo, mas apenas apertou o maxilar. Não daria o gostinho de parecer uma idiota na frente de Débora, não quando ela estava determinada a agir como a idiota do grupo.

— Deixa para lá. — Levantou-se da rede, ajeitou de novo a toalha na cabeça e fixou o olhar na capitã. — Eu acabei de machucar a garota de quem eu gosto só pra vencer a droga de um jogo, mas você ainda insiste em dar a entender que eu não quero fazer parte do time.

— Mas aí é que está, Martina, a gente não venceu o jogo. E você ficou assistindo a tudo do banco, sentindo mais pena de você mesma e da sua namoradinha do que do seu próprio time.

Martina balançou a cabeça. A garganta dela estava começando a doer, e não era só por causa de toda a fumaça que tinha inalado.

Não tinha mais nada a dizer depois daquilo. Com certeza as respostas certas só viriam dias depois, durante o banho, quando toda aquela discussão passasse pela cabeça dela pela centésima vez. E, se não era para dar a resposta certa, melhor não dizer nada.

Começou a passar por Débora, com a intenção de entrar na pousada e voltar para o quarto, mas a outra garota segurou seu braço.

Martina olhou para ela, um pouco esperançosa, no entanto logo ficou óbvio que Débora não a detivera para pedir desculpas. Sem encará-la de volta, inclinou o queixo para frente e disse:

— Olha lá quem está chegando para alegrar o seu dia.

Martina se virou, tentando entender do que ela estava falando, e viu o grupo de garotas que se aproximava. Eram as jogadoras do Realeza, com as roupas molhadas de suor e da chuva fraca que tinha caído durante o horário do almoço, e ainda sujas de fuligem. Elas não estavam todas ali e, apesar das palavras de Débora, nem Lia estava à vista.

— E a nossa sina continua. — Nicolly suspirou, apoiando a cabeça no ombro de Ju. — O universo voltou a odiar a gente.

Martina engoliu em seco e saiu rápido da varanda. Não queria que as jogadoras do Realeza a vissem com aquele moletom e também ainda não estava pronta para falar com Lia, que com certeza viria logo.

Com boas doses de covardia no sangue, Martina se enfurnou no quarto do hotel, ainda usando o moletom do Realeza, e passou a hora seguinte amuada. Seu raciocínio trabalhava como um pêndulo, indo e voltando de extremos opostos.

Será que a sua explosão em campo, que terminara com Lia machucada, era a prova derradeira de que deveria voltar a usar Licontrol? De que nunca devia ter parado de tomar o remédio?

Mas, pensando bem, a falta nem havia partido de um instinto de loba, Martina tinha certeza disso. Aquela era a jogadora que ela era: impulsiva e egoísta. Era óbvio que se importava mais com o jogo do que com a pessoa que estivera a seu lado havia mais tempo do que o futebol.

Ou... talvez não fosse *óbvio*, se Débora havia sido capaz de dizer aquelas coisas.

"Você ficou assistindo a tudo do banco, sentindo mais pena de você mesma e da sua namoradinha do que do seu próprio time."

Era isso o que ela havia feito? Era o que sentia?

Martina, deitada de barriga para cima, tentou encontrar o sentimento de pena em algum canto de sua mente ou de seu coração...

Nada. Não estava ali.

Ela não sentia *pena*, essa coisa horrível, ela sentia medo. Raiva, também, inegavelmente. E havia uma quantidade opressiva de vergonha e arrependimento escorrendo em suas entranhas, o momento da falta sendo revivido em looping em sua cabeça, logo seguido pela percepção de que Lia provavelmente veria aquilo como uma falha no plano.

Não, não era pena, mas doía. As panturrilhas e os joelhos estavam no limite do desgaste; o peito ardia; a cabeça pulsava no que em breve se tornaria uma enxaqueca; e, lá no fundo, havia um grasnido lupino entalado.

Martina agarrou o tecido do moletom, logo acima das batidas erráticas em seu peito, e sentiu o formigamento de lágrimas que se formavam em seus olhos.

Doía jogar contra Lia na mesma proporção em que era exultante estar no mesmo gramado que ela de novo.

Doía perder daquele jeito quando seu time estivera tão perto de dar o troco pelo doze a um de dois anos antes.

Doía continuar se importando tanto com a garota que havia partido seu coração.

Martina fechou os olhos.

— Está tudo bem — sussurrou para o quarto vazio e para a parte de si que era garras e dentes afiados e que nunca, jamais, machucaria Lia de propósito. — Estamos bem. Não vou enterrar você de novo.

Algo nela se aquietou por dizer e ouvir as palavras em voz alta.

Os acontecimentos não eram uma prova de que deveria voltar a tomar Licontrol, nem mesmo a usar os bloqueadores, que nunca haviam funcionado direito. O que se passara naquele campo era apenas uma evidência de que, loba ou não, ela ainda era humana, e foda-se o que os fãs do termo "não humanos" para lobisomens e metamorfos achavam sobre isso.

A loba não queria vencer, apenas jogar. Era a parte humana de Martina que faria de tudo pela vitória.

E, sinceramente, continuaria fazendo. Ela era uma atleta, não tinha desejo algum de se acostumar com a derrota e nem de abaixar a cabeça quando a sentisse se aproximando.

Mas faria tudo dentro das regras do jogo, não precisava ficar recorrendo a faltas perigosas, não queria repetir o que acontecera em Corguinho e terminar ganhando cartões amarelos desnecessários, apenas para depois suas colegas de time a encararem como se ela fosse uma coisinha descontrolada. Ela era, claro, mas até quando?

Com a mão ainda sobre o peito, ficou remoendo o mesmo pensamento. *Não é a loba, não é a loba, não é a loba...* Mas ainda não sabia o que fazer sobre isso.

As lágrimas secaram, os batimentos cardíacos se aquietaram e Martina se levantou da cama, abriu a porta com força e saiu pisando firme, porém sem rumo.

Deixou a toalha úmida para trás, e o cabelo já estava um pouco seco, mas bagunçado. Pouco se importava com a aparência naquele momento.

Não sabia se ia correr, aproveitando que estavam em uma área mais rural, ou se procuraria Débora para acabar de vez com aquele clima estranho entre elas. Precisava explicar que, diferente do que a capitã achava, não sentia pena de si mesma e nem do Garras. Que se importava com o time tanto quanto ela.

Não chegou a fazer nenhuma dessas coisas.

Lia se aproximava, indo pelo corredor entre os quartos e bloqueando a passagem. O cabelo dela estava molhado e penteado para trás, evidenciando que tinha acabado de sair do banho. Ela usava uma camiseta cinza de algodão e uma calça de moletom do conjunto do casaco que Martina vestia. Seus pés estavam em uma sandália grossa e grande demais, que provavelmente pegara emprestada de outra jogadora.

— Gostei do casaco — foi a primeira coisa que disse. Claro.

Martina olhou bem para ela. Estava com uma faixa enrolada no pé direito, e o curativo provavelmente continuava por baixo da calça. Além disso, ela se apoiava em muletas.

A visão das muletas deu um basta nas palavras que Martina teve o impulso de dizer, silenciando o questionamento sobre o que Lia teria a ver com aquela merda de casaco do Realeza ter aparecido entre suas coisas.

Mas Lia não era boba e, de alguma forma, conseguiu identificar a dúvida de Martina, porque revelou:

— Não se preocupa, eu sei o que houve. Fui eu que esqueci o moletom na sua casa, naquela primeira noite que fui até lá.

Isso explicava um pouco as coisas. A faxineira devia ter lavado o moletom e, depois, ele ficara aquele tempo todo na pilha de roupas limpas sobre a cadeira em frente à escrivaninha do quarto de Martina — uma pilha que só ia aumentando porque ela estava ocupada demais com os jogos e com Lia para pensar em algo idiota como dobrar roupas e guardá-las na cômoda.

— Você "esqueceu" ele de propósito lá em casa, não foi? — Martina fez aspas no ar, o ultraje misturando-se à culpa que sentia. Ela evitava encarar as muletas e o curativo, focando apenas o rosto de Lia. — Achou o quê? Que eu fosse andar por Sombrio usando a camiseta do seu time?

— Eu... bom, foi um pouco de propósito, mas era só para te encher o saco. — Lia franziu a testa, crispando os lábios. — Por que está me olhando assim? Foi você quem escolheu usar o moletom hoje, de todos os dias possíveis.

— Vesti sem querer.

— É mesmo? Agora você faz as malas e troca de roupas no escuro?

— Ah, vai se foder, Lia.

Martina se virou, pronta para voltar para o quarto, mas a mão quente e macia de Lia se fechou em seu pulso, obrigando-a olhar para trás de novo. O barulho de uma das muletas caindo no chão ressoou entre as paredes do corredor.

— Por que você está agindo assim? — As palavras de Lia eram ásperas, e ela soltou rápido o pulso de Martina, mas precisou se apoiar em uma única muleta dessa vez.

Não parecia incomodada com isso, nem ao menos dava a impressão de ter percebido o desequilíbrio. Estava com os olhos fixos em Martina.

— Quando te vi com esse casaco, pensei que fosse um tipo de pedido de desculpas por praticamente ter quebrado a minha perna naquele campo, mas agora parece que você não dá a mínima.

Martina abriu a boca para retrucar, a vergonha queimando ácida em seu estômago. Lia, contudo, não estava pronta para deixá-la falar.

— Eu sou apenas efeito colateral, é isso? — continuou ela, estreitando os olhos escuros. — Você me beija, me fode, me faz acreditar que temos algo, dorme com a cabeça encostada no meu ombro no meio da porra de um desenho a que a gente está assistindo juntas e depois, numa virada impressionante, decide me lesionar em troca de vantagem em um jogo? Quer saber, Martina? Vai *você* se foder.

Suor se acumulava na palma das mãos de Martina. Ela estava tão encurralada quanto naquela vez em que ela e Lia haviam se reencontrado em Corguinho, presa entre a parede do banheiro da lanchonete e a amiga que julgava ter perdido para sempre.

— Não. — Ergueu o queixo, teimosa demais para admitir que sentia muito, que sentia *tudo*. — Vai *você* se foder.

Lia soltou uma risada seca, dolorida.

— Foda-se *você* — reiterou, com fogo queimando nos olhos.

— Você, Lia.

— Vai você...

— Isso é tudo o que vocês têm a dizer uma para a outra? — Uma voz feminina interrompeu aquela troca inútil de farpas, e tanto Martina quanto Lia se viraram na direção dela.

Era Aura Maria, parada de braços cruzados no final do corredor.

Sempre feliz com a atenção, ela prosseguiu:

— É isso o que as pessoas querem dizer quando falam em términos amigáveis? — Aura falava com um tom falsamente confuso. — É quando tudo acaba com uma oferta mútua de masturbação?

— Aura... — Lia levou a mão à têmpora, massageando um nervo, e precisou se equilibrar com apenas um braço em torno da muleta. — Você gostaria de ir se foder também?

— Não no momento, mas obrigada pela preocupação. — Aura se virou para ir embora, provavelmente pela mesma direção que viera, mas parou, olhando para as outras duas. — Conversem de verdade, pelo amor de Deus.

Munida de tanta sabedoria, ela as deixou mais uma vez sozinhas no corredor. Martina e Lia se encararam, ambas com as mãos em punho, os corpos vibrando de tensão. Os segundos se arrastaram, nenhuma das duas disposta a ceder.

No fundo, Martina sabia que deveria ser a primeira a dar o braço a torcer se quisesse ter alguma chance de recuperar o que elas tinham. Ela tinha ferido Lia de uma forma que não era só emocional. Não deveria ser tão difícil assim pedir desculpas.

O problema era que, embora quisesse ter de novo a tranquilidade dos últimos dias, a calma de adormecer no ombro de Lia ao som da música de encerramento de um anime qualquer, não sabia mais se aquilo era real. O que Renata dissera em campo abalara a visão que ela tinha do relacionamento que estavam desenvolvendo.

Foi Lia quem suspirou, passou a língua nos lábios e perguntou:

— Vai mandar eu me foder de novo ou podemos conversar como adultas? Porque pra mim tanto faz, eu topo o que você achar melhor.

Aquele jeitinho blasé e tranquilo dela, sua maneira de esconder a timidez e as próprias inseguranças, foi a gota d'água. Martina deu um passo à frente, colocando-se tão perto dela que precisou inclinar o queixo para cima para não quebrar o contato visual.

— Eu nunca faria nada de propósito para te machucar, Lia, e não teria marcado aquela falta se achasse que resultaria em uma lesão. Mas, ao mesmo tempo, na hora, eu só queria vencer. E não era vencer apenas o jogo, era vencer *você*.

— Porque você ainda se ressente de mim, é isso?

Martina balançou a cabeça, negando.

— Porque jogar contra você é... é como tudo ao seu lado. Divertido, inebriante e único. Foi como quando estávamos começando no futebol e cada jogo parecia ser o mais importante do mundo, tudo ou nada. — O coração de Martina batia rápido e forte, era assustador, mas não parou de falar. — Você é o tipo de jogadora que faz de tudo para vencer, né? Se estamos juntas em campo, eu faço o mesmo.

Os olhos de Lia estavam levemente arregalados, as pupilas dilatadas. Sua garganta se moveu quando ela engoliu e, em seguida, disse baixinho:

— Eu não te machucaria para vencer.

Era verdade?

Martina tentava buscar a resposta na íris castanha de Lia, e lá estava: tanto carinho, tanto afeto, talvez na mesma quantidade imensurável que Martina também sentia.

Não era possível que sua amiga de infância tivesse se tornado tão boa atriz desde que haviam se separado; ela não conseguiria fingir um carinho desse tamanho no improviso. Sendo assim, o que Martina via só podia ser a realidade.

Renata fizera parecer que era tudo pela atenção do público, mas Martina começava a duvidar.

— Eu sei — disse ela, por fim. — E eu também não faria isso. Por que acha que me sentei no banco depois que você foi carregada para fora do gramado? Sem você ali, vencer já não importava mais tanto assim.

— O que isso significa para a gente?

— Para mim, significa que, aonde quer que eu vá, dentro e fora dos campos, só é um caminho do sucesso se você estiver nele.

Significava muito mais do que isso, coisas que Martina não queria dizer ainda, que precisava entender dentro de si. Antes, também precisava saber o que Lia pensava disso.

— É o que significa para você também? Esse *nós* a que você se refere envolve só a gente ou envolve o seu time e o meu também?

— O que você quer dizer?

— A Renata foi falar comigo em campo, depois de eu ter marcado aquela falta, e deu a entender que você ficaria mais feliz com um beijo em público porque chamaria o tipo de atenção desejada.

Lia bufou, revirando os olhos.

— Ela disse isso mesmo? Acho que ela está confundindo as coisas.

— Não lembro as palavras exatas, mas foi algo assim. Isso tem algo a ver com a forma como o comportamento das jogadoras do seu time mudou nos últimos dias?

— Tem, um pouco, mas... não é desse jeito que você parece estar pensando. Eu não estou usando você, Martina.

— Mas está se aproveitando de uma oportunidade, não está? Da atenção que a gente atraiu?

Lia entreabriu os lábios, parecendo prestes a refutar a ideia, mas parou. Seu silêncio disse tudo o que Martina precisava saber.

Depois de ter praticamente se declarado, aquilo a magoou mais ainda.

Ela secou as mãos na samba-canção e se virou, dando alguns passos para longe. Não queria continuar no corredor, precisava de privacidade para assimilar tudo. E chorar.

— Espera, Martina. — Lia se apoiou naquela única muleta e foi atrás dela. — Você está me devendo um favor.

— Olha, Lia, agora não é o momento.

— Eu escolho o momento. — Lia a alcançou e, próxima dela outra vez, parecia tão frágil... — Lembra da sua primeira lesão?

A primeira lesão dela?

Martina tentou buscar na memória. Estava jogando havia tempo o suficiente para ter acumulado algumas lesões, poucas delas realmente graves. Mas a primeira...

É, a primeira tinha sido bem grave.

Elas deviam ter uns catorze ou quinze anos na época. Tanto o futebol quanto ser uma lobisomem, na prática, eram novidades. Lia nem tinha sido transformada ainda. E, mesmo assim, ela soubera exatamente o que fazer. Era como se tivesse nascido com o manual de como fazer Martina se sentir melhor em qualquer situação.

O manual para fazê-la feliz, sempre.

Devagar, Martina disse:

— Você me ajudou a melhorar.

Lia soltou o ar pela boca e assentiu.

— Hora de retribuir. Juro que te explico tudo depois, mas agora preciso de você. Será que você pode ir comigo lá fora?

Preciso de você. Martina tentou encontrar forças para ir embora depois de ouvir isso, e descobriu que não tinha essa capacidade. Ainda assim, questionou:

— Por quê?

Lia sorriu, hesitante.

— Não quero correr sozinha.

SEIS ANOS ANTES

A primeira lesão de Martina aconteceu quando ela tinha quinze anos. Lia nunca se esqueceria da preocupação que tomara conta de seus dias naquela época.

Foi autorizada a visitá-la só depois de uma semana. Elas tinham se falado por mensagens e no telefone durante esse tempo, mas não bastava. Nunca acontecera de uma delas se machucar de verdade. Tinha sido uma ruptura no ligamento do joelho, e Lia entreouvira o técnico do time delas na escola de futebol dizer que a família de Martina queria tirá-la do campo para sempre.

Não podia deixar aquilo acontecer.

Patrícia e Marcos tinham perfeita noção disso, tanto que estavam atrasando o máximo possível uma visita, inventando desculpa atrás de desculpa. Isso também podia ser porque eles não gostavam de Lia, mas depois de todos aqueles anos já deviam ter aprendido que não tinha como mantê-la longe da filha deles.

Martina era a melhor amiga dela. E no futuro seria sua parceira no futebol, jogando profissionalmente no Realeza, ela fazia questão disso.

— Ei — disse, abrindo só uma fresta da janela do quarto de Martina, que ela sempre deixava destrancada. — Sentiu minha falta?

— Lia! — Martina ergueu o corpo na cama, apoiando as costas na cabeceira, e Lia sorriu.

Entrou no quarto, passando os pés pelo batente da janela e pulando para dentro com a agilidade de alguém que já fizera isso muitas vezes. E tinha feito mesmo, praticamente todo final de semana das férias.

O quarto era um daqueles de princesa, com certeza o sonho de muitas garotas, mas não o de Martina.

Os móveis eram pintados de branco, a roupa de cama e as cortinas eram lilases, e havia até uma penteadeira no canto. Martina, Lia sabia, odiava tudo aquilo. Não porque ela não gostasse das cores ou da penteadeira, mas porque os pais tinham decorado o cômodo para uma versão dela que não existia — para uma garota delicada, comportada e feminina ao extremo que habitava alguma outra realidade, enquanto naquela casa, no quarto de cortinas em lilás, restava apenas Martina.

Para mostrar a eles quem é que mandava, ela fizera questão de colar pôsteres de bandas de rock e de jogadoras de futebol nas paredes. Também deixava espalhados sobre a cadeira e a cômoda seus uniformes, estivessem eles limpos ou sujos, e expusera bem à mostra a coleção de chuteiras.

Era uma das coisas que Lia admirava nela, essa coragem de mostrar, e não apenas dizer, quem ela era.

Era final de janeiro, Martina tinha acabado de fazer quinze anos e já estava tão determinada a ser ela mesma, sem hesitação, pelo resto da vida. Lia, por outro lado, não sabia direito nem o que estava com vontade de comer na maior parte do tempo.

Mas tudo bem, por enquanto era o suficiente que uma delas soubesse a direção a ser seguida. Aonde Martina fosse, Lia acompanharia.

— Como está o joelho? — perguntou, sentando-se na cama ao lado dela.

— Ah, para com isso, eu não aguento mais as pessoas me perguntando desse joelho. Vamos só fingir que ele não existe?

— Não vai rolar.

Martina bufou e cruzou os braços. O cabelo dela estava uma bagunça, os fios castanhos emaranhados, e uma espinha nova tinha nascido bem no meio da testa. Ela também precisava de um banho, fato que Lia resolveu não comentar.

— Não está doendo. Não com todos os remédios que eu preciso tomar. Eu odeio isso. Como se não bastasse o Licontrol me deixando com vontade de morrer, agora eu mal tenho forças para me levantar da cama e fazer xixi.

— Mas você está conseguindo se levantar?

— Não sozinha. — Martina fez uma careta. — Ainda. Mas já estou melhor.

Lia deu uma olhada na direção da porta — que precisava ficar entreaberta segundo ordens de Patrícia — e abaixou o tom de voz:

— A transformação não devia dar conta disso? Das lesões e tudo o mais?

Martina desviou o olhar.

— Eu não... Eu não estou conseguindo me transformar direito.

Lia sentiu um aperto no peito. Ela não gostava nada daquilo, de Martina não ser capaz de olhá-la nos olhos ao falar sobre as transformações, da forma como os ombros dela ficavam tensos toda vez que isso acontecia.

Ela tinha sido transformada em lobisomem no ano anterior, alguns dias depois do aniversário de catorze anos, quando era legalmente permitido que passasse por isso. Foi a primeira vez que Lia não sentiu inveja de Martina por ser a mais velha. Dessa forma, em abril daquele mesmo ano, quando seus pais levantaram o assunto da transformação na semana de seu aniversário, ela pôde dizer sem um pingo de hesitação que não era o momento — se tornaria lobisomem só depois dos dezesseis ou dezessete anos. Não queria viver o que Martina estava vivendo.

Não queria as noites de insônia, as explosões de melancolia em um dia e de agressividade no outro. Não queria passar a droga de um mês inteiro menstruada sem aviso prévio, nem correr o risco de ter que tomar aquele remédio de que Martina tanto reclamava, o tal do Licontrol.

Ela estava muito bem, obrigada, com a mente e o corpo totalmente humanos.

— Fodam-se seus pais — anunciou, levantando-se da cama. Foi até a porta e a fechou, depois cruzou os braços. — Tenta se transformar.

— Lia, não dá...
— Somos só eu e você aqui, por que você não tenta?
— Já disse que não consigo.
— Só tenta. — Quando viu que Martina ia protestar de novo, acrescentou: — Se você quer se tornar uma jogadora profissional, vai precisar fazer o que é necessário para não parar de jogar. Não está vendo que essa é a melhor parte de ser uma lobisomem *e* uma jogadora? O futebol ajuda a sua mente, e a loba vai curar o seu corpo. Você não precisa separar as duas coisas.

Ela não sabia de onde as palavras tinham vindo, mas, assim que as disse, teve certeza de que eram a verdade. Não diziam por aí que os esportes jogados por lobisomens e metamorfos eram os mais lucrativos? O fato de que os jogadores quase nunca eram afastados por doenças e lesões era parte disso. Uma jogadora que não fosse capaz de aproveitar essa vantagem nunca chegaria longe.

Martina cerrou as mãos em punhos, agarrando a coberta. Lia conhecia aquele gesto, significava que ela estava tentando acalmar o turbilhão de emoções dentro de si.

Vamos, Martina, você consegue. Você precisa conseguir.

Martina fechou os olhos e respirou fundo, soprando o ar pelos lábios. Quando suas pálpebras voltaram a abrir, ela disse:

— Uau. Eu não sabia que você conseguia ser tão profunda.
— Cala a boca. — Lia sorriu. — Você vai tentar ou não?
— Tá. — Martina ergueu a cabeça. — Vou tentar, mas não aqui. Me ajuda a me levantar, acho que consigo ir até a floresta.

Sombrio tinha mata nativa em todo canto, era parte do que atraía tantos metamorfos para a cidade, mas a floresta perto da casa de Martina era uma das maiores, com quilômetros de árvores altas e o solo fofo repleto de folhas.

Lia se adiantou para ajudar a amiga a ficar de pé.

Havia outro problema: como elas passariam pelo andar de baixo? Patrícia com certeza estava de tocaia na sala.

— Vamos ter que sair pela janela — disse Martina, como se lesse seus pensamentos.

— Mas e o seu joelho?

— Eu dou conta.

Era óbvio que não daria conta, mas Lia não desistiu. Já estava feliz por tê-la convencido a arriscar uma transformação. Ajudou-a a passar pela janela, algo que Martina também tinha prática em fazer desde os dez anos de idade, ainda que não com o ligamento do joelho rompido.

Deve ter levado uns dez minutos, mas elas enfim pararam sobre o telhado do primeiro andar da casa, olhando para a garagem nos fundos e se equilibrando sobre as telhas alaranjadas.

— Tá, eu não dou conta — admitiu Martina, olhando para baixo. A distância até o chão era grande demais, o joelho dela não aguentaria o impacto de um salto.

Contudo, Lia deu de ombros, fingindo que não era nada demais.

— Então se transforma.

— Aqui? — Martina a encarou como se ela tivesse perdido a cabeça. — Se eu não queria me transformar no quarto, por que em cima do telhado seria melhor?

— Porque a sua única outra opção é dar meia-volta e passar de novo pela janela. E eu imagino que o seu joelho já deve estar doendo pra caramba só de termos chegado até aqui. — Martina fez uma careta, mas Lia continuou: — O que vai doer mais, Martina? Se transformar ou forçar mais esse joelho?

— Eu te odeio às vezes.

— Odeia nada.

— Tudo bem, não odeio. Mas gostaria de odiar.

Lia se afastou um passo, sorrindo de lado. Sem ninguém em quem se apoiar, Martina vacilou um pouco antes de recobrar o equilíbrio. Ela estreitou os olhos na direção de Lia, que só sorriu mais. Se Martina começasse a cair, ela a alcançaria. Mas Martina não cairia.

— Anda logo, a gente não tem o dia todo.

Martina respirou fundo de novo e começou a tirar a roupa.

Lia não desviou o olhar como fazia no vestiário quando as meninas ao redor se despiam. Estava ficando muito difícil olhar para qualquer menina, mas não para Martina. Olhar para Martina era sempre muito fácil.

A transformação demorou tanto que o céu começou a ficar laranja.

Ainda assim, quando viu os olhos de Martina ficarem cinza, Lia sabia que daria certo. Ela ficaria bem. Ela se rebelaria, como sabia fazer tão bem, contra qualquer coisa que ameaçasse mantê-la fora do jogo.

28

O TRIUNFO NA DERROTA

Elas saíram pelos fundos. A pousada ficava um pouco afastada da cidade de Dourados, em uma região rodeada por fazendas, perto do rio Brilhante. Havia uma área de preservação que dava para ver ao longe e que provavelmente contornava o rio. Não era nada como as florestas nos arredores de Sombrio, mas era o que tinham.

Andaram, juntas e em silêncio, pelo caminho de terra que levava até o rio, passando por um portão de madeira gasta e por um rebanho de ovelhas que, sentindo o cheiro de lobas de pele humana, afastavam-se, balindo.

Lia mancava, apoiando todo o peso nas muletas, e Martina se continha para não ajudar. Não queria correr o risco de machucá-la mais, então só ajustou a velocidade dos próprios passos aos dela.

— Por que ninguém fala direito sobre isso? — perguntou Lia, quebrando o silêncio com naturalidade, como se desse continuidade a uma conversa em andamento. — Seria tão fácil se todo mundo saísse para correr junto, como lobas, depois dos jogos. Nada de dor muscular. Nada de lesões por sobrecarga. Só pura e simples licantropia.

Martina sabia que, para os metamorfos, havia um processo semelhante de cura na forma animal. O que entre os lobisomens era simples licantropia, como Lia dissera, para as outras poderia ser simples metamorfose. Exceto que nunca era tão simples.

Mesmo assim, arriscou um palpite:

— Talvez a gente esteja bobeando, quem sabe os outros times façam exatamente isso.

— Nunca joguei em um time que fizesse.

— Está a fim de começar uma tradição, então? — Martina deu uma olhada para trás. A pousada já era um ponto pequeno no horizonte, meio escondida por algumas árvores. — Podemos voltar e chamar as outras.

— Hoje, não. Prefiro só eu e você por enquanto.

As palavras tinham um gostinho de nostalgia, mas também doíam um pouco. Tinham chegado tão perto disso, de serem só Martina e Lia de novo.

— Para com essa cara — disse Lia, soando exasperada pela primeira vez. — Isso não vai dar certo se você ficar se agarrando a essa culpa inútil. Larga mão disso.

— Eu te machuquei.

Em sua mente, uma voz completou baixinho: *e você me machucou também*.

— Deixa isso pra lá, Martina.

— Você tá falando sério? — Martina parou de andar e olhou para ela. — É tão fácil assim?

Lia também parou.

— O que é fácil?

— Perdoar.

Porque, ao contrário dela, Martina era capaz de guardar rancor por anos. Ela conseguia transformá-lo em um troféu, em algo dourado e brilhante, em uma coisa de que se orgulhar. Tinha culpado Lia por tudo: pelo afastamento, pela amizade destruída, com tanto gosto...

Mas ali estava Lia, pronta para perdoá-la em questão de horas.

Era quase uma afronta.

— Eu nunca nem te culpei por nada — disse Lia, o que era *pior ainda*. — Eu só estava magoada, achando que seria sempre a segunda opção para você, mas tudo o que você acabou de falar lá dentro da pousada... Basta dizer que me fez mudar de ideia.

Martina sentiu uma gota d'água na testa e secou-a com as costas da mão. A próxima a escorrer foi de uma lágrima, não da chuva. O controle era areia na palma da mão dela e estava escapando. Ela se imaginou abrindo os dedos, deixando tudo fluir.

— Você deveria me odiar. Deveria me odiar tanto quanto eu te odiei por todos esses anos.

— Tanto quanto está me odiando agora, por achar que estou te usando numa jogada de marketing?

Engolindo em seco, Martina tentou demonstrar algo que não fosse aquela vulnerabilidade extrema. Estreitou os olhos e murmurou:

— Talvez.

— Que papo furado. — Lia deu um sorriso que era puro disparate. — Você nunca vai ser capaz de me odiar de verdade. E eu me compadeço, porque sinto o mesmo.

Martina segurou o colarinho da camiseta dela e se aproximou.

— Ah, eu odiei, sim.

— Tem um nome melhor para isso.

— Qual é?

Lia aproximou o rosto do ouvido de Martina, sussurrando:

— Tesão.

E Martina soltou tudo.

— Você é tão cheia de si que dá raiva, sabia? — Agarrou com mais firmeza o tecido da camiseta de Lia, mantendo-a perto. — Mesmo quando está toda tímida, quando se afasta dos outros, seu ego nunca vacila, né?

Não esperou uma resposta, colou a boca na dela, ainda segurando-a pelo colarinho, e deixou o beijo dizer o quanto sentia raiva, o quanto sentia tesão, o quanto Lia sempre tinha ocupado e sempre ocuparia um lugar dentro dela.

Estava cansada de se ater àquele ódio.

Ódio de si mesma, não de Lia.

Mais gotas d'água pingaram sobre elas, e um trovão soou ao longe. A boca de Lia era quente e macia, seu hálito soprando morno na boca de Martina em um suspiro durante o beijo, que foi logo seguido por uma mordida e pelo tracejar desesperado da língua.

Martina grunhiu, enfim soltando a camiseta de Lia, que escolheu esse momento para se afastar alguns centímetros, a boca tão molhada quanto o cabelo.

— Isto aqui — Lia gesticulou entre seus corpos, um pouco bamba — é real, entende? Sempre foi.

Soava tão certo, tão verdadeiro, que até o mundo ao redor delas estava fora de foco.

— Promete? — perguntou Martina, ainda sensível, buscando mais uma prova de que não estava enxergando coisas que não existiam.

Lia assentiu, seu rosto adquirindo uma seriedade que só era quebrada pelos lábios avermelhados.

— Não era marketing, Martina, não para mim. Se eu me aproveitei de uma oportunidade, foi da chance que as minhas colegas me deram de ser completamente apaixonada por você em público, mas você sabe muito bem que a maioria do que vivemos foi em particular, então o que eu ganharia em troca? Só você. E é tudo o que eu quero.

Apaixonada — a palavra derrubou muros no coração de Martina. Ela piscou, sem conseguir acreditar que estava ouvindo corretamente.

Enquanto isso, Lia envolveu seu rosto entre as mãos, e as de Martina foram instintivamente para os quadris dela, assegurando-se de que ela tinha apoio suficiente para continuar de pé.

— A Renata veio com esse papo de que, depois daquele dia em Corumbá, tinha uma galera *fanficando* sobre você e eu. — Lia prosseguia com a explicação, soando cada vez mais veemente. — Ela disse que, se por acaso a gente se beijasse no meio de um jogo, seria uma boa propaganda, e eu pensei "ótimo", porque achei que estava unindo o útil ao agradável. Mas você me conhece, você sabe que eu não ligo para o que dizem. Falei sério aquele dia, no vestiário. Só quero segurar a sua mão.

Lia soltou o rosto de Martina e alcançou suas mãos, segurando-as.

Se Martina tivesse sonhado com aquele momento, acharia tão brega. Ficar de mãos dadas com Lia sob o céu nublado e a chuva era o tipo de coisa com a qual sonharia na adolescência, não agora. Ali, no entanto, no centro de tudo, era perfeito.

— Não quero te perder de novo — murmurou, a voz rouca.

Lia deu uma piscadinha, sempre trazendo leveza às situações.

— Se você me perder, eu te encontro outra vez. — Ela olhou para baixo, analisando suas mãos juntas, depois subiu o olhar pelo corpo de Martina. — Tira a roupa. Esse moletom já serviu ao propósito dele.

Um riso breve escapou dos lábios de Martina.

— Do que você está falando?

— Lembra do que você disse naquela barraca no Morro do Ernesto? Era sobre não querer usar meu uniforme, mas acho que o moletom também conta.

Martina franziu a testa, tentando lembrar.

"Não vou usar sua camiseta de uniforme", tinha insistido. "Se eu fizer isso, o que me garante que não vamos nos beijar na chuva logo depois?"

A memória arrancou um sorriso; era pequeno e inseguro, mas estava lá.

— Você me garantiu que não chegaria a esse ponto.

Lia passou a língua pelo lábio inferior, os olhos dela fixos na boca de Martina.

— Eu menti.

Puxando-a para perto, Lia voltou a beijá-la, e a chuva despencou com mais intensidade sobre as duas. Agora, sim, havia o suficiente para apagar um incêndio.

Ou para começar um, no caso delas.

Lia começou a tirar a roupa de Martina, tentando puxar o moletom primeiro, mas isso a fez perder o equilíbrio. Martina riu, e tirou ela mesma as próprias roupas, não estava usando muita coisa mesmo. Depois ajudou Lia a se livrar da calça e da camiseta.

Elas se beijaram de novo, pele na pele, as muletas de Lia largadas no chão, e ela usando Martina como apoio.

— E agora? — Martina se afastou um pouco, tentando recobrar o fôlego.

Ela sabia muito bem o que vinha em seguida, mas queria ouvir.

— Agora é só chamar a loba e correr — disse Lia, com um sorriso tão largo que abria janelas no coração de Martina e deixava a luz entrar. — Eu vou estar logo atrás.

Um jogo. Uma brincadeira de lobas.

Era muito melhor do que correr sozinha.

Quando Martina chamou a loba, ela veio como uma onda, lambendo os calcanhares e subindo pela coluna, deslizando-se líquida pelos dedos das mãos. O mundo se transformou com ela, se tornou mais vívido e penetrante, com sons altos, cheiros fortes e um milhão de sensações. Sua visão era aguçada, límpida.

Ela correu.

Lia, como prometido, foi logo atrás.

Elas avançaram no solo coberto de galhos e folhas secas, pulando sobre os arbustos e assustando os pequenos animais que estavam por perto. A princípio, Martina só fingiu correr, sabendo perfeitamente que Lia não cairia nessa. Estava esperando por ela, pelo tempo que levaria para a licantropia agir pelo sistema dela e começar a remendar o que precisava ser remendado.

A licantropia era uma condição genética, mas também havia magia suficiente envolvida no processo para nublar os dados científicos. Antigamente, a loba saía sempre que a lua chamava, e ela sairia com fome se tivesse sido trancada dentro do corpo por muito tempo, mas muita coisa mudara nos últimos setenta anos, desde que os lobos seguiram o exemplo dos vampiros, das bruxas e de outros seres mágicos e decidiram se apresentar para o restante da população.

Mas correr assim, por entre as árvores, acompanhando o barulho do rio com uma amiga — com uma amante —, ainda tinha algo de primitivo. E era como se a magia as abraçasse, ficando mais forte.

Lia se recuperou rápido, e finalmente Martina pôde correr com tudo o que tinha. O único inconveniente era o bolo de roupas entre os dentes.

Não prestou atenção ao tempo e à distância, só no que estava imediatamente à sua frente e em Lia, correndo atrás dela.

Parecia ser o meio da tarde e a chuva tinha cessado quando, enfim, elas pararam. Martina desceu por uma encosta, pisando com cuidado no solo arenoso, e foi até uma das margens do rio.

Largou as roupas na areia e abaixou-se para beber água, a língua comprida e quente se esticando.

Em questão de segundos, Lia estava ao lado dela, imitando o gesto. Como loba, ela tinha uma pelagem preta que brilhava ao sol e olhos escuros, que mantinham essa cor na forma humana, como se levasse um pedaço da loba consigo o tempo todo. Uma onda de prazer e euforia percorreu Martina, e ela sacudiu o flanco, mas o sentimento não se dissipou.

Então, com um movimento rápido, se jogou em Lia, com a intenção de lançá-la na água. Mas Lia devia ter esperado por isso, porque resistiu, rolando com ela na areia, as duas se embolando até que terminaram dentro do rio.

A transformação foi tão fluida que Martina rosnava em um momento, e no outro, estava rindo. Lia se transformou em seguida, os pelos dando lugar à pele suave, molhada e quente colada à de Martina.

Ainda estavam no raso, mas Martina mergulhou e nadou até a parte mais funda. Voltou à superfície, balançando o cabelo molhado, e virou-se a tempo de ver Lia emergindo da água também. Elas se aproximaram, sorrindo, e apenas centímetros as separavam.

Mesmo ali, a água batia na cintura de Martina, mas a corrente era tão forte que ela teve que firmar bem os pés, sentindo-os afundarem no solo do rio, os músculos tensos por causa do esforço.

Lia chegou ainda mais perto. Gotas d'água brilhavam nos ombros dela, reluzindo sob os raios de sol que as folhas das árvores deixavam passar. Assim que passou os braços em torno da cintura de Martina, olhando-a como quem a desafiava, deu para perceber que também estava com o corpo tenso, lutando contra a correnteza tanto quanto ela.

Respirando rápido, Martina encostou a testa na de Lia e afundou as unhas curtas na nuca dela.

Daquele jeito, ela sentia tudo. O abdômen tenso de Lia, a coxa musculosa entre suas pernas, os seios roçando nos dela, já sensíveis demais, e o hálito quente no rosto. Lia também estava respirando rápido.

Martina não aguentou e olhou para baixo, a boca se enchendo de saliva. A pele branca de Lia, levemente bronzeada e coberta de tatuagens, estava arrepiada. E os bicos dos seios endureceram em contato com a água gelada. Martina a desejava com tanta intensidade que parecia fome.

— Com saudade? — perguntou Lia, vestígios da loba ainda nos olhos dela.

Era quase como se ela estivesse perdendo o controle da loba também, disposta a não deixar Martina sozinha nem nisso.

— Eu sei que te fiz esperar uns dias... — Martina começou a se defender, mas se interrompeu, emitindo um único "ei" quando Lia agarrou sua cintura e a ergueu no colo.

Só deu tempo de prender as coxas ao redor da cintura de Lia e passar os braços por seus ombros, mantendo-se firme em seu colo. Elas se beijaram devagar, a língua de Lia deslizando pela boca de Martina com todo o cuidado do mundo.

Seu corpo se acendia a cada toque de Lia, cada roçar da língua na sua. Havia uma sensação leve, como mil asas batendo na base de seu estômago, que contrastava com a pressão em seu ventre. A água, como na primeira vez em que tinham transado, no chuveiro, fazia com que a pele delas escorregasse de uma maneira deliciosa uma na outra.

A correnteza estava tentando derrubá-las, mas não conseguia. Elas eram atletas, caramba. Tanto músculo tinha que servir para alguma coisa fora de campo.

Martina sugou o lábio inferior de Lia e o mordiscou de leve, não conseguiu evitar.

Lia se afastou um pouco, os olhos brilhando de divertimento e desejo.

— Você sabe que não vai me machucar, né?

— As muletas que você estava usando provam o contrário.

— Não estou dizendo desse jeito, para de mencionar isso. Estou falando neste contexto, durante o sexo.

— Por que está falando isso?

— Porque você está se contendo, Martina.

Martina respirou fundo e olhou para a copa das árvores acima delas.

Sem encarar Lia, confessou:

— É só que... na outra vez que a gente transou, eu prometi que estava no controle, porque achei que estava, mas aí, de repente, eu não estava mais. E isso acontece o tempo todo quando você está por perto. É... — Ela finalmente olhou para Lia de novo e engoliu em seco, lutando contra as palavras. — É meio patético, não acha?

Lia balançou a cabeça em negativa, com uma expressão muito séria de repente.

— Não é.

— E se eu me transformar em loba no meio do sexo? Isso, sim, seria ridículo.

— Se isso acontecer, eu espero você se acalmar, voltar para a forma humana e, se você ainda estiver a fim, a gente continua de onde parou.

— Simples assim?

— Aham.

Lia segurou o rosto dela e passou o polegar pela bochecha. O gesto a acalmou e intensificou a pressão entre as pernas dela, porque carinho era sexy, aparentemente.

— Mas, Martina, te juro que isso não vai acontecer. Eu vi como você estava naquela noite e vi seus olhos cinza no meio das últimas partidas de futebol. Você encontrou algo especial, um equilíbrio raro. Se entrega e confia nisso, em você mesma. Porque eu confio.

— Confia mesmo?

Lia sorriu, e o rosto dela era gentil, honesto, expressando uma calma e uma paz que lembravam Martina de dias passados no parque, quando eram adolescentes e só precisavam se preocupar com a escola, o futebol e mais nada. Quando, no fim do dia, sempre tinham uma à outra.

Uma parte disso, pelo menos, continuava sendo verdade.

— Tá bom... — Martina colocou uma mão na nuca dela e apertou de leve, mas, quando se abaixou e mordeu o lábio inferior dela de novo, não havia mais tanta suavidade.

Lia emitiu um som rouco do fundo da garganta.

— Agora... — O olhar de Lia pesou o dela, determinado. — Já passou da hora de eu te mostrar que também consigo ser malvada assim. Talvez até pior.

Ela deu uma piscadinha.

— Tá bom — Martina riu. — Mas antes vamos sair da água.

Lia assentiu, mas beijou-a uma última vez dentro do rio antes de carregá-la para fora. Quando a colocou de pé na margem, as duas foram atrás das roupas que tinham levado até ali. Não para vesti-las, não no estado em que se encontravam, e sim para estenderem-nas na areia. Martina analisou o ninho improvisado, se afastou alguns passos e olhou para Lia.

— Ainda parece pouco. Não quero sujar minha bunda de barro.

— Larga de ser fresca.

Lia se adiantou para segurar a cintura dela e capturar sua boca com um beijo que a fez esquecer totalmente da possibilidade de ficar com a bunda suja. Ainda a beijando, Lia foi guiando as duas para as roupas esticadas, e elas se abaixaram juntas. Martina se deitou de costas e Lia ficou por cima, só então se afastando para observá-la.

Gotas d'água escorriam pelo corpo de Lia, e os músculos dos bíceps dela estavam aparentes enquanto ela segurava os pulsos de Martina no chão. Martina tentou se erguer, mas Lia não deixou.

Sorrindo maquiavelicamente, abaixou-se e beijou a testa dela. A audácia!

Em seguida, beijou o pescoço, a clavícula... A pulsação insistente no ventre de Martina a deixaria fora de si a qualquer momento.

— Não enrola, Lia — falou, arqueando o corpo e tentando libertar os próprios pulsos, sem sucesso. Se largou de novo no chão. — Só me fode logo.

Lia balançou a cabeça, sorrindo, e continuou olhando-a nos olhos enquanto deslizava a boca pela barriga dela, descendo sem pressa até os quadris e, depois, depositando beijos molhados pelo interior da coxa. Seus lábios provocavam um formigamento que não chegava a dar cócegas, mas fazia Martina torcer os dedos dos pés.

Enfim, Lia libertou seus pulsos, para logo em seguida passar dois dedos por sua entrada, espalhando a umidade. Nunca ninguém tinha olhado para ela daquele jeito, tão fixamente, enquanto a tocava.

Martina mordeu o lábio inferior, presa naquele olhar, e Lia a penetrou com dois dedos.

A sensação de prazer inundou o corpo dela, arrepiando sua pele, e Martina quase deixou um gemido patético escapar, assim tão fácil.

— Nada disso. — Lia tirou os dedos de dentro de Martina, que franziu a testa, querendo protestar, mas em seguida esses mesmos dedos estavam na boca dela, traçando os lábios inchados. — Nada de morder a boca para se conter. Acho que eu mereço mais do que isso.

Martina ofegou, mas assentiu, a pressão entre as pernas aumentando.

— Abra a boca — exigiu Lia.

Martina obedeceu, meio atônita com aquela nova versão da mulher diante de si, que sempre estivera no controle das próprias emoções e reações, mas agora estava no controle *dela*. Os dedos de Lia acariciaram sua língua, espalhando seu gosto.

Com um pouco mais de ousadia, Martina inclinou-se para frente e chupou os dedos, estreitando os olhos para Lia. As bochechas dela ficaram coradas, em contraste com o cabelo castanho e molhado, e foi gostoso demais ver aquela pose de mandona vacilando só um pouquinho.

— Me diz como é o seu gosto. — Dessa vez ela estava pedindo mesmo, e passou a língua nos lábios, como se estivesse antecipando provar o gosto de Martina também.

— Doce — provocou Martina.

Lia pigarreou, depois engoliu.

— Você é mesmo.

Ela se abaixou, segurando os quadris de Martina, e se posicionou com o rosto entre as coxas dela. Martina esperou com o coração batendo rápido em antecipação.

Assim que Lia encostou a boca nela, o corpo de Martina quase saiu do chão, a única coisa que a conteve foram as mãos deslizando para suas coxas. Os olhos de Lia se apertaram em um sorriso e ela começou a lamber, a língua percorrendo desde a entrada até o clitóris.

Dessa vez, foi diferente de quando Lia tinha se ajoelhado no box do banheiro e a chupado ao som da água do chuveiro batendo nos azulejos do chão. Martina achou que estaria preparada para a sensação dos lábios de Lia, para o calor e a maciez da língua dela, mas nessa posição tudo ficou muito mais intenso.

Cada movimento, o roçar da língua de Lia no clitóris dela, as mãos apertando suas coxas... era quase demais. Martina sabia que estava melando todo o rosto dela, não só a boca.

Encarou as copas das árvores, mesmo não prestando atenção a visão alguma, e se deixou levar pelas sensações que a percorriam, mal registrando os sons que saíam da própria garganta. Lia retribuiu chupando-a com entusiasmo redobrado, o tempo todo segurando-a no lugar.

Martina começou a tremer, o prazer se intensificando, e foi então que Lia se afastou, apoiando-se nos próprios joelhos.

— Lia! — protestou Martina, agarrando o tecido do moletom sob si. Estava quase gozando.

— Não quer que eu te foda, não? Acho que suas palavras foram "me fode logo". — Ela disse isso em um tom muito mais lascivo e sussurrado do que Martina seria capaz de falar qualquer coisa.

Vendo aquele sorrisinho provocativo, dava vontade de empurrá-la no rio. Mas a vontade de senti-la dentro de si era maior, então Martina ficou quieta.

Lia deu uma risadinha e colocou dois dedos na boca, lambendo-os, o tempo todo com aqueles olhos cheios de divertimento e o tesão pesando sobre ela, deixando-a quente e corada. Depois enfiou esses mesmos dedos nela de novo, e qualquer pensamento racional abandonou Martina. Adeus, adeus, mente pensante.

Ela devia ter feito algum som, gemido alguma coisa, porque Lia se inclinou sobre ela, com os olhos queimando, e murmurou:

— Isso aí. Me mostra como é ser minha, Martina.

O interior de Martina se apertou, e a sensação dos dedos de Lia dentro dela ficou mais intensa. Lia a fodeu rápido, com tanta fome no olhar que dava para competir com a fome de Martina, mas logo não era mais o suficiente.

— Isso, me fode — pediu Martina, já um pouco rouca. — Me fode mais.

Lia obedeceu, adicionando mais um dedo, esticando-a de uma maneira deliciosa.

— Lia... — Era oficial, Martina estava implorando, era como um disco quebrado só pedindo por mais.

— Me fala o que eu quero ouvir.

De alguma forma, Martina sabia exatamente o que Lia queria que ela dissesse. Mas se fez de sonsa.

— Como vou saber o que é?

Lia colocou mais força nos movimentos, e Martina jogou a cabeça para trás, em êxtase.

— Fala, Martina, ou eu vou parar antes de te deixar gozar.

Dava para ouvir o som que ela fazia, enfiando os dedos daquele jeito.

— Isso, isso — entoou Martina, seu corpo todo tremendo, mais perto do que nunca do orgasmo.

Era como se o mundo se resumisse a isso: os sons que elas faziam, o cheiro que exalavam, e Lia inclinada sobre ela, olhando-a como quem a possuía, e enfiando os dedos com força.

— Me diz, e eu te dou o que você quer.

Martina gemeu mais alto, mas não disse nada, o calor entre suas pernas já a arrastava para a sensação que ela tanto queria, e ao mesmo tempo não queria, porque precisava que aquilo durasse para sempre.

Quando Lia cumpriu o que prometera e de fato tirou os dedos de dentro dela, Martina descobriu que, na verdade, queria, sim, que aquilo acabasse, ou explodiria.

— Martina... — começou Lia, mas Martina a interrompeu.

— Eu sou sua. — Elas se encararam, um sorriso já brotando nos lábios de Lia. — Agora me fode direito, Lia.

— Fala de novo.

— Eu sou toda sua.

Lia segurou a coxa dela com força e enfiou os dedos de novo, retomando os movimentos. Não durou muito depois disso. Martina colocou uma mão entre elas, acariciando de leve o próprio clitóris, e em segundos estava se desfazendo nos dedos da outra mulher.

Ela se sentiu despencar, as ondas de prazer a arrastando para baixo, pequenos espasmos percorrendo-a, e agarrou as costas de Lia, que cedeu e ficou mais perto, deixando os dedos imóveis dentro dela.

Depois, quando os tremores diminuíram e Martina foi tentando recuperar o fôlego, Lia se deitou do lado dela na areia e passou o braço embaixo de sua nuca. As duas se encaixaram, uma se agarrando à outra, sem dizer nada por alguns segundos. A luz descia, atravessando o espaço entre as folhas das árvores, e reluzia na água do rio.

Martina não tinha mais nada que gostaria de controlar, ela abrira mão de tudo. Tinha perdido o controle, perdido o jogo, mas não perderia Lia de novo.

29
CORAÇÃO DE FERA E SANGUE QUENTE

Lia respirou profundamente, olhando para as folhas que balançavam no alto. Tinha quase certeza de que havia um graveto embaixo do ombro dela, que a espetava de leve e a impedia de ficar realmente confortável, mas e daí?

Ela tinha acabado de transar com Martina, ainda estava com o gosto dela na boca e seu mundo inteiro cheirava a baunilha.

Nada tirava o sorrisinho ridículo de seu rosto.

Martina estava com a cabeça apoiada em seu ombro e a respiração em um ritmo constante. Depois de alguns minutos de silêncio, apenas com o som do rio e da mata ao redor delas, ela disse:

— Bom, você ganhou.

Lia inclinou um pouco o corpo para encará-la.

— Ganhei mesmo.

Martina soltou um riso anasalado.

— Não estou falando *disso*. Estou falando das suas apostas constantes na minha derrota. O meu time finalmente perdeu um jogo.

O jogo daquela manhã parecia ter sido dias antes. Lia tinha empurrado para longe todas as consequências do que acontecera, incluindo o incêndio. Ou, melhor, *os* incêndios.

— Porra, Martina. — Passou a mão pelo cabelo, afastando alguns fios da testa, se sentindo mais exposta do que quando estava com a cabeça entre as pernas dela. — Você acreditou mesmo nisso?

— Como assim?

— Eu nunca apostei contra você.

— Mas você disse... — Martina semicerrou os olhos. — Você estava só me provocando?

Lia riu, apesar de sentir o rosto quente, e se aproximou para um beijo rápido. Ela não achava que algum dia se cansaria de beijar Martina.

— Te provocar é o ponto alto do meu dia.

— Ah, é? — Martina sorriu, maliciosa. — Tem certeza?

Empurrou Lia de volta para o chão, e o gesto lançou faíscas de prazer por todo o corpo dela, o galho debaixo do ombro esquecido. Martina se abaixou e começou a beijá-la com calma, mas de uma forma que não era nem um pouco superficial, sentando-se no colo dela e apertando-a entre as coxas.

O beijo se intensificou, para depois voltar a ficar calmo e então ganhar ferocidade de novo, o desejo entre elas adquirindo uma cadência de ondas. Martina permaneceu sobre ela, aparentemente se deliciando com a vantagem na posição, e Lia não tinha objeção alguma quanto a isso. Quando se separaram por mais de alguns segundos, recobrando o fôlego, Martina olhou-a de cima e perguntou:

— Então nunca houve aposta nenhuma?

Lia sorriu, sentindo-se lânguida e boba.

— Ah, existiram muitas, mas sempre apostei em você. Alguém precisava fazer isso, não acha?

Martina sorriu e se abaixou para beijar a bochecha dela, o roçar de seus lábios era leve e morno.

— Lia, minha bela — segredou Martina, seu hálito fazendo cócegas. — Você passou anos acreditando só no melhor de mim. Agora o meu coração de fera é todo seu.

Lia observou os olhos dela se transformarem em luas cheias. Um coração de fera, realmente. Dava para senti-lo batendo como se estivesse no próprio peito, sangue quente sendo bombeado por seus músculos, enchendo-a de propósito.

— Que bom, eu estava precisando de um. — Lia segurou o rosto dela, traçando a linha da mandíbula com o polegar. — Em troca, pode ficar com o meu. É humano demais para o meu próprio bem, às vezes ele esquece de bater direito, mas saiba que ele sempre foi seu. E que, por mais que eu não tenha escolhido ir embora, porque naquele momento a escolha não era minha, escolhi voltar.

Os olhos prateados de Martina se avermelharam nos cantos, e ela assentiu. Depois, abaixou-se para encostar a testa na de Lia, e ficaram assim por alguns segundos, em mútua aquiescência.

PORTAL MS

INÍCIO > BRASIL > ÚLTIMAS NOTÍCIAS

O criador do ET Bilu e o governador do estado podem estar envolvidos em incêndios de estádios de futebol

Adolescente que colocou fogo em estádio é sobrinho do governador e estagiário na empresa do criador do ET Bilu.

POR VILMAR AMARO FREITAS
16 DE JULHO DE 2023
ÚLTIMA ATUALIZAÇÃO ÀS 17H53

O primeiro infrator suspeito de iniciar o incêndio em um dos estádios destruídos pelo fogo nesta manhã, em Sombrio-MS, foi Teodoro Lacerda Reis, sobrinho do governador do estado. O jovem deixou marcas de suas digitais em galões de gasolina que foram encontrados em uma região próxima à do estádio atingido. Embora a família do governador tenha afirmado que Reis fugiu de casa há cinco meses e que não mantinham contato, uma investigação já foi iniciada. Além da relação com o governador, o garoto também está ligado à WereCalm, empresa pertencente aos Zigurats.

Os Zigurats possuem uma comunidade em Corguinho-MS, onde construíram uma casa para o ET Bilu e seguem buscando vestígios de visitações de outros alienígenas ao nosso planeta. As vendas de produtos da WereCalm financiam as pesquisas não científicas do Centro Tecnológico dos Zigurats, com as quais Reis alegou, em depoimento, ter colaborado recentemente.

Antônio Antunes, CEO da WereCalm, foi o mesmo homem que criou e encenou o ET Bilu em noticiários pelo Brasil. Antunes já havia feito declarações em que afirmava buscar competir diretamente com empresas como a do Licontrol na venda de produtos que visam pacificar lobisomens. O diferencial dos medicamentos da WereCalm seria contemplar também metamorfos.

Levando em consideração que o Licontrol acabou de ser anunciado como patrocinador do Realeza, o clube a que o estádio incendiado por Reis pertence, a ligação entre Reis e a WereCalm não será ignorada. Mais investigações continuam sendo feitas.

30

MÁ PROPAGANDA

Antes de voltar para a pousada, Martina considerou devolver o moletom de Lia. Não precisava sair ostentando as cores do time rival só porque gostava do aroma do tecido e da dona do moletom. Contudo, voltar sem aquela peça de roupa seria como admitir um erro que ela não sentia ter cometido. E seria abdicar, nem que fosse só um pouquinho, da garota que amava.

Gostassem ou não, as colegas precisavam entender que, se ela terminou nos braços da inimiga, foi por livre e espontânea vontade. Porque Lia sempre foi dela antes de tudo, as duas foram um time primeiro.

Débora, principalmente, precisava entender isso.

Martina procurou Débora, adentrando os corredores da pousada depois de se separar de Lia. Passou pelas portas fechadas dos quartos, atenta aos sons vindos do interior deles, mas a madeira era grossa demais para ouvir muita coisa — o local fora construído pensando em receber seres como elas. Por sorte, quando passou pelo quarto de Débora, a porta estava aberta.

Ela entrou sem bater ou se anunciar.

Débora estava sentada na cama ao lado de Ju. Elas sussurravam diante da tela de um notebook.

— ... a gente não precisa desse tipo de propaganda — dizia Débora, com a boca torcida em uma expressão de desgosto. Era como um gato que molhou a pata sem querer. Ela se interrompeu, percebendo a entrada de Martina, e ergueu o olhar. — Ah. Aí está a nossa atriz. Foi uma boa performance, pelo menos.

Martina passou a mão pelos fios úmidos do cabelo e soltou o ar pela boca, contando três segundos.

— Do que você está falando? — perguntou, por fim.

Ju suspirou, explicando:

— Tem um vídeo circulando na internet, mostrando a sua reação quando machucou a Lia. As pessoas estão dizendo que foi bem romântico você abandonar o jogo.

Martina franziu a testa. Nem ela achava aquilo romântico, tinha sido uma reação nascida de pura ansiedade e do desânimo súbito ao se ver em um campo sem Lia. Era verdade o que dissera a ela mais cedo, sobre o futebol ter perdido a graça e o propósito naquele momento. Isso não significava que Martina se orgulhava de ter largado o time para ser derrotado sem sua presença.

Talvez Renata, a capitã e suposta chefe de marketing do Realeza, estivesse adorando os holofotes voltados para o momento entre as jogadoras rivais, mas Martina não precisava gostar desse tipo de atenção.

— As pessoas achando isso não são torcedoras, né? — Martina supôs em voz alta. — Porque duvido que os nossos fãs estejam muito felizes comigo.

— Não, só uma galera que se envolveu na repercussão de vocês duas como um casal — disse Ju. — É bem fofo, na verdade. Dependendo da forma como a gente encara isso.

Ela se recostou sobre os cotovelos, e o movimento permitiu que Martina observasse o que estava na tela do notebook. Era um vídeo mostrando o jogo que tinham acabado de perder.

— É ridículo — resumiu Débora do próprio jeito.

Respirando fundo, Martina encarou a capitã.

— Desculpa — falou, e pelo menos soou firme. — Nunca quis dar a entender que o Garras não é importante para mim.

Débora revirou os olhos, os ombros relaxando. Meio a contragosto, admitiu:

— Talvez o problema seja eu. Estou sempre esperando o momento em que você vai nos trocar por aquelas babacas.

Martina sabia que devia honestidade a ela.

— Não vou afirmar que isso estava fora de cogitação, porque o Realeza era o meu sonho, e parece que uma parte de mim meio que... ficou esperando, sabe? Mas posso te prometer que agora não é mais uma questão.

— Já parou para pensar que, enquanto você sonhava em entrar para o Realeza, que é o melhor time de Sombrio e do Brasil todo, outras jogadoras adolescentes podiam ter o mesmo sonho? — Débora cruzou os braços, no olhar um misto de severidade e candura. — Só que, para metamorfas como a Ju e eu, isso nunca foi uma opção.

Não é que a noção do quão excludente o Realeza era, sendo reservado a licantropes, jamais tivesse ocorrido a Martina. Ela só não imaginava que Débora pudesse ter desejado entrar para aquele time tanto quanto ela.

Devia ter imaginado, era óbvio.

Qualquer jovem atleta sonharia em estar no melhor time, ainda mais considerando que o Realeza era da cidade delas.

Para Martina, concretizar esse desejo era apenas difícil — e ela falhara, no fim. Mas para Débora, Ju e tantas outras, era impossível.

— Martina — disse Ju, em um tom comedido —, você quer que o Garras seja o melhor time porque é nele que você está no momento. Nós, por outro lado, *precisamos* que ele seja o melhor. Para que outras metamorfas tenham as chances que não tivemos.

Era bizarro se ver do outro lado dessa divisão, "nós" sendo suas colegas e ela estando em oposição.

— E você deixou claro que a sua prioridade não é o time, é a Lia — disse Débora, o que machucou, por mais verdadeiro que tenha sido.

O quão irônico era que Lia tivesse interpretado os acontecimentos em campo de forma oposta? Ela acreditara que estava em segundo lugar para Martina, enquanto para as garotas do Garras, ficara claro qual era sua prioridade.

— Todo mundo precisa ter pelo menos uma pessoa que vale mais do que um time inteiro. — Martina gostaria de não soar tão na defensiva, mas aquilo era importante.

Compreender o lado das amigas não mudava o fato de que, após quatro anos, ela tinha de volta em sua vida algo que a abraçava mais apertado do que o futebol. Ela tinha *alguém*.

— E nenhuma de vocês deveria colocar o Garras acima de tudo — prosseguiu. — Eu entendo o quanto ele é importante e, tudo bem, posso aceitar que ele signifique mais para vocês do que para mim. Só que, no fim do dia, não é só sobre um clube, é sobre pessoas, não é? E cada uma de nós tem o direito de ter A Pessoa, aquela que significa o mundo.

Um silêncio se estendeu entre elas, até que Ju murmurou:

— Tá, gostei. A Martina romântica tem meu voto.

Débora fechou a tela do computador, levantou-se da cama e andou até Martina, parando a um mero passo de distância. O cabelo dela estava embaraçado, os cachos pouco definidos, e sua pele negra clara adquiriu um subtom corado nas bochechas e no pescoço.

— Não me importo com o Garras acima de tudo, me importo com cada uma de vocês. Posso não ter A Pessoa, mas tenho *algumas pessoas* que valem mais do que qualquer jogo, tá bom? O time é maior do que a vitória.

Ela inspirou fundo, desviando o olhar para o teto do quarto, e deixou passar uns três segundos antes de encarar Martina outra vez.

— E me importo com você, Martina, porque você é uma das minhas melhores amigas. Eu te vi sofrendo por anos por causa da Lia, se corroendo de inveja e ciúmes, desejando estar no lugar dela e, ao mesmo tempo, tentando não se importar com ela, sabendo que ela não se importava com você.

— Ela se importava. — Martina tentou suavizar a voz, mas havia um rosnado latente em suas palavras, a loba prestes a saltar para defender sua primeira companheira. — Lia sempre foi assim, ela se entrega de corpo e alma a um grupo. Eu só não conseguia acreditar que, depois de tanto tempo, o corpo e a alma dela não eram mais só meus. É verdade que perdemos contato e isso me magoou, mas, fosse por autodefesa ou estupidez adolescente, nós duas desistimos. Agora estamos tentando de novo.

As narinas de Débora se dilataram e ela bufou.

— Você está com o cheiro dela.

— Melhor se acostumar. Eu já senti o cheiro de muita gente em você e nunca comentei.

— Eu sei que eu fico com muitas pessoas, mas nunca...

— Com o inimigo? — completou Martina, deixando um sorrisinho escapar. — Você poderia, sabia?

— Eu me recuso.

Elas se encararam por mais alguns segundos, Débora com uma carranca, e Martina ainda com os resquícios daquele sorriso. Em seu âmago, ela sabia que ficaria tudo bem. Sua amiga podia não se dar conta, mas já a perdoara.

Foi Ju quem deu fim àquele drama todo. Ela disse:

— Se abracem logo e sigam em frente, temos coisas mais importantes com as quais nos preocuparmos. — Ela caminhou até elas e parou ao lado de Débora, pousando a mão em seu ombro, mas olhava para Martina. — Nunca mais abandone um jogo, combinado?

Isso pôs fim ao sorriso de Martina, e ela assentiu.

— Combinado.

Um segundo se passou, depois outro, até que Débora deu um passo à frente e puxou Martina para um abraço, que ela correspondeu imediatamente. Durou pouco, porque um rebuliço de vozes e exclamações as sobressaltou, vindo de outro cômodo na pousada. Elas se afastaram, trocando um olhar confuso.

— O que aquelas idiotas do Realeza estão fazendo agora? — questionou Débora, olhando para além da porta.

— Vamos descobrir antes que piore — disse Ju.

As três se encaminharam na direção do barulho e terminaram na sala de estar, onde algumas das jogadoras do Realeza estavam reunidas. Elas discutiam entre si, falando ao mesmo tempo.

— Que porra é essa? — perguntou Débora, mas ninguém deu atenção a ela, nem mesmo Aura Maria, sentada a alguns passos de distância, olhando para a TV com uma expressão inescrutável.

O olhar de Martina seguiu naquela direção, detendo-se nas imagens de um noticiário da TV aberta que parecia dar algumas informações sobre o incêndio. O estádio do Realeza ainda pegava fogo e, ao lado das filmagens da estrutura destruída, havia a foto de um homem.

Não, não um homem. Um adolescente cheio de espinhas e usando um boné surrado.

A boca de Martina se abriu com o choque e, antes que pudesse se conter, ela desviou o olhar para Aura. Não era à toa que ela fosse a única das jogadoras do Realeza em silêncio.

Aquele menino na televisão era o primo dela.

— Mais investigações serão feitas — dizia a voz feminina que narrava as notícias —, mas as impressões digitais em um dos galões de gasolina deixados para trás apontam para Teodoro Lacerda Reis, sobrinho do governador do estado. O jovem já está sendo procurado pela polícia, e a família do governador será investigada. Uma coletiva de imprensa acontecerá nos próximos dias.

Martina se abstraiu do que era dito e voltou a encarar Aura bem quando a expressão dela mudou da água para o vinho. As linhas de tensão ao redor de seus lábios desapareceram, e ela se levantou do sofá.

— Alguém quer cerveja? — perguntou em um tom casual e melodioso, seu olhar vasculhando as outras. — Vou até o mercadinho aqui ao lado comprar.

Algumas pararam de conversar, mas não todas. Ainda estavam compenetradas demais na confusão gerada pela notícia.

— Caramba, Aura — murmurou Renata. — Agora não é hora de...

— Eu quero — interrompeu Lia. Ela se virou para trás, seu olhar encontrando o de Martina, que deu um sorriso meio trêmulo de cumprimento, ainda abalada pelo conteúdo do noticiário. — Vamos com a Aura até o mercadinho?

Não havia nenhum motivo aparente para ela, dentre todas as pessoas, seguir Aura Maria até o mercadinho para buscar cerveja. Mas Lia tinha pedido e, mesmo as duas tendo passado apenas alguns minutos separadas, Martina já aceitaria qualquer desculpa para ficar perto dela de novo.

Assim que Lia se levantou, seguindo Aura para fora, Martina foi atrás delas.

Se Ju, Débora ou as jogadoras do Realeza tinham alguma objeção quanto a isso, guardaram para si. Martina não olhou para trás, abstendo-se de presenciar qualquer antagonismo nos rostos das amigas. As notícias sobre os incêndios e todas as questões levantadas por esse mistério eram assustadoras, mas Martina suspeitava que ter jogadoras dos dois times interagindo assim, com certa naturalidade, era pior ainda.

Bem, elas teriam que se acostumar. Ou, no mínimo, engolir isso.

31
A NOSSA LUA

Aura saiu da pousada, andando à frente delas. Martina estava de chinelo, tentando desviar das poças de água na estrada de terra, e Lia parou depois de um tempo, esperando. Quando Martina a alcançou, pegou na mão de Lia sem dizer nada, e elas seguiram assim por alguns minutos.

Logo deu para perceber que o mercadinho a que Aura tinha se referido não ficava "aqui ao lado" coisa nenhuma. Nada ficava, exceto o rio Brilhante e a mata densa ao redor dele.

— Será que a cerveja vale o esforço? — perguntou Martina, segundos depois de uma caminhonete passar perto delas e quase cobri-las de água lamacenta.

— Não é bem pela cerveja. — Lia inclinou o queixo na direção de Aura, depois ergueu a voz: — Você é da família do governador, não é? Sei que o seu sobrenome é Lacerda também e, lá na sala da pousada, parecia que você tinha levado uma tijolada na cara.

Aura não olhou para trás, apenas levantou as mãos e ergueu os dedos do meio. Era uma admissão quase tão direta quanto um "sim".

Martina aproximou mais o corpo de Lia e sussurrou:
— Como você sabe disso?

Até onde entendia, era a única com o conhecimento de que o garoto na TV, pelo visto sobrinho do governador, era primo de Aura.

— Porque ela é uma enxerida — disse Aura, antes que Lia tivesse a chance de responder.

Enfim, Aura parou de andar, esperando de braços cruzados pelas duas. Uma brisa agitava seus fios ruivos, opacos conforme a luz do dia ficava mais escassa. Anoiteceria em breve, com as três no meio do caminho entre a pousada e um mercadinho que, pensando bem, talvez nem existisse.

Martina permaneceu segurando a mão de Lia, e elas pararam diante de Aura, esperando alguma explicação.

— Para quem há coisa de um mês nem sabia o meu nome, você progrediu — disse ela, firmando um olhar debochado em Lia. — Como descobriu meu sobrenome? Sempre assino tudo como Aura Maria dos Santos.

Das três, Lia se mostrava a menos afetada por aquilo tudo. Talvez ela não soubesse o suficiente para suspeitar, como Martina suspeitava, que estavam atoladas em uma situação mais complicada do que parecia.

— Está em uma das planilhas que a Renata compartilha com o time inteiro, com a sua posição e o número da sua camisa. Mas aposto que ela também tem seu endereço e seu histórico escolar em algum lugar — explicou Lia, com calma.

— Droga. — Aura franziu a testa. Era uma resposta tão simples que devia ser uma porrada no ego. — E por que você estava lendo uma planilha? Pensei que odiasse essas coisas.

— Não, eu odeio as apresentações de slides, não as planilhas. Na verdade, elas são bem úteis. — Lia olhou de canto para Martina, um pouco de humor brilhando em seus olhos. — Foi onde achei o número de telefone da Martina também.

— Como a capitã de vocês tem acesso a essas coisas? — perguntou Martina.

— Ela é doida — respondeu Lia.

Aura optou pela justificativa mais completa:

— Ela é mestranda em História. Fui dar o azar de cair num time justo com uma capitã que não sabe quando parar de investigar coisas que não são da conta dela. É tudo "pesquisa". — Ela fez aspas no ar. — Não dá para ninguém ter um segredinho ou outro.

Sem parar para pensar, Martina disse:

— Mas você tem.

As outras duas a encararam, quietas por alguns segundos. O olhar de Lia era apenas curioso, mas Aura parecia estar considerando empurrá-la em uma das poças de água.

— Ah, conta logo. — Martina tentou fazer pouco caso do próprio deslize. — Ninguém vai sair espalhando por aí.

— Estou começando a duvidar disso. Se você falar para mais alguém, Martina, eu te caço. — Aura grunhiu.

Isso a fez endireitar a postura.

— Não tenho medo de você.

— Ninguém vai caçar ninguém. — Lia se colocou sutilmente entre as duas, ainda segurando a mão de Martina, e olhou para a Aura. — A Renata sabe que você é parente do governador?

— Sou filha dele, não qualquer parente. E ela deve saber, se descobriu o meu segundo sobrenome. — Ela voltou a andar enquanto falava, obrigando as outras a seguirem. — Mas não sabe que faço parte da Lua Nossa, senão teria dito algo. Até agora, só a Martina sabia.

— Quê? Parte da Lua Nossa? — Lia se virou para Martina, claramente afrontada. — Por que *você* sabe disso?

— Lembra de quando você foi lá em casa na primeira vez em que nós... hum... — Martina não completou a linha de raciocínio, olhando para as costas de Aura, depois para Lia de novo. — Foi naquela noite em que você notou que eu estava com o cheiro da Aura.

Lia assentiu, suas sobrancelhas se unindo.

— Você disse que ela tinha aparecido na farmácia dos seus pais.

— É... — Martina coçou a nuca com a mão livre. — Não foi bem isso.

Enquanto caminhavam, ela tentou explicar os eventos daquela noite, começando por seu encontro com o primo de Aura. Narrou o comportamento do garoto, depois o momento no beco e, por fim, a perseguição que as duas iniciaram, terminando no galpão do CTZ.

— Isso tudo é... — Lia não completou a frase.

Normalmente, Martina gostava de deixá-la sem palavras, mas naquele momento não conseguiu extrair prazer algum disso. Recontar a viagem até aquele galpão deixou a pele dela arrepiada, como se a loba já conseguisse farejar um perigo que Martina ainda não era capaz de perceber na forma humana.

— Ah, eu sei, eu sei, grandes coisas, revelações bombásticas. — Aura suspirou e, em um tom entediado, listou: — Sou a filha deserdada do governador, faço parte da Lua Nossa, transformei o meu primo porque ele saiu dizendo por aí que é gay e escandalizou a família, então achei que estava fazendo um grande favor para a comunidade LGBT e sei lá o que mais. É culpa minha por me identificar demais. Agora ele parece ter se envolvido com o culto ao ET Bilu e botou fogo no estádio do meu time. Se forem me crucificar, façam isso agora, porque depois eu vou ficar ocupada demais resolvendo os meus problemas e não vai ter espaço para vocês duas na minha agenda.

— Você não é Jesus — resmungou Lia. — Para de drama.

Martina, por outro lado, disse:

— Pois trate de me colocar na sua agenda, Aura.

— Não cabe, já disse.

— Escreva em letras pequenas.

— Por que isso? — Lia apertou a mão dela ao falar, mas Martina apenas entrelaçou melhor os dedos nos dela. — Quer entrar para a Lua Nossa também?

— Quero. A lua é mesmo nossa.

Martina não se deixou abalar pela careta que Lia fez ao ouvir isso. Era tudo muito recente. Do jeito que Lia adorava um grupinho, daqui a pouco pediria para entrar também, o tempo todo agindo como se não se importasse, o que nunca era verdade.

— Você acha que é fácil assim? — perguntou Aura, soltando uma risadinha desprovida de humor.

Ainda caminhando, ela chutou a água de uma poça, e com isso espirrou gotículas em todas elas. Como não era hipócrita a ponto de criticar ataques de fúria, Martina não reclamou do gesto.

— Eu sei demais — explicou. — Ou vocês me matam, ou me recrutam.

— Que tipo de sociedade você acha que somos? Não matamos as pessoas, Martina.

— Bom, eu não me importaria, dependendo da pessoa.
— Você não está falando sério.
— Talvez eu esteja.
— Não vai entrar para a Lua Nossa só porque descobriu que eu faço parte dela e porque o seu irmão também faz parte do grupo. Existem etapas, testes e...
— O Pedro faz parte da Lua Nossa? — interrompeu Lia. — *Todo mundo* faz parte desse negócio agora?
— Não se preocupa. — Martina passou o polegar nas costas da mão dela, fazendo um carinho breve. — Nós vamos entrar também.
— Não vão, não — protestou Aura.
Até parece, pensou Martina.
— Olha, eu passei anos da minha vida estudando para o vestibular e depois reprovei. — Martina tentou falar com certo distanciamento, como se isso não a incomodasse mais, embora as palavras ainda tivessem um gosto ácido. — Os seus testes não me assustam. Desde que eles não envolvam muitas questões de química ou biologia, que foi onde eu me fodi, acho que dou conta.
Aura bufou e balançou a cabeça.
— Não são testes desse tipo — disse, parecendo se ressentir por ter que explicar. — No meu caso, precisei cuidar de muita papelada, depois mediar alguns conflitos e participar de várias reuniões. É mais para ver se você entende o propósito da organização, nossa missão.
— Que seria...?
— O que você acha? — Aura olhou de esguelha para ela, arqueando as sobrancelhas. — Nós acreditamos que temos o direito de ser quem somos. A maldição não é nos transformarmos em feras, é termos que viver sem a transformação. A licantropia está no nosso sangue, sentimos desde crianças aquela coceira na alma, a ânsia de uivar para a lua, mas precisamos esperar até que a nossa família nos transforme. Isso não é justo.
Uma *coceira na alma*, Martina nunca pensara dessa forma. Seus pais raramente se transformavam em dias comuns, mas ela se lembrava de noites no parque, de quando eles a levavam para

um piquenique à luz da lua cheia e se transformavam enquanto ela e Pedro brincavam de pega-pega e esconde-esconde. Como lobos, Marcos e Patrícia Caires Cordeiro sempre se juntavam à brincadeira, despreocupados de uma forma que nunca eram como humanos.

Martina se lembrava de ficar de quatro na grama, correndo ao lado deles. De fingir que também tinha patas e pelos. De uivar para a lua com a garganta humana, seu coração tão cheio de propósito que parecia novinho em folha. Ela tinha o quê? Seis ou sete anos na época?

Era mesmo uma coceira na alma, isso de mal poder esperar para ser loba também.

— Seus pais não quiseram te transformar? — perguntou para Aura, com um tom mais cuidadoso. Sabia que aquele podia ser um tópico sensível.

— Como eu disse, fui deserdada. — Os passos da outra jovem eram lentos e descompassados, como se ela tivesse perdido o rumo mesmo em uma estrada em linha reta. — Ter uma filha lésbica não estava nos planos do governador do estado. Sou filha única, e ele queria que eu fizesse parte da propaganda de família perfeita. Todas as famílias lupinas precisam ser perfeitas, não é? Ele disse que ou eu arrumava um bom garoto para namorar, mesmo que fosse de fachada, ou nunca me daria a mordida para iniciar a primeira transformação.

— Meu Deus, Aura... — murmurou Lia, a palma de sua mão umedecendo na de Martina. — Ele não tinha o direito.

— Ele tinha. Assim como eu tive todo o direito de dizer não. Fui emancipada aos dezesseis anos, e, apesar de todos os defeitos, meu pai não me deixou sem nada. Tive uma pequena poupança separada, o suficiente para aguentar até arrumar um trabalho. — Ela chutou outra poça de água, com menos ímpeto dessa vez. — Consegui segurar as pontas até ser aceita no Realeza e na UniLobos. Mesmo assim, não sei o que seria de mim sem a Lua Nossa, onde encontrei alguém disposto a me dar a mordida. Para começo de conversa, o Realeza não aceita licantropes que não foram transformados, então eu nem estaria aqui.

— E como você encontrou uma sociedade secreta? — Martina tentou esconder a avidez na própria voz. — Você era só uma adolescente.

Ouvir a história de Aura também a ajudava a entender melhor o que podia ter acontecido com Pedro.

— Eu fui atrás. Pesquisei, fiz telefonemas, agi como uma esquisitona em fóruns online até me notarem. Nem foi tão difícil assim. — Aura se virou, o vento agitando seu cabelo, e deu um sorrisinho. Era fraco, mas genuíno. — As pessoas às vezes se referem à Lua Nossa como se fosse uma sociedade secreta, mas não é bem isso. Se fosse, seríamos péssimos na parte do segredo, todos sabem que existimos.

— Por que não serem mais abertos, então? — perguntou Lia, com uma nota de desconfiança na voz. — Se o que fazem é tão altruísta, um grande bem para a sociedade licantrope, por que ninguém vê os broches da Lua Nossa no peito das pessoas? Eu só vi esses broches em fotos, nas notícias que saem por aí de pertences encontrados com criminosos. Ou nos bolsos daqueles vândalos que quebraram os vidros das farmácias que vendiam Licontrol.

— Vândalos? — Aura soltou uma risada incrédula. — Sério, Lia?

O rosto de Lia adquiriu uma coloração rosada, e ela olhou para o chão de terra.

— É o que dizem as notícias.

— Pensei que você fosse esperta. Não dá para aceitar como verdade tudo o que sai no *Correio Sombrio* e no *Portal MS*.

— Não estou falando que é verdade, só... — Lia pigarreou e, depois de um segundo de hesitação, suspirou. — Tudo bem, talvez não sejam vândalos só porque protestam contra a venda do Licontrol.

— Ainda mais depois das denúncias sobre os efeitos colaterais que não estão descritos na bula — pontuou Martina. — Foi por causa desses vândalos que eu me dei conta do mal que o Licontrol fazia e que meu pai parou de vender na farmácia.

Isso fez Lia erguer o rosto de novo. Martina a olhou de volta, mas não chegou a dizer alguma coisa porque Aura voltou a falar:

— E, mesmo assim, todo mundo enche a boca para falar mal da Lua Nossa. Estamos dando pequenos passos, não podemos mudar o mundo de um dia para o outro. Quem sabe daqui a dez anos eu possa dizer que faço parte da Lua Nossa sem sacrificar a minha carreira com isso. Por enquanto, tenho perfeita noção de que não posso jogar no Realeza e ser contra a transformação de lobisomens exclusiva ao núcleo familiar. Assim como eu, muitos outros não têm condições de abrir mão da carreira e arriscar serem boicotados por licantropes mais poderosos só por defenderem algo que nem é contra a legislação brasileira, que é só um tabu.

Elas ficaram em silêncio depois disso, e Martina podia supor que Lia estava tentando digerir aquelas informações, assim como ela. Pelo menos, em seu caso, tivera mais tempo para pensar sobre o assunto. Saber que Pedro fazia parte da Lua Nossa a obrigara a reconsiderar a forma como enxergava a organização.

Por isso, quando uns dois minutos se passaram, ela perguntou:

— Então... vai me recrutar ou não?

Aura estalou a língua no céu da boca e, exasperada, encarou-a por cima do ombro.

— Eu tenho cara de quem recruta alguém, Martina? Até onde a Lua Nossa vai, sou apenas uma formiguinha trabalhadora.

— E o Pedro? Ele me recrutaria?

— Pergunta pra ele.

Isso deu o assunto por encerrado, pelo menos naquele dia. E bem a tempo, porque o celular que Martina levava no bolso frontal do moletom vibrou logo depois. Ela o pegou e leu as mensagens que chegavam em tempo real.

DÉBORA (18:32) Onde vocês estão?

DÉBORA (18:32) Precisamos conversar

DÉBORA (18:32) O garoto que colocou fogo no estádio do Realeza está envolvido com a WereCalm

DÉBORA (18:32) E a WereCalm pelo visto pertence aos Zigurats

DÉBORA (18:32) Vem aqui me dar um tiro?

DÉBORA (18:32) Estou precisando

Martina ergueu o rosto e, encarando as costas de Aura, disse:

— A Débora e as meninas acabaram de descobrir sobre a ligação entre o CTZ e a WereCalm. Deve ter saído no noticiário.

— Puta merda — murmurou Aura.

Ao mesmo tempo, Lia estancava no lugar e perguntava:

— Quê? Do que você está falando?

Com um olhar de quem já se desculpava pelo número de informações que havia omitido, Martina começou a explicar. Aura a ajudou, falando sobre as suspeitas de alguns membros da Lua Nossa de que o CTZ disfarçava seu medo dos sobrenaturais como interesse, usando a ligação com o mito do ET Bilu como uma cortina de fumaça. Eles eram lunáticos, em sua maioria, e não conseguiriam fazer mal a uma mosca nem se quisessem. Mas, com a WereCalm e o dinheiro que poderia vir da empresa, podiam representar uma ameaça no futuro.

Cerca de dez minutos depois, aproximaram-se de uma cidadezinha. Dava para avistar, ainda um pouco longe, um conjunto de casas com as luzes acesas. Pelo menos haveria um pouco de cerveja no fim daquela caminhada de merda.

— Eu já estava achando que esse mercado não existia — disse Martina, passando uma mão pela testa suada.

— Foi um palpite de sorte — disse Aura, e parou de andar mais uma vez. — Tá, esperem um pouco. Antes de entrarmos na cidade... precisamos falar sobre o que fazer na final do campeonato.

— Precisamos mesmo? — Lia suspirou. Ela soltou a mão de Martina, mas foi apenas para passar o braço em torno da cintura dela e puxá-la para perto. — O que a gente tem para falar? Vamos só ganhar o jogo que falta e acabar logo com isso.

— E eu não tenho nada a ver com a final — argumentou Martina, semicerrando os olhos. — Como você deve ter percebido, não estarei nela. Tenho uma disputa de terceiro lugar com a qual me preocupar em breve.

Aura colocou as mãos na cintura, observando-as por alguns segundos.

— O Garras não precisa jogar — disse, enfim. — Só precisa comparecer. Somos parte de uma briga entre duas empresas diferentes que lutam para manter os lobisomens e metamorfos sob o efeito de sedativos. E somos a vitrine para o que o Licontrol e a WereCalm quiserem mostrar, a propaganda perfeita do que é estar sob controle.

— Mas não estamos — disse Martina.

Aura sorriu, seu humor de praxe retornando. Era como se o mundo fosse uma grande piada para ela, nada representava um desafio grande demais para ser vencido.

— Não, não estamos. — Os olhos dela se tornaram ainda mais claros, tão dourados quanto os de Martina, como loba, eram prateados. — E acho que está na hora de eles saberem disso.

32
NEM QUE SEJA DAS CINZAS

Uma semana depois dos incêndios, os jornais já tinham seguido em frente e parado de falar sobre o andamento das investigações e de especular sobre o futuro do futebol feminino. Lia, por outro lado, estava apenas começando a fazer a parte dela naquilo tudo.

— Agora o vice-reitor parou de responder os meus e-mails — disse Renata, misturando lentamente o suco de acerola com leite, que já devia estar morno e do qual ela só bebera uns dois goles. — A UniLobos não poderia se importar menos com o Realeza, e eu não entendo por que só não deixam a gente ir.

Lia estava sentada do outro lado da mesa da lanchonete, a mesma em que tinham parado para beber suco na primeira vez em que se esbarraram na universidade. Não sabia mais o que dizer. Parecia que já haviam tido aquela mesma conversa deprimente pelo menos três vezes na última semana.

Não, a UniLobos não se importava, nem com a investigação sobre o estádio e nem com o Realeza. Mas o dinheiro do salário delas já tinha caído na conta e não havia qualquer indício de que a universidade quebraria o contrato com elas, mesmo depois de todas as tentativas de rebeldia. Tudo indicava que elas deveriam continuar onde estavam e arrumar um jeito de vencer os jogos. E daí se não tinham a porra de um técnico?

Isso tudo sem mencionar que, dentro de três dias, elas disputariam a final do Estadual em Campo Grande. A partida fora adiada por conta dos incêndios, mas, com a garantia de que haveria segurança reforçada a todo momento, o show tinha que continuar.

Tentando melhorar o clima, Lia sugeriu:

— Ainda posso beijar Martina na chuva depois do jogo da final.

Renata suspirou, nem se dando ao trabalho de sorrir com a brincadeira boba. Estava com olheiras, a boca rachada e o cabelo crespo preso em um coque tão apertado que devia provocar uma bela dor de cabeça.

— Nem tem previsão de chuva... — Ela tomou um gole do suco e fez uma careta. — E agora o meu suco está morno.

— A gente vai dar um jeito, Nati.

Sem querer, Lia deixou escapar o apelido idiota que Aura usava, porém Renata não fez nenhum comentário sobre isso. Mais uma prova de que não estava bem.

— Estou cansada de dar um jeito, não tenho mais energia para esse plano idiota, eu nem devia ter dado esperanças para vocês. Enquanto o Realeza continuar enfiando dinheiro no cu da UniLobos, eles não vão deixar a gente ir. O Nova Realeza nunca vai existir.

— Nova Realeza? — Lia sorriu. — Gostei, tem uma sonoridade boa.

— Lia...

— Escuta, talvez a gente tenha errado um pouquinho no cálculo. — Ela ergueu as mãos, as palmas abertas no gesto universal de um pedido de calma. — Tá, queríamos garantir público e patrocínio para conseguirmos nos desligar da UniLobos sem ficar totalmente à deriva, mas, sabe como é, não existe criação sem destruição. Talvez a gente precisasse mesmo que tudo queimasse. O Realeza vai nascer de novo, nem que seja das cinzas.

Ela se levantou e tirou a mochila de uma cadeira vazia, pendurando-a no ombro. Gesticulou para o corredor que dava no estádio.

— Vamos lá. Deve estar todo mundo esperando.

Renata deu uma última olhada para o copo de suco quase cheio antes de se levantar também. Elas tinham marcado uma reunião com o time para conversarem sobre as possibilidades — mínimas — que o futuro lhes guardava.

As duas caminharam juntas, mas em silêncio, Renata com os ombros caídos e Lia acompanhando o ritmo lento dos passos dela. Ajudava que não estivesse nem um pouco ansiosa para ver, mais uma vez, o estádio em ruínas.

Conforme entravam na área esportiva da universidade, a concentração de estudantes foi aumentando. A UniLobos ainda era uma instituição que priorizava o esporte, afinal, e havia outros times além do Realeza, com suas quadras e ginásios intactos. De verdade, seria tão fácil aqueles filhos da puta abrirem mão delas. Que apostassem nos times de vôlei, de handebol, o mundo não se resumia ao futebol.

Andaram mais um pouco, passando pelos ginásios, pelo refeitório e pela academia. Lia teve que respirar fundo para continuar em frente. Ainda existia uma voz irritante em sua mente, insistindo que ela deveria estar pelo menos se matando de levantar pesos lá dentro. Mas, ponto para ela, não fez qualquer sugestão para que trocassem a reunião com o time por meia hora de musculação.

A academia teria que esperar, porque o Realeza precisava dela.

Seu time, sua matilha.

Finalmente, depois da caminhada tortuosa, lá estava a monstruosidade que era o destino delas. As arquibancadas de madeira tinham sido destruídas quase completamente, e muito da estrutura de metal estava retorcida por causa da alta temperatura. Tudo isso, combinado com as manchas de fuligem, dava um ar apocalíptico para o estádio.

Como nenhum jogo estava acontecendo ali no momento do incêndio, ninguém tinha se machucado. O mesmo não podia ser dito sobre o estádio em Dourados: os jornais ficaram um dia inteiro atualizando o número de feridos, e o único consolo era o fato de que ninguém faleceu, fosse vítima das chamas ou mesmo da multidão. Quando Lia pensava no que podia ter acontecido, seu estômago embrulhava.

Mesmo agora, sentiu o coração acelerar e a respiração se tornar mais superficial. Estava a salvo. As amigas estavam sentadas na grama, e Martina, de acordo com a última mensagem que recebera dela, estava se preparando para pedir demissão da farmácia dos pais. Estavam todas bem.

Ela se aproximou, com a capitã, do semicírculo formado pelas garotas. Todas conversavam com as costas viradas para o estádio. Lia decidiu tomar isso como um bom presságio, de costas para o passado e toda essa merda.

— Finalmente — disse Alex, vendo-as se aproximarem. — Ah, não, Nati, muda essa cara de bunda. A gente precisa de você.

Os ombros de Renata se retesaram e ela ergueu o queixo. Era quase doloroso observar ela tentando se recompor. Sinceramente, o que custava deixarem a garota ficar na merda só um pouco?

— Se a gente começar a proibir cara de bunda aqui, você vai ter que arrumar outro time, Alex — provocou Lia enquanto se abaixava para se sentar ao lado de Aura.

— Ei! Olha quem fala!

— Exatamente. — Lia piscou para ela. — Eu falo com propriedade.

Renata se sentou ao lado dela. Não parecia que a defesa de Lia tinha surtido muito efeito, dava para ver que ela ainda estava tentando montar uma fachada de determinação. Ela abriu a boca e... nada.

Ao lado de Lia, Aura uniu as mãos e respirou fundo.

Lia já sabia o que ela diria; tinha chegado a hora de compartilhar com o time o plano que haviam aperfeiçoado com Martina. Em breve, esse plano também seria compartilhado com as meninas do Garras. Elas precisavam colocá-lo em prática juntas.

Mesmo assim, prendeu a respiração, e seus olhares se encontraram quando Aura começou a dizer:

— É o seguinte, precisamos atualizar nossos planos. Agora que chegamos ao fundo do poço, é cavar ou subir pelas paredes. O que vocês preferem?

33
SEM COLEIRA

Martina, com um salto, se sentou na bancada da farmácia e virou o rosto para o pai.

— Eu me demito.

Ele nem olhou para ela, apenas continuou contando as cédulas de dinheiro do caixa. Naquele horário, no meio da tarde, não havia muito movimento, e o único cliente tinha acabado de deixar a farmácia com uma sacola cheia de sabonetes e absorventes.

— Não seja tola, Martina, já tivemos essa conversa.

— Agora é sério. E também vou sair de casa.

Essa última parte chamou a atenção dele, mas seus olhos ainda estavam com as pálpebras caídas. Ele não parecia nada impressionado.

— E vai morar sozinha?

— Não. Com a Lia.

Ela não saberia dizer por que, exatamente, tinha dito isso. A verdade era que não moraria com a Lia, e sim com Pedro. Amarelou no último instante. Tinha se preparado para enfrentar os pais naquele dia, mas ainda não conseguia mencionar o irmão.

Talvez porque esse conflito, pelo menos, não era problema dela.

Pedro que saísse das sombras e enfrentasse os pais quando estivesse pronto. O importante era que ela tinha tomado a decisão de sair de casa e deixar a farmácia. Viveria do futebol, se conseguisse. Val dissera que elas começariam a receber um salário mínimo para atuar no Garras, agora que tinham patrocinadores o bastante, mas por quanto tempo isso duraria depois do que Martina, Lia e Aura planejavam fazer? Se dependesse delas, nem o Garras nem o Realeza teriam muitos patrocinadores no fim daquilo.

Ela poderia entregar currículos, procurar emprego como atendente em outros estabelecimentos. Não achava que enfrentaria o balcão de uma farmácia de novo, mas podia se ver em uma cafeteria ou trabalhando no sebo da cidade. Ao pensar nisso, até sorriu.

— Lia, aquela sua amiga? — perguntou o pai, arrancando-a do devaneio.

— Minha namorada — corrigiu.

Não era oficial, mas Martina estava começando a tratar como se fosse. Chamava Lia de namorada para todo mundo, menos na cara dela. Uma coisa de cada vez.

Marcos torceu a boca, largando as notas de dinheiro e fechando a gaveta do caixa.

— Martina, aquela garota não é uma boa influência para você.

— Na verdade, eu é que vivia saindo da linha. A Lia é bem certinha.

— Certinha? Ela tem um milhão de tatuagens.

— Vinte e sete, na verdade. Eu contei.

Um rubor subiu pelo pescoço de Marcos, atingindo as orelhas. Martina sorriu de novo e, nesse momento, a mãe dela entrou pela porta dos fundos, parando ao vê-los daquele jeito.

— Minha filha, desça já daí. Onde já se viu, ficar subindo em bancadas como se fosse uma degenerada?

Isso só a fez sorrir mais ainda, e continuou do jeito que estava.

Patrícia era uma mulher alta, com um cabelo loiro que costumava ser castanho — embora vivesse questionando a decisão da filha de descolorir os próprios fios —, e andava sempre com joias e sapatos de salto.

— Acabei de dizer para o papai que vou me mudar.

— Besteira. — Patrícia agitou a mão, indo até eles. — Marcos, você viu que o estoque...

— Ela vai morar com a namorada — interrompeu Marcos, arqueando as sobrancelhas como se ela tivesse alguma responsabilidade pelas escolhas da filha. — Sabia disso? Que a nossa filha está namorando a menina dos Izidoro?

— Lia?! — O sorriso de Martina desvaneceu com o jeito como a mãe pronunciou o nome. — Por quê?!

— Porque ela me ama exatamente como eu sou.

— Ora, Martina... — Patrícia pousou as mãos na bancada, a alguns centímetros de onde ela estava, e teria franzido a testa se o botox permitisse. — Nós também te amamos.

— Mãe... — Martina soltou um suspiro. Ela sentiu um nó na garganta, o último obstáculo mantendo as palavras dentro de si. Precisava dizê-las. — Vocês me transformaram em loba e, logo depois, colocaram uma coleira em mim. Podem me amar, mas não do jeito como sou.

— Cada um de nós tem a própria coleira, filha — disse o pai dela, seu tom ficando um pouco mais gentil. Ele realmente acreditava no que dizia. — É o preço que pagamos para viver em sociedade.

— Não sou um cachorro, sou uma loba. Animais selvagens não usam coleiras.

— Nós aceitamos quando você parou de tomar o Licontrol — argumentou ele.

Martina balançou a cabeça. Ele falava como se ela não tivesse passado anos implorando para fazerem isso. Antes de cederem, ela precisou definhar.

— Por que me transformar, para começo de conversa, se era para insistirem que eu tomasse aquele remédio?

Havia outra questão escondida nas entrelinhas. *Por que qualquer um de nós se transforma?* Viviam tentando controlar os instintos dos lobos.

— Que tipo de pais nós seríamos se não a transformássemos? — Marcos recostou o quadril na bancada, olhando para ela, e cruzou os braços. — Sei que você acha que isso aconteceu cedo demais, mas na época parecia a alternativa perfeita para que você tivesse um meio de canalizar toda aquela... energia.

— Rebeldia — corrigiu a mãe, apertando os lábios, sem deixar linhas de expressão.

— Queríamos te dar mais tempo para se aclimatar à loba — continuou o pai. — A transformação sempre foi algo tão natural para sua mãe e eu. Mas você, filha... você sempre lutava contra ela. O Licontrol pareceu uma boa ideia. Era um remédio recente e, embora eu nunca tenha usado, já tinha ouvido relatos positivos. E vendia tão bem aqui na farmácia. Não era para ser uma punição, foi uma forma de corrigir o erro que sua mãe e eu cometemos.

Patrícia ergueu o queixo, empinando o nariz como se ainda fizesse parte da alta sociedade. Tinha sido criada em uma família mais rica, na qual a aparência era tudo e a licantropia era quase uma unção divina que justificava todo o dinheiro. Martina nunca havia entendido a lógica por trás daquela linha de pensamento.

— Sabíamos que você herdaria a farmácia um dia — disse Patrícia, e lá estava sua maneira de fingir que cuidar de uma farmácia era grande coisa. — Naquela época, seu irmão já estava causando problemas, andando com as pessoas erradas e levantando tópicos ridículos durante o jantar. Se entregássemos o negócio para ele, aquele garoto nos levaria à falência.

— Não fala assim dele — defendeu Martina. — E, pode acreditar, o Pedro talvez cuidasse da farmácia muito melhor do que eu. Até porque isso não é o que eu quero fazer da minha vida, por isso estou pedindo demissão.

— Demissão?! — Patrícia trocou um olhar severo com o marido, depois encarou-a de novo. — Martina, não tenho paciência para aguentar seus pedidos de demissão a cada três meses. Se você for embora, não vamos deixar que volte.

Martina não disse nada de imediato, só observou a mãe e deixou aquela última frase pender no espaço entre as duas, suas implicações ficando mais evidentes a cada segundo. Então, quando os olhos de Patrícia pareceram brilhar ao se dar conta do que havia acabado de proferir, Martina perguntou:

— Não vão permitir que eu volte para a farmácia ou para a família?

Os olhos de sua mãe se arregalaram só um pouquinho. Ela não disse nada, apenas afastou-se um passo do balcão, mantendo o olhar na filha, parecendo ferida.

Marcos, por outro lado, fez outra pergunta, sem responder a dela:

— Você viu o Pedro de novo? Recentemente?

Virando o rosto para ele, ela assentiu.

— Vi — confirmou. — Mas não vou dizer onde.

Havia muitas coisas que os pais poderiam dizer em resposta. Uma parte de Martina se preparou para um conflito, para vozes alteradas e acusações.

— E como ele está? — perguntou Patrícia, sua voz em um tom mais baixo do que antes, hesitante.

Martina deixou a respiração escapar pela boca, seus ombros relaxando.

Talvez houvesse esperança para a família dela.

— Ele está bem. — Saltou da bancada, firmando os pés no chão. — Os pais da Lia estão vindo para a cidade assistir ao jogo do time dela, sabia?

A mudança brusca de assunto passou batido pela mãe. Marcos, entretanto, não perdeu tempo em perguntar:

— O que isso tem a ver com a gente?

— Se quiserem me ver de novo, primeiro vão precisar fazer o mínimo. Vou ficar esperando vocês aparecerem num jogo do meu time.

Isso os calou, não porque fosse um pedido esdrúxulo. Martina suspeitava de que nunca tinha passado pela cabeça deles que *isso* fosse o mínimo. Ou que fosse minimamente importante para ela. Depois de tanto tempo, ainda achavam que o futebol era apenas um hobby.

Martina saiu da farmácia pronta para fazer as malas. Realmente esperaria por eles, e estava disposta a começar a perdoá-los quando os avistasse nas arquibancadas de um jogo qualquer. Sabia que eles não apareceriam na partida do dia seguinte, em que o Garras disputaria uma mísera medalha de bronze. Eles talvez demorassem meses, e ela teria bastante tempo até lá. O suficiente para aprender a viver sem coleira.

34

BRONZE, PATAS E OURO

O plano não era mirabolante e cheio de etapas, então não demandava grande capacidade cognitiva para ser entendido. Mesmo assim, Renata murmurou:

— Me diz, mais uma vez, por que estamos fazendo isso.

Lia revirou os olhos, terminando de mastigar a pipoca que tinha na boca antes de responder.

— Porque o Garras vai fazer o mesmo por nós.

Isso fez com que a capitã ficasse em silêncio por mais alguns minutos, assim como algumas das outras jogadoras ocupando boa parte daquela fileira. O time inteiro comparecera, isso não era novidade, estavam assistindo aos jogos do Garras durante todo o campeonato. A diferença era que, daquela vez, Lia não orquestrara tudo. Ela tinha o apoio de Aura, sentada na cadeira à sua esquerda.

Ah, e elas não veriam o jogo todo na forma humana. Havia esse pequeno detalhe também.

— Eu nunca imaginaria ver tanta gente assim interessada em um jogo do Garras — comentou Aura. — Acha que um dia elas terão tantos torcedores quanto a gente?

Ela se inclinou para roubar uma pipoca do saco de papel de Lia, que se virou para trás, confirmando que, sim, o estádio Moreninho estava ainda mais cheio do que quando chegaram.

— Um dia — murmurou, dando de ombros, e a perspectiva a enchia de antecipação. — Mas vai demorar.

Pelo menos metade da torcida, senão a maioria, era para o Brilhantina, time que em breve disputaria o terceiro lugar contra o Atlético de Garras. E ela já conhecia a fama do Realeza o suficiente para saber que, no dia seguinte, aquele estádio inteiro estaria tomado de verde, o público pronto para ver seu time conquistando o primeiro lugar.

Mas não mentiria dizendo não se animar com a perspectiva de o Garras e o Realeza — os únicos clubes de Sombrio, destinados a serem rivais —, um dia terem torcidas da mesma proporção. Ela queria o time de Martina vencendo cada vez mais jogos, desde que não fossem aqueles nos quais se encontrassem em lados opostos do gramado.

— Acha que já nos viram aqui? — perguntou Renata. Ela tinha começado a roer a unha do polegar, mais nervosa do que Lia jamais a vira.

— Como é que eu vou saber? — Ela jogou uma pipoca no ar e abocanhou-a a tempo.

Por que as perguntas estavam todas sendo dirigidas a ela naquele dia? Tinha se sentado entre a capitã e Aura para impedir as duas de conversarem durante o jogo todo, não para servir de enciclopédia para as dúvidas delas, o que acabava atrapalhando seu foco.

— Bom, a ideia foi sua também, né? — Renata a encarou, com as narinas dilatando em irritação.

— Na verdade, foi da Aura, da Martina e, por último, como uma nota de rodapé, minha.

— Não, nada de se isentar, Lia — comentou Aura, do outro lado, e aproveitou para roubar mais pipoca.

Lia guardou para si uma provocação sobre ela, a filha do governador, ser perfeitamente capaz de se levantar e comprar o próprio saquinho de pipoca. Sabia que não era tão fácil assim e que ela tinha gastado todas as economias pagando a fiança do primo. Teodoro Lacerda agora era oficialmente um membro da Lua Nossa. Martina, mesmo sem ter colocado fogo em nada, ainda estava na lista metafórica de espera da sociedade quase secreta.

— Como um membro importante da equipe e a outra metade do casal MarLia, você está no centro disso tudo — prosseguiu Aura, mencionando a hashtag, e Renata e Lia se encolheram de vergonha alheia.

— O que o meu relacionamento com a Martina tem a ver com isso?

— Vocês não vão se beijar? — Ela hesitou, franzindo a testa. — Lia, a gente precisa do beijo para fechar o dia com chave de ouro. É a epítome da sem-vergonhice e do trabalho em equipe. Indispensável para o sucesso do plano.

Lia não achava um beijo *indispensável* e não sabia o que "epítome" significava, mas havia maneiras piores de ser útil para o time. Não escolheria reclamar justamente disso, ainda mais considerando que, depois da conversa que tivera com Martina, conseguira dissuadi-la de ideia de que o relacionamento das duas não passava de marketing. Se a beijasse em público, seria em primeiro lugar porque queria e, em centésimo, porque Aura e Renata estavam dispostas a encorajar o comportamento em troca de uma foto viral nas redes sociais.

Só havia um obstáculo...

— Não posso beijar a Martina no final disso tudo. Ela vai estar na forma humana, e eu vou ser uma loba.

Aura agitou a mão, como se aquilo não fosse nada.

— Vocês dão um jeito de fazer algo equivalente a um beijo então. Sejam criativas.

Revirando os olhos, Lia fixou a atenção no gramado e, nesse instante, as jogadoras do Garras começaram a entrar. As arquibancadas explodiram em palmas e gritos de incentivo.

Daquela vez, o time inteiro do Realeza se juntou à comoção. Elas apareceram vestindo os próprios uniformes. Não ostentavam o laranja do rival ou o roxo do Brilhantina, e algumas das meninas batiam palmas a contragosto, mas era o bastante.

O mundo veria que, nos momentos em que realmente importava, elas estavam lado a lado. Embora não compartilhassem um time, dividiam o mesmo esporte e a mesma causa.

Com isso em mente, as jogadoras do Realeza continuaram torcendo depois que o jogo se iniciou. Comemoraram cada passe certeiro do Garras e, eventualmente, cada gol.

Martina fez o primeiro. Ela chutou a bola do meio do campo, tocando para outra jogadora e, enquanto as outras focavam a garota de cabelos castanhos, correu adiante, chegando a tempo de receber o passe de assistência. Bateu para o gol sem hesitar, e a bola entrou de cantinho. Era a jogada favorita dela, sorrateira, mas com um toque de caos, porque sempre havia uma confusão de pernas e pés, além da chance de a bola não entrar.

A torcida enlouqueceu com aquilo. Começaram a entoar o nome dela, mas Lia apenas sorriu, seu coração batendo no ritmo das sílabas. *Mar-ti-na. Mar-ti-na.*

— Você tinha razão. — A voz de Renata era tão baixa que, por um segundo, Lia duvidou que tivesse mesmo dito algo, o som se perdendo em meio a tantos outros. Quando olhou para a capitã, no entanto, ela a encarava de volta. — Ela é melhor do que você.

Lia nem se abalou com o comentário. Na verdade, se sentiu vingada. Cerca de dois meses antes, quando havia se deparado com a foto de Martina na apresentação de slides de Renata, também dissera que o Realeza perderia em um embate contra ela. Estava errada sobre isso, de forma que um acerto a consolava. E era apenas questão de tempo, não era? O Garras eventualmente venceria um jogo, e o Realeza venceria outro, assim por diante.

— Ela é melhor do que todas nós — disse, porque era um fato que qualquer amante de futebol entenderia.

Não significava que o Garras era melhor, um time não dependia de uma única jogadora, mas elas podiam admitir pelo menos isso.

Bom, algumas delas podiam.

— Não é melhor do que eu — disse Aura. E, para a surpresa de Lia, acrescentou: — Só tão boa quanto.

— Eu não consigo entender o motivo — continuou Renata, apoiando os cotovelos nos joelhos e curvando o corpo em direção ao campo, observando o jogo enquanto falava. — Não é a técnica dela, nem o fato de que ela é a mais rápida. É alguma outra coisa...

Lia poderia dizer que era talento, mas não era tão simples quanto isso. Talento todas elas tinham.

— É a loba dela — explicou, entendendo de verdade enquanto falava.

— Nós também somos lobas. — Renata se endireitou, voltando a encará-la. — Por que ela é diferente?

— Porque as nossas lobas amam a mata, a caça e a lua. Elas correm atrás de uma bola como qualquer cachorro correria, de brincadeira. A de Martina é diferente. Ela ama o campo antes de tudo, porque era o único lugar em que Martina a deixava sair um pouquinho.

Ela se levantou, cansada de falar sobre algo que, no fundo, não era da conta delas. Martina era boa e ponto, não precisava de explicações.

— Vamos. Está na hora de colocarmos as nossas lobas em campo também.

Quando Lia se levantou, todas as outras fizeram o mesmo, até Renata. Uma fileira das arquibancadas, em verde, de repente em pé. Não era o suficiente para atrair muita atenção, havia muitas outras pessoas na mesma situação, gritando e pulando no lugar. Mas, aos poucos, um silêncio se estendeu pela plateia.

Pedaços verdes de tecido voaram. Rosnados suaves substituíram os gritos.

Em campo, Débora chutou a bola com força. Gol.

Em coro, as lobas do Realeza uivaram como se fosse a lua rolando na rede.

Lia não beijou a namorada naquele jogo. Não deu tempo.

E, bom, Martina não era a namorada dela *ainda*, nenhum pedido tinha sido proferido. Mas, para o mundo, era como se fossem. Ninguém além dos mais conservadores ousaria chamá-las de *amigas*, não com tantas fotos das duas circulando na internet.

No grupo de mensagens com o Harpias, as ex-colegas de Lia viviam mandando essas fotos. A fofoca as reunira, de certa forma.

> JOICE (17:14) essa menina da foto
> JOICE (17:14) a martina
> JOICE (17:14) era aquela de quem vc vivia falando né lia?

> MIRANDA (17:15) ah eu lembro disso!
> MIRANDA (17:15) sabia que era mais do que uma amiga de infância

Lia sorriu lendo as mensagens no vestiário. Ainda não tinha colocado o uniforme daquela partida; o logotipo do Licontrol no tecido a fazia adiar o momento o máximo possível. Seu consolo era que, a julgar pela forma como os empresários tinham telefonado, transtornados, para a UniLobos — que depois repassou o comunicado a Renata —, isso não duraria muito. Seria o patrocínio mais curto do Realeza, ainda bem.

Focando a atenção na conversa com as antigas companheiras de time, Lia digitou uma resposta rápida, confirmando que, sim, a Martina das fotos, lateral do Atlético de Garras, era a mesma de quem ela vivia falando quando começou a jogar pelo Harpias. E a mesma de quem, aos poucos, parou de falar, para a confusão das outras, só para depois mencioná-la, como se fosse um mero detalhe, quando contou da transferência de time.

Martina. O caminho do sucesso. Uma nova oportunidade.

Sempre, antes de tudo, Martina.

Talvez, no fim, a matilha sempre viesse em primeiro lugar para Lia, tão importante quanto vencer os jogos, já que ela nunca vencia sozinha. Quando voltou para Sombrio, considerou a possibilidade de voltar a vencer *com* Martina, inclusive. Derrotá-la no gramado era quase tão bom quanto.

Ela guardou o celular e parou diante do uniforme dobrado no armário. Estava limpo e passado, impecável. Ela mal podia esperar para vê-lo em pedaços.

Naquela tarde, o vestiário estava muito quieto, as poucas meninas que conversavam faziam isso em voz baixa. As notícias e postagens sobre o evento do dia anterior, o time de lobas nas arquibancadas, não paravam de surgir, mas Lia já tinha se desligado disso. Ainda era cedo demais para elas absorverem as consequências reais de seus atos, e não tinham terminado o que precisavam fazer. Era hora do ato final do plano.

Saíram do vestiário ainda sem falar muito e reuniram-se em fila única, segurando as mãos das crianças que as acompanhariam até o gramado. Ao lado de Lia, havia uma menininha com um quarto de sua altura. A pequena tinha a pele de um tom médio de marrom e não parava de puxar uma maria-chiquinha, deixando-a mais torta do que a outra.

Antes de entrarem em campo, a menina ergueu os olhos para Lia, deu um sorriso tímido e disse:

— Um dia, vou ser uma loba também.

Não uma jogadora, como ela costumava ouvir das crianças que encontrava nessas situações, mas uma loba.

Lia sorriu de volta para ela, também um pouco tímida. Não sabia muito bem como lidar com garotinhas, mas a imaginou crescendo em um mundo em que talvez o esporte falasse um pouco mais alto do que o Licontrol, a WereCalm ou qualquer outro produto de empresas que queriam ver licantropes como elas em gaiolas mentais. Um mundo em que a alegria selvagem das feras não ferisse ninguém.

— É mesmo? Seus dentes já estão ficando afiados? — Lia tentou manter o assunto enquanto a deixa para entrarem em campo não vinha.

A menininha arreganhou os lábios em algo entre o sorriso e o rosnado, emitindo um som baixinho que fez Lia rir, sentindo um calor agradável no peito.

— Bem afiados — afirmou, assentindo em aprovação.

— E os seus? — perguntou a menina.

Lia piscou para ela e se endireitou.

— Você vai ver já, já.

Finalmente, um assistente parou diante da fileira delas, agitando as mãos em direção à abertura que dava para o campo. Elas seguiram na direção da luz dos holofotes, já acesos àquela hora, e do som que a torcida fazia. Segundo Renata, aquela final batera um recorde de comparecimento para uma partida de futebol feminino.

As performances que antecediam a partida se desenrolaram com rapidez, e a antecipação da plateia e dos dois times que se enfrentariam era palpável. Lia, por outro lado, sentiu uma calma tomar conta dela. Avistou seus pais em uma das fileiras e, perto deles, Martina acompanhada de todas as outras jogadoras do Garras, e acenou.

Martina acenou de volta, depois levantou um cartaz:

LIA, FAZ UM GOL PARA MIM!!!

Uma risada escapou dos lábios de Lia, que tentou fazer uma careta para disfarçar o rubor que sentia subir pelo peito e se espalhar pelo rosto. Quando Martina começou a virar o cartaz, preparou-se para ler o produto de uma vingancinha por causa do que tinha escrito para ela quando estavam em posições invertidas, ainda naquele teatro de fingir estar apostando que ela perderia todos os jogos.

Mas, não, Martina não tinha escrito nada disso, nenhuma provocação sobre seu desejo de que o Realeza perdesse o jogo.

E DEPOIS NAMORA COMIGO?

O calor nas bochechas de Lia se intensificou enquanto ela assimilava as palavras no verso do cartaz.

Porra, era a coisa mais brega, tola e maravilhosa que poderia ler, porque nunca pensara que Martina poderia ser tão brega e tola *por ela*, mas lá estava. Tentou responder no mesmo nível de ridículo, aproveitando que estava ridiculamente apaixonada: ergueu as mãos no alto e formou um coração com os dedos.

Aquilo também fez a torcida ir à loucura. Era o primeiro ponto que Lia marcava na partida, antes mesmo de ela começar.

Quando o apito soou e ela entrou em ação, não direcionou muitos olhares para as arquibancadas, era o suficiente saber que sua família e, céus, sua *namorada* estavam assistindo.

Não foi uma partida fácil. O Realeza ainda não tinha um técnico, apenas assistentes tentando fazer o melhor possível e Renata coordenando-as em campo. Não haviam treinado durante a semana que passou, mas Lia se sentia até mais preparada por isso, descansada depois de dias tão intensos ao longo do campeonato.

E elas ainda eram o melhor time do país, um Realeza que surgira do interior do Mato Grosso do Sul para conquistar fãs por todo o Brasil. Elas eram o orgulho de muitos licantropes. Entretenimento puro, mas também um modelo a ser seguido. Mesmo caindo aos pedaços, ainda sabiam como entregar um bom jogo e vencer.

Às oito horas da noite, o pódio estava armado sobre o gramado.

As jogadoras do Atlético de Garras foram convidadas a descer das arquibancadas para receberem as medalhas de terceiro lugar e foram as primeiras a se amontoar sobre a estrutura que, embora resistente, parecia de papelão. Não cabiam todas na plataforma elevada, então algumas continuaram no gramado, usando seus uniformes laranjas e ostentando as medalhas de bronze.

Em seguida, o time de Três Lagoas, que tinha acabado de perder de quatro a um, subiu para vestir as medalhas de prata. Nenhuma das meninas demonstrava qualquer felicidade com o resultado. Era sempre assim na hora do pódio, até quem estava em terceiro lugar parecia mais feliz do que o time em segundo.

Enfim, chegou o momento de o Realeza ocupar o posto mais alto.

Elas foram rindo e comemorando, algumas até cantarolando baixinho, e uma a uma abaixaram a cabeça só o suficiente para receberem suas medalhas. Logo em seguida, ergueram o queixo de novo, bem no alto.

Lia subiu no pódio, depois olhou para a esquerda.

— Sim — disse, encontrando o olhar de Martina, que de repente foi empurrada em sua direção, rindo.

— "Sim" o quê? — perguntou ela, com os olhos brilhando.

Engraçadinha.

Abaixando-se um pouco, mas não o suficiente para ficar da altura dela, Lia sussurrou:

— Sim, eu aceito ser sua namorada.

Martina abriu um sorriso travesso, mostrando os dentes afiados, e depois ficou na ponta dos pés. Lia precisou se ajoelhar na plataforma, ignorando os incentivos maliciosos das colegas de time e das meninas do Garras. Segurou o queixo de Martina e, por um segundo, observou as íris prateadas antes de beijá-la.

Em seguida, como esperado e acordado entre elas, todas tiraram as medalhas e se transformaram.

Dois times, um amontoado de lobisomens e outros metamorfos, fazendo ressoar naquele estádio seus uivos, rosnados, grasnidos e silvos. Lia nunca se recuperaria de todo o melodrama daquela noite e esperava que o mundo também não se recuperasse. Talvez aquele fosse mesmo o caminho do sucesso, e elas o percorriam com as patas no gramado, prontas para entrar para a história.

CORREIO SOMBRIO

Os novos investidores no esporte: vampiros desembolsam fortunas na obtenção de times de futebol feminino

Lorenzo Lombardi comprou o clube Realeza depois de negociações com a UniLobos, e seu rival de longa data, conhecido como Conde Rinconete, adquiriu o Atlético de Garras pelo dobro do valor

---

LUA NO GOL
A arena do futebol sobrenatural

10/08/23 15H30   POR NARA

AS FERAS ESTÃO EM CAMPO
Realeza e Atlético de Garras inauguram uma nova era no futebol sobrenatural, mais honesta e selvagem

Os comentários que recebi nas últimas postagens do blog e as mensagens que vocês me mandam nas redes sociais pedem a mesma coisa: "Nara, fala logo sobre o fato de que o Garras e o Realeza acabaram de ser comprados por dois vampiros bilionários!!!!". Bom, não vou falar, tenho medo de vampiros e mais ainda de bilionários. Também quero esperar para ver no que isso vai dar, assim como vocês. Em vez de tocar nesse assunto, quero explicar um pouco — principalmente para quem chegou agora nessa loucura que é o futebol sobrenatural — o que os dois últimos jogos do Campeonato Estadual Sul-Mato-Grossense representam para o esporte. [...] Leia mais

EPÍLOGO

O carro dos pais de Martina virou a esquina e saiu de vista. Lá se ia a última chance de ela mudar de ideia e pedir para voltarem atrás — como eles haviam repetido pelo menos cinco vezes que ela não só podia, como *deveria* fazer.

Mas não faria isso.

Ela não era mais tão covarde quanto antes, tinha certeza.

— É, acho que isso é tudo. — Ela olhou ao redor, para a mudança que levara e que ocupava espaço na calçada em frente à quitinete de Lia. — Uma vida inteira em duas malas e cinco caixas de papelão.

Lia passou um braço pelos ombros dela e a puxou para perto, depois deu um beijo no topo de sua cabeça.

Martina a abraçou, enterrando o rosto no ombro dela e respirando fundo, sentindo aquele cheiro que era só de Lia. Ela tinha cheiro de sol. Tinha cheiro de coisas que o tempo não podia mudar, de coisas que duravam. Ela tinha cheiro de lar.

Quem sabe um dia...

— Seis caixas, na verdade — disse Lia.

Martina se afastou para olhar de novo para as caixas na calçada.

— Não, são cinco caixas. Dá para ver que eu ainda sou melhor em matemática do que você.

— Espera aí. — Lia se desvencilhou com cuidado e foi andando rápido em direção à quitinete.

Não era como se Martina tivesse outra opção. Com as mãos na cintura e observando os carros que passavam na rua, ela esperou. Seu irmão chegaria a qualquer momento.

Lia não demorou, logo estava de volta, carregando uma caixa que, pelo aspecto, decerto participara de muitas mudanças. O papelão estava encardido e cedia em algumas partes. Quando Lia a colocou sobre outra caixa na calçada, Martina se adiantou para ver o que tinha dentro. Ela prendeu a respiração, porque aquela caixa parecia familiar. As mãos dela tremeram um pouco quando a abriu e puxou de lá um mangá surrado com duas garotas se beijando na capa.

Em sua defesa, Martina não era uma pessoa emocionada.

Mas ela fungou e esfregou as costas da mão nos olhos, já sentindo um formigamento irritante. Tinha sido um dia cansativo, física e emocionalmente, e agora isso...

Ela olhou para Lia, sabendo que lágrimas se acumulavam nos cantos dos olhos.

— Você guardou essa caixa por quatro anos?

Lia assentiu, e a garganta dela se moveu quando engoliu em seco.

— Eu pensei que... — começou a explicar. Então, pigarreou e tentou de novo. — Bom, mesmo se você nunca mais quisesse me ver, pelo menos gostaria de ver os seus mangás de novo. Você sempre amou essa merda.

Francamente. Não eram os mangás que Martina sempre tinha amado.

Puxou Lia para perto e a beijou, com lágrimas e tudo, ainda segurando o mangá sáfico que devia ter lido pelo menos dez vezes.

Foi nesse momento que um carro buzinou ao lado delas, e Martina se afastou um pouco para acenar para Pedro, dentro do carro. Ele estacionou e saiu, sorrindo de orelha a orelha, embora a barba espessa amenizasse o efeito. O sorriso de verdade estava nos olhos, é claro. Assim como ela, Pedro deixava tudo transparecer pelo olhar.

— Ainda não estou acreditando nisso. — Ele inclinou o queixo para elas, que continuavam abraçadas. — Mas era para ser, não era?

Abraçou as duas ao mesmo tempo, espremendo-as uma na outra. Martina riu, tentando se desvencilhar, mas não com muito afinco.

— Era para ser — confirmou Lia. — Mas ainda estou chocada que os pais de vocês deixaram a Martina *supostamente* morar comigo.

— Eu sou adulta, tá? Ninguém precisa me deixar fazer nada...

— E, mesmo assim, você não falou a verdade pra eles — disse Pedro, soltando-as.

Martina arqueou uma única sobrancelha, encarando-o com severidade.

— Quando você quiser voltar a fazer parte da família, pode falar. Eu já estou ocupada demais com o futebol, a minha namorada e as sessões de terapia. Não tenho tempo nem vontade de lidar com as consequências do *seu* desaparecimento.

A terapia era o desenvolvimento mais recente de seu drama com o autocontrole, e tinha sido ideia de Pedro. Ele disse que o mundo tentava controlar os lobos e outros animais selvagens que viviam dentro das pessoas, mas era o lado humano que costumava necessitar de mais atenção.

Martina só tivera uma conversa com a psicóloga até o momento e, apesar de achar o encontro meio desajeitado, estava ansiosa para vê-la de novo na semana seguinte. Sentia-se mais firme em suas decisões depois de atestá-las em voz alta para a terapeuta. E, inclusive, sabia que não tinha obrigação nenhuma de informar aos pais que, na verdade, estava indo morar com o irmão, porque pelo menos aquela confusão familiar não era problema só dela.

— Tá certo, Marty, um dia eu convido aqueles chatos para jantarem com a gente. Espero que eles gostem de miojo de tomate. Agora vem, vamos colocar isso no carro. — Pedro foi logo pegando duas caixas de uma vez, inclusive a que continha os mangás. — Se formos rápidos, dá tempo de fazer um miojo de boas-vindas ainda hoje. Posso até misturar milho e creme de leite pra deixar mais chique pra minha irmãzinha atleta. Você vem, Lia?

Lia assentiu e abriu a boca para dizer algo. Martina foi mais rápida:

— Pedro, você pode levar as coisas para o carro sozinho? A gente vai logo atrás.

— E vão como? Andando? — Pedro colocou as caixas no banco de trás e limpou as mãos na calça jeans.

Martina sorriu, mostrando os dentes que já se alongavam. Ela sabia que seria assim. Deixara a loba sair algumas vezes, e agora ela queria sair o tempo todo.

Mas a loba era ela, não uma coisa separada.

Ela, Martina, queria sair o tempo todo.

— Vamos correndo.

Pedro estreitou os olhos, desconfiado.

— Correndo como lobas?

A confusão dele fazia sentido, pois era dia e havia muitos carros nas ruas e pessoas nas calçadas. A população não estava acostumada a ver duas lobas correndo assim, em público e à luz do dia. Nem sequer era época de lua cheia.

Mas, para quem se transformara em cima de um pódio diante de um estádio cheio de gente, aquilo era fichinha. Martina não queria esperar pela lua. Aquela era uma cidade de feras, afinal.

— Correndo como lobas — entoou.

Então, trocou um olhar cúmplice com Lia, e foi como se as batidas de seus corações entrassem em sintonia. Talvez Martina não fosse muito corajosa sozinha, nenhuma delas era. E tudo bem, porque não precisavam ser.

Lobas corriam em equipe.

AGRADECIMENTOS

Eu não cresci assistindo ao futebol. Pelo menos, não mais do que qualquer criança brasileira. Para mim, o amor pelo esporte começou em 2019, com a Copa do Mundo de Futebol Feminino sendo transmitida em televisões por toda a cidade, nas lanchonetes da universidade e nos bares de esquina, na minha casa e na casa das minhas amigas. Todo aquele fervor das pessoas pelo futebol, a empolgação que nunca compreendi, finalmente fez sentido. Então, antes de tudo, sou grata a isso.

Sou grata ao Joaquim, que assistiu aos jogos comigo e depois ouviu os prenúncios desta história. Gostaria que ele pudesse ler o que ela se tornou. E sou sempre grata à minha namorada, Carla, que se tornou minha principal leitora e meu porto seguro. Meu amor por você não caberia nem em todos os livros do mundo.

Agradeço de todo coração às minhas amigas escritoras, principalmente Maria Alice Brandão e Isabella Fernandes, que leram a primeira versão do livro e me ouviram *fanficar* com minhas próprias personagens. Adrielli, Denise, Bianca e todas as minhas colegas da Agência Moneta, admiro muito vocês e me sinto inspirada por nossas conversas (e fofocas). Marina Basso, a melhor companhia para cafés de escrita que se tornam conversas de horas, nossos encontros são um respiro de ar fresco.

Ana Luiza, Mariana e Isabela, a maior prova de que o universo é mágico é ter encontrado e reencontrado vocês. Amizades dos tempos da escola podem, sim, ser eternas, e Lia e Martina são um pouco de nós. E são um pouco das amigas maravilhosas que fiz durante o curso de Letras, então deixo aqui meu carinho por todas vocês.

Para minha família, basta dizer que é um privilégio ter vocês a meu lado. Meus pais, irmãos, avós, tios e primos, cada um que se empolgou com esta e outras histórias: obrigada por fazerem com que eu me sinta tão acolhida.

Karoline Melo, minha agente superpoderosa, você sempre será gigante. Obrigada por amar este livro junto comigo. E agradeço à Diana Szylit, Érika Tamashiro e toda a equipe da Buzz Editora que trabalhou neste livro e garantiu que ele se tornasse sua melhor versão. Pode ser a coisa mais clichê do mundo, mas vocês realizaram um sonho.

Obrigada, por fim, a você. Também sou o tipo de leitora que lê até os agradecimentos dos livros, então temos isso em comum. Cada pedaço deste livro é um pouco mais real porque agora também existe em você, e para mim isso vale mais do que qualquer troféu ou medalha de ouro.

FONTES Heldane, Euclid Flex, Roboto, Druk e Next
PAPEL Lux Cream 60 g/m²
IMPRESSÃO Imprensa da Fé